A luz no subsolo

Lúcio Cardoso

A luz no subsolo

CIVILIZAÇÃO BRASILEIRA

Rio de Janeiro
2003

CAPA
Evelyn Grumach

PROJETO GRÁFICO
Evelyn Grumach e João de Souza Leite

CIP-BRASIL. CATALOGAÇÃO-NA-FONTE
SINDICATO NACIONAL DOS EDITORES DE LIVROS, RJ

Cardoso, Lúcio, 1912-1968
C264L A luz no subsolo / Lúcio Cardoso. – 3ª ed. – Rio de Janeiro:
3ª ed. Civilização Brasileira, 2003

ISBN 85-200-0629-9

1. Romance brasileiro. I. Título.

CDD – 869.93
03-1495 CDU – 821.134.3(81)-3

Direitos desta edição adquiridos
EDITORA CIVILIZAÇÃO BRASILEIRA
Um selo da
DISTRIBUIDORA RECORD DE SERVIÇOS DE IMPRENSA S.A.
Rua Argentina 171 – Rio de Janeiro, RJ – 20921-380 – Tel.: 2585-2000

PEDIDOS PELO REEMBOLSO POSTAL
Caixa Postal 23.052 – Rio de Janeiro, RJ – 20922-970

Impresso no Brasil
2003

Sumário

Prólogo

I

Muito tempo, o braço apoiado à parede, hesitou, sentindo crescer rapidamente a sua inquietação. Quase aturdida, percebia que um absurdo desfalecimento se apossava dos seus nervos, ameaçando os seus movimentos e dando ao seu sangue um calor pesado, que o fazia correr mais devagar, com mais força, latejando por vezes como se fosse arrebentar as próprias veias. Do fundo, subia uma força que parecia atirá-la instantaneamente em direção à prima, mas esse mesmo movimento era perturbardo por diversas outras sensações, desânimo, ansiedade, terror, que o aniquilavam quase ainda na sua origem. E ela permanecia ali, com a vaga consciência de que a manhã avançava, sem poder se libertar do seu receio e da sua timidez, se bem que tivesse a certeza de estar a razão do seu lado. Procurava justificar, apoiada neste sentimento, o porquê da sua perturbação, concedendo instintivamente a este fato um valor independente das suas emoções. Mas bastaria demorar um pouco o olhar nas coisas que a cercavam e sentiria que a lembrança dos seus últimos dias naquela casa, a suave pressão do hábito, eram o motivo que movia ocultamente todos esses sentimentos desencontrados. O momento da partida, do rompimento de todos os pequenos laços criados com o ambiente, transformava-se num sofrimento agudo. Como outras, como tantas tinham surgido e se apegado à sua vida para desaparecer depois, aquela casa desapareceria também – e quando, já bem distante desta época, alguma lembrança lhe despertasse o desejo de reviver os dias ainda próximos e já por tantos motivos vencendo os limites onde o passado estende a sua sombra gelada, sentiria que o velho casarão pesava apenas como pesa nestes velhos porões desabitados algum pobre móvel que já teve o seu tempo de glória e de riqueza. Além disso, só a penumbra que cria por detrás de tudo os cantos impenetráveis, onde se balança, movida pela brisa que sopra de uma fresta mal fechada, o tédio das aranhas sonolentas. Amava a sua prima. Previa com uma inesperada amargura o gesto de espanto que ela teria, quando avisasse que estava de partida. Decerto, com as sobrancelhas levemente enrugadas sobre os olhos cuja serenidade coisa alguma traía, perguntaria por que, o motivo que a tinha levado tão longe, ela que se julgava segura da sua amizade e não poupava um sorriso amável, quando descia pelo amanhecer. Então, tudo se complicaria. Na sua confusão, tinha esta cena realizada como qualquer coisa a que não cabe mais nenhuma sombra de dúvida – Deus do céu! – e não saberia fazer nada senão pensar nas vezes em que, no silêncio do seu quarto, chorara, a costura abandonada nos joelhos, sem encontrar nenhuma solução para aquilo, vendo que tudo se encaminhava para o derradeiro e definitivo recurso: partir... "oh! abandonar para sempre o lugar onde fui tão feliz! Não serei, durante a minha vida, mais do que a prima pobre, alguém sempre em trânsito de casa para casa?" – perguntava com o coração amargurado – e debruçava-se na mesinha nua, permanecia imóvel largos instantes, ouvindo as pancadas surdas do coração. Nenhuma tranqüilidade: pelo contrário, só o reconhecimento das pequenas felicidades que formavam o compromisso estabelecido entre o seu coração e aquele mundo e que flutuavam agora, desamparadas ao sabor do seu pensamento, como minúsculos seres sangrentos cuja vida fora arrancada e que mostrassem agora os vestígios que a morte deixara na sua passagem. Não mais ouvir a voz amada, não mais perceber a sua doce presença, sentir instantaneamente que a antiga vida a levava de novo nos seus braços, retornando com os dias longos e chuvosos, com o desalento das mansardas frias e das horas passadas a esperar que outras horas distantes viessem por sua vez e também se fossem no seu doloroso escoamento. "Mais uma... mais uma..." diria o pesado relógio na sua indiferença atroz; nenhuma emoção se ergueria do fundo do seu peito, nem sequer aquele grito: "oh! mas é uma hora da 'minha' vida que se foi, é mais uma que eu atirei impunemente ao vento...", grito que lhe escapava às vezes dos lábios, ao medir o avanço de mais uma parcela do tempo, de mais um passo fora da vida, diante de cuja impossibilidade todos os desejos de retorno e todos os arrependimentos se anulavam como débil fumo lançado à ventania. Somente uma dolorasa quietude, uma fria constatação de que a vida não foi constantemente feita para ser aproveitada.

Mas, realmente, o motivo de tudo aquilo era fútil e de uma grande dificuldade para ser exprimido – uma tolice, positivamente uma tolice. Lembrava-se da sua chegada. Tinha deixado uma família a que fizera companhia muitos anos e que subitamente partira para o estrangeiro – causara uma certa admiração a Madalena, que esperava uma velha, prevendo uma prima dessas que a idade esquece nas cidades pobres do interior, com conversas arrastadas dificultosamente, histórias repisadas, num egoísmo tão comum à velhice que se julga centro de uma experiência que pode se irradiar em torno como um sol de sofrimento. "Mas não!" – exclamara – "você ainda é muito moça, é positivamente uma companheira para mim!" – e sugeria ao mesmo tempo ao seu espírito desprevenido e quase puro em relação à vaidade feminina um novo gosto pelos seus traços não de todo fanados, pelos seus cabelos severamente penteados, por toda a sua pessoa, até agora excessivamente desconhecida para a sua própria alma, absorvida na luta pela vida. Sim, por vezes, no seu quarto, olhava-se ao espelho – pobre corpo obrigado a se defender e a que era preciso manter mas não prestar muita atenção... Revia-se apoiada na balaustrada antiga; era uma simples atitude de que se tinha esquecido e que, renovada pela proximidade da sua partida – realidade dolorosa que dava uma percepção mais aguda à sua sensibilidade – ressuscitava agora, debatendo-se contra as muitas outras recordações que se levantavam do seu coração. E o primeiro contato, rompendo o ambiente quase hostil que a envolvia, vencendo o trabalho de reconhecer um a um os detalhes que formavam o cotidiano das pessoas que via pela primeira vez, a rápida posse daquele mundo que ela obrigava a lhe fazer concessões, enquanto ela mesma as fazia do seu lado, no desejo de estabelecer o equilíbrio o mais depressa possível. Dentro em pouco, a adaptação era completa – o tempo não criara para ela uma dessas pequenas existências suplementares que vivem à sombra das outras – Maria sentira bem que o seu lugar se abrira diretamente na massa formada pelo habitual e que os dias continuavam a correr num doce e penumbroso murmúrio de águas quase estagnadas. Depois... Como que uma crispação feria essa mesma quietude – alguma coisa desviava o curso ingênuo da corrente, dias agitados se sucediam, noites ardentes se consumiam na febre da expectativa. Por todos os lados que sondasse, encontraria agora a marca desse período, avançando sobre o resto das suas recordações como uma chaga perniciosa, recentemente aberta na face de um doente, vai aos poucos ganhando uma região mais larga, beirando os olhos, até que a transforma numa só expressão maligna de asco. Recuava, enquanto violentas pancadas apressavam o movimento do seu coração, recusando-se a reviver esses momentos tão próximos ainda, envolvidos numa espécie de luz espectral, guardando na sua solução uma indevassável reserva de sombra, enigma que lhe oferecia apenas a constatação da sua existência, dilatando-se como uma ameaça à sua tranqüilidade. Entretanto, toda esta divagação era inútil – permaneceria na mesma perplexidade, sem coragem para dizer o que tinha resolvido. Do lugar, onde estava, distinguia perfeitamente o vulto de Madalena, junto à charrete; o seu olhar se demorava longamente sobre o vestido claro e a gola enfunada pelo vento. Diante daquele sol frio, quase estranho, a angústia aguilhoava o seu peito com maior intensidade – e não poderia exprimir a esquisita irrealidade que as coisas adquiriam ao seu fulgor, o recorte ameaçadoramente fixo da folhagem, os gestos medidos de Madalena, como se ela mesma participasse daquela luz pesada, diferente, e com elas as folhas que se submetiam, ainda vergadas pelo sono noturno. Uma a uma, as recordações continuavam a lhe chegar – Zigo, o burrinho, mastigava um molho de capim –, o sol caía em cheio na sua testa e um botão de metal flamejava. Amava-o como a um filho; era ela, Maria, quem ia lhe soltar as rédeas ao amanhecer, enquanto o animal, reconhecendo-a, relinchava de prazer. Não saberia explicar por que o seu coração era invadido nesse instante pela ternura. Com a cabeça recostada ao seu corpo ardente e novo, ouvia, como o murmúrio de uma música misteriosa, aquele possante organismo que respirava e deglutia, enquanto as suas células vigorosas tremiam no esforço da vida.

Mas, oh! – não adiantava pensar nestas coisas, não adiantava pensar em nada que pudesse tornar a sua retirada mais penosa. "Prima pobre!" – deixou escapar um sussurro, enquanto o coração se lhe confrangia. É que nunca a manhã lhe parecera tão bela, com o sol que ia crescendo sobre as flores, sobre as ramas das árvores, sobre as trepadeiras carregadas de cachos que se agarravam nas paredes brutas do velho casarão. Apesar de tudo, era uma beleza amargurada – os galhos pareciam se inclinar ao peso de algum sofrimento e a luz que se tornava mais intensa descobria quase violentamente as paredes cobertas de bolos, as ranhuras, a caliça roída, a cumeeira partida onde os passarinhos se aninhavam. Maria sentia, em tudo que a cercava, uma cruel correspondência com o seu espírito. Vagarosamente, abandonou a posição em que estava e caminhou para a charrete. Os seus passos se tornavam mais pesados e tudo parecia prendê-la ao solo, num grande e desesperado apelo. Em torno, os objetos inanimados adquiriam uma vida intensa, sangrando num doloroso esforço para acordar na sua alma a lembrança que ela procurava sufocar. Apesar de tudo, cedia de instante a instante – um estremecer da folhagem, um perfume úmido no ar, obrigavam-na a reviver instantaneamente qualquer detalhe do período que se findava – o grande caminho coberto de lama esturricada, o lugar silencioso que escolhera sob a mangueira centenária para fugir ao calor e ler um pouco...

Eis que estava quase junto à charrete. Madalena continuava de costas; Maria pareceu distinguir-lhe um ligeiro tremor nos ombros – pensou que estava consertando as rédeas. Distinguia melhor, agora, os cabelos escuros e ondeados, presos de lado por um grampo verde – uma ou outra vez, quando movia a cabeça, aquelas ondas brilhavam, quase desmanchadas sobre a gola azul.

– Madalena...

Voltou-se bruscamente. O seu movimento fora extraordinariamente rápido, como o de uma criatura a quem surpreendem num segredo. Maria percebeu com espanto que ela chorava. A outra devia ter adivinhado, porque o seu rosto se fechou subitamente e uma surda irritação brilhou nas suas pupilas. Maria sentiu-se constrangida, levemente magoada com o olhar que a hostilizava. Uma pergunta se derramava ansiosamente no seu espírito: não teria ela compreendido que havia sido sem intenção? E ao mesmo tempo repisava dolorosamente para a sua consciência: "prima pobre... prima pobre..."

– Você me chamou? – perguntou Madalena do alto da charrete.

Um amargo arrependimento tolhia todo o movimento inicial de Maria – o seu impulso não era prejudicado como antes por sensações díspares oriundas do seu estado interior –, pelo contrário, fora um rude golpe exterior que o anulara, restabelecendo de um só jato toda a confusão que parecia ter momentaneamente desaparecido. Desamparada, ela procurava se libertar aflitamente da sua turbação e na vaga lucidez que permanecera no fundo do seu espírito, avaliara a atitude da prima em relação à intensidade do seu sofrimento momentos antes – "era para isto? era para isto?" –, vencia a sua timidez e murmurava:

– Madalena, eu...

Mas como iniciar? Como se desprender daquele mal-estar e dizer tudo, de ímpeto, sem se importar com o coração que palpitava? Continuava muda, os olhos angustiosos postos sobre o rosto que a expectativa marcava; de repente, à sua perturbação sucedeu um estado de extrema acuidade, como se viesse do exterior, violentando o seu espírito pelo reconhecimento de mil pequeninos detalhes que lhe tinham escapado, e mesmo, certos traços particulares a Madalena, que não lhe tinham ocorrido durante muitos meses de convivência. Assim, ao descobrir a forma por que ela ocultava sob os cabelos negros um fio grisalho, erguia no centro da sua inquietação um terreno sólido, um apoio à sua estabilidade enfraquecida, se bem que as bases exteriores dessa construção não fornecessem elementos definitivos para a sua vitória.

Com uma força maior, esses detalhes se alongavam elasticamente em frágeis sensações vividas, em emoções sofridas quase sem interesse e desaparecidas de há muito no turbilhão dos fatos e de outros pequenos acontecimentos que formam a massa sensível de cada dia do nosso espírito – assim, Maria se lembrava de um dos vestidos da sua prima, um azul que preferia, realizando com grande rapidez o efeito desse mesmo azul sobre a pele clara, opondo imediatamente esta cor ao verde do grampo, num trabalho cuja rapidez a emoção lhe garantia. Comparava ao mesmo tempo (o que ainda não tinha sucedido desde a sua chegada) a personalidade de Madalena e das outras pessoas com quem tinha convivido, colocando entre o corpo, a atitude e a elegância daquela, o corpo, a atitude e a elegância de várias mulheres que tinha conhecido. Entretanto, essa acuidade, adquirida ao esforço de um violento choque interior, desaparecia envenenada por um elemento estranho na sua composição – Maria reconheceu a sua necessidade de falar diante dos sinais de impaciência que o rosto de Madalena denunciava.

– Madalena, eu queria dizer que vou-me embora...

Media o esforço que lhe custara arrancar aquilo do fundo do peito; e depois que se decidira bruscamente, como quem arranca um espinho cravado muito fundo na carne, estacara admirada com o som hesitante da sua voz – percebia a distância que as suas palavras guardavam da realidade e não podia deixar de se inclinar quase com espanto, ante o vazio, o silêncio e a inexpressividade da sua frase. Madalena curvou-se num rápido movimento de sobressalto, perdendo de um só golpe o ar reservado e ganhando ao mesmo tempo uma expressão singular de inquietação.

– Embora, Maria? Não está satisfeita com alguma coisa?

E dando à sua voz uma inflexão vagamente reprovativa:

– Já estará cansada da minha companhia? Creia que pelo meu lado, sentiria muito... Acostumei... já não saberia o que fazer sozinha nesta casa...

Lentamente o seu olhar fora cair nas paredes escuras. Durante o tempo em que falara, Maria notara que a sua voz adquiria entonações diferentes: primeiro, quase calma, depois, um tom de sofrimento que procura inutilmente se ocultar. A suposição de que Madalena também pudesse sofrer fizera Maria esconder o rosto nas mãos, sem saber o que dissesse – fora um golpe certeiro, um rápido cintilar de estrela que a fizera perceber momentaneamente a vastidão de uma noite inteira, algo de penoso que viera se juntar a todos os empecilhos que a transtornavam e, na sua confusão, repetia para si mesma, incansavelmente: "tola! será possível que eu jamais deixe de ser uma tola!" – e experimentava um acre sabor em se martirizar deste modo, como se todos aqueles fatos tivessem uma razão direta no seu ser e não implicassem, como realmente implicavam, numa ordem de acontecimentos de que em absoluto ela não participava.

– Se é porque você precisa de um auxílio... compreende... qualquer motivo financeiro, posso falar com Pedro...

Uma dor aguda atravessou-a de lado a lado como um relâmpago. Atirou-se no carro e segurou os pés de Madalena:

– Não é por isto, meu Deus, não é por isto! Ficaria aqui a minha vida toda, mas...

Não se decidia, quase chorando. Do alto do carro, Madalena contemplava a cabeça levemente grisalha, o pescoço fino, envolvido pelo alto colarinho de veludo negro – e uma profunda piedade invadiu o seu coração como uma golfada de sangue. Ao mesmo tempo, era aquela vaga sensação de amargura que lhe toldava o espírito, a que ela chamava a "sua tristeza" – uma melancolia sem motivo que a aprisionava, distanciando-a do objeto mesmo que a causara, colocando-a acima dessa realidade que a cercava, numa pressão continuamente dolorosa. Abaixou-se e, levemente trêmula, um pouco além desse sofrimento que estalava aos seus pés, ergueu a cabeça da prima e pousou na sua face molhada de lágrimas os olhos repletos de sombra:

– Mas... que tolice! Vamos, por que não fala? Medo?

Por muito que a voz se esmaltasse nessa distante melancolia, por muito que esses soluços se afastassem das suas próprias dores, a voz trêmula denunciava a emoção que dentro em pouco estabeleceria o contato entre as duas – inútil esconder nessa coerência criada entre o seu gesto e os soluços da outra, o caminho que Maria tanto procurara.

Madalena não ignorava por que a sua voz era mais forte do que a sua intenção – reconhecia, naquela necessidade de amparar, um movimento nascido no seu próprio estado. Pertencia à classe de espíritos que não encontrando aquilo de que necessitam, arrastam a existência a expandir suas próprias reservas, quase nunca sem receber, concedendo sempre e encontrando nesse modo de se realizar uma alegria perfeita e cruel. Mais baixo ainda, como quem procura forçar docemente um segredo, tornou:

– Um namorado? Quem sabe? Mas não seria um mistério, minha tola! – ao mesmo tempo que avaliava a dádiva encoberta nesta pergunta e nesta afirmação, pois ao supô-la capaz de possuir ainda um namorado, ela, a quem um simples gracejo fazia exclamar envergonhadamente, passando as mãos pelo rosto: "Mas, na minha idade!" – de qualquer modo derramava um bálsamo sobre algum canto ferido da sua alma de solteirona, ainda mesmo que não fosse aquela a parte que sangrava.

Maria moveu a cabeça. E como sentisse agora o apoio que lhe permitia avançar, esboçou um rápido gesto de repreensão, enquanto os seus olhos, ainda úmidos de lágrimas, brilhavam.

– Não, mas sempre eu disse... nada disto! – exclamou.

No silêncio que se seguiu ela reconheceu de repente o instante chegado, aquele que, pela maior intensidade criada, arma numa situação difícil, o ponto exato onde a questão vai se ferir – enquanto a calma que acompanha o instante decisivo denuncia o esforço já cumprido, a libertação das soluções inevitáveis. Baixo, de um só golpe, murmurou:

– Por causa "dele", sabe?

Madalena foi instantaneamente tocada até o fundo de suas entranhas – a sua atenção, que até este instante tinha se estendido com uma terna solicitude sobre aquele desespero que não podia feri-la, deslocou-se impetuosamente, atirando-a na situação que Maria agora abandonava – e ao perceber que era "dele" que se tratava, sentiu com absoluta nitidez o interesse carregado de paixão que se movia em torno daquela despedida, rompendo, com um só gesto, todas as dificuldades que tinham impedido uma comunicação mais rápida.

– Pedro? – perguntou já quase sem esforço, aventurando-se no terreno novo que haviam conquistado.

– Sim, Pedro.

Longamente, o seu olhar sustentou o de Madalena, sem que lhe escapasse nenhuma nuance fugitiva – um princípio de dúvida, uma faísca de compreensão e, por fim, um leve clarão de repulsa, como sob o impulso de uma dúvida que ainda lutava imprecisa. De repente, Maria compreendeu a que extremo a sua confissão poderia levar uma pessoa desconfiada – os seus olhos devassaram, num rápido minuto de angústia, todo o mundo de possibilidades que se aninhava naquela treva. Sentiu que as pernas se lhe vergavam – afundou precipitadamente a cabeça entre os joelhos da outra, rompendo em novos soluços que a faziam tremer. Madalena contemplava-a com o coração cerrado – agora, a dúvida começava a criar rapidamente uma série de suposições no seu pensamento – e, com uma diabólica nitidez, revivia pequenos fatos sem importância, encontrando em cada um uma significação diferente, uma realidade secundária e absurda, erguendo outros a que ela não emprestava mais a adesão da sua memória, atirando-a subitamente num confuso revolver de pequenas misérias mortas, que a arrastavam naquele minuto, mais longe do que ela mesma desejava ir. A sua voz desceu cheia de angústia: – Por quê? Por quê? – e se esforçava para erguer Maria, procurando cegamente ouvir uma palavra nova que lhe aplacasse o sofrimento desencadeado.

Entretanto, Maria sabia que já dissera tudo. Naquela única sílaba, se esgotara todo o seu mistério – tudo o mais seria inútil, pois a inquietação de Madalena provava bem o quanto ela tinha compreendido – e sentia no seu alívio um certo repouso, uma certa afinidade com o desespero da outra. Mais ainda, era um sentimento forte como o de uma cumplicidade criada pela revelação – o que antes impedia a aproximação de Maria, pelo contrário, era agora um laço forte que as ligava inesperadamente. Assim, vagamente se apoiando nesta situação nova, viera a concluir que o fundo era alguma coisa importante como o fato de um segredo descoberto – aqueles olhos vermelhos de pranto que ela surpreendera eram o nó definitivo que completava de modo absoluto a sensação. Enquanto tudo isso ocorria a Maria, o silêncio voltava a cair em torno – Madalena entregava-se a uma espécie de meditação e o seu rosto, sombriamente marcado, erguia-se para o céu sereno. Ainda naquele silêncio, Maria sentia as razões crescerem a seu favor – e uma alegria pura se irradiou pelo seu peito e ela percebeu que os seus braços se libertavam num movimento cheio de força e de infantilidade. Sorriu e, de repente, como se a outra julgasse inútil aquela compreensão, como se a cumplicidade entrevista devesse permanecer rota, ou que as sensações experimentadas pelo seu espírito fossem ainda uma simples traição da sua sensibilidade, Madalena abaixou a cabeça e perguntou quase rispidamente:

– Por quê?

Tinha se apoiado na almofada do carrinho – com a cabeça inclinada, parecia se entregar ao desânimo, uma ruga amarga deformando a linha suave do seu rosto. E ainda nos olhos a sombra se alargara – Maria não tinha diante dela senão a fisionomia inquieta de uma adversária.

Sentiu-se ludibriada – rapidamente as suas razões fugiam e, por mais que se esforçasse, não conseguia reter nenhuma das sensações experimentadas.

– Medo... não sei... – articulou com o coração amargo de despeito.

E não pôde dizer mais nada, com as pernas trêmulas, a cabeça baixa, invadida pelo sentimento gelado da sua insegurança e do seu desamparo. Bruscamente, a manhã lhe parecia inteiramente vazia e sem razão de ser – se deixasse escapar um grito, veria o eco se perder através da folhagem sussurrante, morrer com um gemido solitário. Muitas vezes a assaltara sensação idêntica, mas nunca como agora, a percepção absolutamente pura de que a sua existência era um mecanismo autônomo no meio da criação – parar ou prosseguir era coisa que não importava a ninguém. Então, reunindo as suas últimas forças, explodiu:

– Não sei, não sei de nada! E não posso trabalhar, sinto que "ele" está constantemente me vigiando... É um olhar que atravessa as próprias paredes!

Madalena ergueu as mãos, num gesto de desespero – e a sua voz tornou num grande esforço:

– Mas como? Quase não sai do quarto!

Maria se debruçara de novo e chorava amargamente; os seus soluços rompiam penosamente a atmosfera clara:

– Por isto mesmo... a sua sombra, não compreende?

E de súbito, com toda a força, num grande grito de angústia:

– Mas não posso mais, não é possível, Madalena!

Ficou repetindo "não posso mais" uma porção de vezes, como se procurasse naquelas palavras todo o apoio da sua decisão – percebia de novo a sua coragem se esvaindo e erguia-se contra esse aniquilamento. Parecia a Madalena ser aquele grito quase um pedido de socorro – e agora, por um esforço alheio à sua vontade, media o tamanho do fato acontecido por essas palavras cheias de desespero. Na confusão do seu pensamento, nascia como que uma nova visão das coisas – e ainda desta vez Maria se colocava numa posição falsa –, e por muito que Madalena se esforçasse para atenuar a sua repulsa em relação à outra, não conseguia mais do que esconder, num amargo silêncio, a dúvida que tinha penetrado no seu coração. "Será possível?" –

perguntava a si mesma – e, fitando a cabeça debruçada, compreendia que era muito tarde – tudo estava perdido e não valia mais a pena pensar, pois, todas as vezes que tentasse renovar a sua amizade, encontraria, no fundo, o veneno daquela situação. Era uma coisa marcada para o resto dos seus dias – não se constrói facilmente aquilo que um momento de irreflexão destruiu sem esforço.

Uma espessa tranqüilidade descera – elas se deixavam vagar nesse repouso, um pouco aturdidas ainda, reconhecendo por instinto que ambas ganhariam forças nessa pausa. Maria começava a compreender que era preciso dizer alguma coisa a mais, uma razão de que ela não estava ainda de posse, mas que reclamava o seu lugar, aberto sobre a sua confissão como uma larga fenda que as separasse. Sabia – como ignorar qualquer coisa se aquela angústia parecia nascer da sua própria carne? – que as palavras ausentes eram justamente as essenciais – e por um rápido jogo de transposição, o que antes tinha importância agora carecia dela, enquanto a sua emoção teimava em ocultar a frase decisiva. Imensa lassidão se apossava do seu corpo – perdia-se no próprio arrependimento e, de um modo vago, desejava não ter dito coisa alguma e pensava que poderia ter partido como uma fugitiva no silêncio da madrugada, sem que ninguém a visse. Que adiantava pois aquela explicação? Ao mesmo tempo, a claridade fria do sol acentuava a sua lassidão – e por um traço particular do seu espírito, sentindo que o raciocínio era de idéias emaranhadas, abandonava tudo à sorte, recusando-se às soluções imprevistas que se apresentavam (tudo em rápida sucessão, como no fundo de um calidoscópio) e entregava-se inteiramente ao seu desânimo.

Repentinamente, Madalena deixou escapar um riso agudo – inclinara a cabeça para trás e o sol batia em cheio sobre o seu rosto. Muito tempo ainda, a gargalhada permaneceu intata no ar, dotada de uma vida diferente e autônoma, rica de expressões metálicas, o que lhe dava um certo tom acanalhado e cruel. Maria erguera a cabeça, confusa, os olhos dilatados contemplando ao mesmo tempo o rosto contraído, as pequenas mãos que seguravam o chicote e as rédeas, o corpo ainda sacudido no esforço do riso – penetrada até o âmago de seu ser por um doloroso sobressalto, enquanto o coração ferido lhe revivia com insistência a sensação desolada que a risada lhe trouxera. Entretanto, Madalena reconhecia o quanto fora rude o seu gesto – e não desejando forçar ainda mais a situação, confessando os motivos que a agitavam, inclinara-se, tocando levemente com as mãos a cabeça da outra:

– Tolice, Maria... mas se você quiser mesmo...

E fez um gesto de resignação. Maria fitou-a nos olhos – as lágrimas pareciam prestes a descer. Permaneceu imóvel, um sorriso nos lábios, as mãos ao longo do corpo, enquanto a outra erguia o chicote e puxava as rédeas. Cerrou os olhos – o ruído das rodas encheu a manhã silenciosa. Lentamente, a dúvida foi penetrando no seu coração – e ao lembrar-se de que Madalena tinha se resignado tão prontamente à sua partida, sentiu o travo de uma decepção repentina, como se em tudo aquilo houvesse sido ludibriada em qualquer ponto, em qualquer situação que não percebera muito claro. "Preciso revê-la" – pensou consigo mesma, descobrindo de novo o vácuo estabelecido entre ambas e que só poderia ser preenchido com as palavras que não dissera. Ao mesmo tempo sentiu derramar-se no seu coração um pouco de tranqüilidade, ao se lembrar do rosto irritado, molhado de lágrimas, que surpreendera no começo.

Como a charrete penetrasse agora sob as grandes árvores úmidas, cujas copas escuras formavam uma abóbada cerrada, Madalena sentiu frio. Pensou que seria melhor tocar o carrinho com maior velocidade, pois o movimento que seria obrigada a fazer para segurar as rédeas traria um pouco de calor ao seu corpo entorpecido pela longa imobilidade. Até agora não tivera um único pensamento nítido; a conversa que acabara de ter com a prima conseguira não só dissipar aqueles que a preocupavam um momento antes, como impedir a aproximação de outros. Sentia-se como alguém que fosse rodando no alto daquela charrete, com um ou outro arrepio de frio, mas indiferente a tudo, como se todas as coisas que a cercassem fossem de uma realidade secundária e muda. Claros de sol cortavam a folhagem escura, e ela sentia no rosto o afago ardente do raio fugitivo; o barulho monótono das rodas se eternizava e um cheiro de umidade, de bolor e de água fria despertava-lhe a lembrança de recantos úmidos onde os cogumelos vivos apontam as suas cabeças acinzentadas. O bambual adelgaçava-se, movia-se – e com um impulso rápido e vitorioso a charrete ganhou a estrada aberta, onde o sol puro flamejava. "É um alívio abandonar esta alameda fria" – pensou. E agora, como se este único pensamento bastasse para romper a cadeia escura onde tantos outros se agitavam entre emoções dispersas, percebeu que o seu alheamento se rompia e que ela recebia a manhã com o peito estuando de felicidade. Não podia negar que o bambual tinha as suas horas agradáveis e que ela as apreciava também – isto, quando o verão era forte e as cigarras enchiam o ar de sonolência com as suas cantigas monótonas. Mas qualquer coisa dentro dela, ainda sem forma como a maioria das suas sensações, odiava aquele trecho escuro do jardim, onde a claridade não se escoava senão furtivamente. Era interessante procurar a origem verdadeira daquela aversão. Um acontecimento insignificante, um nada quase, aparecia no fundo da sua memória e, se bem que ela se recusasse a apoiar inteiramente esta idéia, não podia dissimular a importância de que se revestia aos seus olhos. Uma vez, sentada à sombra fria da folhagem, falara ao marido em mandar cortar tudo aquilo, transformar o jardim, a casa, arrancar-lhe aquele aspecto hostil e envelhecido. Pedro estava de pé e brincava com um galho; ao ouvir as suas palavras, tinha se voltado, e um sorriso frio sulcava-lhe o rosto. "Não, não" dissera "poderia um dia mandar buscar a sua mãe e sabia que ela havia de amar os passeios naquela penumbra". Não parecia um motivo muito forte para recusar o seu pedido – e Madalena percebia que era a idéia da chegada dessa mãe o motivo por que aqueles bambus lhe despertavam semelhante aversão. No fundo não podia tolerar que a possibilidade da vinda de alguém pudesse se opor como uma razão determinante à sua vontade de rejuvenescer o lugar onde morava. Mesmo porque não acreditava muito na vinda da velha Adélia, criatura desaparecida no passado do marido, que ela não conhecia e que nunca lhe enviara sequer uma palavra amável... Praticamente, aquela mulher não existia para a sua vida, e ela não podia aceitar que um fantasma viesse se opor a um desejo seu, e principalmente a um desejo tão cheio de boas razões como aquele. Mas a sua existência era uma curiosa história; não se sentia com direito de coisa alguma, nem sequer o de cortar o bambual, nem sequer o de viver bem na sua própria casa. Fora tudo bem diferente do que pensara um dia, quando... Madalena sentiu que neste ponto os seus pensamentos se encontravam com os anteriores – readquirira a consciência de si mesma e deixava-se apossar por aquela massa opaca de sofrimento. Nenhuma reação diante daquilo que ultimamente tinha se tornado uma espécie de estado habitual, uma constância que uniformizava a sua amargura e dava ao seu ser uma espécie de alimento cruel, soprando sobre as suas forças adormecidas novas possibilidades de atravessar as horas vazias. Aqui era Pedro, a sua existência de agora, a sua própria história. Notara que a esses pequenos inconvenientes que o marido encontrava para opor ao menor dos seus desejos emprestava ele um certo prazer, uma alegria furtiva, quase dissimulada. Parecia se divertir com essas pequenas intrigas, alimentando as dificuldades que encontrava. Assim, para ele, era um prazer que a lama impedisse depois de uma noite de chuva a corrida da charrete, ou então que os bambus rinchassem na ventania, prosseguindo horas seguidas naquele choro lento, que acordava no fundo das pessoas uma espécie de enervamento que ia subindo ao mais vivo desespero. Bem sabia que nessas noites Madalena não conciliava o sono. Ele mesmo caminhava todo o tempo, arrastando, nas tábuas vacilantes do corredor, as pesadas chinelas de couro. Como podia pois aquele homem demorar mais semelhantes propósitos, envenenando a ambos pela possibilidade de uma coisa tão distante como era a chegada da velha Adélia? Não, positivamente não conseguia nada do que desejava, e seria bem melhor que... Um sorriso apareceu-lhe nos lábios: de qualquer modo ter-se-ia casado com ele, era inútil procurar razões tardias. Desde que o vira pela primeira vez, dissera: "Este é o homem que eu esperava, só me casarei com ele, é inevitável". Como que descobria, depois de tanto tempo, uma certa parcela de medo agudo sobre este amor nascido de um modo tão espontâneo. E a essa idéia de "medo" vinha se juntar a lembrança recente de Maria (como teria ela interpretado as suas lágrimas? Era bem desagradável tudo isto...) e as suas sensações, no fundo tão idênticas às que sentira em outra época...

Madalena suspirou. Lançou um olhar em torno de si, desejando esquecer aquilo que a atormentava. Nenhum consolo encontrou na paisagem que a cercava e, vencida por uma força que era superior a todas as outras, mergulhou no desespero da noite anterior, quando chorara horas seguidas na penumbra do seu quarto, esmagada por toda essa engrenagem complexa que arruinava a sua vida. E valia a pena tudo isto? Não estaria lutando apenas com os próprios elementos fornecidos pelo seu espírito trabalhado, enquanto Pedro permanecia distante, indiferente àquele jogo de dúvidas e de recuos? Tremia, do fundo da sua miséria, ao se lembrar de que ele parecia amar somente os livros, escondendo por detrás deles as suas emoções e os seus sentimentos, como se o uso dessas emoções e desses sentimentos fosse qualquer trabalho perigoso e enigmático, que somente poderia se desenrolar na sombra. Ah! livros... Desses dias distantes despertava a imagem de Cira, a sua irmã, sentada no tapete esfiapado da velha sala de jantar, dizendo com os olhos postos nela: "Não se case nunca com um professor, Madalena... Tenho horror dessa classe de gente!". Sem dúvida que era uma tolice conceder a estas palavras um outro valor do que o de um pouco de cinza atirada ao vento... Mas quando ela se lembrava da repulsa que Cira mostrara por Pedro, no início ainda das suas relações, não podia deixar de encarar esse fato como um pressentimento real. A questão não dormia evidentemente na situação de Pedro – em nada importava à complexidade do que sucedia atualmente o seu modesto cargo. A origem era outra e com raízes tão fundas que ela mal ousava descer um olhar inteiramente despido a essas regiões. Entretanto a si mesma indagava, incansavelmente, por que aquele homem retinha todos os seus movimentos, decepando a sua força como quem quebra de um golpe um objeto frágil? Os livros eram apenas uma trincheira. Por trás das capas amarelas ela se sentia espiada, vigiada, escarnecida, sensações idênticas às que experimentara Maria. Nada daquilo se exprimia por qualquer manifestação exterior, mas, logo que ela se voltasse, sentiria dois olhos implacáveis seguindo atentamente os seus movimentos. Nunca Madalena conseguira descobrir um só gesto, adivinhar uma só palavra que identificasse a realidade da situação. Mas, dia a dia, sentia crescer o horror velado que Cira fora a primeira a experimentar, a angústia do desconhecido e o sofrimento daquela permanência do mesmo problema insolúvel. E o pior é que ela jamais poderia saber se todas as suposições levantadas até agora não obedeciam somente ao descontrole da fantasia de cada um...

Teria Cira sido feliz com o casamento? Era uma pergunta que lhe ocorria inesperadamente, depois de comparar a sua vida com a dela. A constatação era dolorosa, e Madalena vencia com dificuldade o reconhecimento que se impunha; nem Cira, nem nenhuma das suas conhecidas tivera um destino igual ao seu. Odiava aquele costume de mentir a propósito de tudo, até mesmo sobre a sua própria felicidade... Entretanto, reconhecia agora que jamais teria coragem para revelar a verdade inteira e que mentiria, mentiria sempre, encobrindo, enquanto lhe restassem forças, a miséria da sua vida. Agora, um desespero mudo envenenava o seu pensamento, absorvia toda idéia nítida. Por um momento, enquanto a charrete avançava rapidamente na estrada clara, sentiu aquilo referver no fundo do seu sangue, subir até amargar-lhe na boca. "Mentir é o destino de todos que aceitam a vida" – pensou. Ao mesmo tempo, como uma sombra de inquietação pairando sobre o seu raciocínio, ocorreu-lhe a idéia de que ainda isto era uma mentira. Ela não aceitava a vida. Neste caso, o hábito de mentir emprestava a este pensamento uma certa realidade; apenas se a clareza lhe permitisse pesar friamente os fatos, veria que aquela corrida no alto de uma charrete, aquela visita à mãe adquiria uma significação que estava longe de descobrir ao primeiro olhar. Não pôde deixar de sorrir reconhecendo que esta caminhada dentro da manhã cheia de sol era um movimento para unir laços partidos, era um impulso para torcer o rumo da sua vida perturbada, uma nova procura da felicidade e do sossego. Não, não aceitava pois a vida, já que lutava para transformá-la a seu modo. Entretanto, sentindo nascer de obscuras regiões do seu ser um impulso maior para aquela natureza aberta ao sol, distinguiu um princípio de dúvida nesta conclusão, e, deixando escapar um suspiro, indagou para si mesma, num sussurro: "será este triste movimento – uma corrida até a casa da mãe – um modo decisivo de não aceitar a vida?" e compreendendo que esta questão a levaria muito longe, emergiu lentamente à realidade.

O sol começava a arder nas suas costas. Por um impulso que vinha ainda dos pensamentos que acabava de abandonar, murmurou alto: "evidentemente não" – e isto permaneceu como resposta ao que indagara antes. O melhor que tinha a fazer no momento era abrir a sombrinha. Com um gesto rápido deteve a charrete, e Zigo estacou, resfolegando. A estrada avançava, cheia de lírios selvagens, e o campo, encurvando-se, descia bruscamente uma rampa plantada de milho – ao longe, duas mulheres puxavam um burro e, mais embaixo, com um fulgor metálico, o córrego de Santo Antônio cintilava. Madalena abriu a sombrinha e esteve um instante imóvel, com os olhos perdidos na encosta. Depois, com novo suspiro, tocou o carro, segurando as rédeas apenas com uma das mãos.

Tomara uma decisão. Talvez que a razão destas forças encontradas de um modo tão repentino no seu espírito fosse unicamente a influência da manhã que se estendia inteiramente sem nuvens, cobrindo a várzea de um verde quase luminoso e de uma alegria quase infantil. Talvez fosse oriundo dessa liberdade que dava uma nova vida ao seu ser, trazendo-a de volta do escuro chuvoso da noite anterior à serena felicidade daquele amanhecer. O certo é que, pesando pela primeira vez esses fatos em sua realidade completa, resolvera dizer tudo à mãe, contar todo o seu drama, viver. Sentia que esta seria a sua verdadeira vida – era incrível que uma pessoa se achasse deslocada desse modo dentro da existência, caminhando por uma estrada errada – sob a influência de Pedro, sem encontrar a si mesma. E, bruscamente, Madalena sentiu com todas as forças que ainda poderia viver, achar os dias belos, pois sentia o sangue quente correr nas suas veias, chamando-a para a existência, num grande e desesperado apelo. Agora, rapidamente, distinguia essa alegria se derramando pelo seu corpo, vencendo os pensamentos anteriores, inúteis e amargos, como a luz do sol vai vencendo nesses recantos tranqüilos, onde a água dorme, a sombra acumulada pelas horas noturnas. De onde lhe vinha essa alegria repentina e essa confiança que minutos antes não sentia? Não era da manhã, nem da luz, nem das folhas verdes... Pensava em Pedro com a cabeça enterrada nos grossos volumes amarelos. Sim, diria tudo à mãe. Era, pois, desta certeza de encontrar uma aliada e de se saber armada para um combate desta importância, o que lhe garantia esta quase felicidade agora. Ah! os conselhos dessa mãe, calcinada pelas experiências, valeriam bem para ajudá-la a conservar a paz que aquele homem despedaçava e a soerguê-la dessa lama em que sentia se afundar aos poucos, quando se lembrava de que era uma escrava e que jamais reconquistaria o domínio de si mesma...

A charrete deslizava docemente. O seu olhar seguia a sombra desenhada no chão, as rodas grandes, a sombrinha aberta, a ponta aguda da almofada. Aliviada, Madalena olhou o céu. O calor aumentava.

– Cira! Cira!

A janela abriu-se com esforço e uma cabeça surgiu, as mãos na testa por causa da luz. Diante daqueles olhos habituados à escuridão, a estrada ardia e se pulverizava numa só onda até o córrego.

– Você, Madalena?

A voz denotava certa surpresa. Madalena mordeu os lábios, adivinhando a causa: havia três dias estivera ali e dissera que só poderia voltar no próximo mês. Entretanto, estava de volta, na esperança de encontrar uma solução para o seu caso. Não adiantava esconder a si mesma, mentir que era necessidade de saber se a mãe estava passando bem. Era por ela mesma, era pela sua felicidade que voltava.

– Sim, Cira, sou eu, mas abra a porta depressa...

A cabeça desapareceu. Agora, enquanto esperava que a porta se abrisse, uma esquisita angústia se apoderava do seu espírito e julgava compreender como era inútil todo aquele esforço. Era bem verdade que a mãe jamais compreenderia uma palavra sequer da confissão que lhe aflorava aos lábios – não poderia se enganar com a bondade de Camila, ela, que vivera tanto tempo sob o mesmo teto e que conhecia o seu caráter ríspido, a sua maneira rude de forçar a compreensão das coisas, como quem não admite dúvidas sobre a possibilidade de um fato já reconhecido por ela. Então, enquanto a porta rangia pesadamente, sentiu uma enorme vontade de voltar e esquecer tudo aquilo, afundar-se na sombra do seu quarto e esperar que o sono a ganhasse para sempre. Mas era tarde:

– Anda, Madalena – disse Cira.

E ao mesmo tempo, detendo-a rapidamente quando ia subir a escada, perguntou:

– Aconteceu alguma coisa?

Viu os olhos inquietos que a fitavam, na ânsia de descobrirem antes de qualquer pessoa, um mistério, um acontecimento, uma desgraça.

Para aquela, também, todo o seu drama seria sem importância, nada teria acontecido. Vagamente irritada ante aquela admiração que se prolongava, moveu lentamente a cabeça:

– Não, por quê?

A outra ergueu os ombros. Tinha uns cabelos magníficos que se desmanchavam em ondas fartas. Um princípio de vergonha sacudiu Madalena, uma ponta de receio diante daquela sede de coisas novas que se estendia tão friamente sobre a sua inquietação.

– Mãe está?

Cira fez um sinal com a cabeça. Foi subindo, enquanto a outra fechava a porta. Chegara-lhe, diante daquela escada escura, daquele tapete esgarçado que denunciava o antigo fausto da família, no tempo em que os avós nobres enchiam Diamantina com o seu fulgor, uma suave impressão que familiarizava os móveis velhos que se esbatiam na penumbra. Revia-se menina, encerrada dentro daquela casa, limitando o seu mundo nos horizontes estreitos daquelas paredes bolorentas. Realmente, ela era bem diferente da irmã. Cira, mesmo depois de casada, nunca pudera abandonar a mãe. Sempre que lhe falavam nisto, movia a cabeça e respondia vagamente, como quem penetrasse dentro de um sonho que era o alimento da sua vida: – "oh! não, eu partirei um dia, mas para longe... onde as estradas não se acabem" – e queria significar com isto a sua revolta pela morna condição em que vivia, quando podia tudo abandonar e ganhar outras terras onde a aventura lhe sorrisse. Fora assim toda a sua adolescência sonhando alguma coisa que a esperava lá fora, um mundo de perigos, uma "vida" verdadeira...

Parou diante da porta alta e, quase ofegante, bateu na madeira cheia de desenhos antigos. A voz de Camila, arrastada e quase rouca, respondeu de dentro "quem é?" – e Madalena, sorrindo aliviada, exclamou "sou eu, mãe", um pouco trêmula, quase esquecida do que pensara ao entrar. Entretanto, não obteve nenhuma resposta. Vagarosamente, com um leve peso no coração, tornou a bater. "É você, Madalena?" – e reparou que era a mesma pergunta da outra, conseguindo, por um extraordinário esforço de argúcia, distinguir que também nela havia um tom qualquer, habilmente disfarçado, de surpresa e irritação. O sangue afluiu-lhe às faces de um jato. A porta se abriu e Camila apareceu, seguida de outra senhora, gorda e agitada, reluzindo com movimentos bruscos, duas pesadas argolas de ouro que lhe pendiam das orelhas. Madalena recuou enquanto faziam as despedidas. De novo, um sentimento de intenso amargor invadiu-lhe o espírito. Que tolice! Como pudera pensar em se valer de mãe? Era preciso ter esquecido quem era aquela alma egoísta e fria, pregando eternamente teorias que a salvaguardassem de aborrecimentos causados pelos outros, num temor constante de que viessem destruir a sua paz, amando a mentira como o mais forte meio de defesa própria. Além disso, para aquelas duas criaturas, Madalena era um ser à parte, com quem já não contavam mais, seguindo uma corrente diferente na existência. Devia, pois, lutar por si mesma; a felicidade de cada um só a cada um importa. Reconhecia-se como um obstáculo posto de lado – sentia bem que aquelas duas criaturas se achavam demasiadamente preocupadas com as suas próprias existências, para sentirem qualquer emoção vinda de um sofrimento alheio. Aquela sensação foi tão forte, o seu desânimo tão grande que curvou a cabeça, o coração agitado pela angústia. Mas a senhora descia e Camila se voltava para a filha com um sorriso nos lábios:

– Minha querida, que lhe aconteceu?

Como a frase fosse idêntica à de Cira, sentiu um golpe surdo sobre o peito: já não podia visitá-la sem alegar um motivo, por simples prazer. Então, abaixando desalentadamente os braços, suspirou:

– Precisava vê-la, mãe, ando tão aborrecida...

Não seria possível ainda? Não encontraria a sombra de afeto que lhe amenizara os dias de outrora? Ah! não se resignava a ser uma desconhecida... Precisava de coragem para dizer tudo aquilo que a trouxera ali. Mas... acaso não lhe faltariam no instante preciso as forças necessárias? Não era, pois, a primeira vez que aquela tremenda pergunta rebentava no fundo da sua consciência. Não era a primeira vez que ela se debruçava sobre o seu próprio desespero e indagava, trêmula de medo e de repugnância, se devia confessar tudo – tudo, na extensão imensa que podia abranger todo um mundo de desconhecidos sofrimentos no vazio dessa palavra tão grande. Para dominar sua emoção, procurava se lembrar do tempo em que lia recostada na espreguiçadeira verde – a mesma que estava ali no canto – os olhos cerrados para não ver, não sentir coisa alguma, além desse fluxo e refluxo que traz de longe o odor e o colorido violento, dessas recordações fortes que nos acompanham pela vida inteira. Sim, fora na época dos seus primeiros encontros com Pedro. Trazia desses passeios uma penosa impressão de prazer e de amargura, onde sofria uma espécie de desintegração, com a vontade sugada pelo seu silêncio poderoso. Voltava quase com vergonha de si mesma, pelo seu abandono, pela sua impotência diante daquele espírito que a aprisionava lentamente. Não sentia nenhuma disposição para uma reação à altura – e se entregava, procurando fugir à própria inquietação. Revia diante dela, exatamente como agora, o vulto inquisidor de Camila, o copo de aguardente nos dedos cheios de anéis, os olhos aumentados por uma tinta violenta, brilhantes como os de uma criatura em febre. E ouvia a sua voz rouca dizendo: "Experiência, você não tem decerto. Entretanto, é preciso que uma noiva saiba de tudo". E ela ignorava tudo. E se recusava à realidade, não por temê-la, mas por egoísmo, por aversão aos aborrecimentos que isto poderia lhe trazer. Seria melhor dizer por indolência. Agora, vinha se lamentar, hesitando, permanecendo imóvel, quase sem coragem para reviver assim coisas antigas.

Camila fitava a filha com assombro.

– Minha filha, o que é que você tem?

Ela veio como de um sonho. E a sua angústia tornou a sua voz diferente, quase como um gemido:

– Oh! mãe, se você soubesse...

Uma rápida transformação se operou na fisionomia de Camila. Madalena conhecia perfeitamente as mutações daqueles olhos que passavam de febris a um palor quase sombrio:

– Pobrezinha... Mas, venha para cá...

Arrastou-a. Era a mesma sala escura, com as espreguiçadeiras usadas e a caixa de costura no canto do piano. "Já não encontraria aqui a minha felicidade antiga" – pensou. E contemplava a mãe, procurando reviver os seus traços – era ela, na verdade, o único elemento estranho naquele ambiente familiar – encontrando-a um pouco mais magra, talvez melhor assim, mais moça, mais leve...

– Como vai o Pedro?

Não lhe restavam mais dúvidas: era impossível qualquer coisa com aquela criatura, e a culpa era inteiramente sua. Recuava – era quase uma fuga diante daquela pergunta úmida de incompreensão e que se colocava brutalmente como uma interrogação exigida e ao mesmo tempo um obstáculo contra os aborrecimentos que pudessem surgir nesse terreno. A sua sensação era de culpa, pois ela mesma tinha participado o trabalho daquele esfacelamento, esquecendo antigos laços na ânsia de "viver", enquanto tudo o que ficara para trás mergulhava no silêncio e na treva dos dias vividos.

Mentiu:

– Bem. Deixei-o dormindo ainda.

Então Camila sorriu e ameaçou a filha com o dedo:

– Olhe que estas fugidas matinais costumam fazer mal...

Balançou a cabeça vivamente, quase sorrindo:

– Por mim, não... Gosto de sol, sabe?

Mas desceu um embaraçoso silêncio. Camila voltara a tomar o bordado e dava grandes pontos, numa inquietação tão visível que lhe transparecia em cada ruga do rosto. O seu olhar tornara-se desconfiado e, de vez em quando, furtivamente, fixava a figura imóvel de Madalena, sem saber ao certo como começar uma conversa que adivinhava tão penosa. Afinal, a visitante compreendeu de súbito por que aquele silêncio pesava e por que ela se entrincheirava como diante de um inimigo. Realmente, com um gemido, Camila pousou a costura e, se apoiando no braço da cadeira, perguntou com voz velada:

– Soube que Pedro vai abandonar os alunos, é verdade?

Fez um esforço e contou tudo de ímpeto como quem se liberta de um peso:

– Não posso saber como foi aquilo, mãe. Pedro não me disse uma palavra, mas sei que alguma coisa grave se passou realmente...

Camila cortou a narração:

– Não foi um dos alunos?

– Foi – continuou Madalena – um rapazinho que se chama Epifânio. É filho de um velho soldado, João Epifânio, que foi se queixar comigo...

– Afinal...

Tinha se curvado inteiramente e escutava com avidez. Madalena prosseguia.

– Acusam a Pedro de coisas para mim quase incompreensíveis. O rapaz começou a revoltar os alunos e alegam que foi sob instigação de Pedro. Ontem, como o pai o chamasse à ordem, investiu para ele de punhal e cortou-lhe uma orelha. Parecia uma fera bravia – o velho Epifânio foi se queixar, alegando que tudo isto é um fermento mau lançado pelo professor. Houve uma investigação e colheram outros sintomas entre os alunos restantes...

Calou-se um momento. Os seus olhos estavam cheios de lágrimas.

– E o rapaz? – perguntou Camila.

– Fugiu. Ninguém sabe para onde. Chamaram a Pedro e dispensaram-no.

Camila não pôde esconder um movimento nervoso com o braço. No mesmo instante, como quem esquece tudo, relegando para uma ordem secundária acontecimentos que empalideciam diante desta angústia, perguntou:

– Dinheiro?

E Madalena sentiu que estava em presença de uma inimiga. Sem coragem para articular mais uma palavra, continuou a contemplar o rosto enrugado que a dúvida marcava com uma expressão dolorosa, procurando perdidamente uma idéia qualquer que a salvasse, sentindo instintivamente que tudo seria um esforço inútil e que ela continuaria amargurada e solitária. A necessidade de dizer qualquer coisa sugeriu-lhe uma mentira: não era melhor aproveitar o motivo que vinha de encontro ao seu embaraço, oferecido pela própria mãe?

– Sim – respondeu, abaixando a cabeça.

Cira entrava. Extremamente nervosa. Camila gritou-lhe:

– Cira, deixe-me um momento com a sua irmã. Precisamos de falar coisas sérias...

Ela fez um movimento de ombros e saiu cantarolando. Mas até naquele modo de erguer os ombros, Madalena sentiu a mesma pergunta aflita: "dinheiro?" – enquanto que afetando cantar qualquer coisa, a irmã respondia para acalmar a inquietação: "não é possível, não levo isto a sério... estou cantando e todos vêem que é pura despreocupação"... Fazendo um imenso esforço para ir até ao fim, tornou a dizer, queimando-se de vergonha:

– Encontro-me em dificuldade.

Camila arrastara a sua cadeira para perto da filha. Madalena distinguia bem a sua cruz de madrepérola, e as linhas profundas do pescoço mole.

– Querida, que situação tão triste!

Movia a cabeça penteada, as mãos unidas, a voz ligeiramente trêmula:

– Exatamente como eu, sabe? Se realmente Pedro vai perder o emprego... é lamentável!

E como a filha não respondesse, pôs-se a dar conselhos, precipitadamente:

– O melhor é cortar tudo pela raiz. Nada de luxos exagerados. Nem criados, ouviu? Basta uma...

Madalena, que tinha mergulhado num completo alheamento, voltou à realidade com estas últimas palavras. A salvação lhe aparecia nitidamente nestas frases truncadas e, erguendo-se sobre si mesma, num grande alívio, disse:

– Não foi por dinheiro que eu vim, não foi por isto. Maria despediu-se hoje e eu não posso ficar sozinha...

Camila parou com os olhos cravados na outra. As suas pupilas, feridas por um brilho agudo, pareciam dizer: "por que não me disse logo? Teria poupado tanta coisa"...

– Maria? – suspirou – por quê?

Não simpatizava com essa parenta longínqua, a quem a fortuna e a felicidade tinham deserdado e a vida como que esquecido de lado, à sombra dessas velhas residências patriarcais que iam se desmantelando em fazendas comidas pelas hipotecas.

Madalena ergueu os ombros e suspirou:

– Não sei... Maria não gosta de envelhecer no mesmo lugar...

Ficaram em silêncio. Com a mão no queixo, Camila examinava a filha. Não era a sua predileta. Sempre se dera melhor com Cira, cujos defeitos pareciam mais com os seus, enquanto os de Madalena se assemelhavam mais aos do pai, pessoa a quem guardara sempre um ódio soberano.

– Você está mais magra... Preocupações?

A indolência subia pelo seu corpo como uma carícia do vento:

– Nada. Falta de apetite. Depois, os exercícios da charrete...

– Pois não se incomode com a criada. Fica por minha conta arranjar outra.

Despertou completamente, os lábios contraídos numa palavra de reprovação:

– Outra? Você bem sabe, mãe, que Maria nunca foi uma criada para mim... – Camila continuava a observá-la sem poder ocultar um leve traço de desdém. No fundo, achava bem toda aquela criatura, que não herdara dela senão uma certa vivacidade dos olhos e um pouco de amor à paz das grandes horas ociosas.

– Além disso – continuou Madalena –, preciso de alguém que me faça companhia, que seja mais uma amiga do que uma criada...

Subitamente, batendo com a mão na testa, Camila exclamou rindo com ar de triunfo:

– Achei! Como tudo é fácil, minha filha!

E, debruçou-se mais, quase tanto que Madalena chegou a sentir-lhe o hálito morno e cheirando a aguardente:

– Você viu essa senhora que saiu daqui agora? Mora pelos lados da fazenda Bela Vista e conhece uma pobre família, penso que um velho com quatro filhos. A mais velha é uma menina inteligente... parece que se chama Emanuela... Creio que seria uma ótima companhia numa casa decente...

– Emanuela? – perguntou sem grande interesse.

– Não tenho certeza se o nome é mesmo este. Por que você não dá um pulo em casa dela? A fazenda não é longe...

Madalena permanecia imóvel, os olhos quase cerrados. Camila, dominada agora por uma extraordinária vontade de ser amável, tinha segurado as mãos da filha, enquanto a voz adquiria uma inflexão terna, diferente. Mas o que realmente Madalena experimentava era uma vontade de chorar, de chorar muito, de se entregar a um desespero que decerto ninguém compreenderia. Quase odiava aqueles olhos de expressão vulgar e aquela boca que se movia iluminada pelo vermelho sangrento da tinta.

– Obrigada, mãe, passarei por lá.

– Não se esqueça, meu amor.

E durante o resto do dia, não falaram senão em coisas fúteis.

A noite caía rapidamente. De volta para casa, Madalena não podia vencer o desespero que ia se apossando do seu espírito. As esperanças que alimentara durante a manhã lhe apareciam perfeitamente ridículas, agora que percebia com implacável nitidez o modo por que falhara tudo, um plano inteiro de vida, ao leve esboço de um gesto mais esquivo...

As coisas em torno caíam numa triste rigidez. Madalena adivinhava na melancolia do ambiente, naquela erva úmida aprisionada pelos dedos macios da noite, naquelas árvores que agora pareciam mais altas, mais hostis e de uma beleza mais trágica, a chuva que não tardaria a cair. Era um apelo exterior à sua alma, um pedido partido de toda aquela natureza sofredora que se entregava ao sono. Ela cedia e tudo se confundia com a sua própria desventura. Entretanto, enquanto a charrete balançava-a docemente, avivando ainda mais aquele desejo de dormir, sentia nascer no fundo do seu espírito a certeza de que era preciso lutar ainda, mesmo que queimasse nessa luta as poucas forças que lhe restavam...

II

Quando chegou em casa, já a chuva desabara completamente, e na alameda escura a água jorrava grossa e vermelha, em borbotões, pela terra fácil. Madalena, apesar de incentivar Zigo, o mais possível, entrou em casa completamente molhada, e por um instante, apesar do frio, ficou escutando com uma certa avidez o tom monótono, levemente doloroso, das águas que desciam. Maria esperava-a sentada no escuro, e quando Madalena encontrou o seu rosto, sentiu o coração se confranger diante daqueles olhos humildes que se alargavam pela face marcada de sofrimento. Não sabia o que devia lhe fazer – uma palavra vinha e a recusava, outra nascia à flor dos lábios e desaparecia diante da desesperada fixidez daquelas pupilas. Vencendo o próprio embaraço, sacudiu os cabelos molhados e tocou a prima com as mãos:

– Por favor, Maria, arranje-me um café... estou morta de frio! – E enquanto ela se voltava lentamente, sem uma palavra, compreendeu de um modo extraordinariamente nítido a sua angústia daquelas últimas horas; nos seus mínimos movimentos, num gesto leve da mão que se erguia para abrir a porta ou naquele olhar vazio que se desmanchava sobre as coisas sem tocá-las, estava impresso um profundo desencanto. Madalena perguntava a si mesma se teria Maria esperado o dia todo, na mesma posição, indiferente ao tempo e às sensações exteriores... Possivelmente. Mesmo ela, ao defrontar aquela estranha docilidade, aquele ar de indiferença e de abatimento diante do egoísmo do mundo, sentia-se ferida por uma inquietação inesperada, sensação de alguma coisa dolorosa descoberta de repente no fundo da sua alma como um sentimento desconhecido de culpa. Sozinha, subiu para o seu quarto e acendeu as luzes, acalentada por essa visão familiar do velho quarto que conhecia todas as suas penas e todas as suas alegrias. Rapidamente, a lembrança de Maria desapareceu ainda uma vez do seu pensamento, e uma nova idéia começou a absorvê-la: Pedro viria jantar? E no mesmo instante, sentindo o coração bater mais forte, pensou que isso era extraordinariamente difícil, quase impossível. Ultimamente, sem que ela pudesse saber por quê, Pedro passava fora a maior parte do seu tempo. Mas, naquela noite, por mobilidade de convicção ou um certo pressentimento mais forte, agarrava-se absurdamente a essa esperança. Ouvindo a chuva cair insistentemente, com um ruído opaco e cego de metal pesado, pensava, com uma leve ponta de crueldade, nos caminhos que o vento e a lama tornavam intransitáveis. Bem conhecia esses barrancos escuros que se empapavam de água até ruírem com fragor, esses trechos alagadiços que permaneciam absolutamente inacessíveis à outra parte da cidade.

Madalena despia-se lentamente diante do espelho antigo, herdado da avó paterna, de cujas garras de metal um candelabro com três velas acesas arrancava rápidas faúlhas que agonizavam na face fria do vidro. Não pôde deixar de lançar um olhar curioso para o corpo branco e cheio, surgindo magnificamente da onda desfeita de babados e rendas. Com um leve sentimento de orgulho, passou as mãos pelos seios, pelos ombros retos e cerrou os olhos devagar, contemplando, como através de um sonho, aquele vulto claro que flutuava no espelho. Enquanto vestia um longo traje de tafetá escuro, com mangas fofas e gola alta, pôs-se a pensar de novo em tudo aquilo que transtornava a sua vida. E com o coração agitado pela emoção, reviu o seu primeiro encontro com Pedro. Fora no tempo da missão. Rezava-se uma missa ao ar livre, junto de um cruzeiro antigo, cuja existência era motivo constante de lendas – o tempo ia comendo o seu corpo de madeira que outrora fora verde e resistira ao vento e agora não era mais do que uma pobre cruz de estrada, abrindo ao céu os grandes braços carunchosos. Camila acompanhava as filhas, ainda no tempo em que o álcool não lhe tinha minado tão profundamente o organismo; ataviada com luxo e falta de gosto, um diadema nos cabelos que iam embranquecendo, gostava de falar da gente reunida, descobrindo em cada um descuidos ridículos, ou uma pobreza envergonhada que procurava se ocultar. Camila sempre se julgara acima dos outros: filha de uma terra pobre, jamais pudera compreender a pobreza e amar a obscuridade. Era sempre a primeira onde estivesse, pedindo lugar com um simples gesto de altanaria herdado de distantes avós aristocráticos, ofuscando os pobres caboclos e a gente simples com o fulgor das suas jóias de família, quebrando por vezes essa vaga atitude imperial com uma risada forte ou uma palavra mais fácil escapada no calor de uma conversa amável.

Nessa noite, com as mãos presas à fieira de botões que subia o corpo longo do vestido, Madalena procurava rever os seus trajes naquela manhã que se distanciava. Um quase nada, um simples tom mais forte, e que, entretanto, ressaltava com extraordinária felicidade a cor leitosa da sua pele: um vestido comum, igual ao que usavam todas as moças de Curvelo, mas talhado com elegância, seguro no alto por um medalhão de ouro, enquanto os cabelos penteados se prendiam de lado por uma fita verde, da mesma cor do vestido. Agora, com as lembranças despertando assim de longe, sentia o encanto pairando sobre tudo. Tinha bem nítida a figura irritada de Cira, que não conseguira a mesma harmonia e afogava-se raivosamente num veludo cor de vinho debruado de rendas escuras. No seu rancor, apertava o braço de Madalena e se lamentava: "Não sei viver no meio desta gente toda... Queria fugir e não ouvir mais a voz de ninguém"

– e como Camila se pusesse a rir, chamando a atenção das pessoas distraídas, exclamava sufocada de cólera: "você há de ver, mãe, um dia me perderei nesses caminhos...". Esta frase estava de tal modo ligada à idéia de Madalena sobre a sua irmã, que ela já não podia ver uma estrada escura ou escutar a notícia de que alguém tinha partido, sem realizar instantaneamente essa imagem quase perdida no tempo, Cira ameaçando de abandonar tudo e se entregar à vaga aventura dos caminhos despovoados. Entretanto, a longa multidão subia em fila pelas ruas estreitas, carregando andores e soltando foguetes, comprimindo-se num largo círculo em torno do cruzeiro. Gente de toda a espécie, caboclos descalços e pobres mulheres com os filhos pendurados nos braços, submergidos numa espécie de murmúrio surdo e pesado, que se misturava a um intenso odor de magnólia. Tinham construído um altar rústico, onde se confundiam, entre as coroas de rosas pálidas, jarras pesadas de lírios colhidos nas cercas mal batidas dos caminhos; e toda aquela paisagem ingênua tinha um viço extraordinário e uma beleza quase soberana, sem que um único detalhe conseguisse romper a unidade que serenizava, na mesma essência humilde, os homens, a natureza e as coisas. Haviam também conseguido música, a "Euterpe Curvelana", convenientemente disposta num estrado especial – os músicos, excessivamente tesos nas suas roupas domingueiras, aguardavam, com o metal dos instrumentos flamejando ao sol, que o padre desse o sinal para a música começar. Alguns, mais afoitos, afinavam os instrumentos, enquanto "psius" irritados partiam da massa de fiéis, e cabeças curiosas se levantavam. Tudo aquilo era de um encanto tão simples, de uma beleza tão pura, que Madalena se sentira comovida. Aliás, depois de tanto tempo decorrido, experimentava um certo sabor amargo em reviver momentos como esse, onde a doçura gozada aparecia através da distância, sem nenhum véu que a escondesse; era essa doçura, na sua essência verdadeira, e ela só a podia avaliar desse modo, depois de adquirir a convicção de que a tinha perdido para sempre. Realmente, nunca mais ela experimentaria sentimento idêntico. Momentaneamente, como se dentro dessa serenidade penetrasse um elemento estranho, sentiu uma espécie de angústia diante daquele mundo diferente, como se adquirisse, pela primeira vez, o contato real com esse ambiente que não era o seu. Tornava-se, pois, quase de sofrimento a sensação da alegria desconhecida que lhe inundava o peito em grandes ondas intermitentes. Curvada, com os olhos semicerrados, esforçava-se para não perder nenhuma parcela daquele instante novo que vinha enriquecer a sua vida e, com as mãos apoiadas no espaldar de madeira tosca, bebia lentamente o prazer dessa liberdade inesperada. Era exatamente de liberdade o sentimento que a tocava; de nada lhe importava a fala de Camila, cochichando sempre, enquanto segurava Cira pelo braço. Pouco a pouco, ela se entregava a uma espécie de sonho confuso, em que as pessoas se despiam da sua própria realidade para se integrarem numa atmosfera irreal, opaca, onde por instantes flutuavam como espectros. Devagar, chamada pelo murmúrio do povo que rezava uma ladainha, regressava ao lugar onde estava, suspirando ao se lembrar que dentro de poucos instantes teria de esquecer tudo aquilo, para se enclausurar na escura prisão do seu quarto. Ouvia agora a conversa de famílias que passavam em fila, comentando a chegada do padre que viera de Diamantina, especialmente para falar ao povo. Queriam ouvir sua palavra, pois a fama dos seus sermões corria como uma lenda por todo o norte de Minas. Não podia deixar de comparar as suas reações com as daquela gente, para concluir que a idéia de um acontecimento, nos seus dias, era quase unânime. Alma solitária, ela sentia pesar sobre a sua vida o tormento dessas criaturas que se sentem perdidas no abandono de si mesmas. Quantas vezes, indagando o que lhe faltava, qual o meio de preencher aquela lacuna que sentia dia a dia se alargar pela sua vida, chegara à conclusão de que não poderia viver só, entregue apenas ao seu desencanto: com um coração real, que ela sentia pulsar sob o peito, compreendia de que grande capacidade de se dar, de que natureza feita para o abandono e o encontro da vitalidade na ventura alheia era feita a sua alma. Sentindo crescer mais impiedosamente essa necessidade, experimentava por isso mesmo um afastamento maior da mãe e da irmã. Mas, por vezes, de dentro desse recolhimento, sentia-se ferida pela dúvida, e tudo que um momento antes lhe aparecia como um traço definitivo do seu caráter não tinha agora senão uma figuração efêmera de sentimento transitório. Assim, se bem que soubesse não ser possível encontrar nenhuma compreensão por parte de Cira ou de Camila, percebia que isso era uma espécie de signo a que também ela obedecia; a maioria das vezes era uma desconhecida para si mesma, para quem os gestos não tinham eco e a ternura inútil se estrangulava num coração vazio. Esse modo de se procurar sem se encontrar nunca reservava-lhe por vezes a surpresa de ver nascer, sob um movimento de cuja pureza não duvidava, algum motivo secreto, uma razão desconhecida, cheia de instintos cruéis e inesperados, que arrebatava violentamente a sua origem primitiva. Mas de novo a realidade a chamava. Aquele mundo que se agitava em torno, as mulheres com os cabelos cuidadosamente penteados, metidas nos vestidos claros de domingo, os homens de calça de sarja, repartindo um olhar desconfiado ou um sorriso humilde entre o padre e os conhecidos, num misto de respeito e de timidez, de crença e de alegria – tudo isto se diluía num suave mistério que a transportava ao âmago de distantes venturas. Entretanto, Madalena tinha acabado de se vestir e, sorrindo, passava a mão pelos cabelos – a imagem que o espelho lhe apresentava ao jogo trêmulo das velas lhe aparecia como a de uma desconhecida, agora que o seu ser, tanto tempo ameaçado de aniquilamento pela vida reclusa naquele casarão, se renovava ao sopro destas emoções novas.

Era de um intenso encanto o seu encontro com aquela menina tímida, escondida entre a multidão, cujo maior prazer era o de absorver completamente a substância das suas emoções, como quem, no meio de uma jornada monótona, encontra, numa clareira aberta no caminho, alimentos diferentes que lhe matem a sede e a fome. Ainda sorrindo, Madalena caminhou vagarosamente para o sofá e se estendeu, a cabeça inclinada para trás, os olhos fechados, as mãos abandonadas. E, docemente, tudo chegou como de um largo sonho esquecido.

Diante dos seus olhos estava mais uma vez o padre magro e desajeitado, com gestos largos, proféticos, senhores de toda a significação das suas palavras; nesses braços de longas mangas negras que se abriam e pareciam subir de repente e permanecer como duas grandes asas imóveis no céu azul, havia toda uma linguagem, toda uma intenção de proteger e aliviar que as palavras não conseguiam resumir. Bem se lembrava Madalena de que tinha descido um silêncio perfeito; só o vento vinha devagar, movendo as folhas altas, ondulando ao longe a cabeleira azul do capim que cobria a planície e arrastando o cheiro forte do incenso. Não, não queria entender aquelas palavras, não as poderia entender; todo o seu ser pedia repouso, um abandono completo naquela hora cheia de tantas emoções novas para sua alma. Nesse estado de espírito haviam corrido longos minutos. O sol queimava mais forte, homens e mulheres cobriam as cabeças com lenços brancos. Depois que o padre descera – as asas tinham descido resignadas e descrentes – começara o passeio, as famílias conhecidas vinham se cumprimentar, novos conhecidos sorriam uns para os outros, antigas relações que o tempo e a distância espaçaram, se renovavam sob um fluxo de perguntas, de risos e de exclamações felizes. Fora então que o seu olhar caíra pela primeira vez sobre Pedro. Estava imóvel, encostado a uma árvore e fitava-a. Ao encontrar o seu vulto, estremecera e dissera num sussurro: "Está ali" – e ao mesmo tempo, sobressaltando-se com estas palavras, voltara a perguntar a si mesma: "Mas que me importa aquele homem?" – sem que por isso se desfizesse a impressão de que contemplava um conhecido. Repentinamente descobrira no vago desses sentimentos sem cor e sem forma definida que experimentara antes (era um dos seus estados peculiares, espécie de brusca melancolia como as que se originam na longa espera de uma viagem ou no ócio de uma convalescença que se estende pelos dias frios de inverno) uma cor e uma forma mais nítida, um caráter particular, como se dessa bruma ondulante e luminosa que tinha envolvido o seu espírito nascessem os contornos reais de um interesse até então escondido. Aquele alguém que se apoiava de um modo tão displicente no velho tronco não se confundia com a massa escura e indistinta cujo vozerio enchia o ar dourado da manhã: fixando-o melhor, percebia em torno dele um brilho qualquer, um halo diferente, flutuando sobre a sua pessoa e apartando-o da multidão como a uma criatura eleita. Mas não, era uma tolice sua: nada disso existia, todas essas coisas ousavam criar formas apenas na sua fantasia. Continuando a reparar, chegara entretanto à convicção de que estava realmente diante de um indivíduo estranho, inexplicavelmente fora do seu ambiente natural. Mais tarde, somente mais tarde, pudera compreender aquele sortilégio que o distanciava das demais criaturas, ser destinado a permanecer à parte, dentro de uma grandeza ou de uma miséria que não era a grandeza e nem a miséria habitual dos homens. Vencendo afinal aquela impressão, tivera um movimento de recuo e abrira precipitadamente a sombrinha, procurando ocultar-se, o coração batendo. Agora, encoberta pelo chapéu aberto, voltara a raciocinar, com calma; era decerto um movimento pueril o que tivera. E com uma nitidez que quase se transformava em instinto, deixara escapar para si mesma, uma pergunta que resumia todo o seu gesto e todo o seu estado de espírito: "Por que fugir de alguma coisa que ainda não me ameaça?".

Pensando bem, era um verdadeiro absurdo descobrir esses intuitos tremendos num simples olhar com que a distinguira um desconhecido. E enquanto Camila conversava com uma senhora gorda e barulhenta, voltara a fixar o homem. Estivera todo o tempo imperturbável e nem sequer mudara de posição. Novamente sem que pudesse explicar de onde vinha aquilo, o medo golpeou-a em pleno peito, e Madalena sentiu que a sua segurança mais uma vez vacilava. Fechou os olhos, enquanto a angústia lhe cerrava a garganta: "Deve ter sido em algum sonho" – pensou – "ou então... Impossível, tenho a impressão de que alguma coisa de comum se passou entre nós...". E este penoso sentimento crescia de um modo rápido e intenso. Os instrumentos, longamente afinados, tocavam uma música leve, de notas macias e saltitantes. Todos se sentiam bem, debaixo daquele sol morno, ouvindo a conversa dos amigos, aspirando o perfume ainda frio dos campos. A manhã custava a morrer; se bem que o sol já avançasse alto, o ar matinal ainda molhava as árvores de um orvalho que se desprendia lentamente das folhas recurvadas. De repente, sem que Madalena pudesse evitar, sorrira. Fora mais forte do que ela – viera distraidamente, num momento em que ele rodava a bengala entre os dedos. Então, de longe, Pedro curvara a cabeça num cumprimento afável e discreto. Desorientada, num súbito acesso de acanhamento, cobrira-se de novo com a sombrinha. Longos minutos permanecera assim, quase sem poder dominar os batidos desesperados do coração. Mas uma vontade nova, uma audácia desconhecida chamava-a novamente. Por que não olhar ainda uma vez? Que mal lhe poderia fazer aquele homem distante? Olhara. E desta vez ele sorrira, um sorriso discreto, cúmplice, em que ela descobria um novo traço conhecido, um novo ponto de contato com o estranho. "Que loucura!", exclamara baixinho. Lembrou-se de que alguém poderia ter reparado – e que diriam dela depois? Mais uma vez, trancou-se num retraimento forçado, disposta a repelir qualquer sinal de aproximação. Já agora o burburinho se elevava, crescia como as marés de um rio cheio, avolumado pelas grandes risadas que estalavam livres, vibrantes, sem pejo. Madalena cerrara os olhos, oprimida pela emoção. Já agora não podia sentir o mesmo encanto despreocupado, a mesma morna suavidade daquela festa: um elemento novo tinha vindo perturbar a sua pureza. De súbito, fora arrancada do fundo do seu retraimento por uma voz forte que cumprimentava sua mãe: "então, como vamos?". Era ele. Ali estava diante dela, com um sorriso nos lábios, um brilho quase chocarreiro no olhar, escutando Camila que se desmanchava em gritos e risadas. A sua primeira impressão foi a de uma criatura ludibriada – sim, pois aquele homem a quem contemplava agora não possuía o menor dos atributos que lhe descobrira momentos antes. Era uma criatura vulgar sem nenhum atrativo, um desses janotas de mau gosto, que não tinha esquecido sequer a corrente de ouro atravessada no bolso do colete. Para cúmulo, ficara sabendo que morava ali mesmo e era professor, como tantos outros pobres mestres-escolas de cidadezinhas do interior... Atordoada, sentindo uma profunda vergonha do modo por que se deixara arrastar momentos antes pelos seus pensamentos, desviara os olhos, não desejando levar mais longe a instrusão do pobre professor. Mas, como outras pessoas fossem chegando, Camila se distanciava absorvida pelos novos conhecidos e como Cira estivesse longe, conversando com uma companheira de estudos, achara-se sozinha em presença de Pedro. Um pouco constrangido, rodando a bengala entre os dedos, perguntara:

– Você está com medo de mim?

Não conseguira disfarçar ainda a sua irritação; até a voz era vulgar e grosseira. Mas teve, instantaneamente, a sensação de que fora violentada nos seus melhores meios de defesa, de que aquele homem penetrava de ímpeto no terreno onde ela procurava ocultar a sua emoção. Sufocara um riso áspero na garganta

– medo! – mas já não sentia mais a sua impressão de asco e de angústia.

– Não – respondera simplesmente, sem ousar fitá-lo nos olhos.

Ficaram embaraçados, sem saber o que dissessem. Madalena revolvia desesperadamente as próprias emoções e sentia um longo estremecimento, cada vez que o seu olhar encontrava a corrente de ouro que lhe pendia do colete. E a sua voz soara novamente:

– Por que é que você escondia o rosto?

Fitara-o desta vez nos olhos, vagamente aturdida, mas já sentindo um princípio de encanto por toda aquela audácia. Realmente, não eram pois como dois velhos conhecidos que se encontravam? E por fim, já com um sorriso de tréguas nos lábios, dissera:

– Não escondia. Tinha medo que pensassem...

Mas não concluíra a frase. O riso lhe subira de novo e ficara olhando a face séria do rapaz, movida por um princípio de simpatia.

– Gostou?

Fizera um movimento gracioso com a sombrinha. E séria, respondera:

– Como não? Rezei por todos nós...

A mentira lhe fizera subir um pouco de sangue às faces. Pedro descansava na bengala, o ar um pouco displicente. Começara a reparar então no seu traje, cujas linhas não lhe pareciam mais tão vulgares assim, e, até pelo contrário, um pouco requintadas para um lugar tão modesto como Curvelo. Dava mesmo na vista aquele excesso da bengala e os gestos tão fora do comum. Agora, reconhecia que esses detalhes o aproximavam um pouco mais da criatura que sentira viva nos seus sonhos. De repente, com a voz ligeiramente alterada, ele dissera:

– Mudou muito nesses últimos tempos, sabe?

Não pudera esconder o seu assombro. Sim, devia ser isto: há muito tempo que ele a conhecia, que a seguia talvez nas ruas escuras, à espera de uma oportunidade para lhe falar. Ou seria uma mentira, uma pequena mentira? Fitava os seus olhos e chegara à conclusão de que não era uma simples invencionice por galanteio; era mesmo difícil duvidar de quem afirmava assim, como que anulando todas as outras coisas que existiam para só reconhecer, com um brilho úmido de carinho, a quem estava diante dele. Sentira aumentar a idéia daquela paixão romântica, ao mesmo tempo que do fundo do seu ser subia uma angustiosa necessidade de ser amada. Imaginava aquele amor entretido de longe, apenas com a chegada do seu vulto esquivo na janela, ou... Não! Não! Não podia ser possível, aquele homem que se mostrara tão ousado de repente, não era o herói escolhido para uma triste paixão romântica. Replicara que ele decerto se enganava, talvez fosse de outra que se lembrasse.

– Mas não! – tornara Pedro ardorosamente. – Desde criança que a sigo... – E quase num sussurro, para que Camila não ouvisse: – Lembra-se de Isabel?

Voltou-se para ele, numa expressão quase dolorosa. Deus do céu, ela era uma criatura descoberta, aquele homem sabia de tudo, parecia descer com segurança onde estava oculto todo o mistério da sua vida. Isabel! Como não se lembra? Decerto que poderia rever o vulto pequenino da sua amiga, morta há tanto tempo, quando ainda eram duas pobres crianças... Decerto que se lembrava, pois na sua infância ela a amara acima de tudo...

Pedro se curvara um pouco e concluíra:

– Pois desde esse tempo... Umas crianças, não?

Isabel! Meu Deus, como o tempo passava... Aquele simples nome bastava para reavivar no seu espírito um mundo de recordações adormecidas... Como que destas sílabas comuns se levantava um perfume conhecido; a longa camisola de Isabel, os seus cabelos esparsos pelos ombros, o seu sorriso triste: "vem!" – e revia-se pequena, subindo a escada tortuosa pela mão da morta, sentindo no rosto o cheiro de leite do seu corpo em botão. Mas Camila se despedia do grupo; mais adiante, encontrou o olhar inquisidor de Cira, que a fitava. Repentinamente, antes que Madalena lhe estendesse a mão. Pedro dissera numa voz tão incisiva que mais parecia uma ordem:

– Espero-a amanhã à tarde, neste mesmo lugar, está bem?

E fizera um gesto, mostrando o campo que se ia esvaziando. Nesse gesto largo, nesse movimento ondulante da mão que se erguia, reconheceu subitamente o ser distanciado que estava encostado à árvore. Estava dentro de uma atmosfera impenetrável e, nele, as sensações se rompiam irremediavelmente. Nada resistia àquele rosto severo quase até o mau humor, àquela decisão diabólica marcada nos olhos, nos lábios, na sua pessoa inteira. Madalena não pudera dizer nada, inteiramente dobrada àquele jugo. Imóvel, com os olhos dilatados pelo espanto, seguia o homem cuja fisionomia se abrira novamente, ao estender a mão para Camila. E compreendendo que viria ao seu encontro, que não poderia fugir à misteriosa força que ele respirava, caminhara na frente, desorientada, sentindo um grande terror de tudo.

A porta se abriu mansamente e Maria apareceu no limiar, segurando uma bandeja onde fumegava um bule de café. Tinha entrado como uma aparição; nem um gesto, nem uma palavra, nada que rompesse aquela estranha harmonia. Madalena emergiu para a realidade com um suspiro e, sem abandonar a posição primitiva, exclamou:

– Entra, Maria...

E ao reparar na figura imóvel, cujo olhar se dirigia não a ela, mas ao espelho que ficava defronte, num mudo e obstinado retraimento, sentiu a necessidade de falar qualquer coisa, de quebrar aquela angústia que também começava a invadi-la:

– Você sempre vai amanhã?

Viu os olhos que se volviam com lentidão e passavam a fixar os seus pés afogados na roupa escura. Aquele ar doloroso cresceu, e, por um momento, toda ela parecia se agitar ao sopro invisível dessa emoção.

– Vou – respondeu com voz rouca.

Não ousava fitá-la; os olhos vazios de luz desciam do espelho para os pés, atravessavam a vidraça, procuravam inutilmente um apoio no ar cor de cinza. Então, Madalena sentiu que não podia mais, que aquilo era mais forte do que a sua vontade poderia suportar.

– Oh, Maria! – exclamou.

Pela primeira vez os seus olhos se encontraram, mas os de Maria estavam frios, desconhecidos a força de sofrerem. Tudo nela parecia ter se acalmado; Madalena sentiu que enorme distância as tinha separado nessas últimas horas – a cena pela manhã, as lágrimas, a risada, todas essas coisas tinham recuado para um abismo insondável, onde não podia descer mais nenhuma palavra de carinho ou de conforto.

– Escute, quando bater oito horas, venha me avisar – desviou, entregando a xícara.

Já diante da porta, Maria como que teve um rápido momento de decisão – as suas costas magras, cujas espáduas o vestido pobre mal chegava a disfarçar, foram agitadas por um soluço. Sem demorar mais, ergueu a cabeça e saiu bruscamente.

Agora, Madalena ouvia o rumor soturno da chuva. Era inexplicável como certos ruídos exteriores tinham o poder de despertar sentimentos tão intensos como os que ela experimentava agora. Inclinando a cabeça para trás e fechando os olhos, sentia-se perdida dentro de uma inesperada e desoladora ansiedade. Era a sensação nítida da solidão em que vivia. Consciência cruel de se achar entregue às próprias forças, quando se desconhecem essas mesmas forças, o seu valor e o seu equilíbrio.

Sabia-se com firmeza bastante para realizar alguma coisa – do fundo do seu espírito se elevava aquela certeza, como essa própria força, desconhecida e nova, lutando para ocupar um lugar livre e se realizar integralmente. Um dia essa força se levantaria, mas ela não sabia o seu destino nem podia refreá-la no seu impulso para a claridade...

Sentia aquele enervamento imobilizando docemente os seus membros. Poderia mudar de posição, se quisesse, apanhar um livro e ler qualquer coisa. Mas era preferível permanecer assim, entregue a essa alegria dolorosa de se agitar dentro de sofrimentos sem formas. Havia uma certa perversidade no tempo em conservar depositadas essas sombras incolores que se agitavam de repente no fundo da memória; a um olhar ou a um gesto desprevenido elas se erguiam de novo da poeira dos dias esquecidos, para fazerem sofrer aquele que se distanciara levado na corrente de novas amarguras. E como quem cede ao encanto de um vício perigoso, Madalena retornou ao mundo das suas recordações. Revia de novo a sua casa, enquanto que a impressão da luta sustentada consigo mesma para não ir ao encontro, reaparecia com uma extraordinária nitidez. Camila costurava, junto à garrafa de álcool; de vez em quando, com um suspiro ou um revirar desconfiado dos olhos, estendia a mão e, derramando a bebida no copo, sorvia um gole. Os seus anéis tiniam no vidro – voltava a costurar, lançando uma palavra no silêncio morno, rindo de uma pilhéria de Cira que dormitava estendida numa espreguiçadeira. As horas passavam longas e pesadas; na profunda quietude, um piano qualquer enchia o ar de notas tristes. Madalena sentia-se levada por uma irresistível melancolia.

Ouvia a voz de Cira, o riso de Camila e mais longe, a música agonizando sob o sol ardente, mas nada daquilo penetrava de um modo absoluto no seu pensamento. Todas as evocações desapareciam com o suspiro da última nota; Madalena permanecia imóvel, o coração dilatado pelo sofrimento, esperando reencontrar-se nessa rápida dissolução operada pela música, pelo calor, pela indolência. Não sabia como lutar para readquirir sua força de vontade destruída; não podia se conformar com aquela debilidade que a tornara de súbito um ser desconhecido, desnorteado e sofredor. Que ela se desconhecesse e sofresse dentro das reações impostas pelo seu espírito, compreendia – mas que se sentisse ameaçada, que se entregasse àquele tormento pelo poder de um desconhecido que se impusera com um único olhar, era contra o que se rebelava. Mas, sem encontrar a força que desejava, percebia que ia se entregando lentamente, aceitando aos poucos aquela instrusão e, mergulhada no letargo, esperava que qualquer coisa sobrenatural a salvasse daquele sortilégio. Quando a tarde caiu, quando viu a sombra se estender maciamente sobre as coisas, foi invadida por uma ânsia absurda e, erguendo-se de um salto, pôs-se a caminhar pela casa, desorientada. Cira tinha se aproximado:

– Que tem você, Madalena? Nunca a vi tão agitada...

Refugiara-se na janela, sem responder coisa alguma. Cira não se dera por vencida e, apoiando-se ao ombro da irmã, tornara a perguntar:

– Está doente?

E como Madalena movesse a cabeça, negativamente, respondera para si mesma, descendo o olhar na tarde que se desfazia:

– Eu sei... Como eu também estou cansada de tudo isto!

Quando ela se afastara, Madalena compreendera a que se referia e, não podendo mais sufocar a angústia, tomara o chapéu e saíra correndo. Agora o seu coração se desafogava num imenso alívio. Não podia, entretanto, esconder a sensação de vergonha que começava a perturbá-la, ao lembrar-se que obedecia cegamente a um impulso que não era o da sua vontade. Isso lhe trazia uma inesperada pergunta: será possível que seja amor, que eu comece a amar este homem? Não, evidentemente não. Aquela aflição desmedida era quase uma espécie de curiosidade, febril e mórbida, que a atirava sobre aquele ser estranho, experimentando a mesma sensação de quem se debruça sobre um poço escuro. Só o vira uma vez na vida – teria resistido se se tratasse de qualquer outro? Aí estava o mais importante da questão; se se tratasse de outro homem, sem aquele mistério que ela percebera envolvendo-o numa auréola escura, teria cedido? Tornara a fixar na memória a decisão do seu olhar brutal e convencera-se de que era por ele, unicamente pelo "seu mistério" que ela atravessava agora o campo deserto. Ao chegar ao local marcado, verificara que Pedro ainda não tinha chegado – e a dúvida penetrou repentinamente no seu coração. Mas não podia ser possível: decerto ela estava atrasada, ou então seria muito cedo para o encontro. Que direito tinha entretanto de acreditar na palavra daquele homem? Acaso não podia ele enganá-la ou então ter esquecido a sua promessa nos braços de uma outra criatura? A esta idéia sentiu um princípio de ciúme subir-lhe ao peito – e raivosamente, deixando escapar uma rápida risada de escárnio, tirou o chapéu da cabeça e procurou um lugar onde sentar-se. Começava a ventar e a terra escurecia; chegou a distinguir o murmúrio do córrego e teve medo. De repente ela o distinguiu um pouco adiante e reparou que vinha calmamente, se bem que a tivesse visto. Deixou-o aproximar-se entre receosa e aliviada.

– Tarde? – perguntou Pedro.

Madalena moveu a cabeça.

– Tinha certeza de que você viria – disse, um pouco seguro demais, um pouco – nada fátuo.

Madalena sobressaltou-se; compreendia bem que aquela certeza era real – assim, como no dia anterior tinha pressentido a ameaça se acumular por trás de um simples gesto ou de um olhar que Pedro lhe tinha dirigido da árvore onde estava encostado, assim recebia em pleno rosto qualquer coisa como a visão de um destino que lhe estava reservado. Curvou-se, os olhos alargados pelo medo:

– Eu não devia ter vindo. Desculpe, mas foi uma leviandade.

Agora, ele a fitava com um leve sentimento de surpresa. Dentro dela se debatia aquela angústia cujas fontes lhe eram desconhecidas e Madalena sentia vencer-lhe o peito uma irresistível vontade de chorar. Mais do que nunca compreendia que não era amor o motivo que a arrastava para ele; se ousasse descer às origens dessa violenta perturbação, encontraria sim uma espécie de rancor, fermentando no seu coração e fazendo-a sofrer uma dor quase física. Apoiara-se à árvore e respirava com esforço o vento forte que soprava. Talvez ele tivesse percebido o que se passava nela. Indicou com um gesto breve os estrados que haviam servido para a festa e que tinham ficado abandonados, esquecidos na sua triste condição de madeira que a chuva apodreceria. Sentaram-se um pouco afastados, confusos, sem conseguir vencer a emoção daquele encontro realizado sob circunstâncias tão extraordinárias. O frio começava a fazê-la tremer.

– Escuta, – disse Pedro de repente – é preciso que você não tenha medo de mim.

Madalena erguera o rosto e sorvera com os lábios queimados a noite que principiava a descer. Apoiara-se pesadamente ao tronco e murmurara quase num suspiro:

– Não tenho medo.

Entretanto, começava a sofrer de um sofrimento real, inexprimível ainda; os olhos circundados de sombra refletiam uma dolorosa tranqüilidade. Adquirira a certeza de que lutar seria trabalho inteiramente perdido. Estava ali, como ele tinha desejado, e esperava ouvir-lhe a voz; era este o seu único desejo, pois como alguém que, depois de uma longa espera inútil, compreende ter chegado ao fim de um destino e que a noite continuará a mesma apesar de tudo o que acabara de se passar, assim percebera de um modo irremediável que estava diante do seu destino como de uma porta aberta. Nem sequer poderia afastar a tormentosa impressão de que sua existência se cumprira até aquele instante apenas para ouvir as palavras que lhe sairiam dos lábios. Como que todos esses sentimentos, em violenta contradição com aqueles que tinha experimentado momentos antes, formavam o fundo móvel dessas sensações, terror, angústia, esperança, que permaneciam desde a noite anterior em luta no seu espírito.

– Você ainda é uma criança. Não sei o que se passará depois, quando já não estivermos juntos... Jura que voltará aqui ainda outra vez... e muitas vezes ainda?

Ela continuava com a cabeça erguida e o seu olhar absorvia o céu cheio de sombras. Todo o seu ser se achava adormecido e o coração parado parecia não viver naquele corpo imóvel.

– Prometo.

Um arrepio de frio obrigou-a a se curvar, e pela primeira vez o seu olhar desceu ao fundo do olhar do homem. Pedro tirara o capote e o jogara aos seus pés. Ela estremecera e por um momento, como quem retorna de um sonho escuro onde se agitassem formas indistintas, olhara aflitamente em torno e toda a sua serenidade desaparecera. Sentira sobre os ombros o peso da noite que se alargava das árvores copadas para o céu cujas primeiras estrelas começavam a nascer. Apoiara as mãos geladas nos ombros de Pedro:

– Vir por quê?

E mais baixo, descansando nele os olhos atormentados pela desconfiança:

– Que é que você deseja de mim?

No olhar de Pedro se acendera uma luz indiferente. O rosto agudo se contraíra como sob o efeito de uma dor íntima, e, vagarosamente, tomara-a pelas mãos, enquanto ela se deixava levar, os dedos apertados entre os seus. Rapidamente, a sensação de "ameaça" voltara a empolgá-la.

– Não! Não! – exclamou. – Não posso fazer isto... Qualquer coisa entre nós...

E se deteve ao notar a sua extrema palidez.

– Tolice – murmurou com os lábios cerrados. – Não existe nada disto... Talvez você não acredite...

Madalena sentiu que lhe tocava num ponto mortal. Ouviu a voz distante que lhe sussurrava:

– Talvez não acredite... Talvez... sim, você julgou que fosse simples capricho?

Ela recuara. Ainda uma vez aquele homem adivinhara o que passara nela. Voltara a procurar-lhe as mãos fortes e se apoiara ao seu peito, sem nada mais para dizer.

– Não me importa...

E ao abandono de toda a sua vontade, concluiu:

– Sou feliz.

As palavras haviam subido do seu coração. Ficaram silenciosos, sem uma sílaba à altura daquela paz que descera após as palavras de Madalena. Permaneceram juntos, na mesma posição, até que as estrelas riscaram o céu numa larga faixa nítida. De repente, Pedro sentira o peito úmido de lágrimas. Madalena chorava. Era alguma coisa mais forte do que a sua felicidade, aquelas lágrimas que haviam chegado inesperadamente. Pedro segurou-a pelo queixo e, sem nada dizer, beijou-a nos lábios.

– Tola – murmurou.

– Tenho medo, se um dia...

Mas os soluços impediram-na de continuar. Então, abraçando-o com toda a sua força, descera até a sua alma o olhar dilacerado pelo pranto:

– Que será de mim?

Entretanto, voltando aquela noite para casa, indagava a si mesma se poderia realmente existir amor onde se misturava um sentimento tão intenso de miséria.

Madalena ergueu-se do divã, interrompendo o fio das suas meditações. Foi até o relógio e olhou as horas: oito e cinco. Deus do céu! Então estaria sozinha dentro de casa? Sentiu-se atordoada à idéia de que as portas não estariam fechadas. Há tanto tempo! Mas ouviu, ferindo o silêncio, a tosse da prima. Não tinha partido ainda. A sua satisfação foi maior do que realmente merecia a simples constatação do fato. Decerto, Pedro não tinha vindo para jantar, pois lá fora a chuva continuava a cair – ouvia o ruído cansado da água, gorgolejando pela terra pesada. Murmurou quase alto: "evidentemente Maria não partiu ainda" e lembrou-se de que a veria outra vez, mais uma ainda e... Depois tudo estaria acabado". Sentiu um peso enorme sobre o peito e repetiu outra vez: "depois tudo estará acabado", encontrando nessas palavras um prazer amargo. Imaginou a mulher que Camila lhe prometera, a sua nova companheira de solidão, chegando com uma pequena trouxa: era uma velha, não tinha a menor dúvida. Como tudo passa! Mas a figura dolorosa de Maria voltou a se fixar no seu espírito: estaria ela na mesma perplexidade, caminhando de um lado para outro? Depois que ela se fosse, tudo seria de um irremediável vazio – e novamente como quem abre ao sol a janela de um quarto cheio de trevas, tornou a dizer: "mas não, ela não partiu ainda" – e suspirou aliviada. Esquecendo a idéia do jantar, voltou a se estender de novo, entregando-se às suas lembranças.

Agora, estava junto de Cira e lhe escutava a voz enrouquecida: "Não posso, Madalena, seria querer lutar à toa..." Falavam de Camila – apesar de tudo, nenhum laço verdadeiro as prendia. Desorientada pelo seu rancor, a irmã continuava: "É uma bondade terrível, feita de mil cuidados, de excessos que ela sabe que me envenenam... Às vezes quero ser boa, mas quando ouço a sua fala, quando escuto os seus passos ou as suas risadas... Madalena! Madalena! Um dia abandonarei tudo isto, irei embora para longe!...". Não tinha ido embora, mas tinha se casado. O seu amor fora inteiramente diferente do de Madalena, sem aquela angústia e sem aquele mistério. Na verdade o seu amor era um amor atormentado. Vivia sob a impressão de que em breve sobreviria um acontecimento que o arruinaria para sempre. Ela não tinha, como Cira, como outras tantas mulheres, a consciência da sua força sobre os sentimentos de Pedro – pelo contrário, não possuía nenhuma segurança, o que tornava a sua felicidade quase dolorosa. Uma vez encontrara-se com Pedro e lhe dissera:

– Não sei por que, mas tenho a impressão de que isto não durará muito. – Ele a contemplara com aqueles olhos profundos, onde todas as coisas pareciam se perder, olhos sem vida, sem luz, mas poderosos e cheios de mistério.

– Tolice, – respondera – você bem sabe que mais nada poderá nos separar.

A sua voz era tranqüila, cerrada, exprimindo uma extraordinária convicção; bruscamente, nestas palavras tão simples "você bem sabe que mais nada poderá nos separar", ela descobriu uma certeza além de qualquer amor, uma verdade que se cumpriria porque era mais forte do que qualquer sentimento, e a que ele estava submetido, ainda que não a amasse verdadeiramente. Madalena se sentia perdida na sua inquietação e jamais conseguiria arrastá-lo nesta dúvida; enquanto ela sofria à simples suposição de um rompimento, Pedro permanecia alheio, como se a sua ligação fosse um fato independente da sua vontade. Agora, fitando-o silenciosamente nos olhos, começava a compreender a barreira que a impedia de se aproximar inteiramente dele – era medo, simplesmente isto, um medo cuja origem não podia discernir ainda, mas que se erguia palpável e vivo entre o seu olhar e o olhar de Pedro. Não era apenas temor pela fragilidade dos sentimentos nele (descobria-se, assim, a fazer um julgamento a que não estava autorizada, concedendo a esta palavra "sentimentos" uma expressão maior do que ela desconhecia ainda, numa espécie de previsão que a aterrorizava) ou por aquele vago que ela sentia se estender sobre as suas palavras, que tinha medo. Era do seu estranho poder de dominar, mais forte do que todos os seus defeitos como um atributo exterior à sua personalidade; e de tal modo sentiu crescer a sua angústia, que exclamou num tom aflito e desesperado:

– Pedro! Pedro! – e escondeu o rosto nas mãos, percebendo-se aprisionada por aquela odiosa sensação de "ameaça", e sem poder, ao mesmo tempo, fugir à capitulação das suas forças.

Pedro voltara a segurar-lhe as mãos e repetia:

– Mas, realmente... que tolice, Madalena!

Tinha suspendido suavemente a sua cabeça e procurava o seu olhar. Através das lágrimas, Madalena entrevia o seu rosto pálido. Foi invadida pela necessidade amarga de se entregar, de cumprir o seu destino até quase à renúncia de tudo:

– É verdade que o amo, é mais forte do que eu...

E tinham permanecido silenciosos; a confissão parecia palpitar ainda no ar, intata e inútil, sem que Pedro parecesse ter sido tocado por ela. Distante, o olhar perdido em qualquer ponto ao longe, tinha permanecido imóvel, numa vaga expectativa, como alguém que escuta uma música invisível, notas trêmulas prestes a desaparecer ao menor movimento. Ah! como se lembrava daquela tarde! O vento trazia um cheiro forte de rosas. Tinha sorvido fundamente o ar e abrindo os olhos, fixava a figura de Pedro. Sempre que o quisesse rever, mesmo depois que os anos passassem e as desilusões viessem, sempre que o quisesse ressuscitar das cinzas do esquecimento, o veria tal como naquele instante, a fronte pensativa, o olhar perdido no vago. Sempre, sempre, para seu martírio, aquela imagem se misturaria a todas as suas recordações, se estenderia como uma sombra sobre a sua vida. Fora nesse instante – rápida parcela de tempo em que a serenidade os aproximara pela primeira vez – que ela sentira se apossar do seu corpo uma estranha vontade de dormir, de entregar-se a um aniquilamento gradual, para, enfim, emprestar a esse amor uma forma tranqüila e duradoura. Agora tinha a impressão de que se destacava de si mesmo, que a sua vida se aniquilava aos seus olhos como um tremendo mistério e que ela se diluía, como uma nova forma fria e impalpável. Pedro começava a se debater e procurava tocá-la, mas todos os seus gestos se perdiam no ar, as mãos se tornavam em fumo, ela continuava distante e imaterial. Lentamente regressara daquela visão e abrira os olhos. Pedro estava diante dela como no sonho e fitava-a. Como da outra vez, sentira a mesma pergunta brotando do fundo da sua alma: que amor seria aquele impregnado de um sentimento tão vivo de culpa e de miséria?

Sentira-se arrastada por ele; as suas mãos fortes premiam-lhe a cintura e àquele contato todo o seu ser se rebelava, alguma coisa se erguia dentro dela, num desesperado esforço para romper aquelas cadeias. Entretanto, começava a nascer no fundo do seu espírito uma curiosidade doentia por aquele movimento de recuo de que sua vontade não participava. Que sentimento era este, sempre alerta na sua defesa e que se denunciava sem que ela necessitasse de apelar para nenhum raciocínio? Mas uma coisa se impunha inicialmente – ele não a amava, não a poderia amar – se bem que um elemento desconhecido o encadeasse indissoluvelmente a ela. Havia uma trágica certeza nisto; de onde vinha esta obscura evidência, de que recessos partia esse pressentimento, até onde se estendia? E chegara à convicção de que essa força interior se levantava contra um véu de mentira que mascarava todos os gestos e palavras daquele homem. Essa descoberta obrigou-a a julgar Pedro sob um novo aspecto; e pela primeira vez o seu medo foi consciente e terrível.

– Oh! Pedro! – exclamou, erguendo-se de um salto.

Naquele "oh! Pedro", ele tinha percebido a sua condenação. Naquela figura aterrorizada, terrivelmente eloqüente na sua desordem, estava uma força que o julgava de um modo irremediável.

– Que tem você? – perguntara com a voz estrangulada.

Ela o contemplava, caído como um anjo-mau. Vagarosamente, a transposição se realizava, do seu rosto mascarado pelo medo e pela mentira, para o espírito de Madalena. Ela se impregnava daquela revelação e começava a sentir frio, um frio desconhecido, mortal. Inconscientemente, suas mãos procuravam onde se apoiar, enquanto a idéia da fuga se apresentava com extraordinária força. Mas olhando a estrada, percebera a solidão que envolvia todas as coisas. Num desespero irreprimível, ergueu as mãos e apertou a cabeça, sentindo os seus pensamentos se confundirem num turbilhão febril.

Pedro se arrastara e segurava-lhe agora os joelhos.

– Deixe-me! Deixe-me! – exclamou com a voz cerrada.

– Por quê?

Ela se abaixara, percebendo a face que mergulhava rapidamente na sombra:

– Tenho medo... não compreende?

– De mim?

Fizera um movimento com a cabeça. O olhar de Pedro brilhava no rosto escuro; estava mais belo, com os cabelos desmanchados pelo vento, o aspecto transtornado.

– Sim, de você.

Mas aqueles braços não a abandonavam. Ela se sentia fundir dentro deles, desaparecer para sempre, enquanto, maquinalmente, os seus lábios continuavam a murmurar: "não! não!" – e procurava se libertar, sem ousar fitá-lo. Afinal os braços relaxaram e ela se viu livre – o vento envolveu-a bruscamente e ela sentiu descer ao seu coração o grito triunfante daquela liberdade.

– Pedro, é preciso terminar tudo...

Ele continuava caído, inteiramente aniquilado. Mais baixo, apoiando de leve a mão no seu ombro, continuou:

– Não podemos mais, é inútil... Teríamos de sofrer muito.

Talvez ele tivesse consciência da sua humilhação. Deitado, as mãos apoiadas na terra úmida, murmurou com esforço:

– Não compreendo, Madalena, não compreendo nada...

Toda a sua mesquinhez, o seu incrível aspecto de vulgaridade, ressaltava agora violentamente; Madalena chegou a ter vergonha do terror que a tinha assaltado.

– É preciso, é preciso...

Vagarosamente, Pedro se erguera. Reparou na bengala, com o cabo brilhando nas suas mãos. Os seus gestos eram lentos, de uma lentidão premeditada. Madalena compreendeu que ele a desprezava. Como podia ser aquilo? Mas no seio desse amor malnascido, ela entrevia um movimento confuso, uma chaga que se abria, disposta com o tempo a devorar tudo.

– Talvez seja verdade, Madalena... Senti que você tinha descoberto alguma coisa que...

– Oh! não! não! – exclamara ela violentamente, perdendo desse modo o terreno que tão arduamente conquistara.

– Sim, é bem possível – continuava Pedro sem ouvi-la. – Mas você não saberá jamais ao certo o motivo que me levou a procurá-la...

– Eu sei – articulara.

– Não, no fundo, esse motivo foi bom... Você sabe, Isabel...

Deixara escapar um grito:

– Isabel?

– Uma história – sorrira – e agora...

– Não posso compreender nada – dissera Madalena surdamente. – Isabel era uma criança...

Vivamente, quase rindo, exclamara:

– Mas é isto! Uma criança... Bem podia ser que desta vez... Escute, Madalena, tudo isto é uma história comprida... Lembre-se apenas de que você é uma alma pura e foi isso que me atraiu... Naturezas como a nossa...

Ela o repelira com uma exclamação. O rosto de Pedro se tornara impenetrável.

– Adeus – dissera.

Viu-o caminhando, o passo moroso, o ar familiar – e de repente, como alguma coisa que se rompesse no fundo do seu ser, sentiu o seu amor se libertar de todas as dúvidas e romper serenamente a sombra que se acumulava no seu espírito. "Isabel! Isabel!", murmurou. "Ele vem a mim como se viesse beber em uma fonte". Mas por que, por que essa necessidade de se aproximar de uma "alma pura", senão para estancar a sede de um coração ferido pela soalheira e pelo remorso?

Ao longe Pedro desaparecia.

Desde o momento que a criatura amada desaparece, o difícil é penetrar na ausência que se forma, essa ausência que se faz, às vezes, na própria presença da pessoa amada e que envolve tudo numa atmosfera nublada de melancolia e sofrimento. Atmosfera nublada que vai aos poucos se apoderando dessas horas que dias antes tinham palpitado de uma vida tão intensa – hoje, poesia, sonho, tristeza, minutos espessos que se arrastam no vazio, sem que possamos jamais encontrar de novo a mesma vitalidade onde descansávamos os nossos lábios doentes de uma sede insaciável... Horas sem luz, onde as nossas mãos tateiam na penumbra, no pobre esforço de deter ainda um pouco de calor e da alegria desaparecida – ah! como sabem crescer e se tornar pesados esses momentos, cheios de lembrança desses laços que se atam e se desatam no silêncio, como se confundissem, na memória atribulada, o gosto do passado com a sombra sem perfume do presente...

Rememorava, estendida na sua cama de solteira, os passeios que tinham feito juntos, procurando ouvir de novo as suas palavras, o seu riso.

Voltava a passar nos mesmos lugares onde tinham estado, passava as mãos pelas árvores, dizia "foi aqui", enquanto o coração se lhe confrangia e acertava os passos, procurando o ponto exato por onde haviam caminhado, revivendo assim, com uma trágica nitidez, as melhores sensações por que tinha passado. Era uma tolice se entregar deste modo; entretanto não podia deixar de sentir o coração ferido pela angústia, quando pensava que já não ouvia a sua voz, naquele mesmo lugar onde dias antes soara tão límpida...

Assim, vagarosamente, depois que tudo se rompera com Pedro, Madalena retornava à vida. Tudo se passara numa atmosfera absurda, irreal.

Adquirira um tom mais tranqüilo na fisionomia, tentando ocultar aquela chaga que sangrava sempre.

Procurava se interessar pelas coisas de casa. Ajudava Cira na costura e conversava com Camila, esforçando-se para suportar as suas risadas e as suas palavras impregnadas de álcool. Ambas se admiravam da nova atitude de Madalena e não diziam nada. Intoleravelmente vagarosos, os dias se arrastavam um a um; ela contava todos os minutos e, a cada instante, um gesto, uma palavra, um objeto, traziam de repente, do fundo da sua amargura, tudo aquilo que ela procurava ansiosamente ocultar.

As noites eram povoadas de sonhos dolorosos. Dormia, mas o seu sono era diferente, um sono lúcido, uma vida de sombra. Sentia-se presa sobre o seu destino, agonizando naquele letargo, com uma sufocante consciência de tudo. Dormindo, sofria ainda pelo seu amor. Qualquer coisa desesperada, uma trágica percepção, obrigava-a a repetir no sono: "jamais, tudo está perdido para sempre"... Aprendera assim que certos sonos são como uma outra vida – o sofrimento e a negação continuam – só se desperta para se esconder um ódio que a realidade estrangula no medo. No fundo de tudo é o medo de si mesmo, é o medo de permanecer sozinho, nesse mundo onde a dor de cada um se realiza solitária e morre solitária – se acaso morrer um dia.

No profundo silêncio que reinava, Madalena ouviu, de repente, o batido soturno do relógio. Uma, duas... meia-noite. Estivera a pensar, todo esse tempo.

E, afinal, fora tudo bem diferente do que ela julgara... Quinze dias apenas tinham bastado para lhe provar que ela e Pedro eram duas pessoas destinadas a trilhar o mesmo caminho – quinze dias depois, reconciliados, tinham se casado. E o tempo rolara... Abriu os braços com preguiça e se ergueu. As pernas estavam dormentes; procurou no escuro os fósforos e acendeu as velas. Segurou com as mãos trêmulas o grande castiçal de cobre eriçado de ornatos e ficou imóvel, contemplando as chamas. A cera descia devagar dos bordos das velas e a luz oscilava brandamente, tocada pelo vento. Madalena ergueu a mão com esforço e caminhou até a janela aberta. Curvou-se para fora e olhou ansiosamente a noite. A chuva cessara. Entretanto, não conseguiu distinguir nada. Apenas a escuridão avassalava o longo caminho de bambus – vinha de lá um ou outro grito agudo de caule roçado, a folhagem se agitava penosamente. Sim, prestando melhor atenção, sufocando os batidos impiedosos do coração, conseguia escutar latidos longos, vindos do povoado, e como um sopro o angustioso canto dos galos, enganados pela hora. Era aquele silêncio, era aquela imobilidade que aprisionava toda e qualquer expressão de vida, aquele desaparecimento nas trevas das coisas mais conhecidas, que a apavorava. Estaria realmente sozinha – Maria estaria dormindo?

Ainda uma vez lembrou-se de sua partida. Sentiu um dilaceramento agudo no coração. Chegou-lhe até o rosto o bafo ardente das velas. Cerrou a janela precipitadamente e ficou imóvel no mesmo lugar, assaltada por um súbito cansaço, escutando a própria respiração acelerada. Depois, passo a passo, encaminhou-se para o leito e, apagando a luz, deitou-se.

Esperara-o toda a noite. Entretanto, só à madrugada ele entrou. Vinha embriagado. O seu corpo magro destacava-se na moldura escura da porta, procurando com a mão um objeto onde se apoiar. Mais uma vez ela teve consciência de quem realmente era aquele homem. Tudo que lhe haviam dito, tudo que ela desprezara por acreditar demais naquela criatura hostil, voltou de repente à sua memória. Ficou imóvel no leito, sem coragem para fazer um movimento, esperando a cada instante que ele rolasse no chão. Mas nada disso aconteceu. Veio caminhando às tontas, amparando-se nos móveis, até perto da cama. Tateou por um momento as colchas frias e, com um suspiro satisfeito, atirou-se vestido como estava, por cima dos travesseiros. Ao cair, sua mão veio bater no ventre de Madalena. Recuou cheia de ódio e sentou-se, a cabeça apertada entre as mãos, sentindo que a cada momento ia desfazer-se em lágrimas. Por um instante, uma fugaz parcela de minuto, permaneceu assim, imbecilizada pelo desespero. A janela do quarto estava fechada apenas pela vidraça. Naquele momento, os seus olhos adivinhavam através da vaga opacidade, a noite que se extinguia. Nenhum pensamento lhe ocorreu durante algum tempo. Contemplava o vidro, sentia o coração estalar dentro do peito, mas nada além disso, nada além daquele torpor de animal. Voltou-se lentamente e contemplou Pedro. Estava escuro, mas não tanto que ela não lhe distinguisse o rosto. Era a mesma face que conhecia bem, a testa ampla, os cabelos encaracolados, o nariz aquilino, sobre a boca grande de dentes fortes e regulares. Tudo que ela procurava ocultar, os seus sentimentos mais íntimos, subiam assim de repente, e ela se encontrava a seguir atentamente o movimento constante daquela respiração, inclinada sobre ele, esquecida do mundo. Estranha coisa aquela, a de se contemplar o sono da criatura amada, sem poder participar desse mundo fantástico, onde ela vive algumas horas diferentes, mergulhada numa vida em que às vezes não se toma parte. Que recordações boiarão ao sopro daquele letargo, que prazeres ou que tristezas estarão se sacudindo sob aquela fronte mergulhada na névoa? Via as pálpebras cerradas, sobre os olhos que habitualmente eram frios e dissimulados. Nunca mais eles a olharam sem outra expressão que não fosse a de uma criatura surpreendida no meio de um trabalho agradável. Desde a primeira noite, o amor parecia ter se extinguido e Pedro regressara ao que realmente devia ser. Agora, só os conhecia através desse rápido cintilar de aborrecimento, quando vinha tirá-lo da leitura para o jantar, ou quando perguntava se já não eram horas de apagar a luz e ir para a cama. Então, sim, ele a fitava e ela compreendia tudo. "Criatura tola, por que estás a me perturbar? Não vês que eu preciso acabar este livro, que eu preciso acabar este livro?". Ah! Era bem isto o que significava aquele brilho agudo, tão rápido que não chegava para que ela pudesse adivinhar outras coisas, além do sofrimento espantoso que lhe trazia. Quantas vezes, pesando tudo, não se julgara senão uma idiotazinha que não podia coibir um ciúme doentio de tudo, até mesmo das coisas inanimadas como um livro. Ah! Tinha vontade de gritar – oh! Vós todas, mulheres, que um dia vivereis uma história semelhante, temei mais estes objetos inofensivos que se ajuntam numas poucas páginas, tanto como uma mulher bela ou um marido dado às aventuras noturnas!... Volumes venenosos que arrebatam a alma, com o mesmo capricho, com o mesmo afinco, com a mesma tranqüila perversidade de uma prostituta consciente. Temei estas linhas esguias, que submergem um coração ardente numa nuvem sutil e misteriosa, arrebatando-o para lugares cerrados, onde nenhuma outra curiosidade humana pode penetrar...

Madalena os odiava acima de tudo, porque eles destruíam a sua tranqüilidade e a sua crença de viver. Eram eles que a afastavam de Pedro, dias seguidos, sem uma hora de tréguas. Eram eles que a distanciavam, e ela os odiava mais, porque a morte que causavam nenhuma lei condenava. Quem acusaria um pobre volume amarelo do desmantelo da sua vida? Da cama ela os via, alinhados na estante, os mais altos primeiro, os mais baixos depois. Durante o período em que conhecera Pedro, ela não adivinhava ainda tal sortilégio. Mas, agora, aprendera a contá-los, a saber quais eram os que estavam sendo consultados e quais os que lhe arrebatariam mais aquela noite de tranqüilidade. No fundo do gabinete, protegida pela sombra, ela os pegava um a um, apertando-os numa fúria alucinada, ao mesmo tempo que do fundo do seu peito crescia o ódio contra aqueles inimigos inertes.

Tudo isto lhe vinha à cabeça, diante daqueles olhos fechados, que não viam senão uma pequena réstia da vida. Mas ela o amava mais por isto, pela sua crueldade e pela sua cegueira. Tudo nela, naquele instante, era confusão e dúvida. Ao mesmo tempo que julgava assim, sentia repontar o rancor pelo modo com que o marido a tratava. Não reconhecia que era apenas o orgulho ferido, aquilo em que ela mesclava a paixão que lhe agitava o ser. Debruçada sobre ele, Madalena se deleitava na contemplação do seu rosto, gozando a mesma impressão de quem comete um ato criminoso. Sentir-se-ia morrer, se ele a apanhasse nesta atitude.

Entretanto, o tempo passava. Muito distante estava Pedro, levado pelo sono, esquecido de que junto uma mulher sofria por sua causa, sofria tão perto, que se abrisse os olhos poderia escutar as pancadas do seu coração. Amanhã – pensava ela – ele se levantará, dirá "bom-dia" e se afastará como de costume, desaparecendo dentro dos livros. Nem sequer saberá que, antes de sua volta, passara a noite toda acordada, e que depois chorara sobre o seu rosto adormecido, misturando ao seu suor de embriaguez o sal das suas lágrimas. Nada importa ao homem que precisa *saber*, ao homem que esmaga as suas forças na tranqüilidade de um livro. Passaria o dia todo cuidando da casa, obrigada a não cantarolar para não incomodá-lo, adivinhando os pratos que preferia, sondando os seus movimentos para saber quando seria oportuno apresentar o seu sorriso. Semelhante humilhação duraria muito tempo. Esse sortilégio, que a sua figura exercia sobre ela, continuaria, enquanto ele a desprezasse como desprezava. E era o horror dessa lucidez que mais a fazia sofrer, porque, nos momentos de solidão, entretinha-se a destacar todos os fatos, a analisar todas as minúcias, com a paixão febril de uma maníaca. Nada lhe escapava. Desde o seu primeiro passo, quando se erguia do leito, até quando se sentava à mesa, embebido em jornais, "porque um homem também necessita saber o que anda correndo pelo mundo e é a única hora que tem para isto". Positivamente odioso. Como não compreendia esta criatura o quanto egoísta era a sua atitude, obrigando um ser a viver a seu lado, quando ele parecia ignorar os seus menores movimentos, quase que a sua própria presença?

Comiam em silêncio. Quase sempre ela achava a comida horrível, porque as lágrimas a sufocavam. Nesse momento, remoendo a sua dor, planejava vinganças. Sim, chegava a *isto*, chegava a mais até. Quem poderia deixar de ser ridículo quando luta contra a razão, cego pelo amor? Ensaiava mostrar-se ardendo no maior desprezo, saindo da mesa e se atirando por sua vez dentro de um livro. "Pedro, preciso de me divertir", dizia uma vez ou outra. Então, brilhava o seu rápido olhar de criatura aborrecida e respondia: "pois não estás na minha companhia?" – como se não tivesse o direito de se fatigar de sua pessoa, inútil para ela, como se fosse ele todo o mundo em torno do qual ela tivesse de girar constantemente. Mas Deus do céu, o que a fazia queimar de ódio, é que era exatamente assim, é que era por causa dele que ela vivia, rodando como se só a sua pessoa fosse preciso para formar o seu mundo. Sentia-se estrangulada pelo despeito. Continuava a tomar a sopa e não sentia gosto de coisa alguma. Ela se lembrava de que via apenas a sua cabeça, pois o rosto ficava coberto pelas folhas do jornal. E dizia consigo: "que pensará este homem? Que poderá pensar esta criatura repleta de si mesma? Não, não é decerto ele a única razão da minha vida. Não é como ele julga alguma coisa de insubstituível na minha felicidade". Pensava em levantar-se friamente e dizer "boa-noite", cantarolando, mostrando-se distraída, apanhando uma costura, folheando uma revista. Mas aquela criatura que não via nada, aquele monstro que vivia apenas para si próprio, se não reparava no que a fazia sofrer, ao menos tinha ela a certeza, que sabia muito bem não possuir forças para folhear a revista, nem ânimo para prosseguir o bordado. Que poder diabólico tinha aquela criatura, para saber de tudo como sabia desde que se tratasse de um fato que ela desejava ocultar? Era uma espécie de consciência da sua fraqueza, da sua entrega total à personalidade de Pedro, de tal modo, que ela sentia arder em si a mais incrível vergonha. Tudo terminará um dia – pensava ainda. Deixaria de amar aquele miserável. E, baixo, cobria-o de nomes, como se isto valesse alguma coisa. Mas, no mesmo instante, compreendia que aquilo servia apenas para trazer mais à luz o sentimento da sua covardia. Que aprenderia ele nos livros que lia, se não compreendia os corações que estavam mais próximos? Experiência? Sim – agora se lembrava que o ouvira uma vez falar em experiência. Fora numa noite única, quando cerrara um pouco o livro, talvez premido pelo cansaço, talvez subjugado por uma emoção mais forte. Madalena se enganara, pensando que fosse por sua causa. Bem podia ser que isto acontecesse uma vez na vida. Estava havia muitas horas sem ouvir-lhe a voz, quieta para não importuná-lo, o livro tombado no colo, inutilmente aberto. "Que foi?", indagara. Pedro olhara-a fixamente, sem vê-la entretanto. "Nada!". Sentira o rosto queimar-lhe e abaixara a cabeça. Ouvia o tique-taque do relógio e se esforçava para acalmar a emoção. "Admirável experiência". A sua voz soara de repente, ferindo-a em cheio. A sua alegria fora tão intensa, que tivera medo de trair-se. Esperara um momento e dissera, a voz ligeiramente trêmula: "Belo?". Fitava-o. Estava imóvel e, não sabia como, distinguira no seu olhar qualquer coisa chocarreira, uma sombra furtiva de ironia que a fizera tremer. Idiota! Idiota! – gritava ainda agora. Não era para ela que falara e sim para ele mesmo.

Curvara de novo a cabeça e em vão se esforçara para contemplar as figuras que dançavam diante do seu olhar. Percebera que ele pegava de novo no livro, sem se importar com a tempestade que desencadeara dentro dela. Que poderia, pois, esta criatura saber da experiência humana? Que verdade indistinta encontraria nestas páginas geladas, maior do que uma alma real, uma alma sangrando de angústia que vivia junto a ele? Como se enganava, como vivia atolado na mentira!

Madalena abaixou a cabeça, vencida pelo desalento. Assim, dia a dia, a sua vida ia se arrastando. Sentia que aquilo não poderia continuar. Sentia que aquele desmoronamento precisava ter um fim. Enlouqueceria se continuasse sozinha, bloqueada dentro da sua amargura. Todos tinham junto a si um espírito amigo, alguém em quem pudessem se apoiar. Só ela, unicamente ela, se achava lamentavelmente só, mergulhada naquele desespero; urgia ressuscitar a sua pobre existência sufocada por aquele homem.

A claridade da madrugada feria a vidraça. Vagarosamente, Madalena se levantou. Pedro continuava de bruços dormindo. Foi até a janela e abriu-a. Sentiu no rosto a luz fria da manhã. Todo o sono fugira de há muito do seu corpo. As coisas se envolviam numa atmosfera espectral. Nenhuma silhueta firme, nenhuma realidade precisa. As árvores se alongavam desmedidamente e se perdiam numa bruma amarelada. Um perfume intenso de erva úmida errava docemente. Madalena suspirou e recostou-se ao peitoril. Súbito, seu olhar encontrou o vulto de alguém que se movia. Era Maria. A mesma estranha sensação de desassossego se apossou dela. Partia, evidentemente partia naquele instante. Deus! Aí desaparecia alguém que a amava... Sentiu o coração apertado e um intolerável sentimento de abandono. O vulto submergia no escuro.

Oh! por que viver eternamente criando laços que não podiam existir? Por que fermentar em torno de si um ambiente que não podia durar, um clima que não resistiria aos embates da vida? Por que se apegar tão encarniçadamente a pessoas que só lhe poderiam fazer sofrer mais? Que miséria, a de se ter um coração feito para o amor...

E inclinando-se um pouco mais, Madalena chorou silenciosamente.

PRIMEIRA PARTE Os laços invisíveis

I

Via, através da vidraça iluminada, a ramagem sacudida pelo vento. A manhã estava limpa, sem nenhuma sombra da chuva que desabara durante a noite.

Madalena ergueu-se e contemplou Pedro. Dormia ainda, o rosto escondido no travesseiro. Pensou que seria melhor não o encontrar naquela manhã. Sabia que não suportaria a mesma atitude de todos os dias – o seu fundo de reserva estava esgotado e ela nada mais desejava do que sofrer silenciosamente. Sentia um insuportável cansaço, que dava à sua amargura uma expressão sonolenta e como que misturada ao seu sangue. Todos os movimentos e palavras que acaso pudesse pronunciar estavam submersos numa profunda lassidão. Era melhor, pois, fingir que se ocupava em qualquer coisa, um trabalho ao acaso que batesse para afastá-lo do seu olhar. Com a saída de Maria, a coisa tornava-se mais fácil. Enquanto ele estivesse em casa, ficaria na copa, arrumando os objetos. Depois...

Pancadas tímidas soaram na porta de baixo. Levantou-se completamente e enrolou-se num roupão. Prendeu os cabelos com grampos e, lançando um último olhar sobre a figura do marido, dispôs-se a sair. Mas, já com a mão no trinco da porta, ouviu de súbito a sua voz perguntando pausadamente:

– Você vai de novo à casa de sua mãe?

Sentiu-se aturdida e hesitou na resposta que deveria dar. Era inacreditável que ele não estivesse dormindo. Que mentira havia se escondido naquele sono simulado?

– Não... Maria foi-se embora.

E ia prosseguir a descida, ainda com o coração em sobressalto, quando a voz de Pedro tornou a soar, clara e intencional:

– Estive com Bernardo.

Não podia haver mais dúvidas. Por trás daquilo, alguma coisa se escondia, algum misterioso acontecimento se desenrolava, sem que ela pudesse perceber como, nem apreender o modo como seguia a direção dos fatos. Era alguma coisa que se apresentava dúbia, mas era alguma coisa que arrastara Pedro do fundo do seu silêncio, para procurar nela a repercussão perdida de algum eco que não sentira ainda. Quase desconhecia aquela entonação calma, aquelas palavras lançadas no interesse de uma conversa maior. Antes que pudesse responder qualquer coisa, a voz de Pedro tornou a falar:

– Perguntou-me por você.

Não ousava se voltar. Sempre com a mão no trinco, cerrava os olhos docemente, sentindo-se queimada pela curiosidade. Inclinou-se um pouco e fitou-o. O rosto parecia ainda escondido no travesseiro, mas não deixou de observar que os olhos estavam pousados nela, frios, sem nenhuma expressão.

– Que foi que disse? – indagou.

– Nada de importância. Apenas um recado...

Esperou que ele dissesse. E como percebesse o silêncio, quebrou a expectativa:

– Qual?

– Não me esquecesse das suas lembranças.

– Ah!

"Não se esquecesse das suas lembranças"... Nem por um momento a sua fala denotara a mínima emoção. Mas era interessante como distinguia de repente o laço oculto da cilada, a sombra do perigo pronta para aprisioná-la. Estava ali alguma coisa ferindo, o nó talvez de todos os acontecimentos. Que significariam pois aquelas palavras – evidentemente tão fora de propósito desde que se tratasse de uma pessoa quase desconhecida como a que estava em jogo?

– Pois, agradeça quando se avistar com ele.

– É o que farei hoje.

Hoje? Ela sentiu-se tomada por um frêmito de alegria. Sem dúvida, a solução se apresentava mais fácil, saltando aos olhos sem nenhum esforço aparente. Bem sabia que os dois homens se odiavam. Não havia nenhum ponto de contato entre Pedro e Bernardo. As suas relações – ela tinha a certeza – seriam imperfeitas e jamais se realizariam noutro terreno que não fosse o da mútua tolerância.

Entretanto, novas pancadas soavam na porta. Abandonando os pensamentos para mais tarde, desceu rapidamente. Na sala, sentiu a rápida invasão do ambiente frio que guardavam os móveis e os objetos desaparecidos na sombra. Era tudo uma densa impressão de abandono, partindo de tudo, como se desse a cada coisa uma fisionomia exata, pronta a desmascarar o drama das suas vidas estagnadas e sem consolo.

Diante da porta deteve-se um momento. Quem seria a pessoa que batera? E sem hesitar mais, rodou o trinco e abriu-a.

Achou-se diante de uma estranha criatura. Era quase uma menina. A pele, de um moreno esverdeado, os lábios finos, grandes olhos escuros abertos sobre o rosto pálido. Sim, dezenove anos no máximo. Talvez fosse muito. Notava-se que ainda estava em pleno desenvolvimento. Duas tranças negras caíam-lhe pelos ombros. Estava vestida de chita e calçava alpercatas. Com rápido olhar Madalena reparou que o vestido era grande demais para a sua pessoa. Trazia ainda um velho xale colorido sobre os ombros. Pelo todo, parecia uma cigana.

– Bom-dia – disse. – Sou a nova empregada.

Encostara-se no portal e conservava a cabeça erguida, os grandes olhos dilatados. Madalena não pôde deixar de sorrir, quase alarmada:

– A criada? Como se chama você?

– Emanuela.

A sua voz era rouca, imprópria para uma criatura daquela idade. Madalena sentia uma curiosa reação diante da pequena figura. Era um misto de piedade e de ternura, uma percepção da sua fragilidade, como se tudo que a rapariga tivesse de infantil e de inexperiente transpirasse como um doce brilho sobre o seu rosto.

– E quantos anos tem você, Emanuela?

Ela sorriu e respondeu calmamente, semicerrando os olhos:

– Tenho dezenove.

Ficaram caladas. Emanuela abaixou a cabeça e pôs-se a torcer a ponta do xale. Ante aquele embaraço, Madalena não pôde deixar de se comover.

– Deve ser a primeira vez que você se emprega, não?

Ela pousou na patroa os olhos assustados:

– Oh! é a primeira vez. Meu pai...

– Que fazia você?

Seu olhar tornou-se errante, iluminado de ternura. Naquelas grandes pupilas negras, havia qualquer coisa diferente, de tímido e de ingênuo. Em pessoa alguma, Madalena se lembrava de ter encontrado aquele modo de fitar tão repleto de confiança e de repouso. Era como se tivesse diante de si uma criança ainda em pleno mundo de sonho, um ente maravilhado a quem a vida não marcara ainda com o seu rude contato.

– Meu pai trabalhava para todos.

Interessada, Madalena cerrou vagarosamente a porta que segurava e disse:

– Sente-se aí e conte a sua história. Não tenha medo, ouviu?

Era estranho que ela precisasse dizer “não tenho medo”, quando coisa alguma denunciava o temor em Emanuela. Pelo contrário, era o abandono de si mesma o que a caracterizava principalmente. Sempre enrolando a ponta do xale, Emanuela sentou-se no degrau da escada.

– Então?

Sorriu de novo. Agora o sol dava em cheio no seu rosto e a luz arrancava um brilho azulado das suas tranças negras. Toda a sua pessoa parecia iluminada e, na simplicidade da sua posição, ela era mais bela, tocada por qualquer coisa de muito puro e imaterial. Parecia contente e se entregava, a cabeça um pouco inclinada, os olhos perdidos no céu.

– Era mesmo assim. Trabalhava para todos. Mas agora não pode mais...

– Todos?

– Tenho três irmãozinhos. Ele ia para o serviço e eu brincava para passar o tempo...

Cruzara as mãos sobre o peito e falava sorrindo, uma esquisita doçura na voz rouca e hesitante.

– E a sua mãe?

– Morreu. Foi há muito tempo. Depois ele se casou de novo, mas “ela” foi-se embora... Aí é que ele me disse para tomar conta dos meus irmãozinhos. Joãozinho ficou doente. Tomei conta dele, custou muito... mas ficou bom. É o mais fraquinho, sabe? Quando o pai ia para o trabalho, eu pegava ele no colo e dizia: Joãozinho, você não pode correr com a Raquel e o Januário, você é pequeno e pode cair. Ele chorava e eu então levava-o nos braços e corria pelo campo, até cansar. Ele se agarrava a mim e quando eu parava, cansada, pedia mais e tinha os olhinhos vermelhos: mais, Manuela, mais... Então eu apertava ele nos braços e continuava a correr, a correr até que chegasse a tarde... Quando ia ficando escuro, eu parava e nos deitávamos no capim, espiando à toa para o céu...

Madalena sentiu-se vagamente melancólica. Seu olhar nublou-se e ela perguntou:

– Gosta muito dele, não?

Simplesmente, como conversara até aqui, ela fitou Madalena e disse:

– Oh! muito... Ontem chorei todo o tempo... Meu pai dizia que era uma tola – estava muito grande para brincar com Joãozinho... mas que é que tem? Era por causa das corridas também... gostava de ir assim, sem saber para onde, apertando ele nos braços...

Ficaram em silêncio. Uma leve sombra descera sobre o rosto puro de Emanuela.

– Você ficará comigo. De vez em quando, pode trazer o Joãozinho... desde que seu pai o deixe. Agora vamos entrar.

Ergueu-se. Com a mão no trinco, sentiu-se subitamente ferida por uma inquietação: como receberia Pedro aquela menina? Era sempre nervoso com as criadas. Parecia a Madalena que o caso de Emanuela era diferente. Seria cruel tratar aquela pobre criatura com severidade. Entrou, seguida de Emanuela. A sala, com as janelas cerradas, estava completamente em sombra. Nenhum objeto aparecia distintamente. Na morna atmosfera da manhã, os móveis altos se afogavam no escuro, as cortinas guardavam uma absoluta imobilidade. Dentro daquele ambiente, todas as coisas se marcavam por uma expressão desalentadora de morte – e parecia que nenhum ser humano habitava entre aquelas quatro paredes, limitando um mundo diferente, onde as sensações se anulavam no morno torpor do esquecimento.

De repente, Madalena distinguiu o vulto de Pedro. Estava imóvel, parado na escada, o corpo levemente inclinado. O seu rosto parecia mais pálido – era evidente que estava ali há algum tempo. Madalena pensou mesmo que ele pudesse ter ouvido toda a conversa com Emanuela. Estacou e, rapidamente, perguntou ao marido:

– Você quer tomar o café?

Ele ergueu os ombros, num leve movimento de desprezo:

– Não.

Emanuela se detivera, hesitante. Parecia maior, com as mãos abandonadas ao longo do corpo, o rosto fino imerso na sombra. Pedro a contemplava, mudo, com o olhar frio, quase cruel. Madalena voltou-se e fitou a criada. Estava imensamente pálida e, apesar de conservar o mesmo ar infantil, transpirava violentamente da sua pessoa um medo extraordinário, um medo tão visível, que chegava a lhe marcar no rosto uma expressão angustiada de terror.

– Emanuela, vá lá para dentro – murmurou Madalena.

Ela pareceu não ouvir e permaneceu na mesma posição. Na escada escura, Pedro tossiu e pôs-se a descer lentamente. Com um movimento brusco, Emanuela recuou e refugiou-se ao fundo, junto a um pesado armário. Pedro aproximou-se lentamente e perguntou:

– Quem é esta menina?

Assustada com o que se passava, Madalena apressou-se a responder:

– É a criada nova. Não a assuste, porque é muito tímida.

Repentinamente, Pedro segurou-lhe as mãos. Emanuela quis fugir, mas estava quase junto à parede. Cerrou os olhos e abandonou-se, sem nenhuma força para se defender.

– Mas é uma criança! – exclamou Pedro.

E num arranco, puxou-a pelas tranças e curvou-lhe a cabeça, agora mais visível. Emanuela sofria. Os seus olhos escuros exprimiam uma angústia informe, respirava sem ritmo, não ousando fitar o homem face a face. Durante alguns momentos, Pedro esteve parado, examinando o rosto que estava diante do seu. E, de súbito, como quem se liberta de uma penosa impressão, abandonou-lhe os cabelos e saiu.

II

Na rua, ao se lembrar da figura esquiva de Emanuela, Pedro não pôde deixar de sorrir. Fora uma coisa estranha o que se passara. Ao deparar com o pequeno vulto da criada, sentira no corpo um leve arrepio, que se transformara depois numa vontade invencível de tocá-la com as mãos. A sua figura despertara nele um mundo de sensações absurdas, como se toda ela fosse um apelo a secretas regiões do seu ser. Cada criatura arrasta o seu mistério – todas elas o possuem, inteiramente defendido da curiosidade alheia. Pedro sabia que nenhuma outra alma pode descer onde fermentam as vagas dessas marés que se movem constantemente. Pois fora a esse mundo que Emanuela viera despertar íntimas relações, fora essa treva que ela viera agitar com o seu olhar humilde. Que força havia, pois, naquela criança que pudesse despertar tão viva reação num homem como ele?

O sol esturricava a lama dos caminhos. Pedro se desviou por um beco, cheio de pequenas casas mal barreadas, onde crianças sujas se arrastavam.

– É interessante, – disse consigo mesmo – nós não sabemos nunca onde começa o amor nem as outras relações entre os homens. Por trás de tudo, há sempre alguma origem obscura, um frêmito que passou desconhecido e que foi tocar, como um vento de outono, as cordas mais sensíveis do nosso ser.

Tudo pode depender de um olhar ou de uma palavra vã – não se pode ferir a observação justa porque não há nada justo dentro das coisas criadas pela sensibilidade humana. Apenas sentimos que a ponta aguda veio tocar diretamente o nosso "mistério", que a palavra ou o gesto veio pesada do sentido necessário para fazê-la viver em nós, mais tempo do que o intencionado. Assim é que não podemos nunca saber o valor exato da reação que produzimos sobre outras pessoas. Geralmente, todo um sistema de falsas deduções está colocado sobre este modo de ver; a visão que temos é deformada segundo as nossas exigências, e a maioria dos choques nasce da inutilidade dos nossos esforços para franquear as muralhas de uma realidade puramente ideal. Que pensará, por exemplo, esta criada a meu respeito? Sem dúvida ter-se-á amedrontado. O seu raciocínio já impôs a visão inicial da minha pessoa. Na realidade, tudo se passa de modo bem diferente. É possível também que não tenha sentido nada – eu é que estarei enganado, se bem que... É evidente que, para cada um de nós, existem na vida pessoas marcadas pelo interesse e pelo desinteresse. Não é propriamente pelo modo que vai adquirir importância em relação a determinadas situações, mas pelo contato que pode estabelecer conosco. Este modo de soprar sobre íntimas ressonâncias é bem o sinal indicado – agora, aceitar ou repelir, é todo um trabalho que o espírito se impõe. As outras criaturas parecem se conservar para a nossa sensibilidade numa atmosfera morna de tolerância preestabelecida.

Pedro sentia que Emanuela era "alguém" para ele. Talvez fosse cedo para avaliar a sua importância. Mas ele a sentia vivamente, como um aviso gritado no escuro, um sinal aberto de repente à sua indiferença.

Diante dele abria-se um café, três portas baixas, deixando ver mesas cobertas de toalhas amareladas, num ambiente esfumaçado e sujo. Sobre o balcão engordurado, um homem gordo se movia em mangas de camisa. Pedro sentiu de repente que alguém o puxava pelo braço. Era Bernardo.

– Onde vai você?

Pedro libertou-se com um gesto rápido e murmurou:

– À sua procura.

– Conseguiu?

Moveu os braços, num gesto de desalento.

– Nada...

Bernardo era um homem baixo e de membros curtos. Era impressionante como toda a sua figura mesquinha refletia a sua natureza. Sobre o rosto redondo, se abriam dois olhinhos pequenos, em constante movimento. Além disso possuía o nariz adunco e os lábios grossos, de uma sensualidade agressiva. O seu casamento com a irmã de Madalena fora um caso em que entrara muito de interesse. Não se deixara de comentar, em Curvelo, a felicidade com que Cira se entregara a este negócio. E com o tempo, verificaram que Bernardo não era somente um homem de físico desagradável. Qualquer coisa de torpe residia nele como um animal escondido. Entretanto, essa qualquer coisa transpirava de sua pessoa, logo que se estabelecia com ele um contato mais vivo. Era uma penosa impressão de aviltamento, saturando todos os seus gestos, rompendo no seu riso rouco, mascarando-o com rugas fundas, transformando-o quase inteiramente no que de pior se pode esperar de um homem sem caráter. Bernardo era repudiado em quase todos os lugares. A sua atuação sobre as pessoas era a de um fermento em trabalho constante de desagregação – tirando daí uma espécie de febre que o trazia em constante agitação. Comentava-se que, no fundo, não passava de um vulgar intrigante.

– Nada! – tornou a exclamar Pedro, lançando um olhar furtivo sobre o outro. Um leve sorriso se esboçou nas faces de Bernardo. As bochechas lhe inflavam no riso – e tomando subitamente Pedro pelo braço respondeu: – É melhor conversarmos. Quer entrar aqui?

– É para isso mesmo que eu vinha.

Entraram. No café estreito, as mesas se enfileiravam sob um enxame de moscas. Pratos quebrados e latas de conservas apareciam pelos cantos. Sentaram-se junto à janela. Por um dos vidros quebrados, via-se a rua queimada pelo sol e o casario fronteiro.

Bernardo estendeu-se inteiramente sobre a mesa. Os seus olhos faiscantes examinavam detidamente o outro.

– Escuta, – disse – há um meio de conciliarmos tudo.

A sua voz era sussurrante e macia. Pedro tinha a impressão que ela desejava induzi-lo a alguma coisa – era vagarosa e medida, como o estilete que penetra lenta e friamente.

– Qual? Confesso que pensei muito sobre isto... e não encontro nenhuma solução. É tudo por causa do maldito emprego!

O olhar de Bernardo tornou-se subitamente mau.

– Emprego? Por que então... antes, compreende?

Pedro deixou escapar uma risada aguda:

– Antes você não precisava ainda... como precisa "agora", naturalmente...

Bernardo não respondeu prontamente. Continuava a examinar o outro, numa calma simulada, o queixo apoiado nas mãos gordas e vermelhas. De repente, Pedro sentiu o lado torpe do outro. Aquilo veio numa compreensão imediata e ele se encolheu, vencido por uma inexplicável sensação de mal-estar.

Como que alguma coisa se diluíra no seu olhar. A sua respiração se tornara mais acelerada, as rugas apareciam nítidas. Subitamente estendeu a mão e pousou-a no braço de Pedro. Àquele contato, ele recuou vivamente, sentindo um insuportável calor queimar o lugar em que o outro tocara.

"Terá este homem recebido algum sinal... algum 'toque' que me revelasse de interesse para as suas relações?" – perguntou Pedro a si mesmo. E imediatamente o seu pensamento pôs-se a trabalhar. Alguma coisa viva, é certo, estava se estabelecendo entre eles. A emoção de Pedro crescia. O seu espírito repelia ou aceitava o "toque"? Era difícil dizer. Somente quando o outro partisse, poderia saber. Fitava-o nos olhos e sentia envolvendo-o um estranho encadeamento de sensações informes. Rapidamente, como o calor do fogo para outro fogo, os laços apareciam e se uniam, dava-se o choque, ambos espreitavam, a dúvida cobria tudo escuramente.

– Pedro, bem sabe você que sempre fui seu amigo...

Era novamente a penumbra sendo vencida, os círculos girando ameaçadores, o encontro sendo tentado. O que espantava a Pedro era a nitidez com que sentia todos os movimentos do outro. Como que se estabelecia um lento aprisionamento da sua vontade – Bernardo vencia rapidamente com o seu ar torpe e o seu desesperado riso rouco. Por que não repelir? Sentia bem à flor da pele o contato tentando se estabelecer.

Bruscamente, curvou-se sobre o braço estendido e sussurrou:

– Amigo? Creio que você se engana, Bernardo, nós nunca fomos amigos...

Um sorriso frio correu pelo rosto do outro. Aparou o golpe – mas o calor se desfazia com rapidez.

– Talvez... tudo é possível. Mas não quero deixá-lo julgando que o meu ato agora...

– Absolutamente! – exclamou Pedro. – Não julgo nada...

Sorriu de novo e disse levemente:

– Por que dizes então que eu "antes não precisava como agora"?

Pedro percebeu a ameaça longínqua tentando se estabelecer de novo. Não era mais do que uma sombra se erguendo – mas tudo nele era tão suscetível à percepção de determinados movimentos, que a pergunta de Bernardo não lhe passara com a intenção despercebida.

– Não quis dizer que existia "agora" um motivo... Mesmo porque se existir, *eu o ignoro*...

E ao dizer "eu o ignoro", Pedro percebeu que, contra a sua vontade, a sua voz se tornara mais incisiva e o "toque" poderia ter sido entrevisto por Bernardo desse lado. Realmente, ao dizer "eu o ignoro" não se colocava ele ao lado daquele tipo abjeto? Significava bem claramente que ele, Pedro, estava disposto a ignorar – dentro de certas condições que Bernardo compreenderia. Pois se realmente deixasse de existir qualquer coisa, a frase por si mesma se tornaria um absurdo. No momento exato, a força de conivência, que já sentira pouco antes, se manifestava reclamando o seu direito.

– Não existe nada – apressou-se Bernardo a responder. – Nada, bem compreendido, além da minha necessidade.

Se Pedro quisesse recuar, seria muito tarde. As bases estavam estabelecidas e, dentro daquela mentira, Bernardo seria agora uma pessoa agindo ao seu lado. Sombriamente, murmurou:

– Percebo. Mas a coincidência é estranha.

Bernardo permaneceu silencioso. O ambiente agora era de expectativa. Ambos hesitavam em avançar num terreno que não conheciam. Tinham lançado os seus marcos de lado a lado, mas, entre uma bandeira e outra, flutuava todo um mundo de incertezas.

– Não vejo por que – redargüiu Bernardo. – Foi por um acaso que a minha exigência coincidiu com a perda do seu emprego...

E, de repente, ele fitou Pedro, e o sangue subiu-lhe às faces de um jato. A sua confusão foi tão visível, que ele inclinou a cabeça e pareceu tremer. Pedro compreendeu, pelo seu lado, que os laços estavam estabelecidos, que eram laços iguais, de mútua tolerância, dentro de terrenos abertos sobre uma natureza comum. Ao mesmo tempo, a necessidade de amedrontar Bernardo fez nascer na sua cabeça uma idéia extraordinária. Era uma mentira – e por que a necessidade imperiosa daquela mentira?

– Ouve, – disse – contaram-me ontem um caso extraordinário.

Bernardo levantou penosamente a cabeça.

– Conhece João da Silva? – continuou Pedro. – Pois o caso se passou com ele. Mas também não tenho certeza, compreende? Podia muito bem ter se dado com outro...

– Não o conheço – suspirou Bernardo.

– Pois é um caso de dívida... Um caso como vários outros...

E Pedro deixou escapar uma gargalhada. Bernardo tremia de furor. Lentamente, continuou o caso:

– A única diferença é o fim. É que... sabe?

A mola do caso não era o dinheiro... Havia outra coisa.

Bernado encolheu os ombros, como quem desejasse dizer que a história não o interessava. Então, Pedro ergueu-se de repente e, apoiando a mão no seu ombro, perguntou rispidamente:

– Conhece você o coração humano?

A respiração do outro tornava-se difícil. Pedro não tirava os olhos dele, acompanhando todas as transformações por que passava o seu rosto.

Evidentemente Bernardo parecia não ter compreendido o sentido daquela pergunta. O seu olhar refletia um desesperado esforço para tudo apreender, e, como o silêncio fosse se tornando pesado, moveu a cabeça quase imperceptivelmente. Pedro soprou-lhe então:

– Falo do coração devorado pelas paixões... daquele que não possui coragem para recuar e que avança até a morte, envenenado por desejos criminosos até o fundo do seu próprio desespero, por dinheiro... ou por amor...

A sua voz tornou-se mais velada e concluiu rapidamente:

– ... ou ainda por forças desconhecidas, por forças que perseguem noite e dia e enlaçam os corações desprevenidos...

Bernardo moveu a cabeça e de súbito rompeu numa risada estridente.

– Compreendo agora...

E apoiando-se pesadamente sobre a mesa, gritou:

– ... João da Silva?

– Sim, João da Silva amava o dinheiro. Porém, mais do que ao dinheiro, ele amava destruir. Compreende você, Bernardo? Ainda havia a paixão da carne, a mulher do seu amigo etc... Toda uma cadeia cerrada sobre a sua vítima.

O riso desapareceu bruscamente do rosto avermelhado. Continuava de pé, meio tombado para trás, as feições agora sob um ricto duro, vulgar, quase de ódio. Pedro sentiu novamente o ar de torpeza se desprendendo daquele corpo enorme. Os olhinhos pareciam inchados e marcavam com estranha fixidez o rosto pálido de Pedro. Mas, coisa extraordinária, este não sentiu o mínimo abalo... Tudo lhe parecia um desenrolar natural dos fatos. Nem Bernardo se espantaria... nem ele sequer... Era uma espécie de acordo, pairando sobre o absurdo daquela conversa.

– Não entendo – exclamou Bernardo. – Acaso João da Silva mora nesta cidade?

A sua voz era trêmula e hesitante. Invadido por uma súbita raiva, Pedro golpeou a mesa gritando:

– Mora! É um homem inteligente... mas tem o coração devorado pelas víboras. O seu sono é perturbado pelos pesadelos e ele não consegue se libertar dessa lama, desse desejo de carne... dessa loucura...

– Então? – a voz de Bernardo era um sopro.

Um brilho triunfante clareava o rosto de Pedro. O seu ódio se aclarava e os olhos dilatados exprimiram somente uma tranqüila ferocidade.

– A dívida...

– Fala! Que houve então? – implorou.

– Nada. João da Silva era o escravo do seu credor.

Ficaram calados. De fora veio uma risada aguda de mulher. A vidraça flamejava ao sol, a tranqüilidade era absoluta. Somente as moscas zumbiam.

– Não sei por que – volveu Bernardo a falar – você me contou esta absurda história. Pois é um absurdo, um verdadeiro absurdo, não?

A sua voz parecia implorar. Havia nela qualquer coisa viscosa, qualquer coisa que se insinuava, que parecia tatear friamente, procurando penetrar no pensamento do outro. Irritado, Pedro exclamou:

– Absurdo? Não existe aqui nenhum absurdo. É apenas uma história verdadeira... mas sem nenhuma finalidade, compreendeu?

Bernardo suspirou:

– Compreendo. Mas o fim do nosso encontro não foi esse. Você não quer beber alguma coisa? Olá, rapaz!

O rapaz se aproximou e, feito o pedido, em breve voltava com dois copos nas mãos. Bernardo provou vagarosamente a bebida.

– Posso lhe conceder um prazo – disse.

Pedro sorriu. A sua história alcançara o alvo.

– Mas um pequeno prazo, somente – continuou, retificando. Aceita?

– É claro. Foi o meu intuito, ao vir aqui.

Novamente ficaram em silêncio. Bernardo rodava o copo entre os dedos.

Ao sol que atravessava a vidraça, o vidro azulava-se violentamente.

– Dentro de três dias, eu irei procurá-lo – concluiu Bernardo.

Pedro moveu a cabeça em sinal de acordo. Bernardo pensava que alguma coisa lhe tinha valido aquele encontro. Estava diante de uma força semelhante à sua. Teria de lutar, se não quisesse cair em suas unhas como um rato sob as patas de um gato. Já agora, não iria às cegas.

Dentro da sala imunda, fazia-se uma quietude maior, tudo parecia modorrar ao sol do meio-dia.

III

Madalena abriu cautelosamente a janela. Ventava. No ambiente descolorido, a folhagem parecia se desfazer às rajadas do vento, e os colmos dos bambus rinchavam, desarticulados numa penosa impressão de abandono.

Passara todo o dia numa extrema agitação. O seu espírito não encontrava mais nenhum repouso na resignação dos fatos. Ela, que procurara naquele casamento somente a paz, achava-se num estado de permanente inquietação e sofrimento. Em outros dias, sabia distinguir um certo prazer amargo na aceitação da sua vida. Era um traço de nobreza naquela pobre melancolia, uma vontade de ultrapassar a si mesma, de ser forte bastante, para dominar o descontrole das suas emoções. Mas agora nada disto era possível. O lado pior da questão aparecia todas as vezes que se apegava a semelhante tentativa e, por mais que fizesse, era uma destruição lenta dos seus melhores meios de defesa. E Madalena sofria ainda mais, à vista desse aniquilamento sem solução; durante horas o seu coração sangrava, a dúvida penetrava friamente como um punhal no seu peito. Atirava-se sobre a cama, ficava imóvel, procurando reter a respiração que lhe chegava opressa, como se estivesse com febre. Perdida dentro dos seus pensamentos, descobria então pequenas coisas em si. Era o milagre dessas humildes descobertas, que lhe davam alento para atravessar o dia. Da sombra confusa das horas corridas, rebuscava ansiosamente o rastro de pequenas sensações inaproveitadas, restos de inquietações e mesmo de felicidade, que davam bruscamente ao seu espírito um flamejar doloroso e tranqüilo, um vago crepitar de vida que ainda não se destruiu completamente no desenrolar das suas próprias experiências. Muitas vezes, não conseguia coordenar nada – as pontas se perdiam num revolver confuso e ela se achava transtornada, sem saber para onde se dirigir, num alucinado esforço para manter seguro o centro do seu pequeno mundo. Tudo isso, para não sentir o contato da realidade. Preferia dar ao pensamento a forma dessa vida imprecisa, mas cheia de calor, dentro da qual a sua angústia se realizava inteira e chegava ao supremo de se revestir das formas da alegria, uma alegria cruel e soberba, cheia de incalculáveis riquezas.

Alegria de uma plenitude admirável, onde a criatura se colocava além dos contatos menores, encerrada dentro de um círculo impenetrável para outras sensações que não se revelassem em acordo com a sua solidão, cheia de compensações até agora desconhecidas na sua vida atordoada. Era uma espécie de lucidez capaz de colocá-la acima mesmo dos seus próprios problemas, de encerrá-la num terreno à parte, onde as coisas mais graves não tomassem o aspecto senão de uma gota de chuva lançada sobre um muro de fogo. Bem pensado, era por isso que o seu sofrimento lhe era necessário. Estes últimos tempos, tinha vivido dele, alimentada como por um sopro divino. Tudo que havia nela de grande, toda a sua força de espírito, achava-se à mostra, inteiramente visível para os seus olhos habituados a semelhantes investigações. Tudo nela sangrava e vivia como nunca vivera antes, em plena consciência do seu próprio destino.

Madalena pensava com amargura que ultimamente até mesmo esse consolo lhe era negado. Todos os acontecimentos que se amontoavam, dia por dia, na sua existência, acabavam por formar um peso que lhe despedaçava o coração. Já não sentia a mesma tranqüilidade, avaliando friamente as coisas por que passava. Era impossível dar forma nítida àquele amontoado de sensações angustiosas, que dava à sua experiência um caráter de episódio inacabado, de aventura esfacelada pelo meio. Agora, nada mais era possível na solidão. Percebia que tudo viria a terminar numa crise de choro, numa lamentável crise de choro, como há muito tempo não tinha.

– Boa tarde.

Pedro estava atrás dela. Tinha entrado sem que Madalena pressentisse e estava imóvel, ligeiramente curvo sobre o espaldar da poltrona.

– Oh! – e ela não pôde deixar de admirar o seu aspecto. A um outro olhar qualquer, nada haveria de anormal. Era a mesma figura esguia, o mesmo olhar que parecia não fixar direito as coisas. Mas para quem ama, o mínimo sinal é uma diferença perceptível. Nada escapa ao olhar que segue sempre a criatura amada – olhar lúcido e ardente capaz de descer onde só se agitam as sombras da dúvida e do ciúme.

A diferença não era propriamente no modo por que ele se encontrava – era qualquer coisa no seu olhar, no modo de abandonar os braços e de se curvar levemente sobre a poltrona. Madalena não precisava muito para saber que estava diante de uma criatura hesitante, incapaz de dizer exatamente o que lhe ia no espírito. Era o todo de quem sofreu um golpe e que se esforça agora para se reintegrar na ordem habitual, ainda agitada pelo rumor de alguma coisa forte que acaba de suceder.

Estaria Madalena enganada? Mas aqueles olhos frios estavam alargados sobre a face e os lábios levemente arqueados, formando duas rugas. Ainda havia sobre o rosto o laivo de uma sombra quase imperceptível. Sobretudo a amedrontava aquele ar que o tomava todo, aquele modo de quem vai se despenhar sobre a poltrona, aquelas mãos que se movem hesitantes, abandonadas no tumulto das suas próprias emoções. Era diante daquelas mãos que Madalena se sentia subitamente invadida por uma onda de carinho e piedade. Seria bom segurá-las de encontro ao peito, senti-las aprisionadas entre as suas, como um pássaro sem asas para fugir. Que miraculosa piedade essa do seu coração, diante de duas mãos tão simples que se moviam de um lado para outro, que se apertavam inconscientes... Oh! eram elas que falavam mais decisivamente a favor da sua descoberta. Eram aquelas mãos que ignoravam ternuras, que só a sua alma sonhava, escondida na sombra de cada dedo, como um segredo frágil que pudesse desaparecer num gesto...

Madalena sempre as vira repousadas e distantes, incapazes de se agitarem ao influxo da menor emoção. Eis que agora, despertada do seu sono desesperador, estavam pousadas sobre o espaldar da poltrona, viviam e se coloriam de sangue. Eis que pareciam dizer alguma coisa e já não estavam mais naquela impressionante imobilidade – dedos recurvados sobre dedos, unhas levemente coloridas, traduzindo um desespero mais forte do que ele mesmo.

– De onde vem você?

E Madalena, vagarosamente, deixou-se cair num divã. A palavra parecia prestes a romper dos lábios de Pedro. Distinguia bem aquele leve tremor nos cantos da boca, aquele olhar que subitamente adquiria uma intenção. E, de súbito, tudo se desfez como uma nuvem levada pelo vento. Pedro rodou sobre si mesmo e foi encostar-se ao vidro da janela. Amargada pela sua decepção, recostou-se inteiramente e cerrou os olhos.

Era estranho como o ruído do vento soava lá fora. Era estranha aquela calma pesada que caíra subitamente sobre o aposento. Madalena achava-se vazia, despida da menor emoção. Somente a presença de Pedro bastava para aturdi-la inteiramente. Reviu de novo, instantaneamente, as mãos sobre o espaldar da poltrona. Que teria acontecido? Toda a sua atitude era insólita de uns tempos para cá. Lembrou-se, de súbito, da manhã em que o encontrara pela primeira vez. A sua voz ainda estava viva na sua lembrança: "Você não se lembra... Isabel?".

Oh! Deus do céu, era bem isso, era bem de Isabel que se tratava... Como não se lembrar? Uma vez a encontrara chorando, no vão escuro da escada. Era pequena e tinha sardas no rosto. Madalena revia-se abaixando sobre a pobre menina: "Isabel, querida, que tem você?". E levantara a sua cabeça, tão feia com aquelas duas tranças que nunca se desmanchavam. Não, não se lembrava de tê-la nunca visto assim... E a voz, tão perdida de choro, no canto escuro da escada. "Oh, Lena! Lena! Tenho tanto medo de morrer!" E Isabel se fora. Depois dela tantas pessoas tinham ido... Era apenas o trabalho de cerrar os olhos... Mas, novamente, a imagem de Pedro ressurgia no seu pensamento:

que estaria acontecendo? Aquelas saídas, aqueles encontros com Bernardo...

– Pedro, você deu a Bernardo o meu recado?

A resposta não veio prontamente. Ela pressentiu que alguma coisa desconhecida lhe aflorava ao coração. E, de súbito, sem que soubesse como, a sua angústia tornou-se tão dolorosa, que ela apertou as mãos contra o peito, repetindo desesperadamente para si: "Deus, Deus, é preciso que me liberte deste homem, é preciso que eu me liberte, é preciso!..." E conservava a cabeça inclinada, os olhos cerrados, o espírito completamente transtornado.

– Dei. Disse que virá aqui um dia destes.

Então compreendeu que o mistério estava aí – era Bernardo a causa de todo o transtorno por que passava agora. Por um momento, o silêncio pesou sobre as palavras de Pedro. E, de súbito, Madalena rompeu numa gargalhada nervosa, que encheu a sala de vibrações metálicas. Ela própria sentia a amargura daquele riso doentio e conservava a cabeça entre as mãos, incapaz de se deter. Por algum tempo durou isto, o busto sacudido, o rosto congestionado. Pedro não se movera. Apenas, se Madalena reparasse, veria as suas mãos inquietas premindo fortemente o peitoril de madeira. Finalmente ela se calara, conservando o nó dos dedos entre os lábios, o olhar molhado de lágrimas perdido no teto. Ergueu-se de repente e fitou Pedro. O homem apenas deixou brilhar um olhar repleto de ódio, que arrancava do fundo do seu ser todo um mundo de rancores fermentados. Nem sequer o sentido daquele rápido mover de pálpebras escapou a Madalena. Mas, realmente era tão desoladoramente cômica aquela visita de Bernardo... Nunca se tinham visitado. Por que agora, sem mais preâmbulos, vinha aquele homem procurar estreitar desse modo as pobres relações que existiam? Ela amava a solidão – era o seu domínio –, queria estar sozinha para sofrer melhor... detestava a irmã, por que vinham pois arrebatar-lhe as suas únicas alegrias?

Mas a voz de Pedro soou bruscamente:

– Detesto esse riso. Que há de mais numa visita dessas?

Madalena tornara a cair no divã; os cabelos desmanchados cobriam as suas costas. Sim – que havia demais? – a pergunta se revolvia agora incansavelmente no seu espírito.

– Não é por coisa alguma, Pedro. Mas você bem sabe que nunca tivemos relações. Que deseja esse homem agora? É isto o que não posso entender. E ao menos se as suas relações com ele...

Pedro aproximou-se e perguntou quase furiosamente:

– Que importam a você as nossas relações?

– Você o odiava há tempos atrás – respondeu com voz cerrada.

Fitava-o profundamente. Pedro conservava a mesma posição – apenas os seus olhos brilhavam com mais intensidade e os cabelos estavam dispersos sobre a sua testa.

– E o odeio ainda – murmurou secamente.

Madalena sentiu que a sua certeza era absoluta. Tratava-se de Bernardo, sem a mínima dúvida.

– Pois então: cada vez compreendo menos. Como se pode ir a uma casa, onde se sabe que se é detestado?

Pedro começara a passear nervosamente pela sala. O tapete abafava-lhe o ruído dos passos. Parecia tomado por uma idéia e, de quando em quando, passava a mão pelos cabelos. Afinal se deteve um instante e perguntou surdamente, sem fitá-la:

– Você o odeia também?

Madalena ergueu os ombros:

– Por que não?

Pedro voltara a descansar junto à vidraça. "Meu Deus, como eu o amo!", pensou Madalena repentinamente, fixando os seus ombros e as suas mãos nervosas. Oh! se ela pudesse, erguer-se-ia, iria até ele e, tomando-lhe as mãos, enrolaria nelas os seus cabelos. Por um instante estariam confundidos dentro do mesmo pensamento e, na obscuridade da sala, não ouviriam o vento e não sentiriam senão as pancadas surdas do seu coração.

Pedro aproximou-se lentamente – aproximou-se tanto que Madalena sentiu-se tomada pela inquietação. Deteve-se junto ao divã e curvou-se até que ela sentiu no rosto a sua respiração ardente. Imóvel, percebeu a noite se alargar na sua alma. Toda uma desesperada tormenta agitava-se no escuro do seu coração e o calor da febre lhe aflorava ao rosto, numa tênue carícia.

– Você não pode, compreendeu? – ouviu a sua voz morna. – Não existe motivo para esse ódio...

Como lhe custava responder! É que mais uma vez, indagava a si mesma, alucinadamente: será tudo possível... ainda... será tudo possível?

– Não, – murmurou vagarosamente – apenas...

– Não e não! – exclamou Pedro imperiosamente.

A emoção tornava-a um pobre ente sem forças. Oh! Com que diabólica clareza percebia-se novamente a flor do mistério... Entretanto, o que seria? De tudo isto – olhares, gestos, palavras cortadas pela angústia – percebia claramente que Pedro sofria. Ele mesmo dissera que odiava Bernardo – por que não devia ela odiá-lo por sua vez? Era o absurdo dessa atitude o que mais a desconcertava. Passou de súbito pela sua cabeça a idéia de que Pedro nunca a tivesse olhado como realmente se olha uma esposa. Compreenderia que ela devia partilhar das suas alegrias e das suas tristezas, como das suas inimizades? Estava bem certa de que não compreendia nada disto.

Novamente a sua amargura repontava mais aguda – era necessário sofrer, sofrer muito ainda – e ela se sentia sem forças para reunir de novo a sua coragem. Inclinada, os olhos sempre fechados, Madalena continuava a revolver os seus pensamentos, num trabalho constante de elucidação. Era uma coisa absurda essa da criatura se ligar irremediavelmente à lembrança de fatos que já não têm sobre as outras pessoas a mínima atuação. Compreendia que do seu passado, daquela felicidade que ela tanto lutara para reconstruir, não havia em Pedro o mínimo fragmento, nem sequer o grão de pó que o vento deposita um dia por acaso.

E ela não fizera durante esse tempo nada mais que reatar em si os mesmos laços, não pudera fazer mais do que se iludir, apoiada em lembranças que só existiam na sua imaginação. O seu encontro com a realidade era pois de uma dolorosa dificuldade, adquirindo as formas de um néscio ludíbrio, sem que ela soubesse fugir a esse desencanto. Sim, sim – o seu trabalho seria o de destruir esses falsos laços, de rompê-los a todo custo, um a um, ainda que isto custasse um preço maior do que o que ela pagava agora. Todo aquele clima, criado pela sua sensibilidade em torno de uma situação por si mesma insustentável, morria agora pela ausência de uma vitalidade real. Ela tinha a impressão de que se agitava num charco e o lodo sufocava-a, rompendo de todos os lados como de um corpo apodrecido.

– Madalena...

Abriu os olhos bruscamente e entreviu o vulto de Pedro. Não eram mais as mãos que o denunciavam, mas todo o seu rosto, os olhos angustiados, os lábios deformados num ricto de amargura, outra expressão enfim. Ela se ergueu e ficou à espera, respirando fundamente. Reconhecera naquela voz o tom de uma pessoa que se sente isolada e que necessita de alguém para viver. Era o apelo vivo da solidão para a ternura, era o instante de cada um, quando um coração de carne chama no silêncio os olhos cegos para a razão que não consola. Pedro esteve um momento imóvel, os olhos fixos sobre a mulher. "Um passo, – pensou Madalena – um passo e nada mais." Mas lentamente, foi percebendo a alteração que se fazia no seu rosto. O olhar readquiriu a expressão fria e os lábios voltaram a sorrir inesperadamente. Era o Pedro antigo, com a mesma expressão cruel na face.

Madalena deixou-se cair pesadamente e murmurou:

– Oh! Pedro...

Conservou o rosto escondido entre as mãos. Aquela prova era superior às suas forças – não podia mais... não podia mais...

Ouviu os passos que se afastavam, a porta que se fechava quase sem rumor. Agora, em torno dela o silêncio era maior. Como que os móveis readquiriam a rigidez anterior, a sombra avançava vagarosamente sobre tudo. Nem mesmo o vento soprava na vidraça. Um único desejo se derramava na sua alma: por que não permanecer assim para sempre? Sentia o corpo muito fraco para suportar a violência daquela dor. Estava só e desejava permanecer assim. Mas impiedosamente, a pergunta voltava a atormentá-la: por que sofria Pedro?

IV

No jardim escuro, Madalena media sombriamente a estranheza de tudo aquilo. Ao anoitecer, imersa nos seus pensamentos, fora surpreendida por Emanuela que viera anunciar a chegada de uma serenata lá fora. No primeiro instante, hesitara em sair. Todo aquele rumor seria realmente por sua causa? De longe, quebrada pela distância, uma voz cantava qualquer coisa. Era uma modinha antiga – Madalena se lembrava do tempo em que estivera em moda, quase no limiar da sua adolescência. Pesadas de longor, as notas longas dos violões acompanhavam a toada. Vagamente inquieta no princípio, sentia crescer no peito pouco a pouco uma desmedida ansiedade, que vinha marcando rapidamente quase um ritmo de terror. Olhara para os móveis, para a sala tão familiar no seu silêncio, para tudo que cercava o seu sofrimento e percebera de repente que havia sido lançada sobre uma voragem – oh! exatamente uma voragem, aqueles gritos que ouvia, aqueles risos fortes, aquela música que não amava. Viu nitidamente o esforço de criaturas que atravessavam a noite fria para arrancá-la do seu desespero. Um rancor surdo invadiu-lhe o coração. Caminhou para a janela e, com os olhos dilatados pela angústia, fitou o jardim. Distinguiu ao fundo lanternas que se moviam, vultos que apareciam indistintamente, um grupo que se formava. Abriu a vidraça impetuosamente – chegaram de súbito aos seus ouvidos a fala áspera de Camila e o riso de Bernardo. Depois, mais forte, a voz de Pedro chamando-a. Toda a conversa que tivera dias antes com o marido voltou ao seu espírito. A sua impressão é que estava em jogo como um objeto cujo uso exploram. "Canalhas" – pensou consigo mesma – "não perceberão acaso que eu os odeio?". A impossibilidade de suportar a alegria daquelas criaturas lhe aparecia com extraordinária nitidez. Por todo o corpo, sentia derramar-se uma penosa lassidão, uma vontade absurda de se abandonar, de não ouvir, de não ouvir absolutamente aqueles gritos que a desnorteavam, aquelas risadas que lhe eram atrozmente insuportáveis. Mas a voz de Pedro chamava-a novamente. Fez um esforço sobre si mesma e desceu lentamente. Apareceu ainda um pouco transtornada, sem saber ao certo o que dizer.

– Deus do céu, como esta menina está pálida! – gritara a sua mãe.

Subitamente, na sombra, todo o sangue lhe afluíra às faces. Camila viera abraçá-la – nos seus ombros, roçara o frio das pulseiras de metal que ela usava, enquanto se esforçava para não sentir-lhe o hálito morno de álcool.

– Está doente, minha filha?

Não! Não! Doente? Que tolice! E rira, um riso estrangulado, ao mesmo tempo que a fitava com o olhar inutilmente saturado de ódio.

Agora, passado o momento das músicas, estava ali, sentada na grama fria, com o corpo adormecido de Camila ao lado. Positivamente, odiava-a. Dormindo como estava, esquecida do esforço para parecer mais jovem, mostrava-se em pleno apogeu do vício e da velhice. Transpirava todo o álcool que bebera durante o dia – os cabelos grudavam-se ao rosto molhado de suor e o busto arfava sem ritmo. Madalena a fitava ainda, mas um sentimento estranho, de vergonha e de opressão, brotava do seu peito amargurado. Lembrava-se dos dias antigos – ela era uma criatura irremediavelmente amarrada ao fluir e refluir da memória – quando Camila gritava do alto da escada, a voz enorme enchendo o vão escuro que dava para a sala. Revia a sua janela tão velha que parecia rebentar ao fragor da primeira ventania, as suas roupas penduradas nas paredes, os quadros com figuras de santos. Coisa extraordinária, ela se encontrava agora, sem que pudesse saber por que mistério, exatamente como fora, sentindo como sentia naquele tempo. Era uma lenta involução sobre os seus dias, um regressar sem nenhuma angústia, um encontro da sua antiga personalidade, como quem sente vindo de repente sobre o vento o cheiro agreste que já sentira em certo dia, na curva de um caminho solitário. E com esse perfume reencontrado, ela se embriagava agora com as dores da sua adolescência, as suas humildes alegrias e o coração lhe parecia bater novamente com a mesma doce ansiedade. "Nunca nos libertamos do que realmente somos" – pensou consigo mesma. – "Eis que um dia, quando o cansaço chega, nos debruçamos sobre nós mesmos e sentimos que o fundo é o mesmo, que a única coisa diferente é a camada de poeira depositada pelo tempo."

Junto dela, indiferente, Camila continuava ressonando, Madalena ergueu a cabeça, sentindo pesar sobre a sua melancolia o brilho gelado das estrelas. Passos se aproximavam de onde estava. Seria Pedro? Ela os havia abandonado na sala, enquanto bebiam – Camila desejava tomar ar, estava sufocada, o fumo lhe tinha feito mal. Haviam se estendido na grama, por detrás da ramagem espessa de um arbusto. Mas, evidentemente era Pedro – e a voz do outro era de Bernardo. Uma idéia lhe ocorreu: se não fizesse nenhum movimento, poderia escutar tudo. Poderia ouvir a conversa e...

Uma pergunta veio rapidamente ao seu pensamento: por que essa necessidade de ouvir? Talvez fosse a solução de tudo; mas não importaria isto num ato de baixeza?

Mesmo que ela agora quisesse se retirar, não podia. Os dois homens tinham se detido exatamente por detrás dela. Seria ridículo erguer-se agora; o melhor que tinha a fazer era esperar.

– ... pois já sabia antes...

E a voz grossa de Bernardo:

– Por isso é que eu escrevi o bilhete.

Escutou a risada zombeteira de Pedro e um leve ruído de papel amarfanhado. Alguma coisa passou pela sua cabeça, foi cair alguns passos adiante. Era uma pequena bola de papel. Não restava dúvida – o assunto era aquele bilhete e o mistério estava ali. Com o coração aos saltos, esperou que os homens se afastassem. Logo que os passos se distanciaram, lançou um rápido olhar sobre Camila e, de um golpe, apanhou o papel amarrotado. Ofegante, comprimiu-o ao peito. Voltou a sentar-se onde estava e esperou algum tempo, para ver se os passos não voltariam. O silêncio era absoluto. Então, rapidamente, desamarrotou o bilhete e com algum esforço, leu:

> *"Caro amigo: fiquei conhecendo ontem a João da Silva. É um homem inteligente. Precisamos visitá-lo juntos.*
>
> *B.*
>
> *P.S. – não posso conceder o novo prazo. Espero o dinheiro até a terça-feira."*

O papel permaneceu abandonado entre os seus dedos. Então era aquilo? João da Silva? Quem seria João da Silva? Não se lembrava de ninguém com esse nome. "Espero o dinheiro até terça-feira." Estava aí: Bernardo cobrava uma dívida. Instantaneamente, sem que soubesse por que, teve uma imensa vergonha do que se passava. Era por isso que Pedro a proibia de odiar o cunhado? Não podia existir razão mais tola. Por causa de uma dívida! E Madalena sentia um grande esfacelamento interior – qualquer coisa amarga como uma decepção inesperada, um sentimento confuso de ludíbrio, quase a tormentosa impressão de uma humilhação sofrida. Mas agora, verificado o primeiro choque, sentia-se na necessidade de equilibrar as suas razões contra o fato palpável. Pelo menos de uma parte do segredo, sentia-se de posse. Era a dívida – mas quando a teria Pedro contraído e sob que motivo? Possivelmente jamais saberia. Entretanto, se ainda quisesse apanhar alguma coisa, cumpria seguir os dois homens e escutar-lhes a conversa. Madalena lançou um olhar hesitante sobre a adormecida. Tinha se voltado um pouco sobre o lado esquerdo e ressonava tranqüilamente. Ergueu-se com cuidado e, esforçando-se para não estalar a areia sob os pés, avançou pela alameda escura. Entreviu, não muito distante, os dois vultos parados. Estavam junto ao gradil do portão e pareciam distraídos numa discussão qualquer. Madalena desviou-se para o maciço das árvores e aproximou-se cautelosamente. A primeira voz que ouviu foi a de Bernardo:

– ... por que não supor que na realidade...

– Por quê? – interrompeu Pedro. – Eu estaria fazendo uma suposição falsa.

Bernardo parecia indignado. A sua voz era quase rouca, quase aflita:

– Mas é um absurdo! Nenhum motivo pode levá-lo a tal extremo. Você não tem o direito – compreende? – pois na realidade...

As suas vozes se perderam de súbito. Madalena permaneceu no mesmo lugar, sem saber como ligar o que ouvira com o que descobrira. De repente, alguma coisa gelada raspou de súbito no seu rosto, enquanto em torno dela se agitava um ruído surdo de asas. Deixou escapar um grito e, antes que pudesse controlar o seu movimento de terror, achava-se em pleno centro da alameda. Agora, todo recuo seria impossível. Pedro e Bernardo estavam diante dela – se estivesse um pouco mais calma, teria reparado na diversidade dos seus olhares. Por um momento, um rápido momento de confusão, esteve parada diante dos homens, sem encontrar nenhuma palavra para dizer. Mas como o olhar de Pedro refletisse um espanto misturado de rancor, adiantou-se disposta a não dar nenhuma explicação sobre a sua presença atrás das árvores.

– Creio que foi um morcego, não? – perguntou sorrindo.

Bernardo fez um gesto indeciso e moveu lentamente a cabeça:

– Foi mesmo um morcego, eu o vi passando atrás daquelas folhas...

Pedro continuava calado. Inquieta, Madalena voltou-se inteiramente para o cunhado:

– Estava escuro. Saí para dar uma volta...

Bernardo abandonou o outro e veio colocar-se ao lado de Madalena:

– Conversávamos sobre aquela menina...

– Quem, Emanuela? – perguntou Madalena levemente angustiada.

– Exatamente. Sabe dançar muito bem...

E com uma leve ponta de entusiasmo:

– Sabe mesmo dançar admiravelmente. Nunca vi na minha vida movimentos tão belos!

Madalena inclinou a cabeça e sorriu, ao se lembrar que Emanuela, instigada pela música, surgira inesperadamente e dançara diante dos olhos atônitos de todas as pessoas. Revia a graça dos seus pés descalços, roçando a grama fria como duas pequenas asas a quem a febre tivesse roubado o sono.

– Realmente...

Mas, lembrando-se da voz com que Bernardo proferira aquelas palavras, sentiu-se chocada ao perceber nela um certo tom amargo, irônico. Evidentemente não era disto que falavam.

– Sim, – murmurou constrangida, desejando provar com um sinal que compreendia a "farsa" – ouvi mesmo qualquer coisa sobre "realidade"... – E pôs-se a rir de leve, olhando o céu sombrio. Entretanto, não perdia nenhum movimento de Pedro; surpreendera-o procurando no escuro o lugar onde ela tinha estado. E sua voz não lhe trouxe nenhuma emoção:

– Você estava *escondida* aqui, não? Mau lugar, na verdade...

Voltou-se subitamente e fitou-a de um modo indefinível. Ela sentiu pesar aquele olhar repleto de ironia.

– Falávamos de Emanuela e de outras coisas – disse. – Veja: para mim, a tragédia é que ninguém supõe a *realidade* tal como é e sim de acordo com a necessidade de cada um.

– Que tem a ver isso? – perguntou bruscamente Madalena.

Pedro pareceu refletir um momento.

– O que importa dizer é que nós sempre julgamos segundo as nossas reações... quando na verdade tudo se passa apenas num círculo de aparências... – E bateu nos galhos novamente, como se procurasse o morcego. Madalena compreendeu que ele julgava a sua ação errada. Pensaria acaso que fosse por ciúme? "Nós sempre julgamos segundo as nossas reações." Decididamente, ela não compreendia nada. Seria aquilo o fim de uma conversa? Não, evidentemente não parecia.

Junto a Camila adormecida, encontraram Emanuela. Estava de joelhos e segurava as mãos da outra. O seu rosto exprimia receio; fez com o dedo um sinal de silêncio. Madalena adiantou-se e perguntou-lhe:

– Que foi?

Ela ergueu os ombros e sorriu. Sobre a relva, Camila se revolveu, abriu os olhos e, com um profundo suspiro, ergueu-se sobre os cotovelos. Correu em torno os olhos transtornados.

– Onde estou eu? Que estou fazendo neste lugar?

Antes que alguém respondesse, pareceu se lembrar:

– Ah! Já sei agora... Madalena, quer me dar o braço? Sinto-me tão mal!

Madalena aproximou-se e, gemendo, Camila ergueu-se completamente.

– Mãe, creio que é melhor nos recolhermos. A noite está ficando fria.

– É melhor mesmo, filha.

Emanuela permanecia de lado. Enquanto as duas mulheres se afastavam, seguidas de Pedro e Bernardo, conservou-se no mesmo lugar, numa estranha imobilidade. Os seus olhos pareciam maiores e fixavam qualquer coisa invisível. Subitamente, quando já ia adiante, ocorreu uma extraordinária idéia a Bernardo. Segurou a balaustrada da escada e pôs-se rir.

Agora diante do copo vazio, a "idéia" lhe voltava. Por que não procurar, Emanuela? Agora que a noite desaparecia rapidamente, Bernardo sentia que todos os seus planos estavam miseravelmente arruinados. Sim – por que negar? – o móvel que o arrastava até ali era uma paixão, uma vergonhosa, uma iníqua paixão. "Falo do coração envenenado pelas paixões... daquele que não tem coragem para recuar"... As palavras de Pedro soavam odiosamente na sua cabeça. E não era isto? Seria mentira que há dois anos – dois enormes anos de suplício e de resignação – ele não viesse lutando contra essa força bravia que o devorava lentamente, envenenando o seu sangue como se ele tivesse em torno do coração um laço de víboras furiosas? Seria mentira que durante longas noites ele arrastara o seu desejo mortal pelo frio silêncio das ruas até os muros daquela mesma casa – roçando pela pedra áspera as mãos endurecidas pela febre? Oh! Decerto ninguém – exceto o demônio do marido – compreenderia o mistério daquele aniquilamento... O que o exasperava mais era suportar um sofrimento que os outros ignoravam. Para ele, nenhum heroísmo era feito para permanecer no silêncio. Ele se lembrara agora de quando sentira o princípio daquele mal – Madalena descia a escada da casa de Camila, vindo do quarto de Cira, então no último período de gravidez. Qualquer coisa na penumbra roçou-o de repente como uma chicotada. Teve a impressão de que estivera dormindo até aquele instante. Madalena deslizava junto e ele a via pela primeira vez. O perfume forte dos seus cabelos assaltou-o como um pesadelo. Enquanto ela se afastava, ele não conseguiu se arredar do lugar onde estava, o coração cerrado de angústia. Desde então seguira aquela mulher como uma sombra – o seu pensamento estava impregnado de imagens suas, ora triste, a se inclinar sobre uma janela aberta, ora sacudida por um riso nervoso, os olhos imersos no escuro da noite. Cada criatura nasce para ser escrava de alguém – ele se sentira para sempre um novo elo dessa cadeia viva de almas que se perseguem na corrida louca de sentimentos desencontrados e procuras na escuridão. Sem que pudesse saber como, ele se achava a lutar também, a combater com a alma ferida e o corpo enlouquecido pela febre do desejo, cegamente, roendo no silêncio o inenarrável amargor das mais cruéis decepções. E dia se amontoava após dia, até que a *chance* se apresentou na forma da dívida contraída por Pedro. Ao se lembrar disto, Bernardo não pôde deixar de sorrir. Jogava agora a sua cartada... Era a definitiva, aquela em que ele punha agora todas as suas esperanças. A serenata tinha para ele um caráter extraordinário: era o primeiro passo dentro do território inimigo. Não era mais o avanço cego, mas o plano estabelecido, a premeditação inteligente. Durante toda a noite, mal fitara Madalena – sentia-se tomado de um insuportável temor ante os seus olhos tranqüilos e indiferentes. Eis que de repente descobria Emanuela... Estava ali quem o podia ajudar no desenvolvimento do plano. Lembrava-se de conquistas em que as criadas tinham tomado parte saliente. Era bem possível – e que ar ingênuo tinha aquela criatura! – era bem possível que a vitória ainda fosse sua...

Um pouco atordoado com a bebida, ele se ergueu e cautelosamente dirigiu-se ao jardim. O pior era que não sabia onde estava Pedro, ele o abandonara sob pretexto de atender alguém que o chamava. Diante da escada, Bernardo se deteve um instante. A noite estava se modificando. Nuvens escuras avançavam sopradas por um vento frio. Desceu os degraus e dirigiu-se diretamente para o lugar onde encontrara Camila adormecida. Emanuela já não estava ali. Bernardo sondou em torno, temeroso de não encontrá-la mais. Entretanto, a aléia era grande. Podia ser que ela estivesse em algum canto. Pôs-se a caminhar, quase apressado, lançando para os lugares mais escuros olhares pesquisadores. De súbito, encontrou quem procurava. Estava sentada imóvel sobre uma pedra e parecia meditar.

– Menina! – gritou Bernardo.

Emanuela voltou-se vivamente e ele percebeu no seu rosto uma sombra de inquietação.

– Ah! é o senhor – exclamou.

Bernardo aproximou-se meio indeciso. Sabia bem que a conversa ia ser difícil de ser travada. Entretanto, era preciso, a todo custo...

– Não quis ouvir a música?

Emanuela balançou a cabeça e não respondeu. Bernardo julgou perceber que alguma coisa a preocupava. Aquele ar de quem se sente perturbado no meio de uma tarefa difícil não escapava à sua perspicácia.

– Gostei da sua dança. Onde aprendeu aqueles passos?

A sua voz rouca tinha uma nuança quase desabrida:

– Ninguém. Tive vontade de dançar... foi só isso.

Mas, com o ruído das risadas, vieram da casa duas pancadas compassadas de relógio. O orvalho gelado caía sobre as coisas.

– Meu Deus! – murmurou Bernardo – duas horas da manhã! Não tem medo de ficar sozinha?

A voz contrariada respondeu:

– Não. Muitas vezes espero amanhecer aqui.

Desta vez foi ele quem se sentiu surpreso.

– Por quê? Acaso você tem medo dos ladrões?

Pela primeira vez, Emanuela sorriu.

– Não! Não! Sei que não existem por estes lados...

– Então por quê? Será por causa de uma noite bonita? Por causa da claridade do luar no jardim?

Emanuela suspirou. Com a cabeça inclinada para trás, as mãos presas no joelho, fitou Bernardo. Ele recuou como se tivesse sido mordido por uma serpente. Qualquer coisa penosa se agitou no seu peito. Um pouco transtornado, ouviu a resposta da criada:

– Talvez. Gosto mesmo do luar. Mas prefiro dormir sabendo que ele existe...

Bernardo sentiu-se mordido pela curiosidade. Talvez por causa da noite, talvez pela bebida, sentia uma misteriosa atração naquela criatura frágil. Atirou-se de joelhos e procurou segurar-lhe as mãos. Lentamente Emanuela inclinou o corpo, fugindo ao seu contato. E de súbito ele sentiu um desejo confuso por aquela menina, uma saudade estranha daquela carne, uma inquietação tão viva que parecia flamejar à flor da pele.

– Efetivamente é original – murmurou com a fala apaixonada – mas creio que já encontrei o motivo...

O olhar de Emanuela desceu até a sua alma. Bernardo sentiu que tudo dentro de si se convulsionava. Tornou-se tímido como uma criança, tremendo diante daquela serenidade ameaçadora.

– Não sei se deva dizer – concluiu vagarosamente – talvez... um namorado?

E ante o movimento impaciente de Emanuela, sentiu-se abrasado pela vergonha.

– Oh! por favor, não leve a mal... mas, na sua idade...

Então Emanuela curvou-se bruscamente e pousou a mão gelada na testa do homem:

– Nada disto. Se eu dissesse, o senhor riria de mim.

Sentindo crescer em seu peito a ânsia desconhecida, Bernardo procurou se dominar e sorriu:

– Tolice! Será sempre medo de alguma coisa?

Emanuela escorregou da pedra onde estava assentada, até cair junto a Bernardo. Desorientado, ele sentia no rosto o calor daqueles lábios e ouvia a voz impregnada de mistério:

– Não. É apenas isto: quando estou dormindo, muitas vezes ouço no escuro alguém me chamando: Emanuela! Acordo de repente e ainda ouço o resto do meu nome e sei que em torno de mim não existe ninguém. Penso comigo que são almas perdidas à procura de alguém – a noite é fria, que farão abandonadas neste mundo? Abro a janela devagar e espio – muitas vezes escuto alguma coisa, um vôo ou um riso... Então começo a rezar porque sei que *elas* precisam de mim.

Ele sentia agora um terror surdo, um terror de animal descoberto na armadilha, que estrangulava a sua voz:

– E você... você nunca teve medo?

Ela se ergueu antes de responder. Bernardo sentia alguma coisa mais forte do que o desejo de carne, mais forte do que o terror e que era, ao mesmo tempo, paixão e angústia, quase ódio, trazido misteriosamente pelo tempo, de eras mortas na distância.

– Não. Nunca tive medo.

E mais baixo, docemente:

– Sei que Deus está comigo.

Ele ficou esmagado, sem coragem para levantar a cabeça. Emanuela afastou-se mansamente.

Quando a ergueu, encontrou a face pálida de Pedro. Devia estar ali desde algum tempo. A um só relance percebeu que tinha diante de si um ser atormentado e hesitante.

– Viu? – perguntou surdamente a Bernardo.

Qualquer coisa o impulsionava para aquela face pálida. Bernardo passou a mão pelo seu ombro, teve um lampejo de bom senso:

– Que fazemos nós aqui? Deve ser tarde.

Pedro fitou-o quase com desprezo. Segurou-o pelo braço e disse:

– Sim, é muito tarde. Todos dormem, compreende? Só eu não posso dormir. Só eu tenho de me arrastar no escuro e ter medo de todas as sombras.

Ergueram-se lentamente. Distante, soavam cantos entrecortados de galos. Bernardo fitou em torno e teve um estremecimento de terror. Com o orvalho, as folhas cintilavam fracamente no escuro.

– Também você tem medo? – perguntou.

Pedro deixou cair os braços. Como o canto dos galos soasse mais próximo, num tom aflito e rouco, exclamou raivosamente:

– Veja: é quase madrugada. Todas as noites é isto que está vendo.

– É que talvez, você também...

Pedro se deteve bruscamente e fitou Bernardo com o olhar chamejante.

– Não, o meu coração é limpo de paixões humanas.

– Então?

Tornou a pousar a mão no ombro do outro e suspirou:

– Tenho medo dos outros. Tenho medo dessas forças que agem sobre nós, que nos dão liberdade suficiente para destruir um passado... para acorrentar um futuro...

E com um movimento rápido de ombros, a voz impregnada de angústia:

– Os homens talvez sejam livres demais. Eu tenho medo dessa liberdade. As minhas mãos sabem mais do que eu, o meu coração não ignora nada.

Bernardo recuara, estava com o rosto inteiramente imerso na sombra. A sua voz veio rápida e feriu Pedro como uma bofetada.

– Você tem medo de si... ou dos outros?

– Nem sei bem. Tenho medo de mim e tenho medo dos outros. Não sei como encarar os homens. Às vezes penso que tenho direito a tudo, que sou o mais forte. Mas – compreende você? – essa liberdade é demasiado para mim. Não sei o que fazer da minha solidão.

– Eu não sou assim, eu não sou assim – murmurou Bernardo ansiosamente. Pedro deixou escapar uma risada sarcástica.

– Também você é como eu. Também você tem medo “dela”...

– “Dela”?...

– Sim, de Emanuela.

Novamente no escuro, os seus olhares se encontraram. Pedro compreendeu por que estavam irremediavelmente ligados e odiou-o. Todo o esforço de Bernardo para a aproximação apareceu-lhe nitidamente. Num impulso maior do que a sua vontade, curvou-se e quase gritou.

– Por que não consigo encontrar nenhuma tranqüilidade? O pior é a questão de não ignorar nunca o meu desejo. E não posso fugir! Se fugisse, no silêncio do meu quarto teria vergonha do que se passara. Mas depois da ação realizada, tenho medo, um medo terrível do meu destino – “bem sei que não existes” – exclamo pensando em alguém que eu não vejo, mas “alguém” que é responsável pelos meus atos. Entretanto, tenho os meus momentos de lucidez. É quando me detenho diante do espelho e vejo o meu rosto repleto de cansaço e de indiferença. Então uma pergunta volta a sacudir o meu sangue: "Pedro, se tu não crês 'nele', por que esta necessidade de negá-lo sempre?". Verdadeiramente, estranhas idéias nos perturbam.

Calou-se de repente. Bernardo continuava a fitá-lo.

– Ouve, também eu sinto que existe alguém responsável pelos meus atos. Não propriamente "responsável", mas dentro de tudo, como a sombra no fundo de um poço. Mas quem é "ele"?

– Não sei. Também eu não quero dizer uma "sombra" ou qualquer coisa de evidentemente destacado. Mas quantas vezes, violentamente, eu percebo que alguma coisa se separa do meu corpo. Eis que, caminhando no escuro de uma rua... está ouvindo, Bernardo?

E diante da impassibilidade do outro, a sua expressão era de indizível tormento.

– Continue, estou ouvindo tudo.

– ... no escuro de uma rua, levo as mãos ao rosto e não me conheço mais. A expressão é bem esta: não se conhecer mais. Um corpo que se move, dois braços que se agitam, mas sem nenhum dos atributos que nos fazem sofrer. É uma penosa impressão: por que se move esta criatura? Quem lhe dá direito de ser ela mesma?

Sufocado, Pedro se deteve. Por um momento, Bernardo supôs que ele tivesse terminado. Porém em voz mais baixa, como se falasse apenas para si mesmo, Pedro prosseguiu:

– É aí, Bernardo, que ressoa a pergunta misteriosamente: Deus existe?

Estavam agora parados no fim da alameda e como que o brilho de um vago luar descia sobre eles. Na quietude profunda, as palavras de Pedro haviam soado repletas de sofrimento. Bernardo lembrou-se de Emanuela e um sorriso amargo crispou-lhe os lábios.

– E o "eu" que volta ao seu lugar – continuou Pedro – responde tranqüilamente: "Não, não existe". A noite é escura, se te estenderes na linha férrea e a locomotiva despedaçar o teu corpo, Deus não te impedirá de morrer. Experimente e verás que tu podes destruir a ti mesmo.

– Mas quem te poderá criar? – perguntou Bernardo numa súbita inspiração.

– Eu não sei, meu amigo, qual é o poder de um homem que se enforca ou que se despedaça sob um trem. Mas têm acontecido estranhos casos. Por que não posso eu desvendar um mistério do qual tenho conhecimento? Se Deus existe...

– Só ele é senhor dos seus mistérios.

– Mas não existe. Nada me impede, pois, de me revoltar contra a "idéia" de Deus.

– Bem vejo, meu caro, que você é uma arma do demônio, levantada contra o poder divino.

Pedro curvou-se sobre ele e soprou lentamente:

– Somos.

– Não eu! – gritou Bernardo.

– Por quê?

– Nem isto sou. Já me disseram que eu não passo de uma pobre larva... Que tem o demônio a ver comigo?

– Idiota! – exclamou Pedro raivosamente. – Também você tem medo e sofre como eu!

– Mentira... de quem teria eu medo?

– Lembra-se de Emanuela?

Bernardo sentiu que, na sombra, uma onda de sangue se espalhava pelo seu rosto. E abandonando de repente o amigo, pôs-se a correr, cada vez mais rapidamente em direção ao muro.

V

Exausta, se estendera no divã; sentia-se atordoada e vazia, enjoada de toda a gente que vira no correr da noite, Camila ficara para dormir. Percebendo que não conseguiria conciliar o sono naquela noite, Madalena cedera sua cama, disposta a passar o resto do tempo entregue ao silêncio e ao seu restabelecimento interior. O que lhe pesava agora era ainda a descoberta do bilhete, o conhecimento da dívida contraída por Pedro. Por muito que procurasse no pensamento, que desfizesse uma por uma todas as suas lembranças de encontros entre os dois, não conseguia estabelecer a época do fato. Já estava cansada de remoer as conversas que ouvira a esse respeito, e nenhuma frase, nenhuma palavra lhe parecia suficiente para desvendar o mistério. Apenas, no meio de tudo que ressuscitava na sua memória, lembrava-se de um encontro... um jantar distante em casa de Camila... Podia ser que um fato tão simples tivesse relação com o caso. Fora mais ou menos isto: ao se levantar, quando descia a escada, encontrara Bernardo embaixo. Não pudera esquecer o seu olhar naquele instante: eram duas pupilas inflamadas que a acompanhavam de degrau em degrau... Ah! Madalena lembrou-se de repente. Não fora num jantar – pelo contrário, Cira estava de cama. Mesmo depois que descera a escada, sentira durante muito tempo o olhar estranho acompanhando-a. Desde então, quando se encontrava com o cunhado, percebia com insuportável mal-estar que alguma coisa estava estabelecida entre eles, alguma coisa em germe ainda, mas capaz de enlaçá-la mortalmente. Nunca procurara analisar a razão daquilo. A repugnância que sentia por Bernardo impedia-a de ceder à sua lembrança. Agora, entretanto, o caso era diferente. Havia Pedro e havia a sua proibição de não odiá-lo. Como tudo isto era mesquinho! Talvez, o melhor fosse não ligar nenhuma importância ao fato... Mas era alguma coisa que se prendia a Pedro e, por muito que tivesse vontade, não conseguia aniquilar o seu interesse.

Nesse instante, Madalena ouviu os passos do marido subindo a escada. Uma idéia lhe ocorreu. Instantaneamente, sentiu-se envergonhada do que pensara, pois compreendeu que ainda uma vez não pudera reter o movimento do seu coração. Com certa ansiedade, calculou que, dentro de poucos segundos, Pedro estaria colocando a mão no trinco e penetrando no aposento onde estava. De fato, a porta se abriu e ele entrou quase silenciosamente.

– Madalena – perguntou – que faz aquela menina no jardim?

– Emanuela?

– Exatamente.

Ergueu os ombros, quase admirada da pergunta. Não era costume de Pedro interessar-se pelas criadas.

– Não sei. É possível que goste de passear.

– Mas no escuro? Não quero que ela saia mais à noite, está compreendendo?

– Por quê?

– Nada.

O silêncio tombou pesadamente. Pedro encaminhou-se para a janela e procurou ver se ainda distinguia a figura de Bernardo. Incomodava-o a presença daquele homem no jardim.

Madalena ergueu-se e aproximou-se dele. A idéia lhe voltara mais fortemente – não podia fugir a mais uma tentativa, ela que vivia de tentativas há tanto tempo, mascarando a sua vida de ilusões frágeis.

– Ouve, Pedro, encontrei, hoje, um bilhete no jardim.

Ele voltou-se bruscamente. Seria impossível dizer exatamente qual o sentimento que o dominava. Os olhos eram frios e dissimulados, a atitude de inteira expectativa.

– Por que não me disse antes? – arquejou Madalena.

Pedro segurou-a pelo pulso – de súbito, parecia tomado de uma cólera violenta, que estalava nas suas palavras ardentes:

– Você apanhou o bilhete, hein? Andava escondida? Já não se pode viver em paz dentro desta casa!

– Oh! Pedro!

Ele torcia mais o pulso delicado. Magoada, Madalena deixou escapar um grito.

– Bruto!

– Escuta uma coisa: estou farto dos seus ciúmes... Todo esse tempo, tenho me sentido espionado como um criminoso...

Madalena recuou, pálida, sem uma palavra nos lábios. Pedro continuava a falar, mais agitado do que ela poderia esperar para um motivo tão fútil.

– Pensei que pudesse te ajudar, Pedro.

Ele estacou e ficou olhando a esposa. Depois, de repente, perguntou:

– Como?

– Camila...

– Tolice! Bernardo já interceptou esse caminho.

Madalena permaneceu imóvel, alisando o pulso dolorido. Diante de Pedro, os pensamentos lhe vinham agora com implacável nitidez. Por muito que desejasse, não conseguia arrancar a si nenhum ódio, mas amor, ainda amor, ferido e amargurado, mas assim mesmo triunfante sobre todas as necessidades superficiais da razão. Ela se lembrava, com dolorosa volúpia, de todos os sacrifícios que já fizera por aquela criatura, de todos os sentimentos que destruíra em si, para que o seu espírito aceitasse aquela paixão. Tudo que o amor inutilizara do seu caráter, no trabalho sutil de se colocar, ela o sentia agora, com a terrível consciência de que nada se destrói irremediavelmente. Como que via de repente todos os empecilhos que a afastariam um dia de Pedro, cruéis e naturais, atuando desde o princípio do seu conhecimento, como a larva danifica a flor na sombra.

– Pedro! Pedro! – murmurou tão baixo, que ele mal ouviu.

Daquela dor que a cada momento parecia prestes a romper os próprios limites, ele parecia não perceber coisa alguma. Madalena perguntava a si mesma que valia àquele homem o seu conhecimento do coração humano. Talvez faltasse a esse corpo bruto um pouco de ternura, um pouco dessa fome que lança os homens à procura do seu destino, cegos dentro da sua própria solidão. Talvez faltasse a ele essa capacidade de se entregar, de se fundir no sofrimento e na alegria alheia, como a certos animais falta o instinto da solidariedade. Era bem possível que o seu sofrimento partisse dessa impotência, obrigado a se manter no sufocamento das próprias emoções, sem conhecer a esmola de um sorriso que descesse ao seu espírito atribulado como a luz de um farol no mar escuro. Entretanto, houve um momento em que Pedro pareceu compreender o que significava o trágico silêncio de Madalena. Curvou-se, do canto da sala, e disse:

– Escuta: se eu vier esta noite ainda... se eu vier pela madrugada... ou ainda, se eu vier amanhã pelo anoitecer... compreende?... é que aceito tudo...

Madalena quis dizer qualquer coisa, fez um gesto, mas a porta fechou-se sobre o vulto do homem.

O que lhe era mais amargo é que, apesar de tudo, ela lhe perdoaria sempre. Mesmo o seu movimento inicial, quando não amava nela senão a si própria, mesmo o pequeno envenenamento de cada dia, em que Pedro introduzira no seu espírito o sabor das suas piores qualidades e dos seus melhores defeitos. Tudo ela lhe perdoava e lhe perdoaria sempre. Sentia-se angustiada pela febre. Abriu a janela e com os olhos fechados bebeu o frio da madrugada que nascia. Sentia, a cada instante, maior necessidade de carinho e de consolo. Reconhecia que o amor não se realiza somente no movimento dos corpos, mas também do espírito, de tudo enfim que pode caracterizar a pessoa amada. O desejo não é somente de carne, mas desejo de espírito, de amoldamento, de negação de si mesmo. Jamais poderia ser cumprido, na sua plenitude, fora dessa espantosa e admirável fusão. Ela amava em Pedro a sua face pálida e irônica, os seus lábios que nunca a tinham beijado com amor, como amava também as suas fraquezas, o passado que não conhecia, as inquietações de que não participava. E era obrigada a guardar todo esse tesouro em si, a se fechar nesse mundo repleto de sensações inaproveitadas, espreitando o agonizar de cada dia, sem conseguir destruir a invasão de novas esperanças.

Era o fundo tenebroso do seu sofrimento, essa compreensão de que a cada hora devia recuar para o lugar acanhado que lhe concediam os movimentos da sua ternura cega e enganada. Entretanto, não se pode marcar terreno para aquilo que não cabe em medidas estabelecidas.

VI

A noite era suave. Madalena abriu a porta quase emperrada e subiu ao terraço. Fazia-lhe bem aspirar aquele ar morno, saturado do perfume vivo das rosas, misturado a um inexplicável odor de velhos muros úmidos, como se a noite viesse desses quintais fechados, onde se desfazem sonolentamente as grandes corolas efêmeras. Pensava que também nesses corpos frágeis escondia-se a sombra do sofrimento, marcando ainda mais a serena beleza dos seus olhos de seda, com o trágico langor da morte no mistério noturno. Também as rosas sofriam, ela era capaz de sentir esse sofrimento ignorado, essa angústia atirada ao vento, como um sentimento mortal destinado a marcar as coisas criadas pelo amor. Era por isso que se inclinava e deixava soprar nas faces o hálito excitante daquela natureza em decomposição, como se viesse, das frutas amadurecidas e das pétalas murchas, um novo calor ao seu sangue adormecido. No escuro, não distinguia senão a forma pálida dos grandes vasos sobre o muro e a cabeleira recortada da folhagem. Suspirou fundamente e veio se recostar numa rede suspensa entre as colunas da varanda. Por um momento, seus olhos desceram ao grande céu vazio, onde apenas um punhado de estrelas – cinco ou seis no máximo – flamejava com um brilho seco e distante. Não saberia explicar por que se achava tão integrada ao ritmo daquela noite. Entretanto, sofria perdida nesse silêncio, o espírito saturado de uma angustiosa tranqüilidade. Ouvia novamente a voz de Pedro: "Se eu voltar esta noite... ou amanhã pelo anoitecer...".

Madalena era quase feliz. Não podia restar nenhuma dúvida no seu coração – ele aceitaria e só Deus sabia ou não se os velhos tempos... Qual! Não valia pensar nisso... era uma tolice... uma tolice! Por mais que se esforçasse, aquilo voltava novamente, semelhante a um pingo de água sobre folhas macias: só Deus sabe se voltaria ou não o tempo antigo... só Deus sabe...

Vagarosamente o relógio bateu. As pancadas longas se arrastavam pesadamente no silêncio e deixavam no ar uma vibração longínqua, um prolongar quase invisível, que despertava em Madalena um mundo de tristezas adormecidas. Também a voz de Pedro demorava assim; quantas vezes, no silêncio da sala abandonada, ela ouvia de novo a sua entonação serena, onde havia uma nota qualquer suave e triste, evocando os seus melhores momentos, no trabalho de ressuscitar as alegrias mortais. Quantas vezes, perdendo a cor exata de certa entonação, ela procurava aflitamente, amedrontada que a memória lhe traísse, ainda que pela primeira vez na sua vida...

Oito horas somente. Até meia-noite, até uma hora, até o último crispar da sombra, ela o esperaria, imóvel como estava, alimentando sua esperança a largos haustos de recordações despedaçados. Sentia nessa imobilidade uma dormência de todas as sensações mais fortes – seria capaz de sofrer, mas um sofrimento pleno de consciência e de tranqüilidade, assim como receberia a alegria, arrancada do mais profundo da sua alma, com um abandono cheio de serenidade. Vivia nesse instante como a própria noite: tudo nela era fecundo e simples, misterioso e grande.

Lembrava-se agora de coisas sem nenhuma importância. Para enganar o tempo, pensava nas pessoas que já não via há muitos anos, faces que encontrara na sua infância e que tinham desaparecido do seu caminho. Lembrava-se de uma velha, no enterro de Isabel – por que sempre voltava ao seu espírito a visão dessa pobre criaturinha? – ficara sentada no topo da escada, os cabelos amarelados desmanchados sobre o xale negro. Nunca sentira uma angústia tão viva como diante daquela alma entregue a um desespero mudo maior do que todos os outros. O seu coração se desfizera de dor e ela chorara – não tanto por Isabel, mas bem mais por aquele pobre vulto escuro, paralisado no alto de uma escada, sem movimentos para retornar à sua vida desgraçada. Onde teria ido aquela criatura? O melhor era não pensar nestas coisas. Lembrava-se de ter ouvido Pedro dizer que uma criatura jamais se liberta da sua infância. Tudo o que se passa após não é senão um longo esfacelamento de criatura subtraída a um mundo em que não pode mais penetrar – é o castigo do pecado, o banimento de um paraíso onde a consciência penetra como o primeiro silvo da serpente diabólica. Madalena também sofria nessa ronda em torno de um passado que não morre, porque só as coisas puras resistem – e fora dele tudo era um confuso amálgama de sensações amargas e injustas.

Idealizar era melhor. Quem sabe se, nalguma pobre cidade esquecida, uma mulher não estaria se debruçando sobre a noite? Era bem capaz de desenhar os seus traços. Alta e pálida, quase bela na simplicidade dos seus trajes e dos seus gestos. Estaria de luto – reconhecia-se à primeira vista que era uma viúva. O seu ar era doloroso como o desarranjo do quarto em que habitava. Entre aquelas paredes baixas e aquele teto escuro do fumo das candeias, dormiam alguns móveis antigos cobertos de poeira. Ligando a fantasia à realidade, Madalena lembrava-se de um quarto desses, num hotel perdido num vilarejo decadente, onde morrera um velho surdo e paralítico, que passara a maior parte da sua vida trancado entre aquelas quatro paredes. O hoteleiro lhe dissera: "Não tem uma semana – coitado, fazia tão pouco rumor!". Seria assim o quarto da viúva. Guardaria o aspecto desolador de um velho aposento a se desfazer no tempo, carregado de sensações alheias e de lembranças tristes, oriundas de um passado que ninguém conhece. Só as paredes teriam ainda, no corpo frio da cal, a lembrança desses soluços e desses inenarráveis desesperos solitários. Entretanto, elas a guardavam avaramente, mudas sobre as circunstâncias de experiências soçobradas – antigas criaturas pálidas que sofreram pelas mesmas coisas e que viveram pelo mesmo amor inquieto. Era bem este aspecto do pequeno quarto. Sobre a noite escura, a janela estaria aberta. Ela se debruçaria, olharia o campo e pensaria nos seus filhos. Todos estariam distantes, o mais velho próximo a se casar, o outro doente. Deus do céu, doente, longe – a pobre mãe se sentiria de súbito tão abandonada, que fecharia a janela com estrondo e cairia soluçando sobre a cama. Tudo seria silêncio – um ou outro rato corria estalando no velho teto. Baixo, quase num sussurro, ela diria entre as suas lágrimas: "Senhor meu Jesus Cristo, Deus é Homem Verdadeiro, Criador e Redentor meu". De repente, Madalena sentiu sobre o peito as suas próprias lágrimas. Admirou-se do que se passava. Por que sofria daquele modo por uma desconhecida? Nem sequer era isto – simplesmente imaginaria... Que lhe importava essa criatura, se acaso existisse realmente, debruçada no vão de uma janela triste? Que lhe importava a sua solidão? Mas agora não se podia furtar a esse incrível tormento. Não podia se libertar mais dessa armadilha criada pela sua própria sensibilidade. Essa mulher, vestida ou não de luto, era ela mesma, Madalena, e era por si que ela chorava. Ninguém pode fugir de si mesmo. Por muito que se lute, os mesmos sofrimentos voltam, enquanto fizerem parte integrante da nossa natureza. A voz que lhe ditara a tragédia dessa criatura solitária era a mesma voz que vinha da sua alma encarcerada no silêncio. Foi como se, de repente, a noite que estivesse à espreita caísse sobre o seu desespero. Ela se ergueu da rede e caminhou agitadamente pelo terraço. A cada passo, pensava que a "desconhecida" devia caminhar assim mesmo, de um lado para outro, ritmadamente, três passos adiante ainda, dois para trás – e pronto, curvar-se assim sobre a balaustrada e lançar um olhar aflito em torno, sentindo que tudo é um encarceramento, a casa, o jardim, o céu pesado, a própria personalidade. Estranha sensação a de sentir subitamente o esforço das coisas que permanecem, como um longo elo de cadeias a reter a criatura numa condição de escravo.

Não tinha esperado mais do que meia hora – o relógio soava novamente, uma longa pancada rouca – e, de repente, compreendeu sem sombra de hesitação possível que Pedro não viria, que era uma tolice esperá-lo. O seu desespero foi tão intenso, que abandonou precipitadamente o terraço, ganhou a sala escura e, ainda nas trevas, desceu a escada. A madeira rinchava. A casa estava sem luzes e Madalena sentiu-se quase humilhada, à lembrança de que estava ali como uma criatura despida de interesse para as outras pessoas, abandonada por todos. Acaso não era bonita? Absurdo, passar os dias assim, se dilacerando nos próprios pensamentos. Talvez a causa de tudo fosse a reclusão em que vivia agora, sem quase ver ninguém. Que loucura! Não devia ela aproveitar a vida como os outros aproveitavam? Mas horrorizava-a essa idéia de "aproveitar a vida", de estrangular a única vida que ela achava possível, ao rumor de festas e passeios. Evidentemente, a vida devia ser vivida intensamente, como se cada segundo estivesse prestes a romper a cadeia do tempo – mas de outro modo, sabendo realizá-la no plano das suas próprias aspirações e no âmbito da sua própria natureza. E isto era difícil, incrivelmente difícil... Diante do velho aparador, quase invisível no escuro, deteve-se um momento. Era ali, naquela gaveta, que estavam as suas únicas jóias. Se alguém quisesse, bastava entrar de manso e estender o braço. Ocorreu-lhe uma idéia. "Quem sabe?..." – pensou. E apalpando a madeira, abriu a gaveta e introduziu nela a mão trêmula. Os seus dedos tocaram o metal frio. Sentiu-se ferida pelo despeito e fechou o móvel com violência. "Sempre e sempre, essa tola esperança!" - murmurou.

Ao abrir a porta, sentiu mais fortemente o ar carregado de perfumes acres. Caminhou quase correndo – as árvores e os arbustos passavam junto, ouvia a terra estalando sob os seus pés e achava-se inteiramente desorientada, sem nenhum pensamento na cabeça. Para onde se dirigia com aquela pressa? Não sabia. Apenas precisava caminhar, caminhar rapidamente, até que se sentisse exausta e caísse para um canto. Agora, com o esforço feito, as idéias começavam a lhe chegar. Primeiro, nada claro – um revolutear de sensações que por si mesmas se destruíam, uma ou outra pergunta que não encontrava nunca a sua resposta, até que, de repente, uma tormentosa emoção se apoderou da sua alma e, sem coragem para prosseguir naquela caminhada, caiu maciamente e pôs-se a soluçar, o rosto voltado para a terra. Permaneceu assim durante algum tempo, indiferente a tudo que a cercava. Sabia que por cima estava o céu limpo, por causa do frio que sentia nas costas. Mas vazia de qualquer outra emoção, chorava silenciosamente, percebendo que em si alguma coisa se diluía, desaparecia rapidamente, enquanto um enorme alívio penetrava na sua alma. Nesse instante, ouviu um leve ruído. Erguendo a cabeça, viu juntos dois pequenos pés descalços, dois pés imóveis, de alguém que devia fitá-la. Envergonhada, pôs-se de joelhos e olhou a pessoa. Era Emanuela. De um ímpeto, Madalena lembrou-se do que se passara na noite da serenata, do aviso de Pedro. Uma dor quase aguda atravessou-lhe o peito. Ciúme? Positivamente era uma grande tolice. Que laços poderiam ligar Pedro a Emanuela? Sem dizer uma palavra, tornou a fitar a criada. A moça conservava o olhar fixo no seu rosto e não exprimia nenhuma surpresa. Era sempre a mesma calma – os olhos que pareciam ver mais do que podiam ver, aquele resto de infância a pairar como uma sombra de meiguice no seu rosto. Madalena pensou no dia da sua chegada, da história que contara, dos três irmãozinhos, das corridas pelo campo. Madalena não conhecia de Pedro senão o suficiente para recusar um julgamento completo – mas adivinhava no mistério de Emanuela, na doçura dos seus movimentos de criança, alguma coisa que arrancaria nele as reações mais imprevistas. E era disso que tinha ciúme, desse mistério em que ela mesma não podia penetrar. Sentia, mais do que poderia prever, que também acabaria amando a sua rival, misturando, a um ciúme doloroso, um pobre amor mais doloroso ainda. E sem saber como, sentiu-se tomada de um intenso arrependimento por tudo o que pensara antes. Ergueu-se silenciosamente e pousou a mão no ombro de Emanuela. Continuavam a se fixar; tudo em torno delas era sossego. Madalena percebeu que havia muito tempo Emanuela devia estar rondando pelo jardim. Tê-la-ia visto debruçar-se sobre a balaustrada do terraço? Compreenderia que ela, Madalena, odiava naquele momento a solidão em que vivia? Compreenderia o que se passava nela atualmente? Deus do céu – ela se lembrava de repente de Maria, da sua partida na madrugada escura. Emanuela tomara nas suas a sua mão hesitante. A inquietação subia em Madalena como uma onda ardente. Inclinou-se para dizer qualquer coisa, mas seus lábios se recusavam e toda ela tremia, no pressentimento tremendo que lhe chegava. Era preciso dizer qualquer coisa, quebrar aquele absurdo silêncio. Emanuela parecia compreender a sua emoção. Vagarosamente se afastou, caminhando sem ruído. Madalena via o seu vulto passar sob as árvores, ora sob certa claridade, ora completamente desaparecido, até que o escuro a submergiu completamente. Por um momento, duvidou da significação daquele encontro silencioso: que teria desejado Emanuela lembrar? A sua inocência? Ou que apenas compreendia o seu sofrimento? Mas, dado que fosse realmente para mostrar a ela a sua inocência, não comportava este fato a possibilidade de realmente já existir qualquer coisa entre os dois? Era demais aquela desconfiança. Em todo caso, aquele encontro não lhe trazia nenhum consolo. Pôs-se a caminhar por sua vez lentamente, até a alameda de bambus. Ali a escuridão era absoluta. De quando em quando, ouvia-se o grito de um colmo rangendo. Com o coração sobressaltado, aventurou-se na treva, disposta a ganhar o portão e sair. Qualquer coisa lhe pesava na cabeça. Sentia-se vazia, um grande cansaço se apossando do seu corpo. Onde iria quando atingisse o portão? Era melhor voltar. Dentro de casa, tornaria a se deitar e a pensar nas mesmas coisas. Qualquer tentativa de fugir ao seu destino era inteiramente inútil. Rondaria como uma condenada em torno dos acontecimentos e acabaria por voltar ao ponto de partida. Regressou, quase rapidamente. Agora, dentro de casa, procurou a luz e acendeu-a. Foi até o armário, voltou à janela, caminhou duas, três vezes no mesmo sentido. Positivamente acabaria ficando doida. De vez em quando se detinha e escutava, quase com emoção, o leve ruído que fazia nas suas têmporas o sangue agitado. Era curioso como se desenvolvia todo aquele maquinismo – bastava um golpe nos pulsos e tudo acabaria de repente, a máquina cessaria o seu trabalho imenso, o sangue não correria nas veias, mas no chão escuro e empoeirado. De repente, o olhar de Madalena caiu sobre o aparador. Dois vidros estavam esquecidos ali. Lembrou-se de que era uma bebida qualquer – conhaque ou vinho, possivelmente um licor inocente. Repetiu a palavra "conhaque"; soava de um modo estranho no seu espírito. Continuou o passeio, voltou à janela. "Conhaque" – então voltou-se de súbito, abriu o armário e, tomando o vidro nas mãos, procurou um copo. Era a primeira vez que bebia. Sentia, no ato que ia praticar, o gosto ácido da aventura. Sempre ouvira dizer que as pessoas aborrecidas da vida bebem para esquecer. Também Pedro bebia. Que direito pois tinham eles sobre a sua infelicidade? Pôs-se a rir – as pessoas aborrecidas da vida também fazem outras coisas: afogam-se ou se enforcam.

Destapou a rolha e sentiu uma verdadeira alegria, vendo o líquido cair. O cheiro forte enjoou-a. Cerrou um pouco os olhos e aproximou o cálice dos lábios. A bebida queimou-lhe a boca – recuou um pouco o copo e, de súbito, sem hesitar mais, engoliu de um golpe. Sentiu a garganta arder – aquele fogo se espalhava pelo seu corpo, descia como uma onda incendiada até ao ventre. Apoiou-se à mesa, os olhos marejados de lágrimas. Não sentia nada; experimentou-se para ver, moveu a cabeça. Nada, além daquele calor nas veias. As têmporas trabalhavam com intensidade maior. Com a mão ligeiramente trêmula, tornou a abrir o vidro e a encher o copo. Desta vez não sentiu o ardor com a mesma intensidade: começou a perceber nos pulsos uma lassidão que aumentava lentamente pelos braços. Seria aquilo a embriaguez? Na verdade, era uma sensação bem tola. Mas por que fazia ela tudo isto? Que necessidade vulgar era aquela de se estragar assim? Ah! Ainda uma vez... ainda uma vez... Pedro... Como um alvo, onde acertam enfim todos os seus atos e todos os seus pensamentos...

Novamente chegavam à sua memória, como o refluir ritmado das marés, recordações sem nexo, coisas de que nunca se lembrara e que chegavam assim de repente, estranguladas num doloroso sentimento de impossibilidade. Talvez que se ela cerrasse por momentos mais longos os olhos cansados, veria a fuga leve do tempo, o lento murmúrio dos dias recuando para a sombra, sem que nenhum gesto pudesse valer ao atordoamento da vida que se esgota. Via agora a existência como um imenso plano sombrio. Sobre ele as criaturas deslizavam, cegas e constrangidas pelo temor alheio e pelo temor de si mesmas. Havia os que se revoltavam e se destruíam no caminho – havia os que se atiravam da borda ao abismo e os que marchavam resignados até o âmago da treva. Entretanto, ela vivia com o coração suspenso, à espera de alguma coisa. Talvez se debruçasse sobre o escuro e lançasse o seu grito de morte. Mas também podia ser que caminhasse somente, amparando-se no sofrimento dos outros para aceitar o seu, até onde a grande sombra submerge as inquietações e as revoltas sem remédio. Tudo podia ser, todos os planos cabiam dentro da sua vida. Alguém lhe dissera isso há muito tempo, há muito tempo... há muito tempo... Sim, fora uma amiga, que enchera largo espaço da sua mocidade. Via o rosto ardente debruçado sobre o seu, os olhos alargados pelo tormento, a voz rouca perguntando: "Sabe, Madalena, que nunca mais nos veremos? De nada adianta tudo o que sentimos agora. Dentro de um ano... dois anos, tudo estará morto, não seremos mais do que duas desconhecidas". A face molhada de lágrimas desaparecia vagarosamente. Madalena sentia-se assaltada por uma atroz melancolia. Percebia que ela, como todo mundo, não era tomada senão pela marca que deixam as pessoas passando em nossa vida. Na sua, todos tinham sido arrastados pela voragem do tempo; ficara a memória a viver a sua existência de farrapos, encarcerando-a para sempre ao sentimento de que nada vale senão pela experiência que fica. Tudo o mais é tolice, é vento que passa, sem deixar mais do que um rastro fugidio.

Certamente aquela bebida lhe fazia bem. Encheu novamente o copo e pôs-se a beber em pequenos goles. Lembrava-se da casa, da sala escura, da voz alcoolizada de Camila. Tudo nebulosamente, como se agora ela necessitasse de um esforço maior para vencer a distância que a separava das suas recordações. De repente, um turbilhão envolvia tudo. Sorvendo o copo novamente cheio, distinguia desta vez, com absoluta nitidez, os livros de Pedro, as folhas abertas, as linhas violentamente riscadas a lápis azul. Revia os títulos, guardava os nomes: Dante, Homero, nem sabia mais. Ela também os amava – Dante sobretudo. Via Pedro curvado, ouvia a sua voz. E de súbito, claro como um grito no silêncio, frases inteiras, toda a conversa que ouvira no dia da serenata. "A tragédia é que ninguém supõe a realidade tal como é e sim de acordo com a necessidade de cada um". Que significaria aquilo? Invadida por uma tremenda angústia, Madalena se ergueu impetuosamente. Mas diante do seu olhar queimado pela febre, tudo parecia oscilar. Os móveis desapareciam, as cortinas se agitavam enfunadas por um vento invisível. Ela não compreendia nada; que é que tinha feito? Por que sofria tanto? A luz movia-se diante do seu olhar, crescia, espalhava-se de repente como um líquido inflamado. Madalena sentia-se envelhecer. Por que sofria tanto? Se bebesse mais um pouco... Quantas pessoas sofriam como ela? Três, quatro, talvez nenhuma. Era espantosa a sensação de se curvar sobre si mesma de repente e sentir a que camadas profundas pode descer o sofrimento. Mas, santo Deus, que faria ela amanhã? Que faria? Que faria? Não havia nada pior, nada mais espantosamente cruel do que a sensação de não saber o que fazer de si mesma. Era impossível viver assim. Ainda uma vez, Pedro tinha razão: as pessoas não se destroem senão na razão da realidade que elas creiam. Seria bem isso? Talvez não fosse. Despedaçada, com o espírito e o coração partidos para sempre, abandonada e inútil, ela reconhecia que a culpa era inteiramente sua. Tudo o que ela imaginara para satisfazer às exigências da própria sensibilidade, surgia agora na sua inteira realidade.

Sem forças para resistir mais tempo, Madalena caiu sobre a mesa e adormeceu.

A lâmpada ardeu até a madrugada.

VII

Enquanto Madalena se embriagava, Emanuela, cansada de rondar pelo jardim escuro, resolvera se recolher. Morava num quarto separado, situado no porão da casa. O motivo que a levara a preferi-lo sobre os outros, era a pequena janela, cortada no alto da parede, que lhe permitia ver o jardim e metade das pessoas que passavam perto. O quarto era frio e úmido, as paredes nuas, rachadas e escuras, onde se aninhavam pequenos animais de toda a sorte. Emanuela usava uma candeia suspensa na parede e não tinha por móveis senão a cama em que dormia e uma mesa quebrada. Madalena, quando ela optara por essa estranha moradia, pensara em recusar – julgava que a criada a escolhesse por humildade. Mas como Emanuela protestasse e fizesse a ameaça de passar as noites no jardim, cedera impressionada com a coragem que a moça demonstrava. Nem ela nem Pedro pisavam naquele lugar. Geralmente aproveitavam o cômodo como depósito de frutas ou de gêneros. Mas, sem dúvida alguma, o que mais agradava a Emanuela era o grande jasmineiro que crescia junto à janela, jasmineiro já tão velho que os galhos eram grossos como cordas e a folhagem formava uma copa cerrada. Acima de tudo, Emanuela amava as flores. Gostava de conversar com elas como se conversa com as crianças, conhecendo-as nos seus mínimos segredos, como se nada devesse escapar ao seu olhar infantil e amoroso.

Naquela noite, preocupada, ela entrou no escuro e custou a acender a luz. Estava triste – a ausência dos seus pequenos companheiros sombreava-lhe o espírito.

Tomou a luz nas mãos e ia pendurá-la no gancho, quando percebeu que alguém escorregava pela janela. Deixou escapar um grito e voltou-se, colocando a luz em cheio sobre o rosto do intruso. Era Pedro.

– Oh! É o senhor... – exclamou com expressão de desgosto.

Pedro parecia que tinha bebido. A sua roupa estava suja e os cabelos revoltos. Todo ele respirava desordem, como alguém que passa por um violento transtorno.

– Sou eu, Emanuela. Mas não tenha medo, que eu não vim lhe fazer mal.

Ela continuou silenciosa, segurando a velha candeia. Nem sequer parecia notar o quanto era estranha uma visita que chegava àquela hora, saltando pela janela. Pedro correu o olhar em torno, procurando algum lugar onde se sentar. Como não encontrasse, continuou de pé, indeciso sobre o que devia dizer.

– Desculpe ter vindo a essa hora... Mas eu sabia que você estava acordada. Eu sabia que todas as noites... Tenho vindo espiar daquele canto. Está sempre silenciosa e triste.

– Também eu sei que o senhor tem me vigiado – disse Emanuela.

Pedro não pôde esconder o seu espanto:

– Por quê? Será possível?

– Um dia, vi os seus pés detrás das ramagens.

– E não teve medo? – perguntou com a voz ligeiramente alterada.

– Eu não tenho medo de coisa alguma. Porque é que eu havia de ter medo? "É o patrão" – pensei comigo. E sabia que nada poderia me acontecer.

Pedro não disse nada. Depois de algum tempo de silêncio, volveu a perguntar:

– E o "outro"?

Ela ergueu os ombros:

– O "outro" não viria me espiar.

Pedro abaixou a cabeça. Parecia que a cada momento ele ia dizer por que tinha vindo pela janela, qual era o verdadeiro motivo de sua visita.

– Escuta... e ele não disse nada... não disse que viria "amanhã"?

– Falou. Disse que amanhã precisava de conversar comigo.

O rosto de Pedro tornou-se congestionado. Lançou um murro sobre a mesa e exclamou:

– Odeio-o! Que virá este homem fazer aqui amanhã?

– Tem medo – disse Emanuela docemente. – Tem medo e não sabe o que fazer. Mas, sente-se nessa cama... por favor, não repare a desordem.

Pedro deixou-se cair pesadamente. Também ele, naquele momento, tinha medo como Bernardo. Era um medo incrível, inexplicável, nascido de secretas regiões do seu ser.

– Emanuela, eu também tenho medo. Alguma coisa se passa em mim, terrível e implacável. Emanuela, que somos nós?

Esquecia-se que a criada não o podia compreender e continuava alucinadamente:

– Qual é o nosso destino? É estranho pensar-se nestas vidas que se chocam numa luta às cegas... Ouve, Emanuela, eu estou farto de lutar. Estou farto de passar as noites perguntando: é o homem uma obra-prima da natureza ou é o homem um ser superior, o grande tempo da criação? Que podemos nós fazer e o que não podemos nós fazer?

Emanuela aproximou-se lentamente e tocou a mão no seu ombro:

– Por que não reza também?

Ele recuou impetuosamente e pôs-se a rir:

– Não, minha pequena, eu não posso rezar. Eu fui feito para descobrir o "mistério" que a envolve. Sabe? Nós todos somos assim: sofremos pelo que ignoramos dos outros. Ah! Se todos soubéssemos o segredo da natureza de cada um, a terra seria um paraíso!

– Só Deus sabe de tudo – articulou Emanuela.

Pedro fitou-a, desta vez quase com desprezo:

– Nós também podemos saber de tudo. O homem é talvez uma obra-prima da natureza – neste caso, ele tem o direito de atravessar os seus limites, de conhecer além das suas possibilidades. Mas se então, – está ouvindo? – o homem é a estrela luminosa do Universo, se ele é o astro solitário, aquele que ultrapassar o medíocre destinado, encontrará o seu Criador, o próprio Deus no fim do seu caminho.

– Não entendo o que o senhor fala – disse Emanuela. – Mas percebo que em tudo isto há febre e medo – compreende? – medo como o "outro"...

– É verdade, estou delirando. Mas é que sinto em mim, constantemente, a força dessas lutas. Às vezes, penso que tudo pode se resolver por um golpe de força. Morrer ou matar, talvez enlouquecer. Quem nos impede de ser loucos? Conheço espíritos assim que sabem mais do que nós mesmos. Há uma experiência maior dentro daquilo que a razão não aceita.

De repente, ele se calou. Emanuela estava de costas, fitando a janela.

– Mas estou falando de estranhas coisas. Não foi para isto que vim aqui.

– Por que, então?

– Também não sei. Talvez porque eu precise "saber de tudo".

– Eu não sei de nada – respondeu Emanuela.

Pedro ergueu-se de repente e segurou-a pelos pulsos. Estava tão próximo da criada, que ela via as têmporas do homem latejando. Uma cólera surda começava a lhe aflorar o coração.

– Deixe-me! O senhor é um louco.

A risada de Pedro arrebentou como uma bofetada.

– Talvez que eu te ame. Isto é possível também...

Emanuela se estorcia, lutando para se libertar:

– Deixe-me! Deixe-me!

De repente, livrando uma das mãos, segurou a candeia. Pedro percebeu o gesto de ameaça.

Apesar de tudo, o olhar de Emanuela não refletia nenhum medo. Pedro ergueu os ombros e, ganhando a porta estreita, saiu.

Na manhã seguinte, Pedro e Madalena se encontraram na escada. Os seus olhares se atravessaram pesados de ódio. Madalena não lhe dirigiu nenhuma palavra – continuou a subir.

Tinha passado a noite adormecida sobre a mesa. Quando chegou ao alto da escada, Pedro chamou-a.

Voltou-se silenciosamente, enquanto o marido lhe dizia:

– Prepara mais um quarto, vamos ter hóspedes.

Madalena ergueu os ombros. Que lhe importava ter hóspedes?

– Vou buscar a minha mãe – continuou Pedro.

Desta vez Madalena voltou-se num ímpeto e perguntou transtornada:

– Adélia?

– Sim.

E, rapidamente, Pedro atravessou a sala. Madalena continuou petrificada pelo assombro.

SEGUNDA PARTE

Noturno

I

Da poltrona onde estava sentado, Pedro fixou o relógio. Uma hora e cinco da madrugada. O seu rosto, contraído pela impaciência, tornou-se sombrio. Curvou-se para o lado, as mãos abandonadas ao longo do corpo, e continuou a pensar. Imaginava que, se se debruçasse no canto da janela, veria o jardim molhado pela chuva, as árvores escuras escorrendo água, todas as coisas impregnadas de um frio e de um tédio ilimitados. Irritar-se-ia com o silêncio, porque todas as outras criaturas podiam dormir – todas, exceto aquela que estivesse como ele encadeada ao peso morto das suas lembranças. Estaria, como ele, olhando o relógio implacável – havia meia hora que os cinco minutos demoravam – cheia de um intenso horror por ela própria e por essa continuada permanência dos mesmos sofrimentos. Saberia, como ele, como muitos outros sabiam ainda, que não há sofrimentos velhos. Muitas vezes, conforme a distância, perdem as perspectivas. São mais intensos, mais ricos nas sua próprias origens – mas eles mesmos seguindo a natureza e as inclinações de cada um. Então – pobre criatura! – se estenderá e deixará que tudo siga ao amargo embalo da memória.

Antigamente, o seu pavor da noite era maior. Em certo momento, na treva, ele sentia o peso dessas horas inúteis, dessas horas em que ninguém vive, se introduzindo lentamente no coração das coisas adormecidas. Essa estranha fragilidade do tempo, esse amálgama de sensações amargas acumuladas em certo espaço, sob um olhar que se fecha ou um rosto que se entrega ao sono – esse mundo incolor que desertará a um movimento mais brusco e que desaparecerá com os seus silenciosos fantasmas...

Pedro sabia-se doente. Irremediavelmente doente. Muitas vezes, quando a luz se apagava sobre a sua insônia, perguntava com a alma angustiada: de onde me vem esta desconfiança, este mal-estar que não me permite estar tranqüilo em lugar algum? Em certas noites, costumava acordar no meio de um sono, respondendo a uma pergunta: "ainda não chegou o tempo". Tempo de quê? Por que sentia ele que *esse momento* ainda não era chegado? Mas não precisava de perguntar muito: ainda não era chegada a época de morrer. Sabia com uma trágica certeza que a sua hora soaria mais cedo do que para os outros – quando chegasse o momento, ele o saberia inevitavelmente. E há vários anos que esperava impassível essa hora. Essa consciência, essa coisa absurda e diabólica, atacava-o de repente num salão ou no momento de se deitar. Isso o fazia distanciar-se de repente – aquele com quem falava ainda agora tornava-se imediatamente um desconhecido. Pedro media rapidamente a impossibilidade do interlocutor em penetrar esse mundo onde tudo se confunde em pressentimento, esse mundo que existia e onde vegetavam estranhas sombras aprisionadas.

Sim, tinha pavor da escuridão noturna. Tinha pavor dessa escuridão onde o sofrimento se erguia triunfante sobre a sua própria miséria. Quando tudo dormia em torno dele, os seus olhos se abriam e a aflição rompia no seu peito: que estou eu fazendo neste mundo? Quem sou eu? Por que nasci de carne para sofrer sem culpa alguma? Dentro da vida, ele se sentia um desconhecido. Não tinha uma alma como os outros – era uma alma desconhecida para ele, dissociada do seu corpo, cega e carregada de remorsos que não eram seus. Olhava no escuro as suas mãos trêmulas. Olhava demoradamente os dedos longos que se arqueavam e se estendiam sem vontade. Dizia – "Estas são as minhas mãos. Mas não será meu este coração que bate. Escuto, escuto longamente e não sinto mais que a dolorosa presença do passado".

Isabel... Isabel... Oh! aquela dor aguda, aquela dor que vinha de longe, aquela dor eterna! Desanimado, Pedro deixou as mãos caírem quase até ao chão. Agora, dentro da grande noite sem ruído o seu coração gritaria incansavelmente o pequeno nome perdido. Uma a uma, todas as frias mansardas do seu pensamento seriam varridas por esse grito sem consolo. Um dia – tinha a impressão que a vida se resumia toda em coisas passadas; o futuro não é senão a presença de um passado mais distante e mais doloroso – ele subira as escadas tremulamente e fora se olhar no espelho. Nunca, nunca em toda a sua vida, sentira o pouco que lhe valia aquele rosto desconhecido. Lentamente, com um vagar mórbido de sonâmbulo, passara os dedos pelas rugas dos lábios, pela testa fria, pela face pálida. Uma, duas vezes, a mesma carícia sem sentido, a mesma impressão de ódio a envenenar-lhe o peito. Isabel! Isabel! Lembrava-se de que deixara os braços caírem assim, rolarem como uma coisa inerte – e, por segundos, procurara medir todo o peso do sofrimento que suportava, como quem mede uma distância sem fim. Desde então, nunca sofrera mais como naquele instante – nunca sofrera com aquela intensidade e aquele desamparo, aquele conhecimento de si e da sua dor sem remédio.

Uma pergunta apenas, uma pergunta passara a sangrar no seu peito: aquele que é destinado ao sofrimento que precisa fazer? Aceitar o seu sofrimento? Sim – sem dúvida. Mas quando esse sofrimento é originado por determinadas causas, impossíveis de se conciliarem com a "aceitação" dessa dor, que é preciso fazer? Esfacelar-se. Esfacelar-se lentamente através do tempo, medir todas as etapas da amargura, arrastar-se como um embriagado de ópio entre as paredes estreitas das suas impossibilidades.

Isto, até que o "momento" chegasse. Então, exausto de forças, segurar um revólver e rebentar a cabeça.

A chuva continuava a deslizar na vidraça. O relógio parecia morrer no silêncio. O aniquilamento avassalava o mundo inteiro. Sozinho, com o coração em chamas, Pedro continuava a pensar. Essas impossibilidades ele as conheceria bem? Aí o caso de Isabel ressuscitava impiedosamente. Ele se entregava – e tudo se perdia nas estradas da memória – o mundo parecia descansar.

De novo, como quem chega de uma longa viagem, segurava o trinco com as mãos trêmulas. "Outrora, quantas vezes segurei aqui também" – pensava. Tudo, móveis e coisas, paredes e rastros pelo chão, adquiria um sentido simbólico e vivia pela força da sua própria expressão. Não eram mais objetos inanimados – poeira destinada a ser varrida pelo vento... Pelo contrário, corações repletos de conhecimento, que tudo ouviam e tudo guardavam avaramente, e sabiam sorrir e sabiam chorar quando era preciso sorrir ou chorar. Assim, pleno de vida, carregado de impressões e de calor, o pobre quarto de Isabel era um terreno à parte, era um outro mundo onde amargos sonhos de crianças se erguiam entre lágrimas perdidas. De que adiantava Isabel chorar? Pedro revia, com os olhos perversos da angústia, esse rostinho feio, marcado pelas rugas precoces, que o amara um dia... um dia... tão longe! Via-se de novo em pé, a cabeça baixa, os olhos úmidos. Via-se de novo, tal qual fora, menino ainda. Isabel – tão presente que, se ele erguesse os dedos e fizesse um gesto, tocaria o vestido longo – o olharia com firmeza, o olharia como outrora. E o jarro quebrado, o quadro desbotado, o pobre trinco, teriam olhares repletos de ternura e de reprovação. Cairia de joelhos, diria tudo, desde o começo da história:

– Isabel! Onde você esteve, depois de tanto tempo? É preciso confessar que eu jamais me libertei do seu olhar. É preciso estrangular toda a mentira e dizer... oh! já nem sei mais o que eu devo dizer... Você veio da minha infância, amalgamada à primeira consciência do meu destino. Você veio, sem que eu desejasse, como vêm os pesadelos na solidão noturna, depois apenas por prazer, por encontrar nesse sofrimento um misterioso prazer.

– Escuta, Isabel: nós temos liberdade para escolher em tudo. Eu escolhi na sua história, o meu destino. Não necessito mais mentir, pois tudo está bastante longe – como as verdades parecem fáceis através da distância! – e eu não sinto mais nenhum temor de contar tudo, talvez para senti-la mais perto... talvez para me libertar... É de novo a sua voz que ouço, o seu riso, a sua felicidade. É o mesmo jardim que vejo. Você fugia dos outros companheiros para ficar ao pé de mim. E eu a odiava! E eu a odiava mortalmente, um ódio mudo e imensurável! Não porque você fosse uma furiazinha feia e magra, mas somente porque era boa e tinha pena da minha solidão. Pesava sobre mim aquela ternura que me flagelava... Eu a odiava e tinha medo que você não viesse, a cada tarde que caía. Com o coração devorado pelo rancor, ia espreitar em todos os recantos, à sua procura. Precisava de me torturar com a sua bondade, de sofrer, de sofrer de qualquer modo. É uma coisa estranha, mas eu preciso do sofrimento. Todos nós somos assim, Isabel. Você me procurava, porque sentia o meu ódio. Talvez que um dia nos amássemos. Como um louco, olhava os caminhos com sofreguidão. Em mim tudo se escurecia e o meu coração batia forte, turvo de hesitação e de medo. Cada riso, cada grito largado no meio do jardim, era como uma cicatriz que se rompesse no meu peito e eu me sentia arder de inquietação, escondido dos outros, esperando sempre. Quando você se demorava no caminho, eu a maltratava. Sua isso, sua aquilo. Ficou vadiando enquanto eu a esperava? Conversando com moleques? Nunca mais pude fugir ao seu olhar tão límpido, tão repleto de tristeza. Não falava nada. E era o seu silêncio que me exasperava. Era aquela humildade de criança triste, era aquele ar de criatura boa que me transtornava, que me punha louco, a ponto de não poder ouvir mais nada, senão o surdo rugir do meu coração impiedoso.

Fora numa tarde calma. A minha infância está povoada de tardes assim. Uma serenidade que revolve em nós as raízes das mais fundas amarguras. Um calor que abrasa tudo, um grito que vem de longe, a nossa amarga perplexidade. Isabel chegou correndo e rindo, tão feliz, que até parecia mais bela. Era um vestido novo aquele, todo branco, com lacinhos vermelhos, tão comprido que a cada instante parecia precipitá-la numa queda. Os seus longos cabelos estavam presos por uma fita da mesma cor. Tudo que eu tinha de rancor e de despeito acordou naquele instante. Embriaguei-me no meu próprio ódio, fitando-a com o olhar carregado de gelado desprezo. Depois, não sei mais o que falamos. Sei apenas que eu a puxei pelas tranças e esbofeteei-a. Isabel deu um grito, rodou sobre si mesma, ficou no canto me olhando com os olhos cheios de lágrimas. Comecei a rir, nem eu mesmo sabia de quê. Mas relampejou na minha cabeça uma idéia terrível. Isabel, nós somos sempre assim – escravos de idéias que habitam em escuras regiões do nosso pensamento. Tomei-a pela mão e fomos andando. Apesar de tudo, das lágrimas que corriam dos seus olhos e do rosto vermelho, marcado pela bofetada, você me seguiu. Lembro que, no meio da caminhada, voltei-me e fitei o seu rosto. Não havia vento – já disse que era uma tarde calma. Mas tive a impressão de que você tinha frio, um frio mortal que a envolvia da cabeça aos pés. Ao mesmo tempo, eu me sentia invadido por uma alegria diabólica. Estávamos junto ao tanque. Sem que você pudesse fazer um movimento, empurrei-a bruscamente, enquanto abafava o seu grito angustiado, com um riso agudo. Lembro-me agora, nitidamente, do seu pobre corpo de flor murcha, se debatendo, procurando subir.

Lembro o seu rosto tão fino, tão diferente no transtorno daquela aflição, os cabelos compridos ensopados pela água. Lembro que muitas vezes, silenciosamente, empurrei-a novamente, até que, farto do jogo, saí correndo antes que alguém aparecesse...

A chuva parece ter cessado. Pedro escuta o vento, agitando as árvores. Apagado, quase como um grito de socorro, retine o canto de um galo. O sono das coisas parece maior – entretanto uma misteriosa vida palpita no seio dos móveis e no ondular das cortinas. O relógio avançou meia hora. Nessa meia hora, a vida se repetiu de novo, não foi para Pedro senão um repassar de emoções já experimentadas. E o sono não vinha. Por todo o corpo, aquela dormência que começava na ponta dos pés, subindo pelas pernas, até se desfazer onde o coração palpitava surdamente. Quando era criança, imaginava histórias para adormecer. Ora que viajava no dorso de um camelo ou então no beliche de um navio pirata. Do outro lado da janela, era o mar ou o deserto. Cerrava os olhos e pensava nas ondas escuras, roçando a barra da parede como os pés de uma enorme torre de farol. Muitas vezes, tinha medo dessas fantasias: se olhasse do alto da "torre" para o oceano profundo e gritasse o nome de alguém? Talvez nem mesmo escutasse nada... Era um prisioneiro solitário e a sua voz se perderia entre os rumores das ondas. Pedro teve a impressão de que esses sonhos de criança voltavam agora. Como num pesadelo, ele se achava no alto de uma torre, de uma torre tão longa que sentia perto as nuvens pesadas de chuva. Lembrou-se de gritar. Então? Pedro já não sabia mais se era um sonho ou simplesmente a realidade. O certo é que, fazendo um penoso esforço, gritou. Como resposta, ouviu, através do vento, uma risada longa. Ergueu-se de um salto, tremendo. Então, bruscamente, uma voz ridícula falou no silêncio da sala:

– Por favor, não se incomode, creio que estamos sós.

Diante dele, viu um homem vestido pobremente, com o rosto flácido sulcado de rugas. Estava molhado de chuva e trazia uma bengala curta. Apesar de não ser propriamente um mendigo, a impressão que causava era esta. Sobretudo, tinha um olhar repleto de malícia – e o resto Pedro notou bem que era em tudo semelhante a Bernardo. Respirava o mesmo ar pusilânime e vil. Respirava, sobretudo, certa expressão de gabolice, de criatura gaiata, uma expressão que Pedro definiu imediatamente como a de um *mendigo resignado*.

– Então? – tornou o visitante. – Não se assuste. A noite está fria e preciso de conversar com alguém. Andei por esses caminhos todos. É estranho que os homens gostem tanto de dormir. Os notívagos como nós são raros... raríssimos...

Pedro deixou-se tombar na poltrona.

– Sente-se – disse.

– Obrigado. Era o que eu esperava da amabilidade do amigo.

Pesou um embaraçoso silêncio. O mendigo resignado fitava-o maliciosamente.

– Sabe se o *Britania* chegou a Liverpool? – perguntou de repente.

Pedro sentiu-se ferido como por uma chicotada. Curvou-se penosamente e respondeu:

– Que *Britania*? Não conheço nenhum navio com este nome.

– He! He! – sorriu o homenzinho – é exatamente um navio. Tenho muito medo que abalroe com este tempo... eminentes personalidades... *lord* Roy Asquith, sabe?

Pedro sentiu-se mordido pela raiva.

– Que me importa *lord* Asquith? – indagou surdamente. – Admira-me que o senhor escolha noites como esta para se entregar a tais gracejos.

– Absolutamente! – gritou o mendigo. – O senhor não quer ver? O mar está extraordinariamente agitado. Desde 1880...

– Que mar? – exclamou Pedro aterrorizado. – Acaso temos mar por perto?

O visitante moveu a cabeça, desalentadamente. O seu rosto exprimia uma intolerável consternação.

– Meu amigo! – exclamou. – Chegue ao tombadilho... Ou terá acaso bebido um pouco mais ao jantar?

Idiota! – pensou Pedro – imagina que me desnorteará com fantasmagorias. Entretanto, o que era deveras sensacional é que "conhecia" aquele homem. De onde? Não sabia. Mas o certo é que aquela voz não lhe era estranha. Se fizesse um esforço... Bernardo? Não. Tinha muita coisa dele – o mesmo ar rapace, a mesma doçura pegajosa. Talvez que o tivesse encontrado em algum passeio – era isso, em algum passeio de que não se lembrava mais.

– Que fazia o amigo para passar o tempo? – perguntou a estúpida voz.

– Passar o tempo?

– Sim... o tédio da travessia...

– Ah!

Pôs-se a rir, disposto a não repelir o jogo do mendigo.

– Pensava – disse.

O visitante balançou a cabeça em sinal de compreensão. A sua voz mudou de entonação, tornou-se brusca e incisiva:

– Bem sei. Quando estamos sós, é o melhor. Mas existem criaturas que não pensam, criaturas destituídas de toda vida interior. Elas se entregam aos acontecimentos de olhos fechados.

– Também conheço alguém assim – disse Pedro.

– Pois não é? Talvez seja o mesmo. Esse homem – é um homem, não? – é um escravo das suas paixões. O amigo desculpe – era "nele" que pensava quando eu cheguei?

– Não. Era numa pequena criatura... uma conhecida dos velhos tempos...

– He! He! – tornou a rir o homem – uma namorada?

Pedro ergueu os ombros. Crescia no seu coração uma vontade doida de tudo contar ao mendigo. Por que não se aliviar e não transtornar ao menos aquela estúpida criatura? Pôs-se a falar de repente, sem nenhum controle sobre as suas palavras:

– Chamava-se Isabel. Caiu dentro de um tanque – caiu ou foi empurrada – e apanhou pneumonia. Fui eu o culpado de tudo. Eu somente, que a odiava como um inimigo feroz. Fui vê-la no seu pobre quarto. A mãe era lavadeira. Encontrei-a lavando o vestido branco para o enterro. Há certas expressões fisionômicas que não se esquecem mais. De repente, no meio de uma alegria ou de uma tristeza, ela chega como um sinal à hora certa. O rosto daquela mulher é uma coisa que não morrerá em mim. Mostrou-me a escada e escondeu o rosto na roupa molhada. Subi tremulamente, cheio de uma dolorosa vergonha. Era o mesmo quarto que eu conhecia – o mesmo trinco, a mesma jarra quebrada. Isabel estava coberta da cabeça aos pés. Somente a mão pendia, a mão, tão longa e fina como um lírio sem forças. Junto, ardia uma luz vermelha. Ah! o mistério daquela luz agonizante... Nenhum movimento, nenhum sangue. Apenas aquele abandono, aquele modo de criatura vencida que se entrega, aquela amargura desesperada em cada nó dos dedos frágeis... Curvei-me silenciosamente e ergui o lençol. Veio até mim uma onda de febre. Abandonei a ponta da coberta e fui até a janela. Vi somente tetos sujos, fumaça negra se espalhando no céu de chumbo, uma tristeza pesada, mortal. Voltei-me novamente. Isabel continuava de olhos fechados, os cabelos colados à testa ardente. Olhei o quarto pela última vez e saí. Atrás de mim, ouvia um choro rouco, um choro de animal agonizante. Sentia calor e não pensava em nada. Isabel morreu no dia seguinte. Foi enterrada com o vestido novo.

Calou-se. O mendigo resignado fitava-o chocarreiramente.

– Era no que eu pensava – concluiu Pedro desconcertado.

O mendigo suspirou e disse:

– Má ocupação para um viajante. Quer dizer – você se arrependeu?

– Não, jamais consegui. Mas fiquei conhecendo certas coisas que eu não conhecia antes. Aprendi a caminhar por caminhos novos – desde então, procuro avidamente os limites da minha natureza.

– Para que conhecer os limites da sua natureza? – perguntou o mendigo, desta vez com um tom evidentemente sarcástico.

Pedro sentiu-se chocado com a pergunta. Procurou contemplar o interlocutor nos olhos.

– Nem eu mesmo sei. Mas desde que temos consciência de determinada coisa, não podemos mais fugir a ela.

De súbito, curvou-se e concluiu apaixonadamente:

– Nesse caso, essa determinada coisa é a questão dos limites. Eu sei que eles existem porque sou senhor de uma certa dose de liberdade. Mas onde estão esses limites e até onde vai essa liberdade?

O mendigo parecia não ter ouvido. Cruzou as mãos sobre o peito e disse aterrado:

– Escuta como o vento está revolvendo as ondas. Creio que vamos ter uma grande tempestade...

Furioso, Pedro pôs-se a esbravejar, martelando o braço da poltrona:

– Mas escuta, mendigo, que é que podemos nós fazer? Não me atormente com o seu mar ridículo!

Subitamente ofendido, ele se levantou:

– Será possível que o senhor não ouça todo esse rumor?

Encaminhou-se para a janela e olhou para fora. Pedro reparou que o seu olhar se tornara sinistro, os gestos mais estranhos:

– Venha, meu amigo, venha ver como o oceano está agitado...

E chamava Pedro, com gestos quase ternos. Havia nos seus modos uma súbita e misteriosa doçura. Pedro se ergueu e caminhou até o meio do quarto. O seu olhar estava fixo sobre a janela escura.

Subitamente ele deixou escapar um grito e, voltando a cair na poltrona, exclamou:

– Não! Não! Bem sei o que me espera além dessa janela...

O mendigo estava extraordinariamente agitado. Furioso, pôs-se a bater com o pé no chão, levantando do tapete uma nuvem de poeira:

– Medo! – gritou. – É ridículo que um homem que atira ao tanque uma menina tenha medo de olhar o mar!

Um enorme terror ia se apossando de Pedro. Passou a mão pelo rosto, como quem se esforça para afastar um sonho mau. O mendigo, entretanto, voltara a se sentar e tossia ruidosamente.

– Os limites! – exclamou. – Só a experiência – experiência das coisas que a razão não admite – pode estabelecê-los. Um homem que regressa da loucura é um homem que sabe mais do que aquele que nunca ficou louco.

– Já percebo o laço! – gritou Pedro, erguendo-se de um salto. – Há anos que esta idéia diabólica me persegue. Há anos que eu me apavoro no escuro, temeroso de que ela venha importunar-me.

Com voz cariciosa, diferente, cheia de pérfidas insinuações, o mendigo sussurrou:

– Como o mar está jogando! Atrás daquela janela, há uma distância imensa. É só olhar, meu amigo, é só olhar...

– Não! – repetiu Pedro surdamente. – Que me importa a liberdade, os limites, o homem? Não sou mais que uma criatura destinada a morrer.

– Mas não se pode morrer antes de saber "tudo". O mundo está cheio de incoerências, de sinais misteriosos. Que significa isto? E aquilo?

Pôs-se a andar em torno do quarto, enquanto falava:

– O *Britania* está lançado em alto-mar. Criaturas se perderão no escuro ou morrerão afogadas. Quem é o autor? Quem é o autor? Quem matará de medo as crianças que estão a bordo do *Britania*? Não terão vozes nem para gritar pelas mães!

– Deixa-me! Você bem sabe que eu não acredito...

– Em quem? – silvou o mendigo.

– *Nele.*

Desta vez o mendigo aproximou-se com os olhos cintilando:

– Então, *por que não ousar tudo*?

Pedro permaneceu mudo, de cabeça baixa. Entretanto, percebeu que o mendigo tomava a bengala, batendo no soalho. Aquilo se prolongava lentamente, mais forte, mais fraco. De súbito, parou inteiramente. Depois retornou mais forte, de um modo quase imperioso. Nova pausa. De novo, os toques soavam. Não, não era mais a bengala. Alguém batia na porta de baixo. Pedro ergueu-se, com o coração aos saltos. Foi até a janela e, afastando a cortina, olhou. Sob o terraço, um vulto escuro se movia.

– Quem é? – perguntou.

– Que demora! – exclamou uma voz irritada. – Há uma hora que estou batendo.

Pedro ficou calado um instante. A chuva fustigava-lhe o rosto.

– Então, Pedro? – gritou a voz.

– Adélia? – exclamou ele, aliviado.

– Sim, sou eu. Está com medo de ladrões?

– Espera um momento que eu vou abrir a porta.

Erguendo a luz à altura dos olhos, clareou o caminho para que a velha passasse.

Vinha vestida de preto, com uma capa sobre os ombros, uma grande manta escura na cabeça. Pedro, ao ver as suas costas magras, lembrou-se de que nunca a amara e sentiu o ódio subir-lhe ao coração.

– Entra! – murmurou bruscamente.

Atordoada na semi-escuridão, Adélia tropeçou numa cadeira, deixou escapar um gemido. Machucara o pé, logo ao entrar.

– Diabo! – exclamou.

Pedro pôs-se a rir silenciosamente. Ela descobriu esse riso e, por sua vez, lançou-lhe um olhar pesado de ameaças. Entretanto, no alto da escada apareceu Madalena.

Atordoada pelo sono, contemplava admirada as duas figuras indecisas que se moviam na sala. Com um suspiro de resignação, pôs-se a descer – pensava que não saberia como suportar Adélia. A velha veio ao seu encontro e beijou-a levemente na face.

– Não a esperava senão daqui a dois dias – disse.

Adélia colocou sobre a mesa um saco que trazia:

– Era minha intenção... Porém, resolvi aproveitar a charrete de João Epifânio...

Pôs-se a examinar os móveis e as paredes, com impertinente curiosidade. Mas percebia-se que desejava observar o efeito da sua frase.

Era uma velha antipática. Extremamente magra, os olhos maus circundados por um risco escuro, o nariz levemente aquilino. Devia ter sido bonita no seu tempo de moça. Pedro herdara dela aquele ar hostil e aqueles modos frios. Adélia dava a impressão de alguém eternamente preocupado em guardar as distâncias que a separavam das outras pessoas. Descobria-se ao primeiro lance que era uma criatura sem amigos, uma alma isolada e avara, incapaz de se entregar a outras. Natureza destinada a sofrer, Adélia não conhecera na vida senão as alegrias amargas da solidão. Perdendo o marido cedo, separada do filho, aguçara insensivelmente o que a natureza lhe dotara; era agora um espírito intratável, desconfiado e amargo, disposto a ver em tudo a intenção deliberada de humilhá-la, como se reunissem todas as forças do destino, para fazê-la pagar mais caro ainda o direito da sua pobre vida.

– O que passei! – exclamou. – João Epifânio é uma criatura horrível! Falaram por aí que quis envenenar a mulher... Esteve preso por isso, mas acabou sendo absolvido...

O seu olhar encontrou o de Madalena. Hesitou um momento, aproximou-se e segurou-a pelo queixo:

– Esta pobre menina! – murmurou.

Como Madalena sorrisse, escondeu repentinamente a mão e voltou-lhe as costas. Pedro estava apoiado sobre a mesa e contemplava a mãe com visível desgosto.

– Preciso de um quarto separado. Não quero ser perturbada por ninguém, pois faço as minhas meditações e preciso de silêncio. As crianças devem ser insuportáveis, não?

Madalena sorriu.

– Não existem crianças nesta casa – exclamou Pedro.

Adélia pareceu um instante perplexa e, erguendo os ombros, acrescentou:

– Vem a dar no mesmo – em todo caso o barulho deve ser horrível.

E para ela, isto estava estabelecido.

Madalena ia sair. Porém, pálida e um pouco transtornada, Adélia segurou-a pelo braço:

– Só existe o quarto dos fundos?

– É o mais retirado – esclareceu Pedro.

Madalena se afastou. O ambiente formado entre a mãe e o filho era de visível embaraço.

Adélia torcia as mãos, quase impaciente.

– Afinal – murmurou com voz rouca – aqui estou eu. Por que me mandou chamar?

Pedro ergueu os ombros:

– Você saberá depois. Creio que é muito tarde para explicações.

Adélia fitou o filho e estremeceu. Pedro a olhava fixamente, imóvel e silencioso. Diante daquela mulher, procurava com afã tudo que o separava dela. Antigos desprezos, mal-entendidos e rancores indefinidos. Mas, sobretudo, o que ele procurava era a presença do "mistério", era o "toque" que observara em Bernardo, e que faria dela uma aliada ou uma inimiga. Seduzido por idéias bizarras, sobre o seu conceito de liberdade ia arquitetando planos que pretendia pôr em prática. A situação difícil em que se encontrava junto a Madalena valia por uma ótima desculpa. Não hesitara pois em mandar buscá-la. Agora, resolvidos os seus problemas, inclinava-se sobre a recém-chegada. Sentia nela "alguém". Na solidão, qualquer coisa inexplicável se desenvolvera em Adélia. Antes de estabelecer os laços, antes de lançar numa conversa qualquer o elemento das suas relações, Pedro desejava ter uma noção dessa natureza bravia.

– Falaremos depois – concordou Adélia. – Amanhã, por exemplo.

– Certo. Mas é preciso que Madalena não perceba.

Adélia lançou-lhe um olhar de espanto. Mas, antes que pudesse fazer qualquer coisa, Madalena apareceu na porta, seguida de Emanuela, que trazia nas mãos uma lamparina. Subitamente, diante da figura da criada, Adélia sentiu-se mordida por um novo interesse.

– Quem é? – perguntou.

– É a nossa criada – explicou Madalena.

Permaneceu um instante imóvel, analisando a recém-chegada. Depois, erguendo os ombros, resmungou:

– Que é que sabe fazer uma menina dessas?

Pedro sorriu. Sabia, mais ou menos, aquilo de que precisava. Emanuela ergueu a luz e pôs-se a subir, acompanhada de Adélia.

O quarto era um pouco afastado e dava para os fundos da casa. Viam-se as grandes mangueiras escuras – um mar de trevas se agitando. Emanuela colocou a lâmpada sobre uma pequena mesa de mármore. Dispunha-se a retirar-se quando Adélia segurou-a bruscamente pelo braço:

– Espera, menina, preciso de falar com você.

Fitou-a nos olhos, procurando ler alguma coisa. Fez um sinal de silêncio e cautelosamente foi até a porta, fechou-a. Retornou com um suspiro de alívio – dir-se-ia que tinha se livrado de um peso. Antes de falar qualquer coisa, examinou cuidadosamente, como já fizera na sala, os móveis e as paredes. Como estava há muito tempo desabitado, o aposento adquirira um aspecto gelado, diferente desses ambientes formados pelo calor de uma existência humana. Era qualquer coisa de glacial e triste que agradava sobremodo a Adélia. Silenciosamente, abriu a maleta que trazia e retirou do meio das roupas um grande crucifixo de madeira negra. Pediu a Emanuela uma cadeira e com certo esforço colocou-o no alto da parede, de frente para a porta. Desceu e contemplou o seu trabalho com meticulosidade. Depois, lançando um olhar de través para Emanuela, disse:

– Escuta, menina, precisamos de ser boas amigas. Mas, antes, é preciso avisar que sou muito severa.

Tornou a fitá-la desconfiadamente e, de súbito, segurando-a pelo braço, perguntou:

– Que aconteceu entre "eles"? Você deve saber de tudo, não?

– Eu não sei de nada – murmurou Emanuela espantada.

Adélia bateu com o pé no chão:

– Tola! Pergunto se brigaram... por ciúmes ou outra coisa qualquer...

– Não sei – repetiu.

Então, furiosa, Adélia golpeou a pequena mesa de mármore:

– É uma imbecil completa! – gritou. – Para que servem esses seus dois olhos? Se fosse comigo, há muito tempo que eu sabia de tudo – mas sem deixar escapar coisa alguma, compreende?

Calou-se de repente, sacudida por alguma inquietação. Depois:

– Ao menos você não sabe se... é costume feio, mas útil às vezes – se o patrão tem o costume de escutar nas portas?

– Não! Não! Eu não sei de nada!

Sacudida pela fúria, Adélia voltou a segurar Emanuela pelo braço:

– Diga você: ele costuma aconselhar as pessoas fracas..., *dominá-las*?

Emanuela fitou-a serenamente:

– Eu já disse que não sei de nada...

Desta vez era demais. Adélia rodou sobre si mesma e foi postar-se de encontro ao vidro da janela. O seu coração batia desordenadamente. Era evidente que pisara naquela casa com alguma intenção secreta.

Ferida pela desconfiança, voltou-se novamente para Emanuela:

– Menina, ou você é uma mentirosa, ou...

Hesitou – ante o olhar de Emanuela, ergueu os ombros e não concluiu a frase. Durante alguns segundos, contemplaram-se em silêncio. Depois, vagarosamente, Emanuela voltou-lhe as costas e saiu.

Agora estava só no corredor escuro. Uma emoção estranha a assaltou. Ofegante, encostou-se à parede, sem forças para prosseguir a caminhada. Sentia-se ameaçada por perigos invisíveis. De uns dias para cá, perdia a tranqüilidade, julgando-se vigiada por alguém que não conseguia ver. Emanuela vinha sustentando essa luta há longo tempo – a cada hora, sentia esfacelar-se no seu espírito alguma coisa que a deixava aniquilada longos momentos. Era a sensação que lhe chegava, diante da escada escura, da casa imersa no silêncio. Tateando, continuou a caminhar, ganhou a escada, desceu, escutando a madeira estalar sob os seus pés. Na sala encontrou uma lamparina acesa. Era verdade, pois – alguém estava acordado, alguém vigiava – dois olhos a seguiam insistentemente da sombra. Aproximou-se receosa e soprou a chama trêmula. No escuro, procurou o rumo da porta com o coração aos saltos. Quando segurou o trinco, ouviu um estalo; permaneceu quieta, até que novamente a madeira estalou. Alguém – esse alguém que se escondera à sua aproximação – subia agora a escada. Emanuela sentiu-se desfalecer de terror. Fazendo um esforço sobre si mesma, rodou o trinco e mergulhou na escuridão do jardim.

Imóvel no meio do quarto, Adélia relia uma carta que tirara da mala. Estava vestida com uma longa camisola de dormir e trazia na cabeça uma touca de vidrilhos pretos. Quando terminou a leitura, soprou a luz e estendeu-se na cama.

Verdadeiramente, tudo o que lhe acontecia era muito estranho. Vivia retirada do filho há vários anos – não aparecera nesse intervalo senão para o seu casamento – recebia agora, de repente, uma carta que ela julgava absolutamente incompreensível. Muitas vezes voltara sobre a sua primeira opinião, julgando que em tudo isso não havia mais do que um lamentável engano; era a sua sensibilidade que a traía mais uma vez, através de coisas que absolutamente não existiam. Mas, voltando novamente à carta, descobria um tom velado de ternura, uma insinuação qualquer em que havia muito de carinho e de simpatia pela sua velhice solitária. Ela não amava o filho, mas sentia-se disposta a perdoar, a esquecer tudo, se soubesse que havia para o seu coração um pouco de ternura e de afeto. Era desesperador construir a vida e resolver os seus problemas tormentosos, sem encontrar ninguém com quem repartir um pouco dessa amargura. Julgava que as pessoas necessitavam um pouco de sofrimento alheio para suportarem o seu. Apoiada, ora em violenta esperança, ora em completo desengano, resolvera aceder ao apelo do filho – e ali estava, pronta para penetrar dentro daquelas existências que ignorava. Ali estava, com o coração rudemente abalado, saída das profundezas da sua miséria solitária, ao aceno de uma esperança que aguardara a vida inteira. Ela não sabia como encarar aquele transtorno – tinha um certo receio daquela felicidade surgida tão inopinadamente e guardava no mais íntimo da sua alma uma espécie de rancor por aquelas criaturas que podiam ser felizes. Adélia não era mais do que um coração ludibriado, temeroso de novas armadilhas.

Uma pancada discreta veio arrebatá-la das suas cogitações. Ergueu-se e, enquanto esperava um novo sinal, acendeu a lamparina. Distintamente, novos chamados ressoaram na porta. Caminhou e abriu-a, defendendo-se com a mão sobre o peito. Era Pedro. Entrou serenamente e fechou a porta por detrás dele. Adélia percebeu que a entrevista marcada para o dia seguinte se antecipava.

– Escutei a sua conversa com Emanuela – disse.

A velha empalideceu e encostou-se na mesa de mármore.

– Eu não sabia que você escutava – articulou com dificuldade.

– Como você disse, é costume útil às vezes – respondeu Pedro. – Além disso, essa sua vinda com João Epifânio...

– Foi ele quem se ofereceu – articulou com esforço.

– Veja como percebo tudo... Sou capaz de adivinhar sobre o que conversaram...

– Tem razão – exclamou Adélia impetuosamente – foi sobre o que se passava nesta casa... Ele me disse que você...

Hesitou e fixou-o com certo receio.

– Então? – perguntou Pedro rispidamente.

Baixou os olhos e prosseguiu:

– ... que você tinha-lhe transformado o filho num criminoso. Não compreendi as coisas que ele falava, mas jurou e ameaçou. Depois, como estivéssemos chegando, disse: "Patroa, o diabo mora naquela casa. Um cristão não ficaria um mês no meio daquela gente". Quis disfarçar, mas não pude...

– Nada se passa aqui – respondeu Pedro. – Apenas eu e Madalena não nos damos bem... Quanto à Emanuela...

Adélia voltou-se para ele com um relâmpago no olhar.

– ... como você mesmo disse, é uma criança... não sabe nada – concluiu em voz baixa.

E com um boa-noite seco, Pedro dirigiu-se para a porta e desapareceu.

II

Agitado pela noite que passara em claro, Pedro recebeu com certa impaciência o aviso de que Bernardo o esperava lá fora. Para ele nada poderia acontecer de pior. Depois da sua conversa com Adélia, tivera a idéia inesperada de que o seu livro, planejado há tantos anos, estava na época de ser realizado. Não sabia ainda que espécie de livro era: se um romance ou um estudo, se simplesmente uma resenha das suas impressões. Do que ele sabia e que aparecia agora como a exigência mais forte era da colocação de uma idéia que vinha, através da sua vida, ganhando corpo vagarosamente. Ele a sentira nessa noite, prestes a romper o seu casulo, palpável e clara, necessitando a todo transe de viver por si mesma. A visita de Bernardo vinha destruir a sua intenção de escrever. Sentia nesse homem uma ameaça constante; a sua presença o perturbava a ponto de despertar no seu espírito coisas desconhecidas. Não ignorava que em Bernardo encontrava os melhores meios para a sua própria defesa – e era isso, talvez, era essa semelhança odiosa que o aprisionava ao outro, sem que ele pudesse jamais se libertar do pensamento de que "aquele homem também podia se quisesse". Idéia absurda. Mas desde que se encontrava diante de Bernardo, o pensamento vinha rastejando, ganhava corpo de súbito, dominava-o a ponto de concentrar nele um interesse que estava longe de desejar sentir. O que o fazia sofrer mais era o conhecimento que tinha de si próprio. E era esse conhecimento que o obrigava a julgar Bernardo, que o fazia sobretudo senti-lo dentro das possibilidades de que também ele "tudo podia se quisesse". Recuava diante do outro, como quem recua diante de um perigo. Media sobre Bernardo o alcance das suas próprias forças. Eis que ele teimava em procurá-lo, voltava sempre, talvez porque sentisse também alguma coisa, alguma penosa descoberta em si.

Desceu, quase hesitando no modo por que o receberia. Mas diante da figura que se inclinava, percebeu que as suas disposições anteriores desapareciam, voltando o "interesse" a reaparecer à flor das suas palavras.

– Quis aproveitar a manhã – disse Bernardo sorrindo.

Pedro não se enganou com a desculpa – fez um gesto leve de escusa e esperou.

– Sabia que não estava dormindo a uma hora dessas...

Desceram a pequena escada, ganharam o jardim. Os terrores noturnos desapareciam do espírito de Pedro. Agora era um sofrimento calmo, que o levava infinitamente longe. Sentia-se desprender da sua pessoa, uma estranha vontade de participar do mistério das coisas, de sondar os segredos que a natureza esconde. Diante da imobilidade que a encerrava, percebia um ligeiro contato estabelecido entre ele e outro objeto, um frêmito quase imperceptível, mas o bastante para saber que havia "vida" em tal árvore, em tal pedra, em tal folha. Era assim – lembrava-se bem – que, diante de um velho pinheiro que via pela primeira vez, sentia de repente a impressão de que já o vira em algum lugar – sim, conhecia bem aquela paisagem e o rio calmo que talvez banhasse o vale sossegado. Eram velhos conhecidos que se encontravam. Havia se estabelecido entre eles, como agora nesse jardim, uma corrente de simpatia, um mundo que se abria, palpitações sutis, que são no silêncio amargo um sinal de conivência. Dentro daquela zona sensível que se formava, era estabelecido todo um jogo de possibilidades. Ele se sentia compreendido, participando daquelas existência solitárias, como se trouxesse de épocas desconhecidas a lembrança de raízes se aprofundando pelo chão ou do vago torpor de uma pedra que jazesse no caminho.

Foi despertado por um movimento de Bernardo. Reparou que ele parecia procurar alguém. Sorriu. Era difícil saber quem era.

– Dormi mal esta noite – disse Bernardo displicentemente.

Parecia um pouco mais velho. Em torno dos olhos, um círculo escuro sustentava a extrema mobilidade das pupilas, sempre fugitivas e desconfiadas, procurando incansavelmente em todos os terrenos alguma coisa que esconder ou que mentir. Era daí, era desses círculos escuros que partia aquele ar de vileza e de inquietação.

Pedro quebrou um ramo e pôs-se a bater nos arbustos:

– Também eu – declarou. – Tenho andado doente.

Percebia a impossibilidade daquela conversa. Era sempre assim. Do que planejava antes não restava mais do que esse mesmo plano, agora inteiramente inútil. A realização se tornava impossível, tudo parecia quase absurdo diante da realidade que se apresentava. Talvez o defeito fosse seu. Talvez fosse de todas as pessoas. Mas era um defeito levantar possibilidades em torno do que se conhecia mal. Possivelmente, a sua visão daquela criatura não era senão um resultado das suas próprias necessidades. Ele a arrancara das suas inquietações, com aquilo que realmente não possuía, com aquele mundo fechado na sua alma, em que por vezes Pedro parecia tocar como um raio fugitivo. Toda pessoa refugiada nas suas convicções é, após certa permanência nessa solidão, uma pessoa traída. Era exatamente o que se dava. As suas faculdades em trabalho haviam construído sobre aquela face inerme uma expressão que não existia, fermentara sobre os seus traços sem vida uma personalidade além das suas forças. E para prova, estava o ar burguês do homem que o seguia de perto – ele, Pedro, desprezava aquela larva que não se acomodava ao sol. Lembrava-se de que fora essa mesma palavra "larva", a empregada por ele em certa tarde. Que sentiria de tão vil que o levasse a se considerar assim? Algum dia saberia arrancar a verdade. Entretanto, era necessário dizer alguma coisa.

– Tive um pesadelo – exclamou de repente.

E inclinando-se um pouco, observou curiosamente o rosto do outro. Bernardo pôs-se a sorrir:

– Um pesadelo!

Pedro se deteve. O seu olhar levemente irônico cortou a risada que se alongava. Mas por momento ainda perdurou no ar, como a lembrança seca de um rastilho, a impressão daquele riso sem motivo. Colocado subitamente numa posição falsa, Bernardo sentiu a necessidade de desfazer a impressão criada.

– Conheci um homem... – disse.

– Mas, escuta, – atalhou Pedro – esse pesadelo era real. Ouvi a voz desse outro e senti...

Fixou novamente Bernardo. Mas desta vez não se enganava. O olhar do outro se transformava e a "idéia" cabia em seu lugar. Mais baixo, continuou:

– Não sei bem o que se passou. Esse homem era livre demais. A sua infelicidade talvez partisse dali.

– Era um homem infeliz? Como pode ser infeliz um homem de pesadelo? – chasqueou Bernardo.

– Imensamente infeliz. Parece-me que as pessoas excessivamente livres são infelizes porque há contra elas um princípio de repulsão estabelecido pelas outras. Aqueles que possuem amarras não suportam as que não as possuem mais.

– É um raciocínio estranho. Mas existem homens...

– Sei. Existem homens "que tudo podem", mas que temem essa liberdade.

– Mas...

Pedro sentiu de repente que uma dolorosa angústia o aprisionava. O seu coração era dominado por uma onda de amargura, um sentimento de força esmagada em suas origens, de carne despedaçada e sangue derramado. Para ele, aquela conversa se apresentava subitamente em sua realidade, vazia de significação e de interesse. Não era mais do que um jogo inútil, feito em trevas que não se desmanchariam nunca.

– Ouve, Bernardo, eu sei que o prazo termina hoje. Não posso arranjar dinheiro. Talvez que... O melhor é esperar até às cinco horas.

– Não foi por isso que eu vim – explicou Bernardo, tornando-se pálido.

E como Pedro fizesse um gesto, ao mesmo tempo surpreso e impaciente, concluiu:

– Eu dei um prazo...

– Um prazo? A quem? – exclamou Pedro transtornado.

– A Madalena.

O silêncio caiu bruscamente entre eles. Com o rosto marcado pela angústia, Pedro segurou-o pelo braço:

– Mas quando... quando?

– Daqui a um mês.

Enraivecido, empurrou-o violentamente. Bernardo rodou e apoiou-se a um arbusto, com o olhar súplice.

– Não é isto que eu pergunto, sabe? Quero dizer... quando "ela", em que dia, compreende?

Quase num sussurro, Bernardo replicou:

– Ontem. Ela me disse tudo...

Permaneceram imóveis. Em Pedro, o ódio se confundia com a esperança. Daquele momento em diante a sua guerra com Madalena seria implacável. Mas, também, daquele momento em diante Bernardo deixara de ser a "larva". Alguma coisa se preparava tempestuosamente, ele o sentia com todas as forças do seu ser. Desde que o outro *avançara*, era necessário supor nele uma força que se libertava. Com os olhos em fogo, Pedro continuava a fixar Bernardo. Mas de repente, alguma coisa sucedeu. O seu olhar firmou-se na escada, onde Adélia surgia. Descia ao encontro dos dois homens. Na claridade, seus traços se acentuavam mais – tinha qualquer coisa de audacioso na fisionomia fechada, nos gestos lentos e no modo hostil de voltar a cabeça. Era impressionante como tudo naquela criatura contrastava com o ambiente que a cercava. Conforme a hora, as pessoas parecem adquirir um tom qualquer do ambiente; no rosto e nos gestos de cada um existe um pouco da vida que anima as manhãs e as tardes. Há uma secreta afinidade entre essas faces que se animam ou se entristecem momentaneamente e a luz que invade ou que deserta dos tanques e dos jardins. Como que nos gestos feitos nas aléias de um caminho há uma concordância instintiva com o leve movimento das roseiras, uma aquiescência sutil que transforma o caminhante numa parcela desse grande todo, numa parte mesma da tarde, capaz de sentir até o íntimo, tudo que de grande e de invisível esconde a hora que desliza mansamente. Adélia não possuía essa capacidade de integração; violentamente atirada na manhã cheia de sol, parecia mais velha, mais lenta, com o seu longo vestido negro pesadamente sacudido pelo vento. Fazia naquele instante o reconhecimento do lugar em que ia viver; desambientada, procurava guardar avaramente na retina todos os traços daqueles objetos que pareciam recusá-la na sua intimidade, como se opusessem uma barreira viva à invasão daquele olhar curioso e frio. Adélia caminhava com esforço e parecia sentir a muda refração do ambiente; os seus movimentos eram mais do que nunca intencionais e armados na disposição de cortar qualquer intuito de aproximação.

Ao avistá-la, Bernardo sentiu-se surpreso. Não podia imaginar que houvesse naquela casa outras mulheres além de Madalena e Emanuela. A presença de uma terceira criatura transtornava de um golpe todos os planos que tinha cuidadosamente elaborado. O seu raciocínio era difícil – o golpe violento demais. Sentiu que a emoção era mais forte do que sua resistência e encostou-se desalentadamente a uma árvore, com o olhar cravado no vulto da velha. Não lhe importava o que Pedro poderia supor de seu gesto. A consciência da aliança estabelecida entre eles era muito forte para que Bernardo se sentisse na necessidade de afetar outra atitude. Entretanto, Pedro observava-o atentamente. Não perdera sequer uma contração daquele rosto gordo, que transformava bruscamente as suas rugas flácidas num movimento de inquietação, quase de medo. Aquele olhar que se calava no calor de uma frase começada, aquele sorriso que morria no próprio esboço ainda, entre o leve arquear dos lábios e os sulcos mais fundos cavados nos cantos; toda aquela expressão que se desfazia como ao toque mágico de uma dor chegada de repente para ceder lugar a uma expressão de abandono e dúvida, criando entre o gesto inicial e o aniquilamento de agora um contraste agudo e acabrunhador.

Decerto, Pedro sabia por quê. Não lhe escapava a certeza com que outro ia construindo os seus planos. Segundo por segundo, soubera seguir na mobilidade daquela fisionomia grosseira os traços do raciocínio alimentado pela vaidade e pela paixão. Há uma certa cegueira inata nos pensamentos realizados ao sopro dessas tempestades. As possibilidades aparecem fixadas em contornos precisos, num fulgor de miragem que firma as suas bases na necessidade de enganar os próprios sentidos. É uma visão parcial da realidade – o resto, obstáculo criado pela posição verdadeira dos fatos, permanece escondido, como que estagnado no fundo do charco onde fermenta a própria paixão cega.

Bernardo colocou a mão convulsivamente no braço de Pedro. Este sentiu o apelo que vinha da sua angústia, o "toque" vibrado em direção ao terreno onde as duas naturezas se encadeavam.

– É minha mãe – disse.

Adélia aproximou-se e contemplou Bernardo. Por alguns instantes esteve imóvel, face a face do outro, examinando-o com perversa tranqüilidade. Pouco depois, o seu olhar inquisidor voltava para Pedro.

Feitas as apresentações, no ambiente se estabeleceu constrangimento. Adélia trouxera com sua presença um elemento novo de dissociação. Bernardo sentiu-se bruscamente separado de Pedro, abandonado às suas próprias inquietações, e sabendo ainda mais que nenhum esforço conseguiria restabelecer o clima imposto momento antes.

Foi este, realmente, o primeiro traço que o filho pôde apreender da mãe. Aquele poder de quebrar subitamente o que havia sido levantado pela condição das próprias naturezas; aquela espécie de angústia, acordada pela sensação de uma falta cometida em comum e que todos ignoravam. Sobretudo, o misterioso derramamento de um elemento que atuava sobre as pessoas reunidas, afastando-as gradualmente até um completo isolamento em si mesmas. Em presença de Adélia todas as comunicações eram impossíveis; ela trazia para o calor de um ambiente amigo o frio da sua existência solitária e o abandono da sua alma ignorada e estéril.

A um leve gesto seu prosseguiram a caminhada. Todos percebiam a dificuldade em se estabelecer a conversa. Cada um procurava em si, angustiadamente, a palavra que viesse romper o gelo.

– É uma bela manhã – murmurou Pedro.

Adélia suspirou e envolveu o jardim com o seu olhar sem brilho.

– Sim, é uma bela manhã – concordou. – Mas eu não gosto das manhãs assim. Para mim o tempo é perfeitamente indiferente.

– É impossível se ficar indiferente a uma claridade como essa – tornou Pedro, distraído.

– Talvez é porque eu não seja como os outros...

E Adélia voltou-se para Bernardo:

– Que impressão pode ter sobre um espírito cansado uma hora mais ou menos clara?

Tornou-se sombria, a voz um pouco velada:

– Continuo sofrendo do mesmo modo. Entretanto, ouvi falar de pessoas que se alegram com o sol...

Parecia falar para Bernardo. A presença de Pedro estava esquecida.

Continuaram a andar, a terra rangendo sob os pés macios.

– É verdade – suspirou Bernardo. – Eu não compreendo...

Pedro fitou-o. Era evidente. Os dois se uniam contra ele. A reação das partes mais fracas se apresentava visivelmente nessa tentativa de coesão. Sabia agora como agir entre os dois.

– É melhor que voltemos – propôs.

E como Adélia o fitasse interrogativamente, acrescentou sorrindo:

– O sol está muito forte...

Regressaram à varanda, envolvida num ar de morna sonolência. Pedro pensava em Emanuela. Sempre que isto se dava, desde aquela noite, sentia arder no seu peito a ponta de uma angústia desconhecida. Curiosamente, ele procurava saber a origem desse sentimento que se anunciava. Agora, diante da quietude que dominava tudo, do suave calor que parecia embeber os móveis e a natureza iluminada, percebia, com certa clareza misturada de espanto e de receio, que sofria da ausência de amor, um mal comum e precioso. Seria difícil dizer se amava Emanuela. Aquela atração não comportava ainda um título tão grande. Mas principiava a temer que a paixão se apossasse do seu espírito. Tinha certeza de que, no momento em que isto se desse, avançaria, ao contrário de Bernardo, que recuava.

Sentados, esperavam que o chá fosse servido. Bernardo, pelo seu lado, parecia divagar. Também ele sentia a influência da manhã. O único raciocínio que lhe vinha, misturado à mesma perplexidade da carne que deseja e que não se satisfaz, era a tormentosa consciência de que precisava precipitar tudo, de qualquer modo, ainda mesmo que depois sofresse mais. O que não podia suportar era aquele estado vulgar das coisas, aquela sufocante apatia que lhes dava um ar de seres que se consomem num lento aniquilamento. Por momentos, parecia esquecer-se de tudo. Mas eis que de repente, a um golpe ou a um ruído, a angústia voltava a obsedar-lhe a alma. Ele não tinha sentidos senão para sofrer e desejar inutilmente. Cansado das suas lutas estéreis, recostara a cabeça e, cerrando os olhos, procurava sufocar o tumultuoso transbordamento do coração. Mas existem coisas impossíveis: a porta se abrira de repente e Madalena aparecera, sorrindo para ele e para Adélia.

– Bom dia... Creio que dormi hoje mais do que de costume...

Bernardo pensara que ia desfalecer. Um temor ridículo assaltara-o de repente, sem que ele o conseguisse vencer. Sentia-se vil diante daquela mulher, era capaz de cometer uma baixeza para que ela avaliasse a extensão de seu aviltamento. Era uma imperiosa necessidade de se mostrar como era feito realmente, de desvendar os torpes mistérios da sua consciência, de confessar todos os crimes da sua vida. Assustaria aquele olhar tranqüilo, rememorando a sua luta para amealhar dinheiro, a sua cega obediência à carne agitada e impiedosa.

– Falávamos sobre pesadelos – disse Pedro.

Madalena estendeu-se numa cadeira, abriu os braços indolentemente.

– Quem sofre de pesadelos? – perguntou.

– Justamente eu. Contava a Bernardo que vi um homem se aproximar de mim e ouvi a sua voz.

– Não é um pesadelo – murmurou Adélia – é uma alucinação.

– Alucinação? Talvez. Falava-me que do outro lado da janela estava o mar. E o mais estranho de tudo é que eu sabia ser verdade.

– O mar? – gritou Bernardo. – Que absurdo!

– É absurdo, na verdade. Entretanto, o perigo estava ali, pois se eu chegasse à janela...

– Aconteceria? – indagou Madalena curiosa.

– Vocês já sentiram a proximidade do perigo? É uma sensação absolutamente extraordinária. Há uma espécie de desequilíbrio entre o espírito e o corpo que se entrega ao desespero. Nada mais pode conter o frio e a penosa impressão de ameaça que estrangula a criatura. Era o que eu sentia: um medo incrível, quase animal, daquela janela aberta... bem sabia porque... sobre o escuro e a chuva...

Emanuela entrou com o chá. Pedro parecia ignorar sua presença. A criada serviu a todas as pessoas. Ao lhe entregar a bebida, Pedro fez um movimento brusco e, sem que ela tivesse tempo de evitar, o líquido derramou-se pelo chão. Confusa, quis se desculpar. Mas Adélia interrompeu bruscamente as palavras que ia pronunciar:

– Vá para dentro, menina, você parece agitada.

Madalena fitou a velha, admirada. Era extraordinário que ela se apressasse a dar ordens, logo no primeiro dia da sua chegada. Adélia percebeu o olhar e como resposta voltou o rosto para Pedro. Este moveu a cabeça, em sinal de aprovação. Madalena compreendeu e, ferida pelo despeito, conservou-se em silêncio. Emanuela saíra. Depois de hesitar um momento, Pedro continuou:

– O que mais me irritava naquele homem era o seu ar de resignação. Compreende-se um mendigo – mas um mendigo resignado?...

Adélia interrompeu novamente:

– Eu lhe peço para não falar mais nisto. Creio que ficaria louca se me acontecesse tal...

Bernardo aquiesceu:

– Exato. Eu não suportaria semelhante coisa.

Madalena riu:

– Pois a mim pouco importava. Não tenho medo de visões...

– O pior – atalhou Pedro – é que não era uma "visão".

O olhar de Adélia encontrou-se com o de Bernardo.

– É incrível! – exclamou.

Todos se sentiam apossados por uma doce sonolência. Esquecidos de todas as conveniências entregavam-se ao repouso, olvidavam-se momentaneamente. Só Bernardo, com os olhos semicerrados, contemplava Madalena.

Ansiosamente, os seus olhos fixavam as suas orelhas bem formadas, o seu rosto, as suas mãos. Procuravam guardar na lembrança a imagem que em breve desapareceria da sua vista. Depois, no silêncio, procuraria compor de novo a atitude de abandono que contemplava, aquela singular atitude que a tornava ainda mais distante e mais misteriosa.

Ele bebia a imagem de Madalena, como o caminhante que se dessenta numa fonte. Aquelas narinas tão leves que pareciam aspirar algum perfume que os outros não sentiam, aqueles lábios que não sorriam senão de raro em raro, feitos como uma flor que se abre à procura de um raio de sol, aquela fragilidade toda que pedia proteção contra uma ameaça qualquer – tudo, desde os cabelos macios, enrolados no alto da testa, às mãos que se moviam e que despertavam nele uma piedade tão funda, estava guardado na sua memória como alguma coisa destinada a ser lembrada ao calor do sossego e do sofrimento. Bernardo imaginava aventuras que talvez nunca alcançasse. Via-se ternamente inclinado sobre ela, alisando aqueles cabelos que teimavam em cair pela testa, ou então, segurando as mãos nervosas, caminhando numa rua sossegada. Procurava lembrar-se da sua voz, dizendo as coisas que desejava. Não sabia se teria coragem para tudo ou se permaneceria naquela mesma odiosa timidez. Talvez que perdesse a cabeça e a beijasse nos lábios: seria espantosa a sensação de esmagar a carne fresca daqueles lábios nos seus, sentir que sob a pele tênue corria o sangue da carne amada. Dentro de poucos minutos, partiria. E no caminho, cerrando os olhos, veria de novo os lábios que o chamavam.

Bernardo suspirou e volveu a cabeça.

Logo que se despediu, dirigiu-se mansamente para o quarto de Emanuela. A moça estava sentada na cama e parecia pensar. Bernardo notou ainda uma vez a sua beleza fresca e pueril.

– O que dizia ele? – perguntou ao homem, sem ligar importância à sua presença.

– Ele quem? Pedro?

– Sim. Que janela era aquela e quem era o homem de quem falava? – tornou a perguntar ansiosamente.

Bernardo surpreendeu-se:

– Não entendo. Ouviu toda a conversa?

– Ouvi. Era para mim que ele falava.

– Para si?

Moveu a cabeça suavemente.

– Para mim. Outro dia esteve aqui. Disse que ia ficar doido...

Bernardo procurou ler nos olhos de Emanuela. Mas sua expressão, se bem que dolorosa, conservava-se repousada. Era uma criatura que dizia a verdade.

– Não o ouça – exclamou Bernardo. – Não sabe às vezes o que diz.

– Não é isto. O pior é que começo a ter medo...

– Emanuela!

A esse grito, a moça pareceu pela primeira vez perceber que falava a um estranho. Recuou na cama e fixou nele o olhar assombrado.

– Por que veio me procurar? – indagou com a voz cerrada.

Ele tornou-se humilde, ajoelhou-se no chão. Procurava não encontrar o seu olhar, pois tinha medo de amedrontá-la.

– Escuta, Emanuela, não tenha medo de mim...

Ela recuou mais e sussurrou:

– Também ele disse isso. Mas tenho medo – que é que esperam de mim?

– Um favor, Emanuela, um pequeno favor...

– Não posso.

– Por quê?

– Morreria. Estão sempre escondendo alguma coisa...

Bernardo abaixou a cabeça. Assaltado por uma inspiração, tornou a dizer:

– Ouve, Emanuela, eu posso lhe dar tudo o que você desejar...

– Mas eu não desejo nada.

Bernardo segurou-a de súbito pelas mãos e disse baixinho:

– Eu posso protegê-la contra ele...

Emanuela ficou um instante silenciosa. Depois:

– É impossível – disse. – Ele é mais forte do que todo mundo...

Bernardo enfureceu-se.

– Não e não! – exclamou. – Por que ele havia de ser mais forte do que eu?

– Você tem medo – respondeu Emanuela.

Fixou-a, quase aterrorizado.

– Por favor, Emanuela! É a minha vida que...

– A sua vida? E que é preciso? – perguntou sonolentamente.

Bernardo inclinou-se e murmurou algumas palavras ao ouvido na moça. Ela ergueu-se impetuosamente:

– Não! Eu não posso fazer isso!

– Emanuela...

– Jamais, compreende?

Bernardo ergueu-se pesadamente.

– Então?

– Nunca.

Ergueu os ombros e ganhou a porta, batendo-a com força.

Naquela noite, durante o jantar, Pedro lembrou-se do que Bernardo lhe dissera pela manhã. A visita de Madalena ao cunhado voltara ao seu espírito, bem como a necessidade de reagir sobre o acontecimento. Era odioso que aquela criatura viesse se intrometer assim na sua vida. Não podia suportar que ela se colocasse acima dele próprio, esquecendo as suas faltas magnanimamente. Odiava aquela magnanimidade... Pedro fitava-a. Sentia agora, pesando minuto por minuto, na sua vida, a presença daquela mulher que não amava. Se fechasse os olhos ouviria a sua voz. Se se trancasse dentro do quarto, ela o chamaria.

Verdade, que há muito tempo a odiava... Mas só há poucos dias percebera com nitidez que a vida entre os dois era impossível: era necessária uma terceira pessoa, alguém que servisse de anteparo aos choques que rebentariam entre ambos. Alguém que viesse continuamente se interpondo entre as suas relações, que limitasse as tentativas de Madalena e defendesse os seus próprios recuos. Lembrara-se então de Adélia. Pesara toda sua infância, afastada da mãe e dos parentes. Pesara a figura hostil de Adélia, misturando a tudo a lembrança dos dias afastados, consumidos no abandono e no desprezo. Não encontrava em si nenhum rancor. Silenciosamente, revivera tudo – a casa no tempo de menino, as pessoas que a freqüentavam, a fugaz lembrança do pai. Nada – ele receberia Adélia sem que nenhuma recordação amarga o envenenasse. Mas eis que agora, sentados os três em torno da mesma mesa, com as faces iluminadas pela mesma luz, percebia que ainda não era a velha o bastante, a muralha que o separasse de Madalena. Acima dele, dos recursos utilizados, estava alguma coisa forte, que não compreendia. Inutilmente Pedro tentava discernir a origem dessa força. "É alguma coisa que reside fora de nós" – pensava. Lentamente, analisava todos os gestos de Madalena, as suas menores atitudes, à procura de um indício. O pior, o mais lamentável de tudo, é que ele se sentia irremediavelmente ligado a ela, encadeado pelo seu ódio, incapaz de se libertar da sua angústia. Era algo parecido com o que sentira outrora por Isabel. Apenas dessa vez havia um tom de dúvida e de receio, uma quase imperceptível parcela de temor, que servia entretanto para aumentar a tensão da situação. Inutilmente, Pedro pesava a força dos dados conhecidos – não encontrava nada que lhe desse um esclarecimento maior. Pensava no mistério das relações humanas, naquele "mistério" que o perseguia sempre, como uma chave para situações difíceis. Começava a compreender que um dos princípios dessa idéia era uma espécie de incapacidade de realização em todos os sentimentos que se pretendiam. Assim, nada se realizava integralmente, nem o ódio, nem o amor, nem os outros movimentos de menor intensidade. Só seria admitida a possibilidade de um sucesso completo, caso a natureza obscura desse "mistério" fosse revelada. Podia ser que então o equilíbrio pudesse ser tentado. Mas dentro das manifestações informes desse enigma, entre o temor e a angústia, achava-se estabelecido o próprio centro negativo de repulsão, que não permitia senão um amor incompleto e um ódio sem conhecimento das suas próprias forças. Mas ele, Pedro, podia, se quisesse, romper até o fim o caminho da sua experiência. Ele podia, por exemplo, levar o ódio à completa realização de si mesmo e o amor à completa vitória. "Tudo não depende senão do conhecimento exato das forças que atuam sobre nós" – pensava. Era necessário descer ao âmago da consciência, agitar tudo que a razão estrangulou através do tempo, para medir e conhecer o caminho. Entretanto, uma dúvida assaltava-o: não seria esse "mistério" uma base fixa, que em si mesma repudiaria qualquer tentativa de esclarecimento? Aqueles que tentassem quebrar essas impossibilidades, para se integrarem completamente em outras naturezas, não se despedaçariam diante desse poder imóvel? Não! Não! Não! – repetia consigo mesmo tenazmente. O conhecimento desse princípio alimenta a possibilidade de vencê-lo. Eis então que ele se achava ligado à Madalena por impotência simplesmente, por incapacidade de realizar o seu ódio. A idéia primitiva, de que era alguma coisa "fora" deles achava-se anulada.

Pedro erguia a cabeça e fitava as duas mulheres. Madalena bebia vagarosamente uma xícara de café e Adélia mastigava em silêncio. Pôs-se a seguir os movimentos da mulher. Madalena abaixava o braço, alisava uma flor com os dedos finos. Não era ódio aquilo que se passava no seu coração, ao menor dos seus gestos? Alguma coisa se revolvia nele, derrama-se impetuosamente no seu sangue. Ódio – ódio que necessitava de expansão. Se tivesse coragem, levaria até o fim a sua experiência. Se tivesse coragem, não estaria apalermado naquela mesa, raciocinando inutilmente, até atingir as muralhas que não lhe permitiam avançar mais. Era incrível que semelhante idéia lhe ocorresse. Era incrível que pensasse em recursos dessa ordem. Mas, ao mesmo tempo, a reação se apresentava: não caminhar, permanecer, era aceitar a condição de "larva", era sofrer no limiar da porta a angústia de não poder entrar. E a essa idéia Pedro ergueu levemente a cabeça.

– Emanuela? – perguntou.

Madalena fitou-o; não se podia ler no seu rosto nenhum sinal de emoção.

– Está doente. Torceu um pé.

Adélia parou de mastigar e interveio:

– Se não andasse correndo pelos cantos...

– Correndo?

– Não, não foi correndo – corrigiu Madalena. – Foi ao saltar a janela.

Pedro continuou em silêncio. Depois:

– É preciso que eu vá vê-la. Por que saltava ela a janela?

– Não sei.

– Talvez fugisse de alguém – tornou Adélia acremente.

Uma suspeita atravessou o pensamento de Pedro. Continuou o jantar em silêncio.

Mas logo que Adélia e Madalena se levantaram, foi procurar a criada.

Encontrou o pequeno quarto na mais completa desordem. Emanuela estava deitada – mal se lhe via o corpo afogado sob as cobertas. Tinha um dos pés enrolado e conservava a perna estendida. Logo que Pedro entrou sobressaltou-se e, obedecendo a um movimento instintivo de defesa, procurou se ocultar. As tranças estavam desmanchadas; pela primeira vez, Pedro a via com os cabelos soltos. Perdera um pouco aquele ar sereno e simples, parecia mais mulher, mais bela talvez. Ele a contemplava e sentia crescer no seu peito uma desesperada angústia. Novamente percebia-se incapaz de deter a atração que o impelia para aquela criatura.

Emanuela contemplava-o fixamente, quase aterrorizada.

– O senhor! – exclamou.

Pedro aproximou-se e deixou-se cair junto à cama:

– Escuta, Emanuela, não posso mais suportar isto. É mais forte do que eu pensava...

– Não! Não – respondeu, baixo e impetuosamente.

Pedro segurou-a pelas mãos, enquanto ela procurava fugir.

– À noite, Emanuela, quando você está dormindo, eu venho até a sua janela. Parece que alguma coisa está me chamando... e eu não posso ficar sozinho... Do lado de fora, fico escutando inutilmente horas seguidas.

Emanuela, à medida que ele falava, ia se deixando vencer. Agora, quase repousada, as mãos ainda entre as de Pedro, respondeu:

– Bem sei de tudo isso.

– Emanuela, eu não posso mais!

Sem perceber o que ele dizia, a criada prosseguiu docemente:

– Eu me encostava à janela... e tinha medo... Muitas vezes chorava. Não encontrava sossego senão chorando...

Pedro aproximou-se ainda mais. Sentia no rosto o calor do corpo de Emanuela. Como um sonho, ela se deixava levar. Falava de manso, sem fitá-lo:

– Mas desde quando torci o pé no jardim, compreendi que não podia mais agir desse modo. Desde aquele dia que eu sofro... que eu não sou mais a mesma...

– Escuta, Emanuela, Adélia *sabe*? – indagou Pedro de repente.

A moça demorou a responder.

– Sim, sabe que torci o pé.

– É tudo?

– Tudo.

Então ele esmurrou a cama e disse com os dentes cerrados:

– Não é possível, aquela miserável sabe de mais alguma coisa...

Emanuela olhou-o com expressão de assombro:

– Não torne a dizer isso.

Pedro segurou-a pelos pulsos. No seu rosto se desenhava uma expressão fria, que o tornava extraordinariamente antipático.

Os lábios delgados se arrepiaram num sorriso mau. Sussurrou:

– Por que julga que vim? Amor?

Emanuela sentia a distância que os separava. Voltou-se bruscamente para a janela aberta. Via-se a estrada deserta, onde se espalhava o luar imóvel e ouvia-se o longínquo crepitar dos bambus, abalados pelo vento que começara a soprar.

– Não... e por quê?

Tornou a encarar o homem. Ele se sentara na beira da cama e se encolhera no canto. Agora, a criada distinguia apenas o brilho agudo do seu olhar. Mas, de repente, ouviu a sua voz opressa, dizendo com esforço:

– Escuta... Se eu lhe pedisse...

Sentiu descer na sua alma aquele olhar inexprimível. Ergueu-se de um salto e sentiu nas costas a punhalada fria do vento que entrava pela janela. Mesmo assim, permaneceu de pé, a camisa voando, curvada para trás, os olhos arregalados.

– Pelo amor de Deus! – implorou.

Ele deixou escapar uma risada. Segurou-a pela cintura, enquanto a moça se esforçava para fugir ao seu abraço. Toda a sua carne se rebelava ao contato daquelas mãos incendiadas. Emanuela não ignorava que seria vencida, que rolaria nos braços daquele homem a quem não amava, mas que a dominava inteiramente, corpo e alma, pela sugestão de um sortilégio qualquer. Mas era repugnância que sentia, uma loucura que fazia o sangue turbilhonar na sua cabeça, enquanto dominava os nervos, cerrando os olhos como uma condenada.

– Tola! Por que você foge de mim?

Então se encolheu de súbito e fitou-o bem nos olhos, procurando angustiosamente adivinhar alguma coisa, trazer daquele mundo fechado qualquer faísca que o tornasse mais humano, mais próximo dela e, talvez, um remédio para aquele frio doentio que sentia através do seu corpo. Sacudiu-o pelos ombros, com as lágrimas saltando dos olhos:

– Bem sei que você não me ama... Bem sei... Mas que loucura é a minha, que me faz sofrer por você a quem também "eu não amo"?

E depois, como nenhum movimento fizesse, percebeu que ele reprimia a própria respiração para não perder nenhuma das suas palavras. Teve uma vergonha instantânea de tudo o que dissera. Todo o mal-estar que sentia, toda aquela angústia que ia crescendo na sua alma, rompeu de repente, enquanto ela se precipitava como uma louca sobre o seu peito:

– Deixa-me! Deixa-me! Afaste-se de mim!

Pedro, com um gesto brusco, segurou-a pelo braço. Ela soluçava alto, soluços secos e desesperados, sem lágrimas, apenas com o rosto crispado pelo sofrimento.

– Por que deixá-la?

Curvou a cabeça e confessou, quase tão baixo que ele não percebia:

– Tenho medo de si...

Libertou-se e afundou o rosto no travesseiro, sacudida sempre pelo acesso nervoso. Pedro contemplava-a sem dizer palavra. Um ódio desmedido subia-lhe ao peito, diante daquela pobre criatura fraca, que não possuía forças para lutar sem pranto. Esteve assim, algum tempo, escutando o choro penoso que feria o silêncio. Pouco a pouco, Emanuela foi se calando. Ouvia-se, nitidamente, o rinchar cavernoso do bambual. Abaixou a cabeça, vagarosamente sussurrou qualquer coisa ao ouvido da mulher imóvel. Emanuela continuou com o rosto escondido, parecendo morta. Pedro pôs-se a rir, um riso nervoso, contínuo, quase desesperado. Quando terminou, ela estava diante dele, tão perto que as respirações se confundiam.

– Então? – perguntou apertando-a nos braços.

– Deixa-me – implorou quase sem voz.

– Se eu lhe pedisse?

Emanuela não sentia nada naquele instante. Dir-se-ia que se encontrava hipnotizada, sem vontade própria, com os olhos cerrados, não vendo coisa alguma. Pedro afastou-se um pouco e colocou-a sobre a cama. E, novamente, o silêncio desceu. Pela janela aberta, chegavam os uivos dos cães, os misteriosos sussurros da noite.

III

Ergueu-se de um salto, conservando as mãos sobre o braço recurvo da poltrona. Por um instante não ouviu e não sentiu senão o surdo precipitar dos movimentos do seu coração. Como que todas as suas razões, anteriormente encontradas, despedaçavam-se diante dessa força maior que descobria agora. Imóvel, os olhos fixos no espaço, Madalena reunia, um por um, todos os fios que pareciam ligar a trama. Já não eram mais simples possibilidades, suscetíveis de se anularem ao primeiro sopro de dúvida – era um corpo real que cessava de flutuar entre a bruma e ganhava à luz do raciocínio contornos nítidos e duráveis. Ainda por muito tempo esteve ela nessa posição, sem um gesto que a chamasse à vida. Mas pouco a pouco, cansada, voltou a sentar-se, a cabeça apoiada entre as mãos, numa posição que se dividia entre abandono e meditação; e na penumbra macia, o seu rosto fino parecia se alongar mais, enquanto os olhos ganhavam na sua imobilidade um brilho distante de criatura em êxtase. Para ela, o mundo cessava de existir. Pesadamente, os objetos se entregavam a um mudo aniquilamento. Madalena se desprendia do ambiente, adquiria acima de si mesma uma serenidade perfeita. Mas, de repente, a lembrança voltava. A ausência cessava por encanto e o coração voltava a se fazer sentir irradiando toda uma série de ligações que se construíram ao esforço do pensamento que procurava vencer as trevas.

Havia muitos dias, sentira estabelecidas entre Pedro e Emanuela estranhas relações. Ela, que fora até bem pouco tempo o centro ativo em torno do qual a criada girava, percebera subitamente que algo extraordinário se passava. Uma tarde o olhar de Emanuela se esquivara. E entre os três, desde esse momento, nascera uma penosa luta, até que, lentamente, Emanuela fora cedendo em relação a Pedro. Agora, quando Madalena se aproximava, sentia a hostilidade palpitando à flor do ambiente; e, de encontro aos muros levantados para ela, sangrava a sua impotência em penetrar na essência desses acontecimentos. Solitária, ia medindo, a cada minuto que passava, a extensão da sua derrota. Habituada a sofrer, procurava aceitar ainda, na esperança de alimentar novas fontes de riquezas interiores, que lhe dessem, no esforço de viver, um estímulo, que fosse ao menos o reconhecimento da sua própria grandeza.

Entretanto, a inquietação voltava. Aprendera a conhecer, através da sua própria experiência, esses constantes movimentos do amor, que se alternam entre a esperança de um esquecimento e a silenciosa angústia da impossibilidade, atenuando-se, reaparecendo de tempos a tempos, como a chama que se alastra e se inclina ao jugo do vento. Cada gesto lhe aparecia agora carregado de significação. Através da lembrança em movimento surgia bruscamente a visão de um encontro no jardim – antes, sem nenhuma vida para o seu sofrimento, nesse instante pesado de uma realidade sombria e dolorosa. Via Emanuela imóvel, as mãos abandonadas ao longo do corpo – observara que ela havia crescido nesses últimos tempos, dando uma forma mais nítida ao seu talhe infantil –, esperando no jardim a passagem de alguém. Via depois o vulto de Pedro descendo a escada, a expressão de terror de Emanuela, o súbito recuo de Pedro – tudo tão rápido que passaria despercebido a um outro olhar, jogo quase imperceptível de emoções que se desencadeiam e que se encerram após, no mesmo silêncio de onde surgiram. Mas como poderia Madalena precisar a natureza exata desses fatos? Avançar sobre a possibilidade de que Emanuela aceitasse qualquer proposta de Pedro era um verdadeiro absurdo. Madalena preferia supor um domínio exercido sobre o seu espírito, antes de pensar em qualquer outra coisa. Mesmo assim, dolorosamente, o ciúme se alargava pelo seu peito.

Alguém cantava do lado de fora. E aquela voz despertava-lhe uma emoção tão funda, sentia nascer na sua alma um tal volume de sensações amargas, que encostou o rosto na almofada da poltrona, agitada por intenso rancor. Odiava a música, as cantigas, tudo que pudesse reviver aquele mal-estar, aquelas visões submersas em regiões de insondáveis desesperos. A canção continuava – e como que mãos frias afastavam um a um os véus da memória, soprando sobre as imagens adormecidas, um novo alento à agonia que parecia estagnada.

– Não! Não! – gritava. Não queria que a tocassem. Madalena pesava as palavras que dissera: era melhor, o pé incomodaria menos... Emanuela se obstinava. Preferia se recolher sozinha, arrastando-se pelos jardins, até o seu quarto. Em que poderia influir a estranheza daquele fato sobre as relações entre ela e Pedro? Não podia avaliar – mas havia na história daquele pé torcido qualquer coisa absolutamente extraordinária. Como quem volta ao princípio de tudo, centro e irradiação dos acontecimentos, revia o jantar, até o momento em que Pedro se erguera. Que se teria passado após?

E com esse pensamento, Madalena sentiu uma imperiosa necessidade de saber onde estava Pedro. Ao mesmo tempo, envergonhou-se da sua curiosidade. Mas, à medida que procurava se revoltar, a "necessidade de saber" se apresentava de modo mais e mais imperioso, até que, cedendo ao seu impulso, ergueu-se e caminhou no escuro, em direção ao gabinete de Pedro. A porta estava cerrada; com um leve movimento abaixou-se e olhou. Nesse momento, Pedro se erguia e cumprimentava alguém.

– Boa noite.

No outro canto da sala, ele vira o mendigo resignado.

Qualquer modificação havia se operado na sua fisionomia. Não era mais aquela criatura irritante, com o ar sardônico e cruel. Pelo contrário, uma expressão sombria e dura marcava a sua máscara quase imóvel. Os traços se acentuavam mais fortemente nas faces cavadas, onde flutuava uma sombra hesitante, reavivando extraordinariamente os seus olhos dissimulados. Os seus gestos eram mais lentos, cheios de uma gravidade cômica; parecia não conseguir levar até o fim um movimento começado e se detinha no meio, como quem se arrepende ou perde as forças diante de algo superior às suas possibilidades. Mas o que havia sobretudo de densamente marcado naquele tipo, era uma curiosa atitude de refração, de recuo diante de coisas mínimas, de eterna fuga a algo que deve se cumprir e a que ele procurava desesperadamente se subtrair, no esforço de se petrificar na penumbra e na negação de si mesmo. Talvez viesse daí o ar de resignação que o banhava, emprestando-lhe a semelhança que Pedro já notara da primeira vez. Mas agora, diante do vulto imóvel, a solução daquele enigma lhe parecia mais fácil.

– Boa noite – repetiu o mendigo.

Estava encostado a uma poltrona e aguardava o convite para se sentar. Pedro contemplou-o com um sorriso amargo. Ergueu os ombros simplesmente e não respondeu.

– Não há vento esta noite – tornou o mendigo. – Os campos estão secos e o tempo firme. Boa época para as jornadas...

Pedro sentiu-se de repente tomado por um grande interesse na conversa. Justamente, pensara nisso momentos antes. Inclinou-se um pouco e disse:

– Mas a noite está fria, não tardará a chover. – E procurou com os olhos a vidraça que a noite escurecia.

– Acha? – perguntou o mendigo extraordinariamente satisfeito. – Nesse caso tenho muita pena dos caboclos... Estavam se divertindo na volta da estrada, sabe? Cantavam e dançavam – eu parei um instante para ouvir uma cantiga velha, do tempo da minha infância. É esquisito que um velho tenha tido infância, mas eu a tive e cheia de atribulações...

E o mendigo, excitado, esfregou as mãos. A esse gesto, cheio de uma dolência estranha, Pedro pôs-se a rir.

– Que foi? – indagou o outro.

Envolveu-o num olhar enigmático, carregado de intenções hostis.

– Já sei quem você é – e de súbito ergueu-se, caminhou até ele, aproximou-se tanto que olhos e face do mendigo pareceram se diluir numa repentina e densa penumbra.

– Quem sou eu? – articulou com voz opressa.

E havia nessa pergunta um tom tão acentuadamente amargo e humilde que Pedro estremeceu, sacudido pela angústia. Mas, impiedosamente, proseguiu:

– Há muito que o conheço com esse mesmo ar dissimulado. Você é a aceitação. É o que recebe sem discutir, é o que é. Para sua alma, não existe senão aquilo que respira em função do...

– Como se engana! – gritou o mendigo. – É justamente o contrário, eu sou o protesto vivo, a reação.

Sob o seu furor, escondia-se entretanto uma parcela de astúcia e de mentira. Pedro sorriu:

– Já o conheço bem. Você não é mais do que uma parte. O todo não existe na sua personalidade.

– O que é o todo?

– Somos nós: eu reajo, você aceita. O que significa dizer que não somos senão uma e a mesma pessoa.

Por um momento, o silêncio se prolongou de um modo angustioso. Imóvel, o mendigo parecia meditar sobre as últimas palavras de Pedro. O seu pensamento avançava rapidamente sobre a primeira conversa, realizada algumas noites antes. Rebuscava alguma coisa que não encontrava e se perdia nesse esforço, sem forças para reagir contra a acusação do seu interlocutor.

Afinal, penosamente, indagou:

– Então... a janela?

Os seus olhares se encontraram.

– Justamente – respondeu Pedro. – Era uma simulação.

Novamente se estabeleceu uma pausa repleta de expectativa. O mendigo resignado perdia terreno, absorvido com incrível rapidez pelo raciocínio de Pedro.

– Não, não era uma simulação – disse algum tempo depois. – Além da janela, havia realmente o mistério insondável.

– Você tinha medo. A sua proposta era uma reação à minha idéia.

– E se você considerou assim, por que não se aproximou? – tornou a gritar o mendigo.

– Idiota! – bradou Pedro. – Por isso mesmo! Quando sentiu que a minha idéia ganhava corpo, colocou-se como um apologista do perigo. O fundo era amedrontar-me.

– Eu não conheço a sua idéia.

Ele se achava de pé, o rosto irrisório petrificado numa onda de inquietação. Transtornado por fundas correntes interiores, essa tempestade transparecia nos seus olhos alargados pelo espanto e nos gestos absurdos que fazia.

– Não? – tornou a exclamar Pedro. – Mas você se opõe a seu desenvolvimento com uma força desesperada... Mas terá você compreendido que essa força é a sua própria negação?

– Por que... minha negação?

Por sua vez, Pedro se ergueu. Face a face com o mendigo mediram-se com o olhar.

– Sim. Natureza estática, reação ao movimento, o movimento contra o próprio movimento, é a sua negação.

O mendigo deixou escapar uma risada furiosa.

– Não sou eu aquele que você pensa.

E o seu rosto parecia quase inteiramente mergulhado na sombra – apenas os olhos brilhavam mais, afogados numa angustiosa ira.

– Exatamente o mesmo! – respondeu Pedro. – Quando a minha idéia ganhou corpo, senti que alguma coisa se opunha a ela...

– Era uma idéia perigosa.

– Mas eu não devia fugir – ainda mesmo que esse caminho fosse a minha destruição. Escuta, meu amigo – eu sou um homem livre. Entretanto alguma coisa inabalável se opunha ao pleno desenvolvimento dos meus planos. Essa "alguma coisa" residia no mais profundo do meu ser e eu a procurei até que criou forma e apareceu, está ouvindo?

– Mentira!

A luz tremia dentro da sala. A penumbra que o envolvia se dissipara. Pedro lembrou-se de Bernardo, justamente de Bernardo, quando se irritava e procurava gritar.

– Não é mentira – tornou maciamente. – Você bem sabe que não é mentira. Essa reação se operava sem o meu conhecimento. Era uma força oculta e fixa, que procurava devorar toda ação com a sua desditosa inércia. Bem sabe que a janela foi um dos recursos usados. Pensava que, ante a possibilidade de uma loucura completa, eu recusasse.

– Não era isso, juro como não era isso! – repetiu o mendigo, fazendo um gesto de desespero.

– Mas, – e Pedro sorriu de novo – do momento em que você de novo se recolheu à sua apatia, compreendi por que tinha vindo e o que desejava.

– E se fosse? – exclamou o outro de repente, como iluminado.

– Não teria agora outra coisa a fazer senão recuar.

– Escuta, meu caro: existem caminhos perigosos e esse é um. Conheci um homem...

– Detesto as suas histórias! Não quero ouvi-las, compreende? Que me importa um homem que tenha feito tal ou tal coisa? Absurdo!

O mendigo aproximou-se lentamente e colocou sobre o ombro de Pedro a sua mão suave. Este compreendeu que o momento culminante da visita havia chegado. Uma inquietação surda invadiu-lhe o coração. Previa que algo estava para acontecer – mas todo aquele movimento do visitante guardava ainda qualquer coisa de obscuro, que ele percebia ia ser revelado naquela hora.

– O que é que você quer dizer com isto? – indagou.

Ele riu:

– Nada.

E, sombriamente, marcando no terreno da conversa o seu primeiro dardo:

– Mas é perigoso lançar más sementes em terreno alheio.

Pedro sentiu estender-se sobre ele uma espantosa serenidade. Pálido, avançava sobre as palavras do mendigo, medindo em cada uma o peso da acusação formulada. E, de repente, compreendeu tudo com tal nitidez que recuou na cadeira, vencido.

– Não é minha culpa – disse. – Eu não queria ir lá...

O silêncio tombou. Os dois personagens se entrincheiravam – e o combate que parecia prestes a estalar criava forças com incrível rapidez. Entre eles se estabelecera uma odiosa comunicação.

– Que sabe você do coração devorado pelas paixões? – indagou de súbito o mendigo.

Era Pedro quem recuava. Percebia que o mendigo avançava mais e mais, beirava os limites do seu “mistério”.

– Que sabe você, pergunto eu? – e a voz do visitante era quase autoritária. – Sim, tem razão, natureza estática, eu me oponho a que determinados sentimentos ganhem corpo e se cumpram no seu miserável destino.

– É o seu erro? – replicou Pedro. – A sua posição não é contra o “determinado”, mas contra o “geral”. Eu o conheço bem, criatura vil, eu o arranquei de mim, eu o estrangulei em meu próprio sangue, em combates tremendos.

– Não me interrompa. Falta pouco tempo para que eu me vá e é necessário que eu diga tudo: por que foi *visitá-la*?

– Porque já não podia mais.

– Lembra-me agora: contou toda a nossa primeira conversa.

– E que tem isso?

O mendigo fitou-o com visível desprezo:

– Bem sabe por quê. Aquela noite, ela a passou em claro.

– Não o ignorava.

– Então? Isto não o impedirá de ir uma segunda vez...

– Tentei – disse Pedro debilmente – mas...

Então o mendigo golpeou a mesa de ímpeto e gritou:

– E foi por isso que ela saltou a janela e torceu um pé?

Pedro ergueu-se e caminhou até seu interlocutor:

– Por favor, deixe-me! Não quero mais ouvir as suas tolices... Bem sabe que... oh, Deus! Ela...

Hesitou e calou-se. Imóvel, o mendigo contemplava-o curiosamente.

Mas pouco a pouco o seu olhar tornava-se vago, dir-se-ia que se conservava ali por um prodigioso esforço.

– Bem sei que... os seus intuitos... uma vergonhosa idéia!

Pedro lançou-se de um salto sobre ele. Mas a porta abriu-se de repente e Madalena apareceu.

– Pedro! – exclamou.

Voltou-se, ainda na mesma posição, o braço estendido.

Os olhos alarmados cintilavam.

Madalena fitava-o com espanto crescente.

– Ouvi a sua voz. E agora...

Pedro lembrou-se de tudo. Procurou com os olhos o mendigo. Não estava ali – as cadeiras estavam na posição antiga, como se nada de anormal tivesse ocorrido. Passou a mão pelo rosto – a febre queimava-o.

– Parece que andei delirando – disse.

Madalena aproximou-se e tocou-lhe nas mãos.

– Com quem conversava você?

Abriu os olhos e fitou-a. Mas qualquer coisa boiou à sua lembrança. Recuou, vencido por um terror imenso e deixou-se cair na poltrona. Aquela onda subia do fundo do seu peito, incessantemente, afogando-o num mar de dúvida e de rancor.

– Eu não sei o que se passa – arquejou. – Às vezes penso que enlouqueci completamente. Apesar de tudo, apesar de saber que não foi senão simulação...

– Simulação? – perguntou Madalena admirada.

Ele afundou a cabeça entre as mãos, sem responder. O mesmo rancor ardia na sua alma.

– Febre – disse algum tempo depois. – Você não viu ninguém... aqui, neste lugar?

– Não – exclamou Madalena surdamente.

– Talvez fosse verdade...

Mas, apaixonadamente, Madalena lançou-se, abraçando-o:

– Oh! Pedro! Pedro! Por que essa simulação de loucura?

Pedro procurou resistir algum tempo. Mas, de repente não pôde mais. O seu ódio concentrado estalou como as marés fervem no verão.

– Não sei! Não sei! É mais forte do que eu, mais forte do que a minha vida...

Ardente, humilhada, Madalena sentia-se ligada a ele naquele momento por um vergonhoso impulso de submissão – era como uma parte do seu ser, disposta a receber a sua quota de sofrimento, cega e amorosa.

– Por quê? Por quê? – indagava obstinadamente.

Pedro entretanto distanciava-se dela, perdia-se nos seus pensamentos, desconhecia de súbito as linhas firmes da vida e não respondia senão por palavras vagas:

– Mesmo que eu me despedace... oh! é preciso que chegue ao fim... que chegue ao fim...

Madalena cerrou os olhos. Do fundo do seu ser, acordava um grito tremendo, um grito lançado no meio da treva, miserável e solitário. Sentia-se prestes a rolar aos pés daquele homem, a se entregar inteiramente, como uma criatura perdida na sua própria desgraça. Sentia-se ligada a ele pelos laços de seu mistério impenetrável. Mas acaso tinha esse direito... devia submeter-se assim a um homem que não a amava? Não! Ninguém pode usar dessa submissão a não ser do amor pelo amor. Fora disso, seria o aviltamento completo da sua personalidade, o lento esboroar da sua grandeza minada pelos sentidos encarcerados. Madalena moveu-se, caminhou até à porta. Silenciosamente Pedro voltara a descansar na poltrona, parecia dormir. Sem uma palavra, abandonou o aposento.

Os primeiros girassóis estalavam. As corolas, ainda pequenas, flutuavam no escuro, as pétalas recurvadas como longos dedos mortos. Imóvel na escada, Madalena contemplava o jardim, sentindo chegar-lhe uma vaga angústia diante das flores triunfantes, pesadas de seiva, enchendo de uma vida estranha as aléias quase abandonadas. O que sentia realmente, era a lembrança de outra época, quando os girassóis apareciam do mesmo modo, mas em que ela era bem mais feliz do que agora. Quando se sofre, cada sinal exterior não é senão um apelo às fontes interiores que sangram; essa intimidade é um conhecimento de carne ferida, de profundas concordâncias em trágicas experiências.

Ela se sentia sem forças para lutar – o seu amor, a sua vida apareciam de repente sem nenhum interesse, como se fossem coisas colocadas fora do seu ser, e ela, uma figura sem contornos, se movendo no fundo de um espelho. Recusava-se a sofrer mais. Parada no alto da escada, tendo diante de si o jardim aberto, sentia uma amplidão a que não estava habituada – e aspirava com força, desejando talvez que aquele ar saturado de essências penetrasse na sua alma, encerrada na umidade dos dias sombrios e amargos.

Nesse instante ouviu a voz de Adélia. A velha procurava-a. Suspirou resignadamente e voltou para a sala. – Adélia estava imóvel no canto da porta e guardava nos olhos uma certa expressão de assombro.

– Que foi? – indagou Madalena.

Lançou-lhe um olhar tranqüilo.

– Emanuela vai-se embora. Pediu que você fosse vê-la.

E deixou escapar uma risada amarga, uma pequena risada que parecia conter tudo o que ela não ousara dizer.

Madalena ficou pensativa – como que, de repente, os fatos apareciam em toda a sua clareza, sem nenhum véu que lhes escondesse o fundo escuro. Mas a miragem desapareceu rapidamente e a partida da criada surgiu aos seus olhos tão estranha, que Madalena não hesitou mais.

– Vou até lá – disse.

E, ganhando rapidamente o jardim, dirigiu-se ao quarto de Emanuela.

Ainda estava deitada e chorava. Diante dela, todas as suspeitas de Madalena se desvaneceram. Não sabia que ar de miséria e de intranqüilidade pairava sobre a moça. Mas diante do seu rosto transtornado, sentia erguer-se de profundas regiões, quase um grito de alarma, instintivo e puro; não podia haver engano naquela voz insondável que estalara de repente na sua consciência.

Inclinou-se sobre Emanuela e segurou-lhe as mãos trêmulas.

– Então? Que tolice é essa? – perguntou com voz comovida.

– Recebi um aviso – meu pai está muito mal – disse.

– Seu pai?

Seus olhos tornaram-se subitamente impenetráveis.

– Sim, meu pai – e na sua voz havia qualquer coisa de acre e violento. – É preciso que eu vá embora.

Estiveram um momento silenciosas. Mas de repente Emanuela atirou-se a Madalena, enquanto os soluços lhe chegavam mais fortes.

– Oh! eu não posso mais! – exclamou. – Tenho medo, não sei o que hei de fazer...

Madalena compreendeu que era aquela a verdade. Todo o seu ser fremia diante daquele sofrimento, que ela sentia de um modo tão vivo em todas as pessoas que a cercavam. Ela própria não podia escapar àquela estranha sugestão. Por vezes, da sua alma sobressaltada chegava um violento estremecimento, como o giro pesado das vagas na superfície da água.

– Você tem medo dele? – perguntou com a voz estrangulada.

Emanuela semicerrou os olhos, os lábios num ricto de angústia:

– Tenho. É por isso que eu não posso ficar.

Flamejou em Madalena um súbito rancor pela ação destrutiva de Pedro.

– Mas escuta, como podia ser isso?

– Não sei. Muitas vezes eu o encontrava aqui.

Ainda uma vez lembrou-se de Maria. Também desceria Pedro ao seu quarto?

– Não tenha medo, – murmurou – eu a levarei amanhã para a sua casa.

Emanuela fitou-a quase com terror.

– Não! Não! – exclamou. – Eu quero sair hoje... ainda hoje, sabe?

– Hoje? Por quê?

– Aquele homem.

Então, subitamente, Madalena sentiu que o terreno lhe fugia. Dentro daquela história havia uma sombra que não se desmancharia assim.

– Aquele? Pois "outro"?

– Sim, Bernardo.

E Emanuela ocultou novamente a cabeça entre os braços de Madalena, soluçando. Mas lentamente a tranqüilidade retornou ao seu espírito.

– Disse que viria hoje aqui. Não sei o que ele quer de mim – uma noite dessas pediu que eu lhe dissesse...

– A mim?

– Sim, a si, uma porção de coisas. Meu Deus, por que não me deixam em paz?

E sua fisionomia exprimia um cansaço tão grande que Madalena sentiu o seu coração cerrar-se de piedade.

– O melhor é você ir mesmo – disse.

E depois de um minuto de silêncio:

– Ficarei para lutar sozinha. Se precisar de alguma coisa...

– Não! Não preciso de nada! – exclamou Emanuela. – Era só o que eu queria...

E abraçando-se mais a Madalena, continuou a chorar docemente.

IV

Um grito de pássaro rompeu no ar calmo de repente. Na tarde vazia, Emanuela se deteve e escutou, sentindo que lhe subia ao peito um inesperado sofrimento. Um ruflar de asas passou quase junto ao seu rosto – dentro das ondas levemente avermelhadas que vinham com as primeiras sombras da noite, o pássaro desceu serenamente ao vale imóvel, plainou um instante sobre as árvores quietas e desapareceu.

Diante das montanhas, cuja verdura parecia formar uma crosta suave e fria, um sentimento de penoso esfacelamento lhe avassalava a alma. Sentia o coração bater mais forte, uma emoção aguda marejar-lhe os olhos de lágrimas. Então não era aquele o seu campo, onde tantas vezes correra doidamente, abraçada a Joãozinho, não era aquela a sua casa, com as janelas tão velhas que parecia estalarem ao sopro da primeira ventania noturna, não era aquele o seu mundo, o seu sonho constante? Como outrora, quando fugia de toda gente para molhar no rio os pés feridos das corridas, não era a mesma voz das águas e das árvores sopradas pela brisa, aquela que ouvia?

Imóvel, percebia que na sua alma súbitas sensações nasciam ao sopro de uma emoção mal delineada e se desfaziam por encanto, cedendo lugar a novos impulsos de que em vão ela se esforçava por apreender o significado. Apenas, diante de tudo aquilo, uma angústia forte torturava-a, como uma dor palpitando no fundo das suas entranhas. E era daquele lugar que nascia semelhante impressão – daqueles caminhos que a tinham visto criança ainda, daqueles campos onde podia ser feliz e que só contemplavam agora a sua amargura, a sua vontade de ficar naquele canto, como um pobre animal sem forças para viver. Era justamente aquela impossibilidade que tornava o seu regresso tão doloroso, sentindo, com o espírito ainda vivo das tormentas passadas, que a felicidade se realizava no abandono daquela natureza, distante dela e do seu desejo – e que agora a sua infância já não existia. Os movimentos que percebia em torno, a vida palpitante, o impulso vitorioso de todas as coisas que se elevavam na doçura da tarde, não eram para o seu espírito mais do que ligeiro estremecer no desencanto e no silêncio da noite que avançava. Era uma outra Emanuela que chegava, sem coragem para correr como outrora, incapaz de amar a vida simples que se oferecia. Era outra – e como sofria pelas modificações! – que se imobilizava de repente na volta da estrada, o olhar aflito vagando na vegetação exuberante, sem nenhum gesto amigo para a velha paisagem da sua meninice. Era bem outra, aquela que chegava tão cansada, os olhos ardentes de pranto, diante de toda uma vida morta para sempre, e que apagava com a sua sombra quase morna os traços que ainda a pudessem fazer sorrir ao esforço de novas esperanças. Onde estava Joãozinho, o pai, os outros? Raquel! Havia somente aquele silêncio pesado – e aquele sol moribundo, quase intruso, com o seu calor tão vivo, quei-

Emanuela, chamando-a com um grito seco, do milharal ou do 'undo do casebre, para trazer fogo para o cachimbo ou água quente para lavar as mãos... Cerrou os olhos e pareceu ouvir a voz quase rouca, chamando de repente no silêncio.

Gelada, a noite insinuava-se pela casa. Sem uma palavra Raquel desprendeu-se e fechou a porta; segurando a candeia fez um sinal a Emanuela, indicando o quarto fechado. Nesse instante a porta se abriu e apareceu alguém – Emanuela reconheceu com espanto a velha Emília, a inimiga que irritava tanto ao pai. A sua presença foi para ela uma revelação – compreendeu tudo como se estivesse de há muito presenciando o drama – ele, que a aceitava era que... era que... e não bastavam os olhos molhados da velha, o seu ar de criatura constrangida, o seu silêncio? Oh! o pai devia estar morrendo... Imóveis, as três criaturas permaneceram algum tempo na sala estreita, sem nada para dizerem. E Emanuela sentiu repentinamente uma absurda vontade de rir, de segurar o rosto afilado da irmãzinha, sacudi-lo entre as mãos, chorar perdidamente sobre aquela miséria.

Onde estavam os outros? Raquel indicou o quarto. Emanuela estacou – pois não era o pai, não era aquele o seu quarto? Emília lhe fazia um gesto, indicando o cômodo retirado, o velho aposento onde se acabara a tísica. Ela relutou um instante em aceitar a verdade – depois compreendeu que ele tinha querido morrer no mesmo lugar que a mulher, na mesma sombra gelada. Alguém chorava lá dentro – reconheceu o choro de Joãozinho – e sem hesitar mais caminhou até a porta e abriu-a. Viu os dois vultos aconchegados no escuro. De vez em quando, um ou outro soluço. Januário! João! Deixaram escapar um pequeno grito e se precipitaram. Confundidos no mesmo pranto, falavam agora quase aos gritos, puxavam Emanuela pela saia. Emília entrou para pedir silêncio. O pai estava muito mal. Então Emanuela desprendeu-se das crianças e caminhou para o quarto onde o velho jazia. A porta estava aberta. Já tinha ouvido a voz da filha e esperava-a.

mando o milharal aberto e as montanhas já amolentadas pelo sono. Não existia mais aquele ar puro e cheio de um sentido de felicidade tão grande – pelo contrário, o silêncio era angustioso e profético, um silêncio de morte que tornava tudo distante e espectral, o canto espaçado dos galos e um outro soturno mugido dos bois. Qualquer coisa dentro dela se recusava a penetrar naquela área marcada pelo desalento; sentia borbulhar no seu sangue uma revolta surda contra o aniquilamento que a esperava, aprisionando os seus movimentos e envenenando a sua vontade. Talvez fosse aquela espécie de medo vago – quase recuo diante do futuro que se apresentava – um impossível encadeamento a esses dias que tinham se esgotado e que ela percebia se desprendendo para sempre da sua vida.

Pôs-se entretanto a descer vagarosamente, quase sem vontade, arrastando os passos pelo caminho, os olhos alargados pelo sofrimento correndo sem cessar pelas ramagens pesadamente balançadas. Lentos e obscuros pensamentos se moviam sem cessar no fundo da sua memória, tentavam em vão se despojar do aniquilamento e da sombra, procurando sacudir as asas da imobilidade; mas um a um voltavam ao abismo, vencidos e sangrentos, como pequenos heróis que não conseguissem à luz do sol mais que uma existência efêmera e humilde, a par de um desejo, como as asas, maior do que o corpo avassalado pelo sono. Mas, repentinamente, ao deparar um velho tronco caído, sentiu que toda aquela ansiedade adquiriria uma forma – e reviu com extraordinária nitidez a imagem luminosa do pai, quando, nos dias ainda da sua infância, passeava naquele ermo sua existência solitária. Emanuela agarrou-se desesperadamente àquela lembrança. Era uma forma de sofrer menos, objetivar assim uma dor cujos princípios ela própria temia – sonhar com essa infância que se fora e que amargava agora, na ressurreição da sua presença tão pura, ao mesmo ritmo da vida de todas as coisas em torno, dos brotos das mangueiras floridas e dos balidos das ovelhas recém-nascidas. Reencontrava a sua figura parada no limiar da porta, as mãos sobre os olhos por causa do sol forte. Quase nunca falava. Vivia com o cachimbo entre os dentes e parecia contemplar todas as coisas de um modo distante, cedendo a cada fato uma dose maior de razão. Ao amanhecer, quando as crianças dormiam ainda, passeava entre os sulcos da plantação, detendo-se longamente diante de um pequeno pé de milho, os olhos parados, uma das mãos atrás das costas. E tudo correria bem se não viessem com velhas histórias do seu tempo de moço, o seu noivado, a vinda para aquele campo, a tormenta dos primeiros dias, pesando como uma nuvem de tempestade sobre a felicidade cuidadosamente preparada. Lembrava-se de uma vez em que ele recebera a visita de Emília, uma velha que fora do seu tempo e que se acabava agora de casa em casa, como um trapo a que ninguém mais quer. No meio da conversa, acusara-o de ter sido mau para a mulher, uma pobre tísica que suportara bem pouco a rude quietação daquela vida solitária. O furor do velho fora tremendo – tocara Emília de casa – que não voltasse nunca, que se perdesse nos seus dias escurecidos pela intriga... Emanuela procurava reavivar as lembranças que tinha a respeito da sua mãe – uma conversa ouvida não sabia onde, vaga alusão ao seu sofrimento, um irmão que viera vê-la depois de muito tempo e que chorara sobre os seus joelhos, partindo sem coragem para voltar na sua agonia... Nada de preciso, nada que pudesse definitivamente servir de apoio à sua imaginação – somente um vago terror, uma esquisita angústia diante do quarto em que se acabara, engolfado na treva e no abandono, esquecido como um lugar onde ocorrera uma tragédia... Uma vez, encontrara por acaso uma velha blusa, guardada havia muito pela morta. Era de seda azul e trazia bordados nos cantos – luxo que restara do seu casamento – e que por ironia amarelecia nos seus guardados desafiando o tempo e a morte. Silenciosamente, Emanuela segurara a seda entre as mãos, pensando longamente no corpo fino

que se abrigara nela, o coração agitado por um doloroso tumu
to, até que, cedendo a um misterioso impulso, abraçara o trap
chorando perdidamente horas a fio. Era verdade que ela e
marido nunca se tinham dado bem – diziam que por diferen
de classe, ela mais fina, quase da melhor sociedade do lugar;
um pobre campônio ignorante...

Daí a inimizade do pai com a velha Emília. Depois da ce
sempre que a encontrava, ameaçava-a das piores coisas po
veis, chegando em casa irritado, sombrio, caminhando m
apressadamente pelos sulcos da terra vermelha, mastigando s
descanso o cachimbo escurecido pelo uso. Tudo se perdia n
angustioso desinteresse – sensações vagas de vigílias arrast
em noites frias de inverno, a face extraordinariamente trans
mada do pai, o abandono da plantação. Chamada imperiosan
te à consciência de si mesma, lutara no princípio entre o m
de ficar sozinha e a sensação de se tornar alguém cuja utili
fosse reconhecida; e desde então sentira nascer na sua alm
imenso repositório de ternura pelas três crianças sem mã
quecendo-se de si mesma, não tendo para sua própria razã
não aquela funda piedade que a levava tão longe...

Mas eis que chegava diante da porta. O mesmo silê
como se todos tivessem partido para alguma viagem, aban
do a casa, desertado para alguma obscura região onde a vid
mais fácil. Longos instantes esteve parada, sem coragen
chamar. Afinal, com o coração aos saltos ergueu a mão e
Esperou. Alguém se moveu lá dentro – ouviu uma tosse
estrangulada, a porta girou mansamente e Raquel apare
limiar, segurando uma candeia. Emanuela deixou-se cai
a pequena e esteve assim algum tempo, sufocada, o ro
febre, esquecida de tudo. Ela se entregava àquele abraç
quem se atira no esquecimento de um desmaio. Mas o
mento voltava à sua cabeça cansada: Raquel tinha cresci
havia dúvida... Decerto o pai agora recorria a ela, como

Emanuela penetrou naquele ambiente saturado de cheiro de remédios, com um leve aperto no coração. Custou a reconhecer no fundo da cama o vulto magro, as faces fundas, queimadas pela febre. Ao lado, Emília segurava um copo com tisanas.

A noite avançara. O velho agonizava. A janela do quarto estava aberta. Viam-se as estrelas espaçadas palpitando no céu escuro. Por vezes uma rajada de vento passava sacudindo as árvores. E dos brejos soava a cantilena monótona dos grilos.

As mãos estavam abandonadas ao longo do corpo. De minuto a minuto, ritmadamente, um hausto profundo, partido das suas entranhas despedaçadas, obrigava-o a erguer-se num desesperado esforço. O gemido se perdia de repente no silêncio. A calma reaparecia, os grilos retiniam mais forte.

Emanuela lembrava ainda a sua vida. Compreendia agora que aquele homem devia ter as suas emoções subjugadas, os seus momentos de fraqueza e de amargura, as suas silenciosas alegrias. Era uma alma avara e tímida, constrangida pela exuberância dos outros. Vivera sempre assim – mesmo o seu amor talvez tivesse sido um sonho passageiro, um engano que não resistira ao embate dos primeiros tempos. A amargura engolfara-o na solidão. Viver para calar a sua dor, para aceitar o seu destino, cerrando os olhos a todos os desafios da felicidade. Imóveis, Raquel e Januário seguravam duas velas na cabeceira. De vez em quando, a um abandono das mãos, a luz feria de cheio o rosto moribundo.

Para si mesma ela perguntava: quanto tempo duraria aquilo? Uma única vez o moribundo se voltou – e pareceu reconhecê-la – dias longínquos, serenidade morta há muito, horas que se foram, onde estás agora? – pareciam dizer aquelas pupilas semi-afogadas na sombra. Emanuela esforçava-se para rezar – mas imediatamente sentia-se invadida por um imenso vazio, perdia-se em sensações absurdas, fugia da realidade que a cercava. "Não me abandone, ainda existe vida em mim" – continuavam a dizer os olhos do agonizante. E ela sentiu que ele desejava dizer alguma coisa. O rosto estava contraído e os lábios em vagarosos movimentos, pareciam soprar palavras – palavras cortadas, vazias, inúteis... Abaixou-se lentamente, concentrando toda a sua atenção na boca do moribundo.

– Escuta... este... este... este...

Esforçava-se para dizer alguma coisa que não vinha. O olhar estava fixo na sua blusa. Um botão cintilava.

– Isto?

Mostrou-o. O rosto do velho exprimiu de súbito um contentamento infantil. Emanuela abaixou-se de novo.

– Bonito – soprou o homem.

Sentiu a angústia descer-lhe de um só golpe até o fundo da carne – contemplou o rosto envolvido numa claridade quase sinistra. As lágrimas boiavam nos seus olhos. Passou-se então um fato estranho: o velho inesperadamente pousou a mão nas mãos de Emanuela, enquanto parecia afluir aos seus olhos toda a vitalidade que ainda lhe restava. Não era ainda a morte – por sua vez ela sabia que não era ainda a morte –, mas o velho o sabia e um desespero surdo se estrangulava na sua garganta. Só os que vão partir, os que sentem se aproximar esse adeus mudo e angustiado às coisas que ficam – só eles sabem o que significa essa ternura repentina e mórbida, esse doloroso interesse pelas menores coisas que se passam em torno. Os outros não vêem nada, não sabem que aquele olhar quase súplice significa o desejo de participar ainda da circulação das alegrias terrenas, do calor comum e dos prazeres sutis que formam essa cadeia onde já não se liga mais o elo da vida que vai se romper para sempre... Eles não sabem e nem poderão saber o amargurado mistério dessas naturezas que se tornam bruscamente de uma humildade extrema e sofrem em cada pequeno gesto irrefletido, a amarga decepção de se reconhecerem irremediavelmente condenadas.

Fitava o rosto do pai – o suor iluminava-o, adquiria qualquer coisa de sobrenatural. A face branca parecia boiar numa atmosfera diferente, com os olhos agora cerrados, os lábios apertados numa espécie de sorriso inacabado, sacudida regularmente pela ânsia. Mas de repente parecia acalmar-se e o rosto voltava a tombar na penumbra; agora só se percebia o ronco que lhe dilacerava o peito. E ainda outras vezes, tudo silenciava, o homem parecia dormir, só as velas ardiam, até que de novo uma ânsia mais forte o fazia soerguer-se, a cabeça sem forças, as faces maceradas pelo sofrimento. Ao lado esquerdo, Raquel parecia dormir; a vela se inclinava entre os seus dedos e a cera quente pingava gota a gota no chão.

Uma estranha dormência foi se apoderando de Emanuela. Aquele cheiro de remédio entontecia-a. Cerrou os olhos e deixou os braços caírem inertes.

Quanto tempo se passara? Era impossível saber. Mas ao acordar, o pai estava morto, o rosto definitivamente engolfado na sombra gelada. Emanuela não sentiu nenhuma emoção. Imóvel, pensava. Para ela, aquela morte não tinha nenhuma significação.

A noite imóvel dormia sobre todas as coisas. Levantou-se e encostou-se à janela; a natureza desaparecia num abismo de treva. Mas vindo de longe, poderoso e infinito, ela sentiu de repente o trágico apelo da vida.

V

Enrolou-se num roupão e, no escuro, escutou durante algum tempo, sem que conseguisse distinguir ruído algum. “Entretanto, parece-me...” murmurou consigo mesmo. Mas não: devia ter sido engano. A casa estava entregue ao mais profundo sono – nem mesmo do lado de fora, onde à tarde desabara uma furiosa ventania, estremecia qualquer coisa. Um silêncio mortal, onde tudo se precipitava como na boca de um monstro. Um pensamento riscou inesperadamente a sua expectativa: Emanuela... Seria? A emoção fê-lo estremecer – mordeu os lábios até fazer sangue. Agora, era impossível vencer aquele suplício; como que a idéia se irradiava por todo o seu corpo e ele sofria, atormentado pela esperança. E na treva, tateando com a mão insegura os móveis gelados, adiantou-se até a janela, suspendeu o vidro, olhou para fora. Pedro deixou escapar um grito abafado: um vulto desaparecia rapidamente na sombra. Nem uma estrela no céu, distante, a tempestade parecia crescer. Distinguiu de súbito o surdo rolar de um trovão. Lentamente, esforçando-se para não fazer nenhum rumor, desceu a vidraça e encaminhou-se para a porta. Sentia não ter uma arma – era arriscado descer ao jardim àquela hora, desprevenido e sabendo que alguém procurava se proteger na treva. Sempre tateando, ganhou o corredor. Mas uma idéia repentina fê-lo estacar. Na pesada quietude seu coração parecia bater tumultuosamente. Retrocedeu, amparando-se às paredes, e penetrou de novo dentro do quarto, suspirando quase aliviado, ao sentir o odor daquela zona conhecida. Sabia onde estava a lamparina; acendeu-a com algum trabalho, protegendo a luz com as mãos. Qualquer coisa entretanto perturbava-o. Curvado sobre a chama vacilante, tentava ainda distinguir qualquer coisa, o ritmo de uma respiração ou qualquer estalo no assoalho. Bruscamente adiantou-se como um felino, a lamparina entre as mãos, até o leito onde Madalena dormia. Um palor esverdeado, de chama que se extingue, brilhava nas suas pupilas. A mulher dormia profundamente, os cabelos palpitando no travesseiro branco. Uma onda de ódio subiu-lhe ao peito e flamejou impiedosamente na sua consciência... Ele não podia se livrar daquilo, era qualquer coisa mais forte do que a sua vontade, tão forte que chegava a ter medo de ser subjugado pelas forças perversas que o aprisionavam. Em certas noites, como aquela, sentia descer às suas entranhas um tão grande desejo do mal, que se erguia precipitadamente, procurando confundir no frio da noite a estranha inquietação que o envenenava. Lembrava-se do que acontecera há alguns dias – um homem, numa casa distante, estrangulara a mulher e enforcara o cadáver para simular que fora suicídio. A morta ficara sozinha no casarão; ele esquecera uma porta aberta e o vento da noite vinha balançar o corpo suspenso. Aquilo penetrava nas mais fundas camadas do seu ser e ele sentia, como um calor se derramando, o desejo tremendo de se libertar de alguma coisa que o subjugava. Na claridade hesitante, sentia as suas mãos se alongarem como duas aranhas ávidas. As têmporas latejavam; na sua cabeça gritos confusos despertavam de jornadas distantes, e ouvia como num sonho a corda da enforcada ranger na trave de ferro. O seu olhar descia novamente ao corpo adormecido, subia aos olhos largos, ao nariz afilado, parecia sugar a forma suave do rosto... E junto à pele clara, as suas mãos mais claras ainda, desconhecidas e inquietas. Não sabia por que alimentava aquele horror pelas suas mãos... Tinha a impressão de que viviam uma vida autônoma, que não ignoravam o seu destino, cúmplices e criminosas. Estavam junto à garganta de Madalena e pareciam gritar num rancor maior do que aquele que lhe transbordava no coração. Lentamente, tudo se esvaía. A percepção da realidade voltava penosamente e a angústia parecia se cristalizar inteiramente no seu coração. "Um de nós é demais" – pensou consigo mesmo. "Eu não sei que poder me acorrenta a esta mulher." E de repente, num jato, ardia no fundo do seu pensamento uma velha idéia que o perseguia através das noites tenebrosas. "Mas é impossível" – tornou a pensar. Apagou a luz e cautelosamente ganhou o corredor. Farejava todos os móveis, todos os lugares, sentindo o perigo respirar em cada canto. Na sala esbarrou num móvel – com o coração cerrado, esperou o efeito do ruído. Mas o silêncio dominava ainda. Então, num gesto decidido, quase furioso, abriu a pequena gaveta, mergulhou dentro as mãos febris e retirou uma a uma as jóias de Madalena, fazendo-as desaparecer no bolso do roupão. Escutou ainda – e percebeu mais surdo, demorado e longínquo o rolar ameaçador do trovão. Arrastou-se até à porta e abriu-a – uma rajada golpeou-o bruscamente. O seu olhar varou ansioso a escuridão. E de súbito, ouviu um tropel, distinguiu alguém que corria novamente, um vulto que se internava na sombra. Desta vez reconhecera o inimigo: não tinha nenhuma dúvida de que era Bernardo. Então, sorriu estranhamente, comprimindo entre os dedos as jóias geladas.

– Ouviu?

Adélia recostou-se indolentemente, sem responder à pergunta que Pedro lhe fizera. A manhã surgia sem sol – um calor pesado continuava anunciando a chuva. Moscas aflitas voejavam. Pedro compreendeu por que a velha se calava. O seu olhar brilhou de ódio.

– Sabia que alguém me espiava – disse. – Eu o senti nas minhas costas, quando descia a escada.

Então Adélia curvou-se, enquanto a sua fisionomia se transformava, adquirindo uma expressão súbita de angústia:

– Eu estava dormindo, quando ouvi de repente a sua voz. Parecia que estava me chamando. Enrolei-me e abri a porta devagar, sem ânimo para avançar no escuro. Esperei algum tempo até que ouvi os seus passos descendo a escada...

Pedro estremeceu: lembrava-se do instante em que se curvara sobre Madalena, quando lhe chegara a lembrança do caso da enforcada. O seu olhar desceu como uma punhalada ao coração da Adélia. Percebia agora, quase nitidamente, alguma coisa que os ligava – esse chamado súbito no desenrolar da noite, essa compreensão muda de criatura que segue docilmente os seus passos... Tornou a fitá-la – vencida, Adélia abaixou os olhos. Um silêncio penoso caiu entre mãe e filho.

– Sabia o que eu tinha ido fazer? – perguntou ainda, com a voz mudada, quase carinhosa.

Adélia sentiu naquele tom um encorajamento. Mas o medo engolfou-a num abismo de hesitação.

– Sabia – murmurou lentamente. – Ouvi a gaveta se abrir... eu tinha me abaixado e procurava olhar no escuro...

Novamente, o silêncio caiu, invencível. O calor aumentava. Pedro fechou os olhos, esperando que Adélia tomasse a palavra. Lembrava-se da visita de Bernardo; que viera aquele homem fazer na sua casa?

– Não estávamos sós – murmurou Adélia.

– Então? – e compreendeu que ela sabia "mais", que ela sabia "tanto" como ele próprio.

– Bernardo – murmurou com voz cerrada.

– Escuta – disse Pedro bruscamente – eu tenho umas jóias...

Estacou e fitou a velha, mas um pálido sorriso crispou-lhe o rosto.

– ... para entregar a esse homem – avançou Pedro.

– Também sei disso – sussurrou Adélia.

Desta vez Pedro sorriu.

– Queria que você...

Mas Adélia ergueu-se de repente e exclamou com veemência:

– Eu irei lá, levarei as jóias, quer?

Pedro fitou-a assombrado. O tanto que aquela mulher conseguia penetrar no seu pensamento era deveras extraordinário. Retirou as jóias do bolso e entregou-as à velha.

– Era justamente o que eu ia lhe pedir.

Um brilho estranho chispou nas suas pupilas:

– Mas eu não posso ir sozinha...

Custou a responder, procurando acertar exatamente o significado das suas palavras. Por um instante os seus olhares se encontraram. Mas o de Adélia estava gelado, impenetrável. De repente, Pedro compreendeu em sua extensão o significado do que ela dissera.

– Não, você não irá sozinha: Madalena a acompanhará.

Adélia fez um movimento de cabeça – mas não passou despercebido a Pedro o rápido clarão que flamejou nas suas pupilas. Aproximou-se e tocou-a levemente com a mão. Adélia inclinou-se, enquanto o seu rosto adquiria uma intensa expressão de dor.

– É preciso que ela seja sua amiga... – articulou Pedro com voz rouca.

De novo fez um movimento de submissão. Subitamente, ele apertou o seu braço, até que ela deixou escapar um grito.

– ... inteiramente sua amiga, compreende?

O olhar da velha tinha se marejado de lágrimas.

– Compreendo, – gemeu apagadamente – mas tenho medo...

– Medo? É preciso não ter medo junto de mim...

Ela deixou a cabeça pender definitivamente. Então Pedro abandonou-a e disse:

– Siga-me... Tenho alguma coisa para lhe mostrar.

Ganharam a sala ainda envolvida na penumbra. Adélia sentia um frio agudo percorrer-lhe o corpo. Os seus olhos não abandonavam o filho. Qualquer coisa adormecia a sua vontade – a sua sensação era a de uma criatura hipnotizada. Percebia confusamente que tremendos acontecimentos se precipitavam.

Madalena vivia uma nova vida. Como que em parte os seus sofrimentos tinham perdido a estrutura real, para restarem apenas como acontecimentos destituídos de significação, reclamando uma dose de importância que não suportavam. Era interessante, como as próprias palavras agora tinham perdido para ela o seu sentido mais fundo. Todas as fontes das suas emoções estavam esgotadas – e, com elas, as palavras caíam numa surda imobilidade de seres gastos. Outrora conseguia fremir ao apelo de cada uma, descobrindo uma secreta existência em cada sílaba, onde ressoavam, misteriosas e proféticas, as significações mais variadas. Por vezes elas estalavam num brilho súbito e adquiriam uma riqueza nova, um vigor de vida que se agita ainda nas suas células, sangue destinado a correr nas veias entumecidas de emoções criadoras. Restavam, agora, como sombras do que haviam sido, palavras que pesavam de repente, sem nenhum eco interior.

Pensava nisso tudo, atrelando Zigo à charrete – tinha a intenção de visitar Camila naquela manhã. Por vezes o seu olhar inquieto procurava no céu os sinais da chuva. Mas uma ou outra fita rosa chispava através das nuvens cor de chumbo. Num desses instantes, distinguiu Adélia que se aproximava.

– Bom dia! – exclamou.

A velha encarou-a friamente:

– Bom dia. Vai sair?

Madalena tornou a olhar as nuvens e sorriu:

– Vou. Creio que a chuva não desabará tão cedo...

– Gostaria de ir – exclamou com emoção.

Madalena fitou-a, espantada. Sentiu subitamente o seu olhar de ódio, o frio rancor que a intenção da velha não conseguira fazer desaparecer.

– Com o maior prazer, há um lugar na charrete....

Adélia apoiou-se no estribo e ergueu-se penosamente. Madalena compreendeu que sua manhã estava envenenada. Chicoteou Zigo e partiu a trote, ganhando a aléia dos girassóis. Os ramos prateados estavam imóveis, levemente curvados ao peso dos botões fechados.

A velha parecia disposta a não dar nenhuma palavra. O carro rodava pesadamente, enquanto as rodas rangiam. De lado a lado, aparecia o campo aberto e, aos solavancos da charrete, a poeira se levantava. Duas borboletas passaram – uma delas ficou presa a um ramo, agitando-se como uma flor viva.

A presença de Adélia incomodava-a. Sentia na sua mudez uma hostilidade que não compreendia. O sangue principiava a se agitar nas suas têmporas; uma enorme emoção começava a aprisionar-lhe os movimentos. E a poeira levantava-se sempre, espessa e sufocante. De súbito não soube mais o que fazer – ergueu o chicote e tocou o burro que se lançou em disparada pela estrada deserta. Adélia deixou escapar um pequeno grito. Madalena percebeu-o e sentiu como um incitamento à aventura – espicaçou Zigo, até que o carro, aos solavancos, fundiu-se na poeira como uma besta alucinada. A velha apoiara-se ao rebordo; vagamente, Madalena entrevia as suas mãos como duas garras aprisionando a madeira. De vez em quando, o trovão rolava – ela erguia o chicote e o carro parecia voar, abrindo uma trilha através do pó. Todo o ódio de Adélia parecia aumentar em Madalena aquele desvario. Sempre e sempre continuava a bater, fazendo o carro saltar sobre as pedras, os olhos quase cerrados, numa indiferença absoluta. O suor começava a escorrer-lhe pelo rosto. A garganta seca, ardia. E, como através de uma nuvem de febre, entreviu na beira do caminho o vulto de alguém que lhe acenava com a mão, escutou mesmo um grito mais forte da velha. Sentia aquele furor ferver o seu sangue – não lhe importava que a charrete frágil pudesse estalar de repente ou ir de encontro à cerca do caminho, despedaçando-se. Ouvia ainda toda as ferragens e junturas que rangiam, como um organismo exausto. Por um instante, chegou a ver no bordo da madeira as duas garras que pareciam escorregar no esforço para se firmarem. Então venceu a poeira e procurou ver o rosto da velha – a face que encontrou, deformada pelo espanto e pela angústia, fê-la subitamente romper uma risada furiosa de triunfo. De repente, sentiu no seu corpo um abraço desvairado – Adélia segurava-se à sua cintura, esforçando-se desse modo para obrigála a reter o carro. Inclinou a cabeça e entreviu as nuvens que fugiam rapidamente. Cedendo, abandonou as rédeas, enquanto o carro se detinha.

– Está louca? – gritou Adélia.

Fitou a face transformada pelo medo. Os cabelos empastados nas têmporas, a vista escurecida pelo pó davam-lhe um aspecto quase sobrenatural.

Aquele ódio embriagava Madalena como um vinho.

– Desça – exclamou bruscamente.

Imóvel, Adélia ardia inteira no seu rancor. Compreendendo subitamente, deixou escapar quase num grito:

– Não! Não tenho medo, não descerei...

Madalena ergueu os ombros e, enquanto a velha passava pelo rosto as mãos empoeiradas, retomou as rédeas e tocou a charrete lentamente.

Agora, parada no escuro do quarto, Adélia revolvia os seus pensamentos. Toda a viagem da charrete estava indelevelmente gravada no seu coração. Muitos anos ainda que vivesse, quando fechasse os olhos e se abandonasse, sentiria no corpo o mesmo frêmito de angústia e ouviria, como num pesadelo, a ferragem do carro ranger na corrida desabalada. A consternação obrigava-a a fazer na alma sangrenta sondagem. Era verdade que sabia ser impossível entre ela e Madalena qualquer espécie de relação. Mas o que sobretudo a atormentava era a razão por que Madalena tinha descoberto "tudo". Pelo seu lado, não ignorava que a sombra de Pedro marcava como uma linha de fogo a separação entre elas. Tudo que cedesse em relação à outra seria um trabalho inútil, aniquilado pela força destruidora que se opunha, de hora a hora, mais densa e mais impetuosa. Não hesitara um instante em reconhecer naquela corrida desenfreada um sinal. Estavam agora em campos opostos: a luta se travaria sem tréguas – e Adélia sorria cruelmente ao pensar que Pedro lutaria do seu lado... Ao mesmo tempo uma inquietação longínqua nascia no seio dessa alegria envenenada: agia ela simplesmente por si ou como um instrumento alheio? Nesse caso ela se revelava. Não podia permitir que a usassem desse modo. Queria agir sozinha, pelas forças que sentia fermentando no seu sangue. Entretanto hesitava. Trazia ainda no espírito a lembrança da visita que fizera pela manhã. Revia a figura de Camila estendida no leito, a moléstia agravada pelo álcool, o cigarro aceso entre os dedos queimados. Ouvia a voz de Cira, contando penosamente a sua história – o desmantelo da casa, o abandono do marido, a inquietação e o delírio de Camila. Alisava a cabeça do filho – "veja como está crescendo" – e expusera o secreto desejo que a corroía de abandonar tudo e ganhar longes terras onde encontrar a aventura. Revia ainda Bernardo, o seu olhar esquivo, a figura oscilando na sombra e na expectativa. "Ouve" – dissera – "tenho qualquer coisa para lhe entregar." Não poderia esquecer jamais o olhar que ele lhe lançara. Era qualquer coisa como um pedido de socorro, um chispar repentino e revelador, onde o medo se misturava ao desejo inútil de revolta. Adélia lembrava-se de que pensara: "ele tem o aspecto de viver no lodo" – e todo o tempo não pudera se libertar da idéia de que Bernardo fosse um réptil sonolento, rastejando penosamente na lama. Mais tarde, ao lhe estender a mão, percebera um sorriso intranqüilo que se espalhava pelo rosto gordo, como uma ameaça distante. "E o pior" – concluíra consigo mesma – "é que ele parece se satisfazer desse modo." Tinham se afastado enquanto os outros conversavam. No vão escuro da escada, Adélia surpreendera de repente o seu olhar ardente de cobiça. "Dinheiro?" – e ela percebera que já não encontrava nele um aliado. Era um inimigo – e o mais desesperador é que sentia isso pelo fato absolutamente desconcertante de tê-lo descoberto um amigo de Pedro. Jamais, jamais ela se submeteria resignadamente a ser um simples instrumento nas mãos do filho. Possuía uma força própria e a cada instante sentia surdamente o apelo dessa voz. Rasgara o embrulho e de súbito as jóias tinham faiscado na sombra. "Meu?" – exclamara Bernardo com a voz sufocada. Adélia tinha compreendido a emoção que o fazia tremer. "É teu..." – respondera com a voz cheia de desprezo. No escuro, o homem tornara a abrir o embrulho e acariciara longamente as jóias. No seu rosto, uma expressão nova se espalhara, uma espécie de luz que ondulava dos olhos para as pálpebras, lentamente, como alguma coisa que se derramasse. "Minhas! Minhas!", continuava a repetir. E repentinamente, segurara Adélia pelo braço, quase assustado: "Mas de quem são estas jóias?" – Ela o encarara estupefata: "Mas são tuas!" – enquanto ele volvia a acariciá-las como um amante enternecido. O seu olhar encontrara de súbito a face febril de Adélia – uma onda de vergonha escurecera a sua face. "Escuta, não é pelo valor... pelo dinheiro..." Sorrira então, enquanto o peito se alteava de revolta. De certo que ela não pensava ser outra coisa. Então, com a voz mudada, indagara timidamente: "São dela, pois não?". Dela? Dela?

A pergunta gritara de repente na consciência de Adélia. Dela? Lembrara-se do que tinha acontecido na charrete naquela manhã. Um vento furioso varreu-lhe o coração: "Sua amiga?" – perguntara. Estranhamente, pousara a mão sem vida no seu braço: "Oh! Não...". Mas Adélia não precisava mais de nenhuma confirmação. Rapidamente ganhara a escada e fora cair no quarto onde Cira se lamentava. Dentro dela, as idéias se partiam e febrilmente devorava com o olhar a figura impassível de Madalena.

– Ouviu o que eu disse? – indagou Adélia surdamente.

Um riso duro crispou os lábios de Pedro. Ao mesmo tempo, como num brinquedo, ele seguia sobre a mesa escura, os movimentos das suas mãos. Ora se abandonavam como duas folhas mortas, ora se erguiam de um salto, perseguindo-se como dois pequenos animais furiosos.

– Ouviu? – gritou a velha.

Abandonou o jogo – na madeira escura, as mãos repousaram. Por um momento os dedos se aquietaram levemente recurvos.

– Ouvi. Que disse ele, quando lhe entregou as jóias?

Adélia fitou-o de um modo indefinível. A sua voz tornou-se gelada:

– Já disse muitas vezes. Perguntou: "são dela?"...

Pedro ergueu-se e rebentou numa risada.

– Ouve, mãe, ele ainda "ousará" tudo...

Adélia continuava a fitá-lo, sem compreender. Pedro voltara a seguir o jogo das mãos – elas pareciam viver uma vida estranha e atormentada, lutavam entre si, caíam ao peso de alguma força invisível. De repente ela ergueu os ombros e afastou-se a passos rápidos. Pedro esperou um instante ainda, depois, cautelosamente, caminhou até a porta e rodou a chave. Com um suspiro de alívio voltou a cair no seu lugar e colocando as mãos sobre a mesa, pôs-se a contemplá-las. "Sabe mais do que eu – são minhas inimigas" – disse consigo mesmo. Agora, lentamente, elas deslizavam enormes e brancas, pelo rebordo da madeira. Existia naqueles dedos uma incrível expressão de astúcia. Eram criaturas vivas que se insinuavam na sombra, desciam pelo canto e se prendiam num terrível esforço à gaveta cerrada. As unhas procuravam pelas fendas, ansiosamente, numa luta de morte. "Eu sei, eu sei o que desejam" – pensou ainda Pedro. E de súbito, erguendo-se, foi até a porta, chamou Adélia. Os seus olhos ardiam – a decisão dava aos seus traços uma expressão sardônica. A velha aproximou-se lentamente, sem um gesto.

– Venha...

Docilmente, penetrou no quarto, enquanto Pedro voltava a chave. Não necessitava de nenhuma explicação. Sabia por que ele a tinha chamado e apresentava-se. Também ela olhava tenazmente as mãos convulsas que apalpavam a gaveta. A mesa se abriu com um ruído seco. Pedro retirou de dentro um pequeno envelope, contendo um pó escuro.

– Toma! – exclamou sombriamente.

Adélia segurou o papel e apertou-o de encontro ao peito. O seu olhar imóvel descansava no rosto de Pedro.

– Sabe por quê? – indagou ainda o homem.

Os lábios da velha se arquearam debilmente.

– Sei.

Viu as mãos brancas que se dirigiam para a porta. Sem uma palavra acompanhou-as.

Pedro sentiu uma alegria infernal inundar-lhe o coração. Durante algum tempo, riu até que as lágrimas lhe queimaram os olhos. Mas um medo terrível começava a insinuar-se na sua alma. Retraiu-se até o fundo do quarto e permaneceu imóvel, escutando o ritmo do próprio coração. Há alguns dias, outrora, no passado, uma mulher ficara balançando do alto de uma corda. Ele começava a ter horror das suas mãos. Somos escravos prisioneiros de dedos perversos e sensuais. De novo, a alegria transbordava no seu peito como um tônico mortal. Um desejo singular crescia no seu coração. Voltou a porta devagar e ganhou a sala. Estava vazia. Calmamente, desceu a escada e atingiu o jardim. Uma grande serenidade reinava sobre todas as coisas. Necessitava encontrar Bernardo. Precisava medir o avanço do outro, ainda que fosse para lutar com o *mendigo resignado*. Há muitos dias que Pedro esperava a sua visita. Uma noite, chegara a supor que poderia marcar o momento exato da sua entrada. Mas o visitante se obstinava. *Não existia mais a reação*. Ele contemplava de novo as mãos agudas e ria ferozmente. Entretanto, sentia de um modo absoluto a sua lucidez. Os seus passos soavam destacados na estrada solitária. Pedro compreendia a sua solidão, o seu desprendimento de todas as outras coisas e de todos os outros seres. Estava em pleno domínio das suas forças. Percebia o ar carregado de correntes invisíveis, o seu coração movimentado por um poder estranho. Compreendia o seu destino.

A cidade aproximava-se. No café onde uma vez conversara com Bernardo, balançava uma frágil lanterna. Risos roucos rompiam no silêncio. Caminhou até a vidraça e olhou. No ambiente enfumaçado, dois aventureiros jogavam com uma mulher da vida. Pedro contemplou-os durante algum tempo e afastou-se.

Para onde ir? Que caminho seguir para encontrar o marido de Cira? Não achava nenhuma resposta à sua perplexidade. Caminhou ao léu, contemplando as casas fechadas. Havia naquele silêncio uma parcela invisível de morte. O tempo marcava lentamente o sinal da sua destruição. De repente, a sensação de Pedro foi tão aguda, que recuou até o fundo da parede – no café sórdido, a mulher perdida ria com um riso cheio de desespero. A emoção sacudia-lhe o peito. Continuou a andar, vencendo sombra por sombra, na esperança de encontrar Bernardo. Pensou em procurá-lo na sua própria casa. Mas subitamente achou-se diante de uma porta pequena, encimada por uma lanterna verde. Gargalhadas pesadas vibravam. Pedro hesitou um momento – cautelosamente empurrou a porta e entrou. Era uma sala pequena e suja, de teto baixo. Três ou quatro mesas, onde estavam homens e mulheres cansadas, bebendo ou jogando dados. Uma velha estava sentada no chão. E ao fundo, junto a uma criatura absurda, gorda e carregada de jóias falsas, estava Bernardo. Pedro notou que ela se levantava, procurando instintivamente refugiar-se. Sobre a mesa, ainda enroladas no mesmo papel, fulgiam as jóias que Adélia entregara pela manhã a Bernardo. A agitação deste era extrema. Rapidamente, colocou-se diante da mesa, protegendo a pequena fortuna. A mulher gorda, admirada, fitava Pedro com os olhos muito abertos. Aproximou-se, sorrindo. Bernardo retribuiu-lhe, o rosto mortalmente pálido.

– Preciso de falar com você...

Ele lançou um olhar agudo à mulher das jóias.

– Angélica – murmurou Bernardo.

Ela inclinou-se um pouco e afastou-se a passos arrastados, tinindo nos braços as argolas pesadas.

– Por que é que você veio? – explodiu Bernardo. – Eu não posso mais! Quando eu o encontro, sinto que o diabo se apossa de mim... Tenho horror das suas palavras!

Pedro continuava a fitá-lo, tranqüilamente. Bernardo percebia naquele silêncio a força que se opunha à sua revolta. Ele se despedaçava diante de um muro invisível. E, ao mesmo tempo, a sensação da sua mesquinhez envolvia-o numa onda de fogo.

– Tenho horror de tudo isto! – repetiu, estrangulado.

Pedro afastou a cadeira e sentou-se. Na mesa, as jóias continuavam a cintilar.

– Quem era essa mulher? – perguntou friamente.

Bernardo procurou se defender. A necessidade de reação era nele um fator vital. Sentia-se ligado a Pedro como um corpo colhido numa engrenagem de ferro.

– Não importa... Acaso essas jóias não são minhas? – perguntou, procurando suportar o olhar que o aterrorizava. Tinha vergonha do seu medo.

– Uma usurária – replicou Pedro, depois de algum tempo. E segurando o papel, ergueu à altura da vela as jóias de Madalena. Durante esse tempo, Bernardo esforçava-se para readquirir a calma perdida. A cada esforço que fazia, sentia o terreno lhe fugir sob os pés e procurava se apoiar em alguma razão oculta, sentindo que a sua queda marcaria em poucos instantes a vitória do outro.

– Já não são minhas – disse Pedro de repente. – Mas foram de alguém...

Os olhos de Bernardo chisparam. Subitamente, encontrava forças no seu rancor.

– Ela me disse – sussurrou.

– Adélia?

– Exatamente.

Ele sentia os olhos de Pedro pousados sobre a sua cabeça. Vagarosamente, foi percebendo que a sua vontade estava morta – apossava-se dele um desejo furioso de confessar tudo àquele homem. Era alguma coisa tão forte que se derramava como uma dor até o fundo dos seus rins.

– Já não posso mais – começou. E os seus olhos pareciam implorar a Pedro uma parcela de tranqüilidade. Pousou a mão no seu braço e continuou: – Eu me sinto esfacelar de instante a instante... qualquer coisa arde dentro de mim, dias, meses seguidos...

E como Pedro permanecesse de olhos cerrados, continuou quase tranqüilo.

– Eu não sou culpado desse amor. Já disse uma vez que eu era uma larva... Estou envenenado por uma paixão além das minhas forças.

– Eu sabia – articulou Pedro.

Curvou-se, quase num grito:

– E não me acusa? Não me esbofeteia por causa dessa paixão de carne?

Pedro sorriu imperceptivelmente e respondeu:

– Não é a carne que é má. É a impossibilidade da carne.

O silêncio pesou. Bernardo ofegava. Um raio de esperança, depois de meses, rebentava como um relâmpago no céu da sua tormenta.

– ... É a impossibilidade... quer *dizer, tudo é possível ainda*? – perguntou apaixonadamente.

– Sim, tudo é possível.

Na sua alma, o tumulto crescia – era toda uma vaga que se erguia contra uma parede de ferro levantada durante meses de sofrimento, de angústia submersa e inútil. Só agora, ele podia medir a extensão do acontecido – tateava em ruínas, recebendo no rosto o sopro gelado da morte. Através de tudo isso, as palavras de Pedro desciam miraculosamente, emprestavam a esses destroços uma fixidez de ferida cicatrizada pelo tempo.

– Tudo isto é estranho, absurdo mesmo – disse Bernardo. – Eu sei que realmente o seu desejo não é o de me salvar... mas você sabe exatamente onde se esconde a minha chaga...

Pedro pôs-se a rir francamente:

– Absurda é a sua atitude diante dos fatos. É que somente eu creio ser a carne, em certas criaturas, o caminho das aspirações mais altas. É nos tímidos e nos infelizes, nos pobres e nos solitários, que ela se contrai para estalar nas melhores aspirações da criação e da liberdade. E para mim não é só a carne, mas tudo aquilo que traz para o indivíduo opressão e aviltamento...

Longos momentos Bernardo esteve em silêncio. Quando o rompeu, estava com a voz alterada:

– Quer isto dizer que... existem ocasiões em que os atos *extraordinários* têm a sua razão de ser?

– Exatamente.

– ... por exemplo, o roubo... o rapto?

– Por exemplo, o *rapto*. Mas vou lhe contar uma história – disse Pedro sorrindo.

Bernardo fitou-o com ironia.

– Você me conta sempre histórias – disse com amargor.

– Refere-se a...

– Sim, a João da Silva e a outros...

– Mas não é parecida, de todo não é parecida. Escute: era um homem como qualquer outro, amava uma mulher mas o seu desejo era impossível – a mulher não o amava. A sua única alegria era esperá-la junto ao muro todas as noites e contemplar a sua janela iluminada. Mas no fundo ele conservava um certo horror por si mesmo e pela sua escravidão. À noite, nos caminhos escuros, chorava como uma criancinha e se maldizia e se desesperava inutilmente. Sentia-se como que enfeitiçado e, por mais que procurasse a razão daquilo, não encontrava senão o fundo vazio da sua perplexidade. Aquilo tinha se apoderado dele para sempre e...

– E? – fez Bernardo angustiado.

– Não precipitemos: numa noite escura, quando a mulher descia sozinha a estrada, ele esperou-a. Uma voz lhe dizia: "é uma loucura o que você está praticando... ninguém lhe perdoará, ninguém, ninguém!". Mas quanto mais a consciência o avisava, mais cego o homem se tornava. Quando a mulher passou, saltou sobre ela e estrangulou-a com o próprio xale. Neste momento o seu ódio era maior do que o seu amor. Passada a raiva, pôs-se a sacudir e a beijar o cadáver, inundando-o com as suas lágrimas. Mas a mulher estava morta e bem morta – e ele livre dos seus tormentos... Mas o interesse principal é outro: no dia seguinte, quando bebia uma limonada em casa de um amigo, foi atacado pelo remorso e fez a confissão em altos gritos; julgado, foi condenado como um criminoso passional e apesar do seu arrependimento – note-se que era real este último sentimento e não fictício – levado à prisão. Começa aqui a parte mais interessante da história. A vida deste homem se abre por outra senda mil vezes mais tormentosa. Na ociosidade, ele aprendeu a conhecer uma sensação pior do que todas as outras que tinha até então experimentado: o drama da imaginação sem freios. Hora a hora, minuto por minuto, andando de um lado a outro da sua cela, escava ansiosamente a sua vida, e a sua personalidade torna-se extremamente aguda. Com o lento remoer do seu espírito, vai adquirindo uma força nova, até então desconhecida. A sua inteligência se dilata – a sua visão das coisas se estabelece de um modo tragicamente ímpar. E um novo desejo de evasão se apodera dele. Desorientado, alimentado continuamente pela força adquirida entre as quatro paredes, o seu espírito busca a luz e a liberdade. Tem febre e os seus desejos são alucinados e grandiosos. Uma noite, como se agitasse de um modo mais intenso, o guarda aproximou-se com a lanterna para examinar o preso; quando se afastava, o nosso homem saltou sobre ele e estrangulou-o friamente. Mas desta vez age com segurança e nenhum arrependimento lhe obscurece o ato – sabia agora que os caminhos obscuros também levam às altas regiões.

Quando Pedro terminou a sua história, Bernardo parecia ter adormecido.

– Ouviu? – perguntou o outro.

– Ouvi – respondeu. – Você me conta sempre estranhas histórias... mas eu não as compreendo senão pela metade.

E dissimuladamente:

– Que significa isto? Vê-se bem que não é uma história passada, mas um simples conto inventado...

– Inventado? – sorriu ainda uma vez Pedro. – Mas uma história para ser verdadeira não precisa ter acontecido...

Bernardo parecia refletir – mas de súbito segurou com as mãos febris as jóias espalhadas e mostrou-as ao outro:

– Veja... você me prometeu uma coisa... toma, eu as entregarei de novo... São suas!

– Não é um negócio, – disse Pedro – é coisa bem diferente o que estou *propondo* a você.

Bernardo fixava-o inutilmente. O sentimento da sua miséria aumentava. Encontrava um estranho prazer nesta constatação – e a paixão, misturada ao medo, fazia-o tremer de ignomínia e de esperança.

– Não é um negócio? Mas eu sei... Que me importam depois de tudo... jóias... estas jóias?

– Quero apenas salvá-lo.

Bernardo descansou subitamente os braços sobre a mesa. A sua decisão dava-lhe uma espantosa calma. Na sua voz, entretanto, havia um tom fragmentado de baixeza e de submissão.

– Pelo amor de Deus, não me faça sofrer... Eu sou um miserável: ninguém duvida de que eu seja um miserável. Conheço em todas as faces o desprezo e a repulsa – conheço na sua indiferença o desejo de me ludibriar... mas tenha pena de mim!

E num grito, como quem ousa tudo, depois que nada mais pode esperar:

– Oh! estou cansado de sofrer! Que é que você quer mais que eu faça?

– Nada – murmurou Pedro.

Bernardo ofegava. A emoção tinha espalhado pelo seu rosto um colorido violento.

– Então?

Pedro inclinou-se um pouco e ciciou:

– Que é que o obrigou a dizer "tenha pena de mim"? Que sentimento foi esse?

– Não sei.

– Medo?

– Não... Talvez fosse capaz de me atirar de joelhos e me arrastar no chão...

Ainda uma vez, o silêncio atravessou bruscamente o diálogo. As respirações se confundiam. E de olhar a olhar, uma ligação nascia entre os dois homens. Eles se sentiam, mais do que em qualquer ocasião, próximos um do outro. Mas ao ouvir a voz de Pedro, o terror se apossou de Bernardo. A fala descia como um punhal ao seu coração:

– Eu sei por quê. Também eu – compreende? – também eu sinto disso. É um diabólico desejo de se rebaixar, de descer ao mais fundo da ignomínia, de criar a vileza, se preciso for, contanto que se sinta vil, que se sinta a vergonha queimar e arder e que escorra nos lábios o gosto amargo da lama... Certas noites, percebo que alguma coisa espantosa se passa comigo – é necessário que eu vagueie e que eu sinta inteiramente o chamado sombrio que devora a minha alma – é quando...

– Cale-se! – gritou Bernardo. – Já uma vez você me disse isso – por que volta agora com as mesmas palavras?

– Mas escuta, homem, – disse Pedro apoiando a mão no seu braço – é um detalhe terrível, pouco importa, mas é preciso que eu o diga: você não tem medo das suas mãos?

– Das minhas? – e Bernardo estendeu à luz as mãos trêmulas. Pedro obrigou-o a pousá-las sobre a mesa.

– Contempla – sussurrou.

Agora, paradas sobre a tábua escura, pareciam maiores,

com os dedos gordos levemente avermelhados nas juntas. De repente alguma coisa começou a se mover. Dos punhos inchados irradiava um estremecimento ritmado, a gordura parecia tremer numa respiração compassada. Dir-se-ia que de repente, elas se ergueriam e caminhariam pesadamente sobre a mesa.

– Vê? – gritou Pedro triunfante. – É o que eu sinto nestas noites... é o horror destas mãos inquietas, que me levarão... quem sabe onde?

Bernardo parecia aniquilado. A sua angústia foi tamanha que os olhos se lhe marejaram de lágrimas.

– Tenha pena de mim! – gemeu.

– Eu não disse isto gratuitamente – tornou Pedro. – Queria dizer apenas que é esta força o que me impulsiona a salvá-lo, compreende? É esse mesmo calor que me escraviza ao poder das mãos...

– Então...

– Eu conseguirei aquilo que você deseja – concluiu o outro, sombriamente.

– Como?

– Daqui a sete dias...

Durante alguns segundos, imóvel, Bernardo parecia refletir. Bruscamente, sorriu:

– Compreendo agora. A mesma força que o leva a ter horror das suas mãos o obriga a se aviltar, a sentir na boca o gosto amargo da lama... É por isso que...

– Sim, é por isso.

Inclinado, Bernardo apoiava agora a cabeça entre as mãos.

– Daqui a sete dias? – volveu a perguntar.

– Exatamente. Mandarei um aviso.

Pedro levantou-se. De longe, Angélica fitava-o. Nos seus olhos, o despeito flamejava. Com as mãos na cintura, voltou-se lentamente.

Pedro deixou o olhar cair sobre as jóias de Madalena. Continuavam inúteis, no papel grosseiro.

Entretanto, a desconfiança começava a assaltar Bernardo. O seu amor tremia de angústia, ante a possibilidade de um ludíbrio. Bem sabia que por muito que lutasse, ainda mesmo que dominasse as forças que o subjugavam, o medo do ludíbrio, o pavor da criatura enganada, estaria sempre no fundo do seu coração, como a marca da sua vergonha e da sua covardia. A noção desses sentimentos não podia deixar de existir onde só as sombras se agitavam – ele se entregava apenas, como quem empreende uma aventura ou sofre por prazer. Mas a carne chicoteada clamava de medo.

– Adeus – disse Pedro.

Ele se inclinou humildemente. Angélica continuava a fitá-los.

– Não se esqueça da história que lhe contei – ajuntou.

E num movimento repentino, empurrando Angélica para o lado:

– Não é absolutamente incrível que ele não tenha precisado de armas e se utilizasse apenas do próprio xale da mulher?

VI

Não poderia responder nunca àquele apelo de paz – o seu coração atormentado não encontrava nenhum repouso nas razões que o espírito lhe sugeria, se bem que a cada instante sentisse avolumar-se no seu íntimo o apelo profundo e desesperador. Sem que pudesse fazer nenhum esforço, sem que conseguisse sequer a tentativa de alterar o curso dos fatos, Madalena sentia que ia descendo rapidamente, acompanhando numa corrida vertiginosa as oscilações que aviltavam Pedro e Adélia. Seria difícil perceber como – ela fechava os olhos diante de tudo, enquanto o vento infernal se desencadeava em torno. O sortilégio de Pedro envenenava o seu espírito – Madalena cedia, enquanto um leve terror lhe aflorava à pele – um estremecimento súbito diante dos fatos, um leve flamejar de remorso em momentos repentinos, uma infinita lassidão diante do mistério que a subjugava. Como fugir, era o problema que por vezes se lhe apresentava. E em certas noites, aquele grito chegava como um grande apelo de toda a sua carne, como o último sinal de uma pureza que se rebelava ainda, sufocada pela lama que crescia de momento a momento. Mas o espírito em fogo não lhe ditava nenhuma solução. Media o seu desespero – e era quando mais vivas podia sentir as correntes que se chocavam no seu caminho, a força de Pedro arrastando outras forças menores, como a grande vaga submerge inevitavelmente as outras vagas menores. Mas era estranho que em certos instantes, por mais raros que fossem, ela sentisse repentinamente um poder capaz de lutar com o de Pedro. Era estranho que, no seio daquela tormenta, ela visse crescer uma esperança maior que o temor do fracasso. Então percebia misteriosamente a presença de Pedro. Exatamente como agora: assim, apoiada na poltrona, sentia de um modo inesperado o ambiente que se formava com a sua presença – o coração sobressaltado dolorosamente à sensação de um perfume que restou, a vaga lembrança de um gesto esboçado, um olhar que costumava ferir as trevas. Era ele – Madalena o sentia inteiramente e ao mesmo tempo que essa sensação, a vergonhosa certeza da submissão se apossava da sua alma. Começava a reconhecer aquele perfume, a razão por que lhe trazia a imagem de um Pedro tão antigo, que a sua memória já quase esquecera. Abandonou a sua posição e abriu violentamente a janela. Compreendeu que os girassóis estavam inteiramente abertos – na noite morna, eles se derramavam pesadamente, oscilando como grandes vagas de leite, até ao fundo escuro do jardim. Sim – em outros tempos, quando os girassóis estalavam, ela gostava de pensar ainda na sua felicidade. Em outros tempos... Mais fortemente, o perfume subia. Lembrou-se ainda daquela noite em que, desesperada, descera e encontrara depois Emanuela. Por que não descer agora também? Era um crime continuar aprisionada naquele aposento abafado. Madalena abandonou a janela e caminhou até ao relógio – sentiu fluir no seu sangue a noção cruel da pêndula que se movia de um lado para outro, parecendo gritar "amanhã, amanhã" – um amanhã que viria próximo e que desapareceria rapidamente. Amanhã! Amanhã! Na treva densa, os ponteiros marcavam duas horas. Cerrou os olhos, revendo a polpa das flores que oscilavam. Repentinamente, sentiu uma tal consciência de si mesma que uma espantosa tranqüilidade se derramou pelo seu corpo. Que lhe importava o tempo? Que lhe importavam os outros? Agora, possuía forças para renunciar a tudo. Tinha poder bastante para romper todos os laços. Por um momento se embriagou na ilusão das próprias forças. E rapidamente, vencendo as hesitações, ganhou a escada, atravessou a sala e encontrou-se no jardim. No céu escuro as estrelas mal apareciam – a lua estava coberta pelas nuvens e só os girassóis pareciam iluminar a sombra. Seus olhos mal conseguiram distinguir a extensão em que se alargavam as flores; sentia apenas o frêmito que encrespava as vagas amarelas e via o leve cintilar das folhas de prata. Pôs-se a andar lentamente, aspirando fundo, levemente embriagada. Junto dela, corolas mais ousadas rompiam os seus limites e se estiravam em longas hastes para o meio do caminho. Madalena segurou-as e roçou os dedos levemente pelas suas pétalas – elas pareciam fremir e se encolher num tímido receio.

Mas agora, os mesmos pensamentos dolorosos voltavam – nem mesmo diante de toda aquela exuberância conseguia esquecer a crise por que passava. Compreendia bem que era preciso renunciar – ainda mesmo que isto lhe custasse a vida. Que fundo cruel encontrava de repente naquele jardim? Imaginou os pés secos, as corolas murchas, a desolação dominando. Para que toda a maravilha daquela noite, se o seu amor não se realizava, se aqueles lugares apenas lhe sugeriam possibilidades de momentos felizes que decerto ela nunca teria? Sem dúvida a idéia de renúncia nascera daí: por que não se desligar de todos os laços, romper na própria carne todas as fibras que a ligavam a Pedro, readquirir a liberdade que perdera? Renunciar! Ao mesmo tempo, todo o seu corpo se rebelava. "Que Deus tremendo colocou no amor todas as afirmações do nosso fracasso e da nossa vitória!" – pensou. E, desalentadamente, pensava que era bem triste não se encontrar a grandeza maior, senão na renúncia – uma vitória ganha à custa da sua felicidade... E que felicidade existiria além daquela que ela renunciava? Tudo não seria então senão uma caminhada progressiva... até onde mais uma vez as fronteiras se distanciassem para mais longe?

E Madalena seguia lentamente entre os girassóis, já quase sem perceber a sua beleza. Apenas tinha mudado de lugar – os sofrimentos continuavam os mesmos. Dir-se-ia que ela encontrava um certo lenitivo nisto. Mas longinquamente a pergunta rebentava do fundo do seu peito: "Por que essa necessidade de esgotar um sofrimento até a sua mais distante ressonância, ao impulso de uma espécie de febre, como quem se aventura no irremediável de um terrível escuro? Talvez a necessidade de dar à vida uma significação mais ampla – talvez o simples desejo de adquirir um conhecimento novo, além do que o destino limita a cada um – talvez apenas uma concessão a certo apelo que nos acorda constantemente a nostalgia da fatalidade. No fundo, insatisfação em possuir somente o que é distribuído a cada ser; vontade de ir mais longe... no extremo onde as perspectivas se confundem e se perdem na própria essência da morte." E Madalena cerrou os olhos, desejando encarcerar na memória o grande mar de corolas inquietas.

Entretanto, qualquer coisa crescia na sua alma – um murmúrio apagado, um ruído que aumenta, um grito que estala:

vontade de ir mais longe... na própria essência da morte... Uma exclamação de pavor crispou-lhe os lábios: oh! não era seu aquele pensamento, ela não pensava assim, ela não desejava pensar assim... Pôs-se a caminhar, mais agitada ainda, sentindo que impiedosamente as suas têmporas latejavam mais forte. Maquinalmente, repetia: "mais longe ainda, no próprio mistério da morte", provando um amargo sabor naquelas palavras que desfiguravam o seu sofrimento. Evidentemente, aquele raciocínio brotara de alguma escura região do seu espírito. Pôs-se a rememorar onde as tinha ouvido, num desespero quase alucinado, percebendo o terreno que lhe fugia, voltando sempre, incansavelmente, sem mais se lembrar dos girassóis, da noite e do jardim. Para ela só existia agora aquela voz que murmurava um raciocínio que não era o seu – e essa voz era a de Pedro, ela bem a reconhecia, dizendo entre outras coisas... "como eu odeio a morna resignação desses seres que tremem com a mão pousada no trinco da porta e se afastam, sem coragem de abri-la... como eu odeio esses que não esperam mais nada, que se limitam a gastar o que recebem, sem coragem para furtar um pouco daquilo que não foi distribuído..." E não estava aí? Esse prazer de esgotar um sofrimento até o fim não equivalia ao esforço para abrir uma porta que se mantinha sempre fechada? Positivamente ela tinha horror á tudo isto. Sentia que essas palavras a envolviam como fibras viscosas e que ela lutava inutilmente, procurando se libertar, quando só conseguia se emaranhar mais... "Como eu odeio esses seres..." Subitamente, sentiu um tremendo calor subir-lhe dos pés à cabeça, a febre latejar-lhe no rosto. Um gosto amargo se espalhava na sua boca. Prevendo que cairia ali, Madalena voltou correndo pelo caminho que viera – e só agora tornava a perceber os girassóis que se inclinavam. Mas o mal-estar aumentava. O mesmo calor queimava-lhe agora as entranhas; enquanto ela corria, as coisas em torno começavam a girar de repente até que, alcançando a escada, foi tombar desacordada no alto, inteiramente abandonada ao grande vento que começava a soprar.

Quando voltou a si, teve a impressão de que se achava no meio de uma tormenta. O vento soprava ainda. Os longos silvos se misturavam ao choro lento das árvores batidas. O céu continuava escuro. Penosamente, a lembrança de tudo lhe chegava. Lembrava-se mesmo de que já não era o primeiro desmaio – de uns dias para cá, vinha sentindo estranhas perturbações, febre, aquele calor que lhe queimava a carne toda e que culminava na perda dos sentidos – era a terceira vez que desfalecia, sem que conseguisse saber a causa. Restava, de tudo, o ardor nos olhos e o amargo na boca. Qual seria a causa? Estaria doente ou seriam apenas os sintomas de um mal que ainda não chegara? Ainda no dia antecedente, quando subia a escada da sala, sentira os joelhos trespassados por uma dor aguda. Fora obrigada a se curvar, os lábios cerrados para não deixar escapar nenhum grito, o suor frio lhe escorrendo pela testa. Aturdida, ganhara depois o seu quarto e se estendera no divã, enquanto um esquisito mal-estar lhe comprimia o coração.

Imóvel, Madalena rememorava tudo, pensando ao mesmo tempo que era preciso no dia seguinte procurar um médico. Procurar um médico! As palavras lhe causavam quase terror. Positivamente não desejava adoecer agora. Exceto se Camila ou Cira... Jamais se resignaria a permanecer na cama, aos cuidados de Adélia. Sentia mesmo um frêmito correr-lhe o corpo, ao lembrar que estaria deitada num quarto envolvido na penumbra – a mesa cheia de vidros de remédio – e que Adélia se aproximaria, com as mãos brancas sobressaindo das mangas escuras, os olhos duros brilhando sob a touca que lhe ocultava os cabelos. Oh! não! não! – positivamente semelhante idéia lhe era odiosa! O vento passava – uma extrema quietude caía sobre o jardim. No silêncio, plangente como um apelo de socorro, cantava um galo. Logo, mais distante, mais aflito e tenebroso, outro respondia. E Madalena sentia aquele canto doloroso descer ao fundo do seu coração. Ergueu a cabeça e fitou o céu. Lentamente, as nuvens pesadas se abriam. E devagar, com as bordas queimadas de luz, cediam ao influxo da lua que aparecia, inteiramente descoberta. A claridade derramou-se de repente e na treva os girassóis se iluminaram. Madalena deixou escapar um grito e ergueu-se, maravilhada com o grande oceano que resplandecia, eriçado aqui e ali de tufos inquietos, onde as corolas sobressaíam por vezes, vigilantes como grandes olhos implacáveis. Ela sentia crescer no sangue a fascinação que ressuscitava as flores em plena noite – e subjugada tornou a descer a escada, ganhando a área onde o luar se espalhava. Adiante os girassóis se erguiam sempre. Dominada pela lassidão, Madalena deixou-se cair sobre a terra morna. Na sua própria carne a luz e o calor daquela noite pareciam correr – ela deixou-se ficar, os olhos fechados, a cabeça vagamente aturdida. Uma rajada de vento soprou – e de súbito, ela sentiu a necessidade de se estender inteiramente nua, de receber na carne ardente o afago daquela brisa carregada de perfumes. Tirou lentamente a roupa que a envolvia e aos seus movimentos sentia de vez em quando uma corola roçar-lhe a pele clara. Como que os seios adquiriam uma outra vida e se movimentavam – ela estendeu-se inteiramente sobre a terra, os braços abertos, o frio subindo até ao rosto febril. Tudo parecia adquirir um sentido misterioso naquele instante – Madalena se embriagava com a idéia de que em torno dela o mundo se desfizera – só existia aquele mar de corolas e no seio dele o seu corpo entorpecido pela volúpia. O sono parecia aflorar-lhe os olhos – e como o vento leve da água caindo, rolando surdamente entre as pedras, roçasse o alto das plantas, parecia escutar o ruído cedendo a essa miragem como quem cede a um sonho desejado. Durante muito tempo permaneceu assim, até que o frio começou a arrepiar-lhe o corpo e ela se ergueu, vestindo-se de novo. A madrugada começava a se denunciar. Na penumbra a forma das coisas adquiria uma outra fixidez, parecia misteriosamente sorrir na claridade que começava a descer. Os galhos e as flores quase perdiam o seu encanto e tomavam um aspecto cruel – ostensivamente se erguiam na luta pelo espaço, com os corpos marcados, retorcidos e descarnados – enquanto os girassóis, sonolentamente, se envolviam no frio e murchavam como se a geada tivesse caído durante a noite. Madalena lançou um último olhar ao jardim desencantado e voltou lentamente para casa. Com a mão no trinco da porta, hesitou – veio à sua memória subitamente tudo o que pensara antes do desmaio, "insatisfação, em possuir apenas o que é distribuído a cada ser" – e sentiu o aguilhão da angústia ferir a sua carne. A sala estava em trevas. Mas do outro lado, no pequeno saguão, alguém se movia. Madalena sentiu-se mordida pela curiosidade: quem estaria desperto àquela hora? Caminhou cautelosamente e olhou: era Adélia. Um incrível pressentimento se apossou dela – tonteou ao peso das suas próprias suposições, amparou-se à porta, desorientada. Mas voltou a olhar – Adélia se movia enrolada numa longa camisa de dormir, procurando alguma coisa no pesado armário. Madalena viu que retirava uma garrafa de vinho – do vinho que a velha recusava aceitar ao almoço –, o mesmo que Madalena usava como tônico. Com o coração cerrado, viu Adélia tirar do seio um envelope branco. Os dedos agudos tremiam – abriu-o convulsivamente e derramou na garrafa um pouco do conteúdo do papel. Então, de repente, Madalena compreendeu tudo. Sufocou um grito e penetrou dentro da sala. Adélia voltou-se assustada, mortalmente pálida, enquanto a garrafa escorregava das suas mãos e se despedaçava no solo. Por um momento, imóveis, as duas inimigas se contemplaram. Adélia tremia toda enquanto os seus olhos ardiam. Apesar de tudo, havia qualquer coisa de resoluto na sua atitude, um tom decidido e sombrio na sua posição. Madalena não conseguia se refazer do seu espanto. Sempre imóvel diante da velha, procurava desesperadamente uma palavra, até que um grito surdo rompeu-lhe dos lábios.

– Para mim?

Mas um riso trágico relampejou no rosto de Adélia. Ela se curvou como uma gata que se refaz para a defesa, as unhas agudas cravadas na mesa.

– Sim, para você – articulou.

Com espantosa rapidez, Madalena reviu a cena da corrida da charrete, o olhar desfigurado da velha, o seu ódio, o "não, não tenho medo!" lançado como uma bofetada. Então era por isso que a velha cometia aquele crime, deitando na bebida que usaria pela manhã algum veneno mortal... Era por isso que ela desmaiava, que sentia aquele fogo queimar-lhe as entranhas, aquela agonia lenta... Deus do céu! Era tudo por causa daquela mulher, uma megera que se metera na sua vida, nem sabia por quê...

Avançou, disposta a lutar para se apoderar do envelope que ela conservava nas mãos. Adélia meteu-o no seio e correu para o outro lado – Madalena viu a longa camisa flutuando, os dedos que mal roçavam o chão.

– Mas pelo amor de Deus, pare! – gritou.

A velha voltou-se, quase junto à porta. Um grito escapou dos lábios de Madalena: Pedro estava imóvel, encostado ao umbral. Adélia apoiou-se no seu braço e procurou aflitamente o envelope que escondera. E desta vez, o terror espalhou-se numa onda amarelada pelo seu rosto.

– Roubou! – exclamou com voz surda, ao mesmo tempo que procurava se refugiar atrás do filho.

Com um movimento brusco, sem pensar, Madalena atravessou a sala correndo e ganhou a escada.

– Espera! Espera! – gritou Pedro. – Preciso de lhe falar...

Sua voz tremia de angústia.

Madalena sentiu de repente uma estranha alegria, ao pensar que não se deteria, ainda mesmo... Lembrou-se de que as pernas poderiam traí-la... que poderia rolar e cair nas mãos de

Adélia... Então fez um supremo esforço e ganhou o corredor escuro. Mas ao ouvir os passos apressados estalando nos degraus da escada, foi sacudida por um acesso de riso. "Tenho a impressão de que estou numa casa de doidos" – pensou. E abrindo a porta do quarto, deixou-se cair com um suspiro de alívio sobre a cama desfeita. Do lado de fora a voz surda de Pedro se desfazia em imprecações.

VII

Depois de ter batido a porta, Madalena quase se arrependeu do seu gesto. Inteiramente transtornada, sentia ainda o ódio subir-lhe ao peito. Que fazer? Voltar a abrir a porta, ouvir o que Pedro pretendia lhe dizer? Mas as suas mãos, o seu corpo, pareciam se recusar a essa solução. Entretanto, era dia claro. Ela não pôde deixar de estremecer ao constatar que o sol queimava os caminhos que o vento noturno varrera. Uma dolorosa sensação toldava o seu espírito – rodou a chave no trinco e, sentindo-se bem segura, atirou-se ao leito, enquanto o choro lhe chegava. Longamente soluçou desse modo – já o sol caminhava longe e brilhava na vidraça – ela se mantinha na mesma posição, molhando o travesseiro de lágrimas, sem se importar com coisa alguma, sentindo que pouco a pouco uma tranqüilidade espessa descia ao seu coração. Continuou imóvel, quase admirada daquela serenidade tão súbita, procurando no espírito os restos da tormenta, reunindo um a um os seus pobres destroços, num trabalho moroso e pesado. Levantar-se? Era verdade que a luta para reviver toda a cena com Adélia não lhe apresentava nenhum prazer – sentia mesmo repugnância, uma vontade invencível de passar por cima de tudo aquilo, de esquecer como se tivesse sido apenas um pesadelo. Mas... levantar-se? A lembrança daquele sol queimando as folhas e os caminhos, a mesma terra em que o seu corpo nu pousara, dava-lhe uma incrível lassidão. Um calor delicioso adormecia as suas veias – era bom conservar-se assim, os olhos fechados, sem nenhum movimento. E insensivelmente, ela foi levada a pensar na sua infância, como quem cede a um desejo há muito oculto na sua alma. Sorria quase: há tanto tempo... então? Como veria ela as coisas por essa época, a natureza, os homens? Decerto não era do mesmo modo que agora... Uma vez, quando quebrara no jardim um ramo carregado de rosas encarnadas, sentira de repente o gesto de infância – era assim, quase sem sentido direto, como quem vive num sonho ou numa fantasia que não se acaba. Não existia nenhuma separação com os outros objetos – era ela mesma árvore ou rosa aproveitando o sol ardente como aproveitam as árvores, as rosas – e nunca poderia imaginar a fonte calma sem o seu riso, nem o seu riso sem o sussurro da água humilde entre as folhas escuras. Não havia a distância e nem o isolamento. Era o campo, com o seu céu azul e as suas tardes limpas, onde os risos das outras crianças soavam sempre e as andorinhas passavam cada vez mais ligeiras, cada vez mais distantes... Tudo tinha uma misteriosa correspondência com a sua vida, não eram simples andorinhas que passavam, mas seres conhecidos a quem ela amava e a quem era preciso dizer adeus a cada estio morto ou esperar, na curva do barranco, a cada inverno que findava... Ela recebia as suas mensagens de terras longínquas – e quando se banhava, era com os olhos fitos no céu, para saber se alguma chegava atrasada, ruflando na grande calma as asas cansadas e solitárias. Eis que de repente tudo passava... Caminhos, caminhos que a sombra ia engolindo aos poucos, gestos que iam perdendo toda a beleza e rompiam as suas misteriosas comunicações, para se tornarem insuportavelmente hostis e individuais... Ah! para as almas morbidamente sensíveis como a sua, aquele rompimento forçado pelo tempo era alguma coisa profundamente dolorosa, que arrastaria sempre pelos dias tristes, com os olhos cegos voltados para os lugares que deixara... A vida não seria apenas a ameaça do tempo e o desejo de voltar? Ah! caminhos! caminhos por onde passara e por onde não poderia mais passar... E a sua dor foi tão súbita e tão intensa que abriu os olhos de novo, inundados de lágrimas.

Lá fora, uma cigarra cantava. Docemente, cerrou ainda uma vez as pálpebras – começava a não perceber mais o giro do sangue nas suas veias e se entregava a esses longos vôos, amortecida pela tristeza.

Depois... Quando o campo já não era mais o seu mundo e a infância começava a desaparecer, a se tornar uma coisa longínqua, sem formas e sem cor. Ela se via erguendo-se lentamente da grande manhã por que passara e ganhando outra época – revia os vestidos longos, apertando um corpo até agora livre, os penteados difíceis, os prantos solitários no leito que guardava então as suas amarguras, como outrora velara os seus grandes sonos inocentes. Via, tão distintamente quanto lhe era possível, o pequeno leito abandonado na penumbra, as grades levantadas, o travesseiro vermelho – santo Deus, nunca pudera rever aquela cama humilde sem que o coração se lhe cerrasse... Certa ocasião, quando chegara cansada de correr pelos caminhos, não encontrara mais aquele pobre travesseiro vermelho.

"Oh! mãe!", gritara. E ouvira a voz arrastada, descendo lentamente no seu peito: "Você já está grande, filha, é preciso outro maior..."

E de repente ela caíra soluçando, numa angústia tão grande que assustara todo mundo... "Que fora?" E nunca, nunca ela teria coragem de dizer que amava o travesseiro como a um amigo, como a um irmão, como alguém vivo, que tivesse dentro do corpo de paina um coração de carne! Ela se lembrava bem daquela noite tremenda – sozinha no escuro, passava agora as mãos pela grande almofada nova, procurando se lembrar ainda do tempo em que o travesseiro mal continha a sua cabeça, mas que significava um outro mundo... outra vida... E crescera. E fora ganhando corpo e aprendendo a desdenhar da vida. Fora acumulando pequenas e amargas experiências, aprendendo a sofrer pela sede de ternura, aprendendo sobretudo a ceder, a aceitar porque é preciso aceitar, a perdoar o tempo... E tudo fora bem diferente. Começara a perceber que as pessoas não se encontram nunca. E jamais ela tivera na sua vida isso que se chama o encontro de alguém – essa afinidade entre duas almas parecidas, esse movimento que lança uma individualidade encerrada em si mesma ao encontro de outra semelhante e que faz da existência, por vezes, alguma coisa bem menos amarga que o desenrolar cotidiano. Fora sempre miseravelmente só. Recusava-se e se sentia recusada. Apesar de tudo, poderia ainda contar os seus esforços, medir todas as suas tentativas fracassadas, sorrir de tédio ante o vazio que se estendia implacavelmente sobre tudo. Quantas vezes não forçara esse encontro, quantas vezes não se lançara à aventura e voltara rota, marcada indelevelmente por outras decepções maiores, sangrando em toda a sua sensibilidade ferida, disposta a sufocar os seus movimentos na mais resignada sombra? Não desejavam dela senão aquilo de que precisavam – para ela não possuíam nada, ignoravam tudo e no máximo cediam com um sorriso complacente... Que fazer, pois, do calor da sua alma, da vida que pedia campo para se libertar? Que fazer, Deus do céu? E Madalena começava a odiar o seu isolamento, a desejar, por muito impossível que fosse, esse alguém que a conheceria um dia. Onde estancar a sua sede de ternura?

Os dias se desenrolavam sempre iguais. Horas seguidas costurava com Camila e Cira na sala de tapetes antigos. A mãe bebia e Cira suspirava. Havia os momentos em que a irmã se debruçava e ambas cochichavam – não! que tolice, ela não desejava saber de que falavam...

"Menina selvagem" – resmungava Camila. E de repente, Madalena sentia crescer-lhe no peito aquela estúpida vontade de chorar, refugiada no canto escuro da saleta...

Vagarosamente, Madalena emergia do seu sonho. Por que lhe voltara tudo aquilo? Não encontrava senão um sofrimento maior no presente.

Oh! Essa cadeia de fogos sombrios, de anéis dilacerados – passado, presente, futuro – que não se unem senão pelo mesmo gosto doloroso de sofrer! Que era o presente da sua vida? Uma tentativa de envenenamento... Era absurdo, incrível, ela se recusava, não via nenhuma realidade naquele fato... Talvez não tivesse sido senão um sonho... Mas ouvia de novo a garrafa estalando no chão – e o riso frio de Adélia e a sua corrida na escada... Não, não queria pensar em nada daquilo... Todas as vezes que procurava medir o peso do acontecido, sentia uma espécie de repulsão diante daquela zona opaca e gelada. Nada se movia naquele terreno, mas percebia, não sabia onde, dois olhos fulgurantes que a espreitavam. Então, voltou de novo a fechar os olhos. E, docemente, adormeceu. Pouco a pouco, foi sentindo que flutuava – mansas vagas passavam em torno dela, fumo, névoa, ligeiras ondas que seus dedos inquietos desfaziam. Sem saber como, encontrou-se numa planície. Era uma tarde de sol. Na grande extensão florida, apenas uma árvore se erguia – mas tão copada, tão grande, que parecia um gigante de cócoras, um bom gigante com o seu ar levemente ridículo, a cabeça enfeitada de passarinhos ruidosos. Havia no ar qualquer coisa de ardente – além, muitas moças dançavam e os vestidos brancos pareciam voar ao impulso da roda.

Por que não ouvia as suas vozes? Madalena via que os pés mal tocavam o chão – eram todas de uma beleza singular se bem que tivessem na face a mesma expressão um pouco constrangida: e ela reconheceu de súbito que possuíam a mesma expressão de Maria, a sua prima, com o ar levemente inquieto, levemente hostil, talvez um pouco envergonhado... Madalena sentiu-se quase feliz. Mas que faziam aquelas criaturas? Uma espécie de febre as envolvia – os olhares se cruzavam cintilantes e a ronda prosseguia com um leve acento de loucura. As faces continuavam estranhamente iluminadas pelo sol imóvel e os pés sutis pareciam adquirir asas. Madalena não tardou a perceber que alguém chorava. Era um choro de criança, fundo e angustiado. Viu então no canto, à sombra da árvore, uma outra rapariga. Estava sentada, o rosto escondido nas mãos. Madalena aproximou-se e tocou nos seus cabelos. Ela parou de soluçar, apesar de continuar na mesma posição. Os seus cabelos escuros brilhavam. Abaixou-se de súbito e levantou-lhe a cabeça. Era Emanuela. Mas os olhos estavam roxos e o rosto sombrio. Sofria. Uma piedade profunda cortou o coração de Madalena e ela perguntou por que não dançava como as outras. Emanuela mostrou-lhe o pé doente, inchado – não podia dançar desse modo, tinha tentado, mas caía. E voltou a chorar, enquanto as companheiras prosseguiam girando. Mas, de súbito, cresceu no horizonte um grande vento – as nuvens ameaçavam ao longe, lentas e negras. Os pássaros se recolheram ao coração da árvore, enquanto a tormenta se aproximava com incrível rapidez. O céu se tornara violeta, um frio enorme fazia tremer o corpo das raparigas. Tudo aquilo era de uma tremenda angústia – com o coração cerrado ela via as moças que dançavam ainda, os olhos alargados pelo medo, pousados no céu tenebroso. Não só nos pés, mas, nos gestos e nos lábios, havia uma sinistra previsão – quando de repente o trovão rolou surdamente, o tumulto se estabeleceu e entre gritos elas procuravam em vão se libertar umas das outras. Impossível! – as mãos estavam unidas para sempre, carne na carne. Madalena estalava de angústia, enquanto o céu era invadido pela escuridão noturna e a dança se convertia num tropel selvagem. Novamente o fumo e a névoa – ouviu distintamente que alguém batia à porta. Abriu os olhos e com algum esforço voltou a si. O sonho pesava-lhe ainda. O corpo dormente recusava-se a obedecer. As pancadas soavam novamente – positivamente não era mais um sonho. Ergueu-se de súbito – mas, logo tranqüilizada, ouviu a voz de Júlia, a cozinheira, chamando. Abriu a porta; era o almoço. Júlia era velha e muda. Colocou a bandeja na mesa, sorriu para Madalena e saiu. Mas, subitamente, a voz da patroa chamou-a. Voltou-se. E Madalena, tomando uma súbita resolução, disse:

– Avise ao patrão que não descerei mais. De agora em diante tomarei as minhas refeições aqui.

Entretanto, o sonho permanecia no seu espírito como uma estranha ameaça

Pedro espertava a chama com os dedos. À mesa, ainda aturdida com os acontecimentos, Adélia fitava-o. Para ela, era impossível esconder agora o que se passava. Decerto ele tinha compreendido. Ao entrar na sala naquele instante, sentira o seu ser trespassado por um relâmpago e compreendera admiravelmente que a sua submissão ao filho não bastava para obrigá-la a amá-lo. Odiava-o. Estava no fundo dela mesma, estava naquele grito que se levantava do seu peito. Odiava-o! Entre eles tudo estava rompido, irremediavelmente fracassado. E ao se curvar para apanhar o sal sentira que também ele era um inimigo – estavam um diante do outro e se acautelavam. Talvez tivesse feito um esforço – avidamente sondara o seu espírito à procura de um canto qualquer onde florescesse um pouco de ternura. Inutilmente.

– Sem dúvida “ela” não descerá mais – e ao ouvir a sua voz Adélia fitou-o. Pedro estreitava sempre a chama débil. Distinguiu na pele tornada transparente pelo fogo o sangue vermelho que corria. “Mas estou irremediavelmente aprisionada ao seu poder” – pensou.

– Sim? – indagou levemente hesitante. – Não sei então o que fazer...

Também Pedro sabia que tudo estava irremediavelmente perdido. A situação tornava-se intolerável. Minuto a minuto, sentia crescer entre ele e a mãe o mal-estar.

– Já não é possível mais nada. Ela exige qualquer coisa...

E o seu olhar hostil caiu sobre o rosto inquieto de Adélia. Rapidamente, para disfarçar a sua confusão, ela segurou o vidro de sal.

– E o envelope? – tornou a perguntar Pedro.

Adélia teve um leve sobressalto. A emoção cerrou-lhe a garganta.

– Não sei! – murmurou.

Tinha medo e uma secreta vontade de chorar.

– Você não viu nada? – tornou a perguntar Pedro, quase ríspido.

Ela juntou as mãos num gesto aflito.

– Oh! não me atormente! Como queria que eu tivesse visto?

A voz de Júlia cantava. Pelo rosto de Pedro espalhou-se uma enorme palidez.

– Então é certo – disse.

– Quê?

E rancorosamente, sem fitá-la, concluiu:

– Está agora nas mãos dela.

De súbito, Adélia mediu as conseqüências do que ele dizia. Uma rajada de terror gelou o seu coração:

– Tem certeza? – indagou ainda.

– Absoluta. Procurei no chão e não encontrei nada...

Os seus olhares se encontraram. A pergunta veio inesperadamente à consciência de Adélia: "por que este homem é meu filho?" – e, contemplando ainda uma vez a sua carne transparente, sentiu-o de tal modo distanciado, que repetiu febrilmente para si mesma: "eu não o conheço, eu não o conheço...".

Com a noite, Madalena sentiu a solidão. Tudo estava silencioso e escuro. "Por que tomei semelhante resolução?" – perguntava inutilmente. É que não poderia descer, enquanto soubesse que Adélia estava lá. Era preciso que a velha fosse embora. Mas compreenderia Pedro semelhante situação? Decerto ignorava todas as maquinações da mãe – nem por um momento, por muito distante que o sentisse, poderia supor que ele conhecesse qualquer coisa do que se passara. A sua frieza era o seu modo de ser. Mais nada. Entretanto, permaneceria trancada naquele quarto até que as coisas se resolvessem. Era singular, apesar de tudo, o encanto que havia naquele refúgio... Lembrava-se de que estava encerrada num quarto, separada de todos e que ninguém poderia penetrar nesse quarto. Verdade que não era dos mais confortáveis – faltava uma poltrona no lugar daquela velha cadeira e não gostava da chita azul com ramagens floridas que cobria a cama.

Quanto ao mais estava intoleravelmente vazia. O sonho que tivera não lhe sugeria coisa alguma. As suas recordações não lhe adiantavam de nada – pelo contrário, sentia um certo peso ao medir esse avanço sobre a sua memória. E agora – fato estranho – nada conseguia fazer senão se evadir desse modo; insensivelmente o pensamento se lhe voltava para trás e a vida aparecia como uma corrente ininterrupta a que é preciso conhecer inteira, medir em todos os seus recessos obscuros para se poder chegar ao fim, ao ponto onde o olhar alcança tudo, como numa grande curva iluminada, antes de se apagar para sempre no esquecimento. Compreendia que esse ligamento ao passado era uma espécie de amor ao que ela não fora. Todos os seus antigos sonhos acordavam nessa solidão. Era nela que Madalena conseguia realizar o verdadeiro Pedro, aquele que desejara para si e que, entretanto, inexplicavelmente, lhe escapara das mãos. Através dos meses, atravessando os anos, ela não conseguira senão se arruinar a pouco e pouco. Diante dos seus olhos, vira se cumprir a impossibilidade de todas as coisas – e esse dogma do impossível descera à sua alma como a marca de um ferro em brasa. Restara aquela vaga dormência de reviver tudo, que lhe dava repentinamente uma consciência tão aguda do tempo. Mas que valia aquele atordoamento? Por que viver a repassar assim eternamente o que já não era mais possível? Madalena sentia-se bruscamente perdida, isolada, enquanto uma imperiosa necessidade de voltar à realidade lhe sacudia os nervos. Acaso não era tudo aquilo um sonho? E de um modo mais profundo, o desejo de tocar a realidade, de senti-la fremindo, assaltava-a numa onda de febre. Era talvez a angústia da crise que atravessava o que a fazia sobressaltar-se assim; chegava a desconhecer tudo, os motivos que a tinham levado a refugiar-se no quarto, a não sentir na sua existência nenhum fato que pudesse realmente pesar – somente aquele amontoado de razões inúteis, de tolas esperanças fracassadas. Nenhuma realidade tangível – atravessara todos esses momentos como uma sombra, movia-se solitária no fundo daquele quarto, reunindo dolorosamente fibra por fibra desse passado que nunca morria inteiramente, que estava sempre pronto a voltar ao primeiro apelo, a sangrar ao primeiro choque com o mundo... Era sua única alegria – mas a consciência do tempo é uma alegria envenenada. Talvez partisse dali todo o seu sofrimento – não saber supor a realidade senão paralela à curva do tempo – não aceitar a vida, senão sorrindo amargamente pela constatação do que não se realizou... linhas paralelas que se chocam e se ferem por vezes – não era exatamente esta a visão que tinha do seu destino, sempre preso à nostalgia e à memória? Agora, desejava fugir, esquecer a outra linha, viver a realidade. Mas como? Como? Desesperada, implorava no quarto silencioso, enquanto a noite avançava.

Pedro sentiu que alguma coisa se passava. A inquietação ardia no seu sangue. O ar do aposento em que dormia agora parecia sufocá-lo. Abriu a porta e ganhou o corredor. Ao passar diante do quarto de Adélia a desconfiança fê-lo se deter um momento. Julgou distinguir qualquer coisa – primeiro um leve ruído, depois um estalo, passos abafados. Assaltado pela emoção, compreendeu que Adélia procurava fugir. Escondeu-se, se bem que ignorasse a que momento ela realizaria essa fuga.

A noite continuava a avançar – ele via a porta de Madalena e uma alegria sombria inundava o seu coração. Por vezes, um ruído perturbava a tranqüilidade. Um rato saltava no escuro, a madeira estalava. E subitamente tudo voltava a cair na quietude e Pedro chegava a ouvir o chiado dos grilos do lado de fora. A dormência começava a invadir-lhe os membros. Apoiado à parede, sentia o frio da pedra arrefecer-lhe a carne – e da sala, do jardim, do grande campo vazio, vinha até à sua alma a voz soturna das coisas que não se entregavam ao sono, agitadas por desejos desconhecidos e terrores inúteis. Pensava nas estradas dominadas pela noite, onde passam, como atormentados fantasmas, os notívagos que carregam as suas penas e os seus tremendos castigos. Cerrava os olhos e via aquelas faces brancas, agitadas pelo temor e pela desgraça – o tique-taque de um relógio quebrava a fantasmagoria e a escada estalava o salto de um rato fugitivo.

Afinal, a porta de Adélia se abriu. Trazia a luz nas mãos e parecia hesitar, carregando sob o braço um pequeno embrulho. Não se enganara – a velha preparava-se para fugir. Ainda um momento, no alto, ela se deteve, escutando. Pôde distinguir com absoluta nitidez o seu rosto agudo, os lábios contraídos e os olhos pequenos, iluminados por um brilho indecifrável. No alto da escada parou – somente a extensão dos degraus separava a velha de Pedro – e lançou para a escuridão profunda um olhar inquisidor. Escondido, reparou ele que Adélia olhava cuidadosamente em volta, como quem deseja guardar na memória um cenário que vai desaparecer. Viu a cabeça de touca negra se erguer na penumbra e, fechando os olhos, respirar com força o ar que a cercava. Depois, lentamente, estendendo a luz à altura dos olhos, desceu, pisando degrau por degrau. Pedro a sentia quase junto de si – mais um, mais um, outro degrau – e num ímpeto segurou-a fortemente pelo braço, enquanto o embrulho tombava no chão.

– Aonde vai? – perguntou.

Adélia tinha deixado escapar um pequeno grito. No escuro, os olhos se encontraram – os de Adélia, atravessados por uma rajada de terror e ódio, onde transparecia a força indomável que a separava do filho, força criada em largos anos de sofrimentos e de separação, ele – com uma tranqüilidade sinistra, em cujos olhos faiscava, por vezes, um raio de febre. As faces estavam tão juntas, que um pouco desse calor passava para o rosto da velha.

Mas no seu coração, nascia uma repulsa que a transtornava inteiramente.

– Deixe-me... Que é que tem com isso?

Pedro sentiu-se ferido com a pergunta – continuava a segurá-la pelo braço, enquanto ela se esforçava para libertar-se.

– Você não fugirá – disse.

– E quem disse que eu...

Pareceu se lembrar da sua atitude furtiva ao descer a escada e perguntou rispidamente, mudando o curso dos seus pensamentos:

– Por que não posso fugir? Não quero mais viver nesta casa, compreendeu?

– Sim – retornou Pedro abandonando-a – você não partirá antes de falar com Madalena...

Adélia procurou o seu olhar, estupefata. A sua curiosidade foi maior do que o seu terror.

– Não tenho nada mais a falar... Depois do que se passou, seria impossível...

– Impossível? Seria uma loucura uma saída dessas!

Sua voz tornara-se quase macia. Adélia percebeu que ele arfava um pouco. “Tenho medo” – pensou consigo mesma. E acreditando que outras armas estavam em suas mãos, disse:

– Se eu ficar até amanhã, promete então que me deixará partir?

Sentiu no rosto a sua respiração e a voz pesada de amargura:

– Prometo...

E quando o silêncio se fez, ele voltou a dizer, como um grito que lhe escapasse do peito:

– Além disso, que me importa conservá-la aqui?

Adélia compreendeu que ele sofria; aquela pergunta, mais do que um simples grito lançado, era a confissão do seu completo alheamento, da sua total separação das outras pessoas.

Por quê? – continuava Madalena a perguntar. Sua amargura atingia um ponto onde os menores fatos se aclaram à luz de uma razão inesperada. E seguindo todos os fios da sua inquietação, reunindo lentamente o que as últimas horas de emoção tinham dissipado do seu raciocínio, percebeu que era por Pedro, ainda por Pedro, que tudo aquilo se agitava na sua alma. Vagarosamente, a compreensão iluminava todas as transformações por que tinha passado ultimamente, a sua crença naquele amor que se acabava, a sua esperança numa vida nova – e ela não via senão uma zombaria a mais nessa espécie de esmorecimento que sentia no seu coração, e media, com o desespero de sempre, o amargo retorno dessas vagas que traziam constantemente a descrença e a indiferença pelo seu destino. É que percebia, no fundo mesmo dessa resignação que ela media como a vitória do seu espírito, um elemento novo de destruição, um elemento ainda informe, mas que ameaçava a sua tranqüilidade, com a pérfida serenidade de alguma coisa nascida no próprio desenvolver do seu amor. Havia em torno da sua pessoa uma brusca mutação do próprio mundo sensível – para os seus olhos, tudo se envolvia repentinamente num vapor sombrio, e, em cada face, em cada curva imóvel, em cada sombra estagnada, uma marca inexprimível de sofrimento, de muda refração contra alguma força desencadeada, como se a pobre vitalidade que os animasse crescesse ao impulso das amarguras sofridas, para reagir ao invasor. Era assim que aquele quarto ia adquirindo lentamente a transfiguração de um lugar que o seu espírito não suportava mais – enquanto a lembrança do seu amor vinha de momento a momento afogar-lhe o coração em novas ondas de amargura, a metamorfose se operava sutilmente e os móveis, a janela e a própria paisagem que descortinava tomavam uma dolorosa e apagada melancolia, onde por vezes parecia soprar uma rajada de frio ou um longo estremecimento de terras que se acabam após a passagem de uma tempestade. Madalena se sentia confundida com tudo aquilo e a sua participação implicava uma tensão maior na sua crise – passava a sofrer integrada naquela agonia exterior, cedendo a esse vento que de repente se abatera sobre tudo. Não existia agora senão aquele cansaço, aquela vontade de partir, de romper os laços que a prendiam, como se fossem eles que transportassem para o seu sangue o veneno daquela vida, que não se realizava senão na angústia e na solidão.

Mesmo que ele dissesse "eu não te amo", teria forças para esperar ainda. Ela se iludia e acreditava que Pedro batesse na porta. Não sabia que desesperada crença se agitava nela, para dar-lhe aquela força enorme, que nem o sofrimento de cada hora conseguia diminuir. Pelo contrário, a cada desilusão rompida, a cada esperança que se desfazia, sentia agora que a sua angústia vinha à tona, arrastando uma dúvida que apressava as batidas do seu coração. Seria possível? Seria possível? – indagava a si mesma, caminhando de um lado para outro, odiando o quarto, a cama forrada de chita azul, os quadros, inteiramente sufocada. Oh! quem ama não se desengana nunca... Não sabia por que, achou-se velha. Pensou que a sua dor não poderia conservá-la sempre moça. Havia um espelho pendurado, meio amarelecido pelo tempo. Correu para se ver – contemplou longamente o rosto pálido, aqueles traços que não pareciam ocultar tudo que ardia dentro dela. Não existia nenhuma alteração naquelas pupilas que boiavam num líquido azul, naqueles lábios úmidos, intumescidos de sangue. Um grito sombrio cortou-lhe o pensamento; então toda aquela tragédia que se passava com ela não tinha nenhuma repercussão exterior? Tudo aquilo se passava soterrado no fundo do coração, sem nenhuma esperança de luz? E tornava a fitar o rosto calmo – nada, nada que se parecesse nem de leve com a sua exaltação – havia mesmo, naquela fisionomia, uma serenidade admirável, um ar de força de vontade que decerto partia do traço resoluto dos lábios e do brilho dos olhos extraordinariamente vivos. "Como somos mesquinhos supondo que a nossa dor enche o mundo!" – pensou – "nem sequer em nós mesmos ela passa além dessa camada profunda, onde a alma se agita numa solidão maior do que o silêncio do primeiro dia da criação." Desamparada, deixou-se cair sobre a cama. Por que imaginava sempre que Pedro viria? E, quanto mais o tempo se acumulava, mais a imaginação teimava em traí-la, subtraindo todo o esforço da realidade. Via-se, como antigamente, as mãos pousadas nos joelhos de Pedro, dizendo: – "Ah! você não poderá compreender o que é uma espera tão longa, encerrada num quarto... O tormento dos passos das outras criaturas... esses passos, que feriam pesadamente, as horas atravessadas na mais atroz inquietude... Eu os vivia escutando, esperando, pedindo, devorada por essa coisa sem nome que é uma esperança impossível... Mal os escutava, sentia o sangue me subir às faces e uma dolorosa inquietação espalhar-se de repente no meu peito. Ficava imóvel, toda a atenção concentrada na porta, esperando que se abrisse a cada momento e você aparecesse... Um, dois... Meu coração parecia saltar no peito. E os passos chegavam, iam desaparecendo, lentamente... Eram os de Adélia ou os de Júlia... Eu, que as odiava tanto, que conhecia o menor dos seus gestos, chegara a desconhecê-los, pensando que fossem os seus... E o pior, o tremendo de tudo isso, é que da próxima vez – nenhuma dúvida para mim – enganar-me-ia outra vez, corria de novo para a porta, sofreria de novo essa dor quase física, cairia de bruços sobre a cama, ardendo de desespero...". E, nesse instante, alguém bateu à porta. Madalena escutou, pensando que se tivesse enganado, mas as pancadas soaram de modo mais imperioso. Então, ergueu-se de um salto; ela que se equivocava sempre, deixara passar aquela ocasião. Mas, antes de abrir cumpria controlar a emoção, acalmar os seus nervos sobressaltados. Por um longo momento, de pé, os olhos cerrados, procurou sufocar a inquietude que se derramara por todo o seu ser e que flamejava com maior intensidade onde o coração batia sem ritmo, incapaz de conter as forças que nele transbordavam. Ainda uma vez os dedos soaram levemente na madeira. Então, Madalena dirigiu-se num arranco à porta cerrada e abriu-a de um golpe. Estava meio escuro e não pôde distinguir prontamente quem batia. Mas um punho branco, de onde se alongavam dedos agudos e firmes como tenazes, se moveu na sombra e apoiou-se ao portal, mesmo diante dela. O seu olhar apreendeu então o rosto de Adélia, a touca e o nariz agudo – ao mesmo tempo que a emoção lhe ganhava rapidamente o peito e ela recuava, sem conseguir arrancar uma palavra da garganta. Adélia avançou e tocou-a levemente com o braço – e tudo que dormia no fundo do seu peito, o ódio e o desprezo, a lembrança do que presenciara, levou-a a sentir o coração pesado de angústia. Lentamente, Adélia caminhou e entrou dentro do quarto. E ao mesmo tempo, Madalena sentiu-se chocada pela ousadia da velha. Mas diante daquele rosto imóvel, daqueles lábios que não se abriam para pronunciar nenhuma palavra, sentiu-se tomada pelo terror e recuou ainda mais, até o fundo da parede, onde a penumbra se fechava completamente. Não podia decerto avaliar o tempo decorrido no silêncio que se seguiu.

Não diziam nada, ambas aturdidas, ambas agitadas pela mais violenta emoção. Foi Madalena quem rompeu o silêncio:

– A que devo?... – perguntou com voz surda, onde se percebia a hesitação. Ao mesmo tempo, a distância e a cerimônia da frase fê-la arrepender-se do que tinha dito.

Adélia moveu-se então e suspirou; o brilho da sua touca feriu os olhos da outra. Procurou alguma coisa com o olhar e, depois, fazendo um gesto com o braço, indagou por sua vez, sem ligar importância ao que ela dissera:

– Não se pode sentar?

Indicou vagamente uma cadeira perdida no escuro. Adélia sentou-se e por momentos perdurou o mesmo silêncio aflitivo, o mesmo mal-estar do princípio. Madalena, acostumada à escuridão, distinguiu perfeitamente o rosto da velha. Aquelas linhas duras, intensamente marcadas sobre o rosto macerado, não escondiam mais para ela nenhum segredo, nenhum mistério que o coração não fizesse transpirar, envolvendo-a num ar envenenado. Revia o instante em que a encontrara com a garrafa nas mãos, o seu olhar impassível, o seu brusco movimento de defesa. A sensação do perigo acordou-a daquele letargo. Era alguma coisa mais forte do que ela mesma, luzindo no âmago da sua carne. Dirigiu-se até a cortina e abriu-a. A claridade penetrou bruscamente no aposento. Adélia moveu a cabeça, aturdida, e, rapidamente, cerrou os olhos, ferida pela luz repentina. Madalena voltara a se colocar diante dela, esperando sempre, disposta a não começar uma palestra que ela não procurara. E de um golpe, como quem se liberta de um peso, a velha exclamou estranguladamente:

– Vou-me embora amanhã.

Madalena não compreendeu prontamente. Mas devagar, percebendo o alcance daquela frase, sentiu-se invadida por uma alegria desvairada. Inútil ocultar o que se passava. O brilho dos seus olhos, mais do que qualquer outra coisa, denunciava claramente os sentimentos que a agitavam. Adélia seguia-a, não lhe perdendo nenhum dos movimentos. Madalena compreendeu também o que queria dizer aquele olhar frio, que dava ao rosto amarelo uma nota gelada. Readquiriu sua atitude primitiva e esperou, as mãos cruzadas sobre o peito, sem nenhuma pergunta nos lábios.

– Ao entardecer, entendeu?

A palavra viera como um golpe desferido. O olhar de Adélia firmou-se ainda mais no rosto de Madalena. Dir-se-ia que procurava quase ansiosamente os sinais da alegria que pudesse ter desencadeado no espírito da outra.

Entretanto, era a dúvida que penetrava no espírito de Madalena. Por que viera aquela mulher dizer aquilo? Que lhe importava que ela partisse? Seria uma cilada ainda? Mas diante daquele vulto de negro, daquele olhar parado e cruel, daquelas mãos pendidas, sem nenhum movimento, julgou compreender de súbito a razão de tudo. Era Pedro quem a enviava, para fazê-la compreender que se arrependia, que já era tempo de fazê-la descer. Ele que não tinha nenhuma culpa, queria se lavar de toda suspeita e mandava a própria culpada, como uma mensageira da paz que oferecia. Ao mesmo tempo, o medo de se enganar, a lembrança de todas as vezes em que fora ludibriada, fazia o seu coração se confranger. Tinha medo de ceder – e no seu peito a vontade de aceitar tudo se derramava numa grande onda de paz. Desse momento em diante, o seu interesse pela visita cresceu. Pôs-se a bater com a mão no espaldar da cadeira e esperou que a velha prosseguisse. E uma coisa estranha se passou. O rosto, que ela só tinha conhecido marcado por uma única expressão, a da mais fria e calculada indiferença, transformou-se de repente – e como sob a agilidade dos dedos de um escultor aquelas linhas rígidas se desfizeram sob a máscara, os olhos mortos puseram-se a arder, num brilho que ia se graduando até a extrema aflição. Insensivelmente, levada pela força daquela angústia que transformava o rosto de Adélia, Madalena se inclinara e parecia conter a respiração, quase debruçada sobre ela, os olhos fixos, hipnotizados por algo que vinha dos mais obscuros recessos do espírito da velha. Ambas mal respiravam, e esta emoção que as violentava fazia esquecer tudo o mais, os fatos que se haviam passado, o extraordinário da situação em que se achavam. Naquela coisa que parecia prestes a saltar, um grito ou um soluço que romperia os lábios apertados de Adélia, Madalena compreendeu ainda que era uma confissão, sem dúvida uma confissão, o que ela desejava fazer – algo terrível que devia queimar-lhe o coração todo esse tempo que a arrastara, degrau por degrau daquela escada, até à porta onde se refugiava a sua inimiga. Espantosa clarividência esta – mas as palavras não pronunciadas estavam de tal modo vivas no ambiente, que toda uma compreensão se estabeleceu entre elas. Com um movimento brusco, Adélia levou as mãos à garganta, como para estrangular alguma coisa impetuosa que lhe subia. Madalena sentiu que ela se afundava numa irremediável timidez. Sim – aquela velha pérfida e criminosa, aquela criatura obscura e atormentada, mostrava-se tímida diante de um fato banal como uma confissão. Puxou as saias violentamente e dos seus lábios saíram, como sob esforço tremendo, palavras geladas, que romperam a única comunicação existente entre elas:

– Sim, amanhã, pelo entardecer.

Hesitou ainda um momento, com a mesma expressão sombria e atormentada, o busto curvado para a frente. Afastou-se dois ou três passos, curvada num abatimento profundo, sangrando pela impossibilidade que a obrigava a se despedir. Madalena sentiu-se atravessada instantaneamente por um sentimento de profunda piedade. Por quê? Não lhe tinha feito aquela criatura apenas mal? Entretanto, era ela que parecia a vítima, fugindo ao seu perseguidor. Esta idéia de "vítima" estava mesmo de tal modo ligada à sua atitude, que se confundia com ela, transformando-se em qualquer coisa de definitivo, que superava e alienava todas as sensações de rancor. Era ela que parecia se esconder – seu olhar parecia distinguir uma arma suspensa sobre a sua cabeça – demonstrando assim uma fraqueza que a tornava mais humana. Estaria tudo terminado? Não. Já com as mãos angulosas no trinco da porta, ela se voltou precipitadamente e um som rouco escapou-lhe no peito. Era ainda uma vez, uma derradeira vez, o esforço para se libertar daquilo que decerto a atormentava, de uma coisa que a queimava e que se agarrava ao fundo do seu coração, impiedosamente, trazendo-a numa constante agonia. Já não era a inimiga. Era apenas a criatura que sofre e que necessita de amparo. Madalena, esquecendo tudo, fez um movimento em direção à velha, que lutava ainda, as mãos no trinco. Mas, no silêncio angustioso que se fizera, ouviu-se de súbito a tosse seca de Pedro. Devia estar bem próximo – o som parecia soar dentro do quarto – e Madalena viu que a velha estremecia. Escutava avidamente, até que, de novo, mais imperiosamente, a tosse voltou. Seu rosto transformou-se de novo. Ergueu o busto, adquiriu a firmeza antiga, enquanto o rosto se fechava no rancor inicial. Madalena, levada ainda pela força que atuava sobre Adélia, ergueu-se também, inteiramente distanciada, o coração opresso. Um sorriso calculado apareceu no rosto sem sangue de Adélia.

– Adeus – disse alto.

Madalena estava sem forças – e enquanto a velha conservava a porta aberta, julgou distinguir no escuro o vulto de Pedro. "Amanhã!" – ouviu a sua voz estranha e longínqua. Mas a porta se fechava com estrondo – aturdida, permaneceu sem fazer um movimento, os pensamentos afluindo com incrível rapidez à sua cabeça, cólera, dúvida e despeito.

Mais uma noite, depois outra amanhã – e Madalena esperou horas seguidas, encostada às fendas da veneziana, até que, novamente, uma outra tarde caiu, aquela que Adélia marcara para a sua partida. Sentia agora no rosto queimado pela febre o vento suave. As pedras do chão, única coisa que conseguia distinguir, escureciam diante dos seus olhos. Voltava a cabeça e o calor do quarto a sufocava. Percebeu os primeiros chiados dos grilos. Então, em vez da tristeza que costumava invadi-la aquela hora, sentiu o desespero e a dúvida lhe envenenarem o espírito. Na sua angústia, sentia a febre aumentar e tremia de frio, longos arrepios que a assaltavam dentro do quarto abafado, vindos da noite que se estendia rapidamente. Chegou a descrer de que Adélia partisse. A sua raiva levou-a a atirar sobre a cama, mordendo os travesseiros, odiando a sua ingenuidade que a fizera crer mais uma vez naquela velha. Não, não podia deixar de ser senão isto. Ela a ludibriara mais uma vez, e – idiota que fora – acreditara em tudo, para sonhar ainda uma vez, apesar de tudo! – como se a felicidade ainda fosse possível... Por que se agarraria ela sempre a uma fresta de esperança? – a infelicidade é talvez bem diferente do que se imagina. Caminhava pelo quarto, caminhava como uma louca, os lábios gretados de febre. Sim, não sairia daquele quarto mais, senão morta ou para a casa de sua mãe. Cada vez esta idéia penetrava mais no seu espírito e ela sentia o seu ódio morrer; mas, a cada ruído que se fazia lá fora, corria a atirar-se de encontro à veneziana. Finalmente, ouviu o barulho das rodas de um carro, penetrando na aléia do jardim. Parava justamente sob a janela. Correu – viu as rodas besuntadas de óleo, sofreu uma pequena espera – e surgiu então a saia de Adélia, os pés pequenos que pisaram no estribo de ferro. Nenhum som – nenhuma palavra. As rodas deram um arranco, o carro movimentou-se, o pó subiu. Lentamente, o ruído foi desaparecendo. De um golpe, Madalena abriu a janela e viu que o céu inteiro ardia. Um grande sol vermelho descia lentamente no espaço – e através das palmeiras imóveis, as andorinhas fugiam.

Ganhou a escada, procurando familiarizar-se com os objetos que não vira por tantos dias; aquela mesma sombra, aquela mesma tristeza, que descansava sobre tudo, tinha, para o seu espírito cansado de sofrer, um encanto qualquer impresso nas suas faces, como um sorriso fugidio. Oh! poder distinguir assim a alma em tudo que nos cerca, tocar de leve o sentido fugidio dessas coisas que parecem aniquiladas num sono eterno...

Docemente, os seus dedos roçaram a parede, enquanto uma vaga ternura subia ao seu coração. Era estranho que as pessoas se prendessem aos lugares, mesmo àqueles que o sofrimento marcara... Conhecia agora que amava a sua casa e essa constatação lhe dava uma alegria pura e tranqüila. Mas, a cada passo que descia, novas sensações lhe chegavam, lembranças dispersas, notas íntimas despertadas de repente, um começo de mal-estar, a velha inquietação que retornava, como algo que vencesse enfim as camadas leves que o tinham tentado submergir. Era diante da sala, da mesma sala onde Adélia deixara o envelope cair, que se encontrava agora – e uma espécie de pressentimento, uma angústia profunda e impetuosa, correu de repente até o fundo das suas entranhas. Hesitou – além estava a mesa onde as velas tremiam e, bem defronte, o rosto pálido de Pedro, como a visão de uma máscara imóvel. Que estranha rigidez o empolgara naquele instante? Madalena teve a impressão de que se achava diante de uma criatura morta. O sangue afluiu de um jato ao seu peito. Quis gritar – mas a voz lhe faltava. Pedro continuava imóvel, os olhos abertos, fixos sobre ela. Deslizou até o seu lugar, tateando, exausta como se tivesse vindo de uma longa caminhada.

– Oh! como me parece diferente esta casa! – murmurou com esforço. O homem voltou a cabeça lentamente e não respondeu. A luz parecia mal colocada, Madalena reparou então que absurdas massas deformavam a sua fisionomia, que não era o mesmo homem. Alguma coisa profunda inchara e crescera por dentro, tornando-o horripilante. Sentiu o horror descer-lhe como uma punhalada. Estava velho – oh! – compreendia que aquele homem tinha envelhecido, que eram rugas imensas aquelas marcas estranhas que lhe sulcavam as faces. Ou seriam apenas os seus olhos – o tempo em que o deixara de ver? Mas não: gravado na sua carne, como sinal de um ferro em brasa, gritava o sofrimento, a expressão de um sofrimento atroz que o devorava rapidamente.

Alucinada, Madalena sentiu que perdia o controle dos seus movimentos.

– Que foi? – indagou a voz ríspida de Pedro.

Tomou a vela e aproximou-a do rosto do marido. As rugas cresceram – a luz flamejou de ímpeto sobre o rosto marcado.

– Não sei... Nunca o vi assim... está doente, por acaso?

– Não, – respondeu – não estou doente. Nada se passou comigo durante este tempo.

Era uma resposta à sua suposição. Continuou com a luz erguida, hesitando.

– Tem medo? – soprou Pedro de repente, com a cabeça inclinada, o rosto contraído.

– Não – respondeu Madalena no mesmo tom.

Ficaram um instante silenciosos. Uma esquisita dificuldade se colocava inesperadamente entre eles. Madalena sentiu que era algo tão real que, se estendesse a mão, a tocaria. Pedro continuava a fitá-la – ela percebeu o peso daquele olhar e curvou a cabeça bruscamente.

– "Ela" disse alguma coisa? – tornou a soprar Pedro.

O vento do terror ganhava-a rapidamente.

– Não. Mas eu sabia...

O olhar continuava a devastá-la.

– Talvez tenha levado consigo...

Madalena fechou os olhos – o sangue latejava furiosamente nas suas têmporas.

"Ele pensa que Adélia teve coragem para fazer a 'confissão'" – murmurou consigo mesma.

– Não sei, ela não me disse nada – tornou.

Então Pedro golpeou a mesa de repente e gritou:

– Mas que poderia ter dito ela? Quero saber se ficou com o remédio, compreende?

"Não sei por que vou mentir... mas é preciso que eu minta."

– Ouviu?

– Ouvi. Mas eu não sei de nada.

Abriu os olhos. O rosto de Pedro estava quase junto ao dela. Ofegava.

– É impossível que você não saiba... Quem então?

"É a minha defesa... é a minha defesa! jamais ele saberá da verdade inteira, ainda mesmo que isto me custe a morte."

– O vento... Acredita que o vento o tenha levado?

"É a sua fraqueza...".

– Madalena, está ouvindo?

Ela apertou desesperadamente o envelope de encontro ao coração e, fixando-o, articulou:

– Vento? Naquela noite não ventava...

– Tem certeza?

Sorriu:

– Tenho. Não ventava.

E naquela noite, não disseram mais nada. A impossibilidade que Madalena percebera crescia de instante a instante. Uma presença restava ainda entre eles, terrível e imponderável; por muito que Madalena procurasse se refugiar numa atitude de negação, procurando reconstituir todos os fatos que lhe serviam algum tempo antes, no desejo de restabelecer as comunicações com um passado ainda morno, por muito que ela se esforçasse para esquecer a passagem rápida e destruidora de Adélia, a velha estaria sempre, como naquele instante, impenetravelmente colocada entre todas as tentativas que fizesse em direção a Pedro. Por quê? Não sabia. Apenas a sentia desesperadamente presente – era como se ainda ocupasse aquele lugar vazio e o mesmo constrangimento permanecia – as palavras que tinham sido pronunciadas eram difíceis e tempestuosas enquanto todo um mundo de recriminações e ameaças pairava entre eles, como se a luta ainda estivesse acesa. Compreendia porque Pedro não falava mais – os seus gestos, tão lentos, indicavam bem o desânimo que se apossava dele. Madalena descobrira agora toda uma vida naqueles movimentos aparentemente sem intenção, todo um confuso desejo de se exprimir, de mostrar a resignação e a impossibilidade de reatar qualquer coisa, como se indicassem constantemente o lugar vago. E de súbito chegou mesmo a sentir uma certa atmosfera que se formava em torno daquela cadeira, uma zona morna que a envolvia como se partisse de uma pessoa viva – os limites se delineavam quase violentamente no frio do resto da sala, isolando-a de um modo brutal do mundo e que os outros respiravam. E compreendeu ainda mais que enquanto existisse aquela cadeira, existiria aquela presença. E, baixando a cabeça, começou a comer.

Com a noite, a inquietação lhe chegou. Abandonando tudo, ganhou a estrada e pôs-se a caminhar ao léu, como uma criatura perdida.

TERCEIRA PARTE

Os evadidos

I

Uma charrete passou quase rente e afastou-se aos arrancos pelos caminhos, desenhando curvas, enquanto uma nuvem de poeira se levantava. Sob as árvores imóveis, a sombra ainda era morna. Madalena continuou insensivelmente a caminhar – tinha tomado gosto por esses passeios longos, em que, geralmente o cansaço físico lhe suprimia o trabalho do espírito. Chegava em casa exausta, derreada de sono, sem coragem para coisa alguma. Refugiava-se nessas saídas com extraordinário ardor, reunindo assim as suas últimas forças para a luta que sentia decisiva. Nenhuma preocupação lhe ocorria durante esses extensos giros. Caminhava simplesmente, olhando os casebres ou o campo desoladamente vazio, sentindo-se ela mesma, absolutamente vazia, como se o ar daquelas tardes descesse como um bálsamo às suas velhas feridas cansadas de sangrar. Que lhe importavam os acontecimentos da sua vida? Inesperadamente, algum espinheiro bravio avançava para o meio da estrada, carregado de flores – Madalena se detinha a contemplá-lo, privada de qualquer sensação, vagamente aturdida, sem nem sequer se lembrar das corolas roxas que se erguiam até ela como bocas palpitantes. Depois, vagarosamente, prosseguia a caminhada, deixando que se esvaísse no caminho o hálito perfumado das flores. Entretanto, havia momentos em que um súbito relâmpago riscava aquela atonia – era quando se detinha nalguma sombra, o coração sangrando bruscamente, como se de um jato a consciência adormecida rompesse as suas cadeias e lançasse no silêncio o seu grande grito de agonia. Então se apresentava numa rápida metamorfose, a realidade que a cercava e a que ela fugia – o calor da estrada, o brusco peso das copas entorpecidas pelo sol, a visão completa daquelas evasões inúteis, numa previsão absoluta de que todos os sofrimentos voltariam implacavelmente a atormentar o seu espírito. Um esforço sobre si mesma – e ela prosseguiu a caminhada, quase inconsciente, enquanto o cansaço lhe chegava com a noite, bem como a idéia de regressar à casa. Pela primeira vez pensava em abandonar Pedro definitivamente. Pela primeira vez realizava aquela necessidade, encontrando em obscuras regiões do seu ser um apoio que não conhecia antes, uma espécie de desespero sombrio, de resignação amarga, que emprestava a essa renúncia um leve sabor de orgulho, um leve repassar de tristeza, de melancolia fugitiva, que se aproxima às vezes de uma felicidade dolorosamente conquistada. Era preciso fugir, esquecer, encontrar as antigas fontes de vida que os acontecimentos lhe tinham roubado. Não poderia continuar para sempre naquele marasmo e naquele sofrimento – era ainda com o tempo que contava – e no momento em que se detinha no meio da estrada para perguntar a si mesma: "é possível que isto dure sempre? – que ainda sofra do mesmo modo daqui a um ano?" – sentia palpitar de súbito no fundo dessa resolução uma dúvida que a enfraquecia e se eternizava no seu drama, como uma sanguessuga agarrada à carne frágil. Lançava-se de novo à luta, na ânsia de recobrar as forças que se esvaíam – mas, agora, de nada mais lhe valia repetir indefinidamente: "é preciso! É preciso!", – pois ainda uma vez o coração a traía e ela percebia que um impulso maior do que a sua vontade a chamava para Pedro. Era então que procurava aceitar do modo mais completo possível o seu sofrimento – as mãos cerradas, os lábios comprimidos, esforçava-se para obrigar a permanecer no corpo atormentado aquela angústia que se espalhava em ondas vagarosas, do peito à garganta, da garganta aos lábios, num doloroso fluir e refluir de vaga ardente, até que de novo descia ao coração inquieto – e sentindo que tudo era inútil, que aquela força jamais se submeteria a correr nas suas veias como um novo sangue, retomava o caminho, batendo asperamente as pedras que ainda cintilavam.

De raro em raro, quando a noite pousava nas árvores como uma auréola sem luzes, uma voz subia dos casebres onde a tristeza envolvia tudo. Sobre a terra seca, o algodão se desfolhava em brancos flocos silenciosos. Tudo parecia palpitar serenamente na tarde que se esvaía – um lenço se agitava detrás de algum barranco e, uma a uma, as estrelas surgiam no poente ainda roxo. Em plena estrada, crianças sujas brincavam; o coro de vozes infantis se misturava ao chiar dos grilos que enchia a morna placidez.

Madalena se aproximava e passava a mão pelas cabecinhas sujas. Uma ternura nova enchia de amargura o seu coração – ternura pelas pobres crianças que não eram os seus filhos, ternura quase tardia e involuntária, enquanto os contemplava rodando na poeira. Alguns, mais afoitos, puxavam-na para os casebres; dentro, uma candeia fumegava. Sentia-se constrangida e olhava as faces marcadas pela miséria diante dela, os olhos curiosos se iluminavam e percebia naquele exame uma nota de inquietação e hostilidade. Junto à vidraça tosca a luz vermelha bruxuleava; trazidos pelo vento, restos de algodão flutuavam.

Saía de novo, sofrendo pelo contato com a gente humilde. Distinguia repentinamente a distância daquela terra e daquela gente em relação ao seu sofrimento. No meio da estrada passava uma charrete vagarosa; as rodas rangiam nas velhas junturas e um chiar monótono acompanhava o carro. Sentadas, mulheres riam e olhavam o campo, com os vestidos claros destacando-se na sombra azulada da tarde. Uma sombrinha branca ou um vestido de chita vermelha rompia inesperadamente numa curva – o carro continuava se afastando vagarosamente, o grito de um tropeiro retinia. A felicidade de todas estas coisas simples causava a Madalena um mal-estar profundo, quase piedade por si mesma.

E como nas curvas distantes a noite continuasse a se erguer do chão como um véu enevoado, sentia-se abandonada, inteiramente abandonada.

Uma tarde, como descesse longamente um desvio maior da estrada, atingiu um ponto onde o córrego se espraiava um pouco, lambendo suavemente as pedras lisas e invadindo o capim que parecia crescer sobre a água. Madalena sentou-se sobre uma árvore caída, lembrando-se da noite em que se estendera nua sobre a terra. No calor quase sufocante, mariposas zumbiam; pareciam surgir do chão esturricado e algumas, rompendo as asas frágeis num arbusto, tombavam sobre a água e lá se iam embora, revoluteando sobre o líquido tranqüilo o resto inútil das asas douradas.

Madalena percebia que nesses instantes penetrava novamente no paraíso perdido da sua infância. Sorria: é com a vida que nós adquirimos a impureza. E curvando-se sobre as flores rasteiras, onde os insetos passeavam, concluía: força é procurar o antigo berço para nos sentirmos limpos do lodo que a vida acumula em nossos ombros...

Deitava-se – que esquisito prazer de ouvir a água mansa, confundida com a terra, com as plantas, sentindo sobre as mãos, sobre o corpo, o passeio miúdo dos insetos e das formigas... Nesses momentos o céu parecia a uma distância impossível. Mas, bruscamente, sem nenhuma ligação com qualquer idéia anterior, lembrou-se de Emanuela. Um estremecimento correu-lhe pelo corpo e pôs-se a seguir o fio do seu pensamento, esquecida de tudo. Muitas coisas obscuras lhe restavam da passagem da criada pela sua casa. Toda a sua atitude, os passos lentos, o choro, a tormentosa serenidade, lhe aparecia agora estranho, inverossímil, absurdo mesmo.

Qualquer coisa lhe dizia que no fundo de todos esses gestos incompletos e desses prantos surpreendidos, estava grande parte daquele enigma. Emanuela devia reter uma porção importante do mistério. Não sabia onde era a sua casa – lembrava-se que ficava no meio de uma plantação – mas tantas eram as casas que se erguiam ali no meio de plantações! Pouco a pouco, aquele desejo de rever Emanuela começou a devorá-la – tudo o que antes guardava uma parcela de interesse para ela se apagou diante deste motivo. Já nenhum encanto lhe ofereciam o riacho e o lento desfilar dos insetos.

Dessa tarde em diante, a vida de Madalena tomou novos rumos e concentrou-se inteiramente nesta questão: reencontrar Emanuela. Ouvia as pessoas conhecidas e, no seu afã, detinha as que não conhecia. Quando regressava, atirava-se mesmo vestida na cama e fingia dormir para não ouvir os passos de Pedro. De vez em quando parecia que ele desejava lhe falar alguma coisa – cruzava-o na escada e, no rápido relancear, percebia a face congestionada onde uma ruga inquieta denunciava o pensamento. Isolada, sentia a sua presença como outrora tantas vezes sentira; gostava mesmo de se demorar sobre esta sensação, renovando uma angústia que trazia em si uma tênue parcela de felicidade. Mas, vagarosamente, penetrava-a uma absoluta consciência da sua situação. Era preciso fazer alguma coisa, era preciso... partir? Sim, era exatamente isto, partir. Inútil procurar para onde – na sua vida só existia essa possibilidade e qualquer outro esforço seria prolongar ainda mais o seu sofrimento. Não podia mais estar naquela casa, separada de tudo, com o ódio de Pedro a segui-la impiedosamente, vigilante durante dia e noite, como um raivoso cão de guarda. Restava o problema: preveni-lo da sua partida? – ou retirar-se sem nenhum aviso, abandonando-o ao seu destino? Mas um protesto fundo se erguia na sua carne: não, oh! não, cumpria avisar... dizer qualquer coisa... Desejaria ver o seu rosto neste instante, ainda que lhe custasse este último golpe metade dos seus dias... Veria a face deformada se voltando num imenso grito de espanto. Então ela se apoiaria pesadamente à mesa e diria com a fala esmagada: "a casa vai ficar só... é preciso que eu parta..." Que estranha angústia havia naquela idéia de que a casa ia ficar sozinha? Madalena levantou-se e percorreu com o olhar o quarto em desordem. Mesa, poltronas, quadros – que pungente afinidade os tinha feito uma parte do seu sofrimento? Quando, mais tarde, procurasse reconstituí-los na memória, os veria para sempre ligados a uma confusa impressão de águas passando sob a sombra de copas arqueadas, de vagas nuvens ondulando na descida para o poente e de flores roxas de espinheiro, sobrenadando aflitamente, as pétalas finas já esmagadas e escuras. Secreta ligação entre as suas horas solitárias naquele quarto e os seus passeios a esmo, nos instantes de maior amargura... Todas estas coisas estavam impregnadas dela mesma e da sua vida e nunca mais as tornaria a ver sem essa penosa impressão de instabilidade e transição.

Madalena caminhou e passou sobre a madeira lisa as mãos dormentes. Procurava guardar na retina, avaramente, tudo aquilo que ia desaparecer para sempre. "Eis" – dizia consigo mesma – "a mesa está ali e as poltronas no canto. É preciso que eu nunca me esqueça disso." Bem sabia que estas lembranças teriam agora uma realidade maior do que a sua própria vida. Era pois um momento de importância decisiva. Guardar, defendendo bravamente a memória, para que o tempo não a corrompesse – este era o seu trabalho. Foi até a última poltrona, encostada no canto, onde a sombra era mais densa. Aqui se sentava nos momentos de grande desespero; parecia distinguir a sua forma impressa no couro macio, lembrava-se mesmo dos dias em que, costurando, encostava de repente a cabeça e soluçava tempos seguidos, enquanto a noite ia se apossando das coisas. Sensações idênticas se renovavam agora – e presente ainda, sentia que todos estes objetos penetravam vagarosamente no passado. Compreendia que já nenhum laço os unia, senão o que se fora – outra vida surgia nos seus corações de madeira e de couro... Madalena era uma estrangeira. Cumpria descer – mas como diria a Pedro que se ia para sempre? Procurava uma forma: "estou cansada de tudo... jamais poderemos ser felizes..." Que inutilidade! – exclamou quase alto – seria possível que ele ignorasse isto! Não era dele que partiam todas as coisas? O melhor era não dizer nada. Então... então... partir assim sem uma palavra que ainda os ligasse por qualquer coisa, que lhes fizesse lembrar outros tempos mais felizes, romper definitivamente com o passado, sem o mais leve estremecimento? E eis que Madalena descobria, se movendo imperceptivelmente no fundo da sua consciência, um resto de esperança. Oh! Qualquer coisa de imensamente trágico estava marcada nessas tentativas de aproximação. Nesse surdo desespero de criatura que não se resigna ao seu aniquilamento havia um drama mais intenso do que se poderia avaliar ao primeiro golpe de vista.

Madalena ganhou a porta e desceu. Se partisse, devia partir agora, senão jamais teria coragem. Sentindo o desespero ganhar-lhe o coração numa onda mais forte, precipitou-se na sala, quase de olhos fechados.

Pedro estava dormindo e tinha um livro entre as mãos. Livros! Ela os odiava ainda, ela os odiaria sempre...

Encostou-se à janela e ficou ouvindo os últimos cantos de cigarras. Já não era uma cantiga de verão – no céu pesado, as nuvens de inverno caminhavam. A idéia de Emanuela voltou a fermentar no seu espírito. Não tinha a mínima dúvida de que a criada sabia de alguma coisa que só passara entre ela e Adélia... Revia, com uma lucidez febril, a sua figura sentada na cama revolta, as lágrimas descendo pelo rosto, a meia-voz aflita: "meu pai está mal... é preciso que eu volte!" Estaria realmente mal o seu pai? Ou seria apenas um pretexto? Uma vez – já agora não sentia a mesma vergonha ao pensar nisto, não recuava quase amedrontada como da primeira vez – pensara que alguma misteriosa comunicação tinha se estabelecido entre Pedro e Emanuela. Mas, qual? Como poderia supor o que fosse, em naturezas tão diferentes? Ao mesmo tempo, a esta suposição, sentia o seu peito se dilatar numa alegria cruel. E obstinadamente repetia para si mesma: "é possível que algo se tenha passado, é possível..." Lembrou-se de repente de que Camila lhe poderia indicar o lugar onde a criada morava... Tola que tinha sido: era tão fácil a solução do caso! Aproveitaria a ocasião e... Não, o melhor seria deixar tudo para depois dessa visita. Não partiria logo: malgrado seu, percebeu que se aliviava de um peso. De novo, foi contemplar Pedro. Uma idéia terrível ganhou-a: por que não gritar àquele homem que o abandonava, que o abandonava... que ela tinha saído para sempre da sua vida? Ouviu a chuva que começava a bater nos vidros. Com um movimento brusco rodou sobre si mesma e ganhou a porta. "Inútil" – pensou – "ele sabe que eu não partirei." Esta idéia lhe pareceu tão extraordinária, que se pôs a rir. Lá fora, nenhum ruído: fora uma ilusão, não chovia. Só a noite parecia maior. Muito tarde? – e olhou as estrelas. Um vento frio soprava. O instinto a guiava para Camila. "Apesar dela estar doente..." Foi até ao barracão e empurrou a porta. Zigo mastigava um molho de capim seco. Ali, onde ninguém penetrava havia muito tempo, sentiu vir até o seu rosto a atmosfera de abandono. Um odor de mofo flutuava mais brando ou mais forte. Teias de aranha se moviam com vagar. Reviu instantaneamente objetos que não via desde muito – uma velha cadeira de balanço, cortinas rasgadas, uma pá de jardim – e tudo aquilo transportou-a de um salto a um passado quase recente, a dias cujo sabor experimentava de novo, que se empenhavam numa luta silenciosa com a realidade. "É uma reação contra a morte", pensou vagamente. Mas, com um gesto aflito, desprendeu-se de tudo e atrelou o burrinho à charrete. As rodas rangeram. Madalena sentou-se e puxou as rédeas – o carro pôs-se em movimento. O ar frio fustigou-a, o vento moveu a porta aberta. Voltou-se uma vez – a porta se movia ainda e distinguiu no escuro a velha cadeira partida, coberta pelas cortinas rasgadas. Rapidamente, a charrete atravessava o jardim cheio de girassóis fanados.

Realmente Pedro sabia que ela não partiria. Logo que o ruído das rodas se perdeu além do jardim, o seu braço rolou num movimento de cansaço e o livro tombou no chão. Abriu os olhos e, no escuro, meditou algum tempo. Ergueu-se depois e foi até à janela, justamente no ponto onde Madalena tinha olhado. Ali permaneceu durante muito tempo – nem o mais leve sinal denotava vida no seu rosto. Afinal, subiu ao seu quarto e, abrindo uma gaveta, retirou de lá qualquer coisa. O aço de um revólver brilhou na escuridão. Se Madalena não estivesse tão agitada, teria reparado que a velha Júlia não estava em casa. Não tivera tempo para isto, agora devia estar bem longe. Pedro tornou a guardar a arma cuidadosamente e entregou-se a um estranho trabalho. De quarto em quarto reuniu todas as velas e lamparinas: depois, com os mesmos movimentos vagarosos atirou tudo no forno de barro da cozinha. Dentro de casa, a treva era absoluta. Retornou à sala e estendeu-se de novo no mesmo lugar onde Madalena o deixara. Entretanto não cerrou os olhos – fixou-os obstinadamente num ponto vago e continuou a meditação interrompida.

II

Madalena imprimiu um certo impulso à charrete e fê-la estacar diante de uma casa pequena; era ali, não tinha nenhuma dúvida – correspondia exatamente ao que lhe dissera Camila. Na porta, algumas crianças brincavam de roda, as mãos dadas, em lentos movimentos de onda que se perpetuasse no mesmo giro. Eram todas crianças pobres e estavam sujas: os pezinhos nus pisavam a terra úmida e as vozes soavam hesitantes, como se pesasse sobre elas a languidez quase ardente da noite que nascia. Desceu e amarrou o burrinho a uma árvore – e, por um rápido instante, hesitou se deveria penetrar sem atrair a atenção das crianças, ou se, pelo contrário, devia ir diretamente ao grupo. A sua dúvida diluiu-se rapidamente: no meio do capim vigoroso que cobria a terra toda, levantou-se uma cabeça e Madalena sentiu a fixidez de duas pupilas sobre a sua pessoa. Era uma pequena, separada dos folguedos e evidentemente maior do que as outras. Um pensamento atravessou-lhe o espírito: devia ser uma menina triste a que a contemplação da alegria dos outros devia bastar para a sua. Mais tarde, muito mais tarde, Madalena procurou em vão o motivo certo que tinha levado a se deter bruscamente – era como se alguma coisa profunda tivesse mordido o seu coração. Diante dela, o vulto se erguera completamente e restos de flores caíam ainda pelos seus cabelos. Era um rosto pálido e de linhas suaves – mas nos olhos grandes e sonolentos, quase sem expressão de vida como o olhar de uma cega, existia entretanto qualquer travo cruel e desconfiado, que derramava por toda a sua pessoa um ar de hostilidade e de estranheza. Evidente que fora aquela aparição que a fizera estacar – mas como poderia descobrir a causa daquele mal-estar, daquela repentina agonia que lhe cerrava o coração? Pensava então, durante esses momentos em que voltava ao passado, nos olhos de uma sonolência irresistível, que pareciam se fechar ao peso das próprias pálpebras – e um arrepio lhe corria pelo corpo.

A menina a contemplava sem fazer um movimento. Na sua figura existia ainda qualquer lembrança de Emanuela – mas um certo vago, uma certa distância a separava de qualquer outra criatura humana. Era antes uma sombra – e Madalena quase compreendia agora por que ela se deitara no capim e se afastara das outras. Não a poderia realizar jamais no meio daquela alegria inocente.

– Emanuela? – perguntou.

– É aqui mesmo – respondeu. Sua voz era indefinível – um pouco fria, talvez suave, roçando como se forçasse docemente a sensibilidade alheia. Era a voz de uma criança, mas a voz de "alguém" que já existia.

Fez a Madalena um gesto para que a seguisse. Diante da porta, parou e esperou que a visitante entrasse. Se bem que a noite não fosse absoluta, a pequena sala estava quase que completamente envolvida pela obscuridade – somente, pendurada por um gancho de ferro, ardia uma lamparina, sem que sua luz, de um vermelho sanguíneo e violento conseguisse dissipar a escuridão gelada além de certo estreito limite. Emanuela estava de pé, junto à vidraça descida; ainda a mesma criatura, com o ar levemente alucinado e um tom de fria indiferença nos gestos lentos, gestos que por vezes ganhavam uma rápida centelha e se desfaziam no movimento começado, rumando a direções opostas, num rasgo de ternura ou numa simulação de desespero. Mas agora, ainda outra coisa irrompia da sua pessoa – com os olhos que se iam acostumando à escuridão, Madalena compreendeu que era a garra do sofrimento que imprimira a sua marca indelével naquele rosto puro. Emanuela sofria e nos seus gestos vagos havia uma comovedora amargura. Madalena sentiu-se avassalada pelo medo – as vozes infantis continuavam a se levantar lá fora e o vento chegava, soprando na janela. Lembrou-se do sonho, das raparigas que rodavam sob a tempestade. Atrás, imóvel, a pequena Raquel esperava. Voltou-se e fitou-a. No rosto pálido, os olhos sonolentos se animavam num brilho de curiosidade quase impudica – e ela compreendeu que estava diante de uma beleza selvagem e estranha.

Um som aflito, um princípio de exclamação e de surpresa, escapou-se da garganta de Emanuela. Então Madalena se precipitou e movida pela piedade, estendeu-lhe as mãos, dizendo:

– Mas, Emanuela... doente! Você está doente! Que lhe aconteceu?

A moça recuou vivamente:

– Deus do céu, por que veio aqui? – exclamou, numa expressão de desespero tão intenso, que Madalena se deteve estupefata.

Estava nesse instante em plena zona iluminada pela lamparina. Um brilho escarlate tingia as suas faces como uma máscara de sangue. De repente, Madalena soltou um grito de espanto – e num rápido movimento de resolução, avançou até a antiga criada, o coração invadido por um doloroso pressentimento.

– "Ele"? – gritou. E desorientada, segurou-a pelos pulsos, tão próxima que as respirações se confundiam. Se bem que sentisse as mãos de Madalena como duas garras na sua carne, Emanuela não fez nenhum gesto para se libertar. Desorientada com aquela humildade com que não contava, Madalena abandonou-a e percebeu que aquele silêncio valia por uma confissão. Sentiu o sangue subir-lhe à cabeça e num gesto irreprimível esbofeteou Emanuela na face. Ainda dessa vez, ela não fez nenhum movimento – com a cabeça erguida deixava as lágrimas correrem livremente até os lábios.

– Mas pelo amor de Deus, – gritou Madalena – fala, fala alguma coisa!

Então ela ergueu as mãos num movimento de desespero e explodiu:

– Não! Não direi uma palavra, está ouvindo? Sabia que era por isso... mas não direi. Deus me disse que eu não dissesse uma palavra!

– Então? – implorou Madalena.

– Não e não! – obstinou-se Emanuela. – E olhe, é melhor que se vá embora...

Madalena olhou-a com rancor e bruscamente saiu. Emanuela ficou no mesmo lugar, paralisada por terríveis pensamentos. De repente correu à porta:

– Raquel! Raquel! – chamou.

A menina estava junto dela – mal soube apontar o vulto de Madalena que subia na charrete, Raquel partiu como uma flecha e dentro em pouco voltava com a visitante. Emanuela volveu a cabeça para a figura ansiosa de Raquel, enquanto os seus olhos se umedeciam:

– Escuta, – disse a esta – a chuva não tardará a cair... Avise as crianças para que não se afastem..

Raquel moveu a cabeça em sinal de que tinha compreendido e, ao mesmo tempo que não conseguia disfarçar o movimento de despeito, fitou ainda as duas mulheres, com um sorriso perverso a clarear-lhe o rosto. Sem uma palavra, voltou as costas e saiu. Madalena compreendeu que ela sabia de tudo. De novo pensou na desgraça que o sonho lhe anunciara.

Emanuela, logo que a porta se fechou, pôs-se a caminhar. Depois, com um gesto brusco afastou Madalena e voltou a se refugiar na penumbra. Antes que qualquer palavra fosse pronunciada, o clima de luta se tinha estabelecido. Tudo seria inútil, pois restariam somente como duas rivais que medissem avaramente o terreno das suas concessões. Ainda dessa vez foi Madalena quem rompeu o silêncio:

– Eu não sabia "disto" – disse. – Para mim é uma surpresa.

Entretanto, Emanuela permanecia no seu silêncio, apesar de ser evidente que tinha tomado uma resolução. Madalena sentiu que era preciso mais, que talvez fosse necessário forçar aquele mutismo e arrancar do fundo a revelação que esperava. Pressentia longinquamente que era a última gota do cálice, o derradeiro sofrimento que libertaria o seu espírito da teia em que tinham se emaranhado. Tinha a percepção aguda de que alguma coisa da mais decisiva importância estava para acontecer. Lá fora as vozes eram agora somente um lamento no coração da ventania. E aquele grito se erguia desesperadamente do âmago da sua consciência. "Que estará para acontecer?"

– Escuta, – tornou a dizer – é preciso que eu saiba de tudo... compreende, Emanuela?

Ela moveu lentamente a cabeça. Suas mãos penderam num sinal de profundo abatimento.

– Sei – disse. – Esperava a sua vinda... apesar de tudo...

E o seu olhar teve uma rápida cintilação. Como que feria as bordas de um mistério.

– A mim? Por quê? – indagou Madalena. – O seu primeiro gesto, quando entrei nesta sala, foi de espanto...

Ergueu os ombros e sorriu:

– Sabia.

E tornando o seu tom penetrante, exclamou rapidamente:

– Por causa do "outro"...

O silêncio seguiu-se à última palavra. Vagarosamente, Madalena ia compreendendo que o "outro" era Bernardo. Mais uma vez, ele se oferecia como a chave de um mistério. E algo em Madalena se agitou como uma chama soprada.

– O "outro"? Sim, bem sei que ele sabe de tudo. Mas ouve, Emanuela, eu não sei de nada. É preciso que você me diga tudo, porque... também eu estou sofrendo. Toda esta miséria...

Ainda um segundo, Emanuela hesitou. De repente exclamou:

– Sente-se – e indicou uma velha cadeira.

Madalena deixou-se cair.

– Eu direi tudo – disse quase bruscamente.

Caminhou até a janela. A noite chegara inteiramente – as crianças cantavam ainda, mas percebia-se o cansaço nas suas vozes. A tormenta se aproximava.

– Tudo, está ouvindo? – tornou a exclamar Emanuela, como se restos de dúvida sombreassem ainda seu espírito. Começou a caminhar desordenadamente, exprimindo um grande desespero. Afinal se deteve e começou:

– Eu tinha prometido não dizer: mas estas coisas não saem da minha cabeça. Deus tinha me dito que eu não dissesse nada, mas agora é mais forte do que eu mesma.

Seus olhos fuzilavam. Enrouquecida, rápida e quase alucinadamente, prosseguiu:

– É bem verdade que mereço a bofetada... e todas as ofensas... meu Deus! mas como tenho sofrido! "Ele" vinha às vezes no meu quarto e se bem que eu tivesse horror daquelas visitas, ouvia tudo... Dizia coisas esquisitas... alguém que o visitava, que lhe falava no mar, em navios perdidos, nem sei no que mais...

Seu olhar desvairava nesses instantes. Parecia responder a perguntas que ressoavam no fundo da sua consciência:

– Era uma sombra que o perseguia. Falou-me tanto que eu seria capaz de reconhecê-lo, encolhido no seu capote esfiapado... E as suas histórias, a janela aberta, as criaturas gritando...

Não seria um delírio? Madalena sentia ali o cerne de todo o enigma.

– Que me importa o seu visitante? – gritava eu. – Que me importa que ele seja um mendigo e use um capote velho? Mas atirava-se aos meus pés e me abraçava: "Emanuela, tenho medo de tudo isto!". Quantas vezes soluçamos os dois e nem ao menos sabíamos por quê! Mas uma noite recebi a visita do "outro". Suas palavras eram as mesmas – somente parecia ter medo de alguma criatura escondida. Olhava para os lados e tremia. "Escuta, eu também te amo!". E como sentisse nojo das suas mãos gordas, tremia mais e gemia: "Não, não é a ti, é a outra, aquela que me faz sofrer." E eu compreendia que aquele homem era um condenado. Quando "ele" soube que o "outro" tinha vindo, pôs-se a rir como um doido: "Emanuela, ele é uma larva"! E naquela hora me abraçava dizendo: "É preciso que a gente viva – tudo passa e cada um de nós tem a sua hora". Não compreendia nada daquilo – parecia que tinha descido um vento e eu delirava. Aquelas noites eram quentes e eu sentia o meu sangue arder. Gostava de girar no jardim, mas tinha suspendido os passeios por causa do "outro". Sabia que ele rondava toda a noite naqueles lugares. Numa madrugada de chuva apareceu de novo no meu quarto. "Não quero mais ser uma larva!", disse. E avançou para mim como um embriagado. Quis gritar e ele se atirou de joelhos, gemendo: "Sou um miserável!". Aterrorizada, olhava a sua face onde as lágrimas desciam uma a uma. Como se arrastasse no chão, gritei para que se levantasse. Ele teimava em se misturar com o pó, dizendo: "É preciso se sentir canalha para provar o gosto da vida!". De novo se arrojava e me beijava os pés. "Por que faz isto?" – perguntei desorientada. Fitou-me com amargura: "Tu és melhor do que nós... Não foi para sofrer que vieste ao mundo". De repente senti o terror invadir-me de tal modo, que saltei a janela e saí correndo... Foi quando tropecei e torci o pé. Nesse instante "ele" apareceu...

Madalena tremia. Diante dela, Emanuela se transfigurava. Quando se deteve, ergueu-se lentamente e pousou-lhe as mãos nos ombros:

– Perdoa.

– Não! – protestou. – Ainda não é tudo...

E mais baixo, cerrando os olhos:

– Já disse que mereço tudo...

– Então?

– Gritei quando o vi se aproximar: "Deixe-me!" Agora, "ele" respirava junto de mim: "Emanuela, Bernardo está no seu quarto, não é?". Compreendi que também aquele espreitava cuidadosamente no jardim. Seus olhos estavam fixos nos meus e por mais que eu me esforçasse para me libertar, não conseguia. Era uma noite escura e pela primeira vez tive medo da escuridão. "Deixe-me!", implorei, batendo ao mesmo tempo com os punhos no seu peito. De repente, surgiu o "outro". Abandonou-me – tentei fugir mas não pude – a dor no pé era insuportável. Fui cair pouco adiante e fiquei olhando os dois homens. O "outro" tinha medo e não avançava. Ficaram assim muito tempo, sem trocarem uma palavra. Finalmente o "outro" disse: "É por causa 'daquilo' que vim aqui". "Bem sei, – respondeu "ele" – "mas este não é o caminho." "Então sabe de tudo?" – perguntou tremendo. "Sei de tudo", respondeu ainda. Ficaram de novo silenciosos – meu Deus, eles se odiavam, eles se odiavam de uma maneira terrível – e de súbito eu comecei a chorar porque tinha medo de que cometessem um crime. Mas o "outro" foi se afastando de costas, lentamente, como uma sombra. Não desejava nada de mim. Entretanto, eu estava só com "ele" e tive uma alucinação; pareceu-me que tinha crescido e me fitava – era um grande vulto imóvel no escuro. Meu coração doía – fechei os olhos e encostei a cabeça no chão e durante algum tempo ouvi a terra surda estalar. Senti o sono vir sobre mim – e "ele" se aproximou e me tomou nos braços. A morte deve parecer com aquilo – eu estava morta e sabia de tudo. Caminhávamos, eu bem o sabia, pois as folhas roçavam nas minhas mãos e o vento batia no meu rosto. De vez em quando, gotas frias deslizavam nos meus olhos. Muito tempo durou aquela caminhada sombria, até que perdi completamente os sentidos.

Emanuela se calou. Lá fora as vozes tinham se emudecido por sua vez e só o vento inquieto subia.

– Quando voltei a mim – continuou – estava no mesmo lugar que antes. Tinha chovido, a terra estava molhada. Mas o meu corpo e a minha roupa estavam secos. Tentei arrastar-me e foi impossível. Os meus braços doíam, a cabeça pesava. Durante muito tempo fiquei imóvel, até que a velha...

– Adélia? – perguntou Madalena num grito.

– Sim, Adélia – confirmou Emanuela. – Até que ela surgiu e me amparou. No dia seguinte, estava pior. Muitos dias depois recebi a última visita do "outro", Bernardo. Ofereceu-me dinheiro, jóias, tudo o que quisesse...

– Jóias? – tornou a perguntar Madalena.

– Jóias... Estavam nas suas mãos e brilhavam. Pediu-me... pediu-me... pediu-me...

Emanuela hesitava. Seu olhar se tornava agudo e varava o de Madalena. Esta percebeu que tinham chegado ao limite. Tudo o que poderia saber morria nesse ponto. Era o fundo mesmo de Bernardo; ali a sombra flutuava imprecisa.

– Escuta, – disse Emanuela com voz alterada – ele mesmo o dirá um dia, eu sei que ele o dirá. Eu não teria coragem para falar. Recusei as jóias e como tivesse um leve desmaio, ele se assustou extraordinariamente. Narrei tudo e ouvi o grito terrível: "Mas tu estás grávida!". Grávida! Grávida! Jamais poderei me esquecer do que senti naquela hora... Ainda mesmo que viva muitos anos... ainda que... Toda a noite passei a mão pelo ventre: parecia impossível! Uma, duas vezes, recomeçava o mesmo gesto: um filho... um filho... No dia seguinte recebi o recado de que pai morria. Pensei em Deus e abandonei tudo. Sabia que eu era uma inocente.

Emanuela tinha terminado sua narração. A emoção obrigara-a a curvar-se.

Madalena sentiu que o ódio lhe subia incontido – aquela criatura frágil que estava ali, as mãos pendentes, trazia um filho de Pedro. A dor desceu como uma punhalada que rasgasse sua carne. Dentro dela, tudo sangrava – e longos momentos os seus olhos cegos fitaram a paisagem escura que a vidraça recortava. Nenhum sentimento definido tomava forma no seu coração – somente o vazio, o imenso vazio que coisa alguma jamais poderia preencher.

Lentamente, caminhou até a janela. Perto, aniquilada pela ventania, uma velha árvore se partia na escuridão. Um enxame de folhas secas revoluteou no ar e raspou inutilmente a vidraça. Dentro dela alguma coisa também se partia para sempre. Pensou que as coisas mais sérias da vida – o amor ou o ódio, por exemplo – estavam presos à existência misteriosa das coisas inanimadas. Assim, as relações entre os seres dependiam do destino de uma árvore apodrecida que ruía ou de uma antiga casa devastada pelo tempo. O efêmero era o grande senhor de tudo. Mas por que pensar ainda? Não bastava o que tinha sofrido? Que era para ela, agora, a revelação de Emanuela? Não tinha partido com a intenção de não voltar para casa? E Madalena pôsse a caminhar dentro da sala.

Mansamente, Raquel entrara acompanhada dos irmãos. Tinha se sentado no canto e contemplava as duas mulheres. Insensível, Madalena continuava a pensar, ligando todos os indícios, um a um, realizando descobertas, vencendo terrenos difíceis, lembrando-se de fatos que tinham passado despercebidos – o desastre do chá, por exemplo, o olhar de Pedro, a aliança que sentira estabelecida entre os dois. Mas naquela época recuara, não admitindo a possibilidade de que a criada fosse culpada. E agora? Voltou-se e fitou-a: Emanuela chorava. Como surgira antes o ódio, a piedade agora cerrou-lhe o coração. "Que tolice" – murmurou como outrora. Aproximou-se e passou a mão pelos cabelos da moça, ao mesmo tempo que a angústia se derramava no fundo do seu ser. Reviu-se naquela madrugada, olhando a prima partir e dizendo para si mesma: "Que miséria a de ter um coração feito para o amor...". Abandonou-a bruscamente e voltou-se para Raquel. A menina tinha tomado nos braços um dos irmãos pequenos e fingia que o embalava. Dentro, cadenciada e triste, soou a tosse da velha Emília. Emanuela soluçava sempre – então, sentindo um grande terror, Madalena ganhou a porta e correu para a charrete. Uma idéia absurda lhe ocorrera de repente, criara uma forma precisa, estalara. Desorientada, tomou as rédeas entre as mãos, rindo amargamente: "é preciso se sentir canalha para provar o gosto da vida..."

Emanuela gritava inutilmente.

Lentamente, fechara a porta e voltara a se encostar na vidraça. Raquel continuava a fingir que embalava a criança e cantava monotonamente. No quarto que fora do pai, a velha Emília tossia ainda. A noite era absoluta – nenhuma gota de chuva tinha caído e, ao contrário, o ambiente era pesado, e o vento quase ardente. Cansada ou talvez atraída pela tosse, Raquel ergueu-se e arrastou o irmão para o quarto que ficava ao fundo.

Emanuela estava só. O calor parecia dar-lhe febre; lembrou-se de apagar a lamparina e dirigiu-se vacilante para o gancho de ferro onde mariposas inquietas voejavam. Os dedos trêmulos seguraram a candeia – neste instante alguém bateu na porta. Emanuela prestou atenção, admirada. Suas pupilas, extraordinariamente dilatadas, fixavam a chama débil. Seria realmente ali? Seu rosto impassível não denunciava nenhuma emoção. Mas devia ter se enganado, só as mariposas se debatiam contra a luz. Entretanto a porta rangera levemente – ela voltou-se de um salto e, pálida de terror, viu uma longa mão, descarnada e branca, que segurava a taramela da porta. "Quem é?" – gritou. Um homem estava diante dela. Tinha entrado docemente e sorria. Trazia um xale escuro enrolado em torno do pescoço, o que dava relevo à sua extraordinária palidez. Um botão de metal luzia no seu colete. No ar havia um elemento novo pesado e ameaçador. Emanuela passou a mão pelas têmporas, procurando afastar a visão. Uma estranha dormência paralisava os seus movimentos.

– Boa noite – articulou o mendigo resignado com esforço.

Emanuela continuava a passar as mãos pela cabeça, como se estivesse num sonho. Onde tinha visto aquela extraordinária criatura? Onde a tinha encontrado antes? Até aquela voz, triste e sem nuances, ela já a tinha escutado.

– Boa noite – respondeu, reconhecendo-o de súbito.

Não encontrava nele o ar que Pedro lhe descrevera, de uma criatura envergonhada e vil. Era um velho quase simpático, sem nenhum traço que o denunciasse, nem sequer de leve, como um mendigo. Decerto era pálido, de uma palidez macerosa e triste – como que o sangue não corria nas suas veias e nele tudo era lento, de uma lentidão extrema e indefinível.

– Creio que já nos conhecemos de há muito, não é? – perguntou a meia-voz, ao mesmo tempo que sorria.

– Verdade, já nos conhecemos de há muito.

Não achava nenhuma estranheza naquilo. Como que esperava a sua visita e as palavras que pronunciara faziam parte de qualquer coisa inevitável e já prevista. Era um acontecimento definitivo – para Emanuela, toda a sua vida até então lhe aparecia bruscamente como uma longa espera desse momento. Algo como a sensação de quem vai partir, viajar longamente em terras desconhecidas. Todo o seu impulso era para precipitar-se e dizer: "estou pronta, era isto o que eu esperava" – mas, no fundo disso tudo, havia um princípio de angústia, uma sensação de medo como o da criatura que vai abandonar para sempre um lugar extremamente conhecido. Não disse nada, porque a febre impedia. Distinguia mal as coisas e, por vezes, a própria figura do mendigo parecia desaparecer numa névoa amarelada. Talvez ele compreendesse isso – certo é que se adiantou e aproximou-se tanto que ela teve medo e recuou um pouco.

– Estava aí há muito tempo? – perguntou Emanuela.

– Sim, estava. Ouvi a sua conversa com a outra. Sempre "ele", não? – e esfregava as mãos vagarosamente – mas é preciso que não se dê crédito a estas coisas...

A angústia afogava lentamente o coração de Emanuela. Tinha a impressão de que ouvia ainda as vozes das crianças – era uma canção triste, que ela conhecia há muito tempo:

"Teus olhos, distantes, procuraram no céu, a doce lembrança dos dias passados..."

Ocorreu-lhe o pensamento de que estava cansada de tudo. Irremediavelmente cansada.

– Mas era verdade, – afirmou ao mendigo, quase imperiosamente – eu sabia que tudo era verdade. Como explicar então a sua visita?

– Tem medo de mim? – sussurrou o visitante.

Fitou-o com o olhar ardente, desejando encontrar realmente o que pensava a respeito daquela criatura. No colete escuro, o botão de metal brilhava.

– Não, não tenho medo – disse. – Mas a sua visita é absurda.

– Não se importe – apressou-se a dizer. – Eu desaparecerei com o avançar da noite. Tenho ainda longos caminhos para bater. Mas antes de partir, queria lhe dizer...

Não podia duvidar mais: as vozes soavam do lado de fora, aflitas e trêmulas:

... teus olhos distantes...

... doce lembrança...

– Por que diz que é mentira? Bem sabe... não é assim.

E recuou mais, num movimento de impaciência.

– Ouve? – indagou o mendigo de repente.

– Não, não ouço nada – mentiu Emanuela.

– Então, preste atenção: é o mar... as ondas batendo nas pedras... tão perto daqui!

– Perto daqui? Virgem Santa, não é possível, o mar está longe, você deve estar enganado...

Mas as palavras do visitante eram doces e penetravam na sua alma irresistivelmente. Estava aturdida e sonolenta, a febre punha uma auréola de fogo nos seus cabelos.

– Oh! que me importa o mar, o seu mar que nunca vi? Não ouço nada, nada!

O mendigo aproximou-se maciamente.

– É curioso que o mar venha se estender onde antes as crianças brincavam...

Emanuela quis lutar ainda. Desesperada, as mãos apertando a cabeça, procurava fugir às palavras que desciam até o fundo do seu sangue, como pequenas mechas inflamadas. O visitante continuava a persegui-la – os seus grandes pés deslizando pelo chão, enormes e sombrios.

– Não ouço nada, não quero ouvir nada!

Passava agora as mãos pelo ventre. – Suas recordações prestes a se desfazerem ao sopro da loucura, culminavam naquele ponto, num esforço desesperado para se agarrarem à vida. A consciência ia-lhe desaparecendo – restava a idéia do filho, misturada à sua própria carne. Parecia ouvir efetivamente as grandes ondas se rompendo junto à casa. A água devia ter invadido o campo inteiro e o vento assobiava – "é curioso que o mar venha se estender onde antes as crianças brincavam..."

– Não! Não! – gritou repentinamente. – Eu não quero sofrer! "Ele" me dizia sempre que tudo estaria bem se nos resignássemos a ser crianças – mas só depois que o tempo passa é que se compreende o que se perdeu...

Continuava a passar aflitamente as mãos pelo ventre. O mendigo se desfigurava – não era mais o mendigo, mas uma grande sombra que se quebrava na parede. No corpo escuro, o botão ardia como um coração de ouro. A voz perversa continuava a se insinuar:

– Emanuela, venha ver da janela os campos de sua meninice... venha ver como tudo oscila, como tudo se revolve nas entranhas do tempo... Há muito que a sua casa desapareceu e só resta o mar... tão perto daqui!

– Pelo amor de Deus, deixe-me! – gritou quase vencida.

Uma rajada de vento escancarou a janela. A luz escarlate da lamparina tremeu e apagou-se de súbito – no silêncio, ouvia-se o rangido do gancho de ferro. Uma risada animal vibrou dentro da sala. Emanuela sentiu o mundo se abrir aos seus pés e as coisas oscilarem sobre a sua cabeça. Sacudida pelo vento, a janela estalava e, sentindo no rosto o hálito frio do abismo, correu e debruçou-se sobre a escuridão com um grito amargo de vitória...

Colada ao frágil tabique, Raquel escutava avidamente a conversa da velha Emília com uma companheira:

– Sei de casos como esses... a criatura volta à sua infância.

E com um acento cruel, soturno:

– Emanuela jamais retornará da sua loucura...

Mais baixo ainda, como quem diz um segredo terrível:

– Está grávida... e foi isto que a enlouqueceu...

Raquel afastou-se um pouco para respirar. Do lugar onde estava, ouvia a voz monótona de Emanuela, cantando serenamente:

"Teus olhos distantes procuram no céu,
a doce lembrança dos dias passados..."

Tudo aquilo dava à pequena um imenso terror. Para si mesma, como num sonho, deixava cair gota a gota na penumbra: – "Emanuela jamais... jamais retornará da sua loucura!"

Mas uma idéia atravessou-lhe o espírito. Ergueu-se e, apanhando uma velha manta, cobriu a cabeça e ganhou a porta. Ouviu ainda um instante a voz infantil da louca. Depois, embrulhando-se mais por causa da força do vento, perdeu-se rapidamente na escuridão.

III

Bernardo sentia naquela noite o peso do seu próprio destino. Vinha de deixar Angélica, em cujos beijos não encontrava mais o lenitivo habitual para a sua desventura – causavam-lhe horror os seus braços curtos, a sua carne flácida e considerava-se junto dela um miserável maior do que realmente era. Se não possuía o amor que desejava – faltava-lhe coragem para "avançar", era inútil insistir – ao menos não suportaria também aquela vida tremenda. Estava farto de Angélica, do café, de si mesmo – em tudo encontrava a mesma impressão de lama, percebia o mesmo odor pútrido em tudo que tocava. Não era um ser – quantas vezes pensara nisto! mas uma larva que se arrastava. Entretanto, fazia sete dias que Pedro prometera auxiliá-lo – e se bem que o odiasse, que se sentisse sangrentamente ligado à sua pessoa, não podia duvidar, porque havia um "fundo" no que lhe dissera o amigo, um "fundo" que não lhe escapara e que era a verdadeira intenção do seu oferecimento. Mesmo que soubesse ser uma mentira, ele se agarraria ainda àquela esperança – o seu amor precisava se apoiar em alguma coisa, para não arrastá-lo na sua submersão. E, naquela noite, a sua exaltação chegara ao auge. Sofrera durante todo esse tempo – mas para cada sofrimento existe um tempo limitado; existe mesmo um limite para a paciência da criatura sofredora – e esse limite Bernardo o atravessava naquela noite e a febre se apoderara do seu espírito. Até ali tinha existido para ele o que se chama "um mundo" – reconhecia os que o cercavam e a si próprio. Agora tudo desaparecera e nada existia senão a sua paixão – nenhum ato contava com uma importância decisiva diante disso. Desceria ao fundo, se preciso fosse, porque já não era a sua alma que o habitava – no seu peito existia um outro coração e a sua alma era a de um desconhecido. Do âmago da sua miséria descobria de repente a grandeza dessa mesma miséria. Ele se ergueria sobre a lama e os odores pútridos, porque adquirira subitamente uma consciência do seu destino – essa consciência o fazia crescer na treva. Seus pensamentos ganhavam uma sinistra lucidez; como que o longo calor daquela experiência arrefecera por fim a sua alma: sentia-se uma tempestade em movimento.

As paixões renovam – marcado, dilacerado, vil até o fundo das suas entranhas, Bernardo ergueu-se no coração da noite e se sentiu um Deus.

Enrolou-se num velho roupão escuro, de mangas largas e pesadas e ficou imóvel, sem saber o que fizesse. Desde que rompera com Cira – e tinham rompido há tanto tempo... – passara a dormir em separado, num velho sótão, quase em ruínas. Queria estar só para sofrer e aquele antigo pardieiro, que em tempos idos fora o refúgio de um capataz de fazenda, servia perfeitamente para os seus planos. Subia-se por uma velha escada de pedra em cujas fendas o mato crescia. No alto, suspensa por uma mão de ferro, ardia uma lamparina. A luz mal chegava a clarear a escada – mas desde muito tempo ele conhecia degrau por degrau, antes mesmo de se separar da mulher, pois em noites de trovoada se refugiava ali, num terror quase infantil, esperando de joelhos que um abismo o tragasse para sempre.

A mobília era quase irrisória: um catre e um castiçal quebrado, mais nada. No inverno a chuva estalava sonora nos degraus de pedra. Estava escuro – tateou em busca da luz e acendeu-a. Imediatamente lhe veio o pensamento de que não suportaria esperar a noite toda naquele quarto. Era uma impressão dolorosa de afastamento – o Universo parecia viver lá fora o seu grande destino, as pessoas riam, existiam homens que bebiam com os seus amigos. Ele, Bernardo, era um condenado. Olhou as paredes nuas, fremindo de rancor.

Ventava. Foi até à janela e abriu-a; o céu escuro, o ar pesado, quase gorduroso, prenunciavam a tempestade. Perfumes estranhos desciam nos braços do vento. Uma rajada se ergueu e golpeou-o em pleno rosto. Assustado, cobriu-se com as mãos – e de repente seus dedos sentiram o contato da própria pele e afloraram às asas do nariz numa carícia tênue. Sentia a emoção de uma descoberta – vagarosamente passou de novo a mão pelo rosto. "Misericórdia, seria uma criatura... por assim dizer, repelente?" – A idéia sacudiu-o num riso furioso. No fundo a lembrança de Madalena germinava como uma planta venenosa. "Seria por isso que ela o desprezava?"

Existem criaturas que se adoram – ele mal conhecia a sua face. Havia tempos não olhava para um espelho. Como seria o seu rosto, que impressão faria o riso nos seus lábios? Era preciso se ver, era preciso se ver! Um espelho! Um espelho para um coração devorado no alto de um sótão! E dizer que lá fora, enquanto ele se inclinava, quase de joelhos, os pés perdidos nas dobras do roupão, homens havia que tinham amigos e entornavam copos de bebidas, rindo, sem se importarem com a vida... Mas era uma mentira: cada homem que bebia com o seu amigo tinha uma víbora aninhada no coração. Todos são desconfiados e cruéis, orgulhosos como deuses. Bernardo sentiu que o peito se lhe confrangia. Os minutos passavam – e, com eles, o tempo. "Mas naquela noite?" – A pergunta relampejou como um grito de morte: naquela noite? – E, numa inspiração súbita, tomou o castiçal nas mãos e ganhou a porta. Sob a mão de ferro a lamparina rangia. No jardim, a treva era absoluta. Protegendo a chama débil com a mão, pôs-se a descer olhando de instante a instante para o céu, temeroso de que a chuva caísse. Seria possível que... "Não, não, sussurrava uma velha voz da infância, o vento levará a chuva...". Como essas criaturas que vivem em torno de certas expressões restritas, agarradas a velhos objetos sem vitalidade ou presas a recordações que não se renovam, ele conformara instintivamente todas as sensações oriundas do mundo exterior ao secreto mundo que o habitava: o tempo, a chuva ou o vento, os dias e os sentimentos, não existiam senão porque existia a sua paixão. Fora dela, os seres e as coisas se estiolavam como plantas esturricadas pelo sol. Naquela noite tudo permaneceria imutável: Pedro interviria a seu favor e ele realizaria o seu sonho. Aquela idéia emocionava-o tanto que se sentia fraquejar – a luz vagava sobre a face das rosas. Ainda era esta a força que o impelia ao último quarto da casa, o mais retirado de todos, onde dormia a criada Catarina. Tinha esperança de que não a encontrasse, pois de outra forma os seus planos estariam completamente transtornados. Mas não era possível. Chegava justamente junto à janela – estava apagada e ele ergueu o castiçal ao peitoril escuro. Surgiu uma cama desfeita, um tapete roto e, no fundo, com um brilho seco e azulado, descansava um espelho.

Colocou a luz na borda e saltou – nesse instante, a criada que ia entrando no quarto deixou escapar um grito de terror. Rapidamente Bernardo apagou a luz e avançou para ela. Antes que a tocasse, Catarina procurou se apoiar na parede e perdendo o equilíbrio desmoronou sem sentidos. Sorrateiramente, como um criminoso, apossou-se do espelho e fugiu. Antes de penetrar no sótão, porém, aconteceu outro fato extraordinário: ao resvalar junto às roseiras, um vulto de mulher passou correndo. Sentiu o roupão roçado pelo corpo que fugia, mas só pôde distinguir a forma branca que desaparecia no escuro, um xale que ondulava. O sangue subiu-lhe à cabeça. Lembrou-se da voz de Pedro e um terror infantil paralisou-o.

Do extremo oposto, vinham os gritos da criada que despertara. Um prazer cruel dominou-o e apertou o espelho violentamente contra o peito. Subiu a escada de dois em dois degraus – com um sorriso doloroso abriu a porta. Sem adiantar mais um passo, acendeu de novo a luz e, erguendo o espelho numa das mãos, contemplou o feio rosto que a velhice ia avassalando.

A suposição de que Pedro não mandaria o aviso naquela noite, apavorava-o – e aquele pavor aumentava a sua febre. Tudo, tudo, morrer mesmo, menos aquilo. Corria para a janela e olhava o céu – nem uma estrela – mas o amor não precisa de estrelas para se realizar. O amor não precisa de estrelas, não precisa sequer do amor. Levava as mãos ao peito e exclamava baixinho: "Madalena! Madalena!" Por vezes, julgava ouvir passos – estalavam secos, hesitantes, no cascalho do jardim. Lembrava-se então do vulto que o roçara na corrida: teria sido uma alucinação? Não era possível, vira o xale ondulado. A idéia do xale deu-lhe um arrepio – ouvia de novo a voz de Pedro e diante dele uma mulher morta, estrangulada. Estava de bruços no meio da estrada escura, mas se ele a virasse... Deus do céu, poderia duvidar ainda? Xales brancos, vermelhos, ele os odiava a todos... Corria como um ébrio para a janela: desta vez, tinha certeza, ouvira passos. Mas não, fora o vento que o enganara, estalando um galho, ou rodopiando nas alamedas desertas objetos perdidos. Erguia para o alto o olhar luzente de ódio. Recomeçava a caminhar de um lado para outro e as alucinações voltavam. "Ouviu?" – perguntava a si próprio – "devem ser passos... e um ruído diferente, o vento não faz assim...". Corria com a luz erguida – ao longe, um galho partido era arrastado pela ventania. Esmurrava o peito e poucos minutos após caía no mesmo engano. A fúria lhe trazia lágrimas aos olhos. Ficava imóvel e se sentia um estranho entre aquelas quatro paredes. Aos poucos, procurava se dominar – ouvia o ruído, os passos enganadores e permanecia impassível, as têmporas batendo, a boca amarga da febre, o dorso curvo. Mesmo assim, esperava que os misteriosos passos subissem a escada, até que perdendo a paciência, se precipitava mais uma vez, temendo que eles inexplicavelmente passassem do quarto – e de novo, o seu olhar caía sobre a solidão e o escuro. Durante muito tempo continuou aquele jogo cruel, até que, exausto, estendeu-se no leito, cerrando os olhos. Como era difícil imaginar que a sua vida era uma vida igual à dos outros, que talvez um só gesto bastasse para que alguém viesse em seu socorro... Tinha a impressão de que o seu quarto se destacara do mundo e que o seu sofrimento era maior do que todos os outros sofrimentos. A solidão cercava-o com os seus pés de sombra – dentro dela conhecia e sabia distinguir com perfeição todas as reações diante desse mesmo sentimento. Assim, um leve sobressalto no princípio, a constatação, o olhar aflito no escuro, a espécie de sorriso amargo, a dor latejando no coração, o esforço para aceitar... para aceitar sempre, como único, como exclusivo recurso. Misericórdia, e o brilho das estrelas continuava sendo o mesmo! Foi violentamente arrancado dessa meditação: agora, não era possível engano. Alguém caminhava no escuro: ouviu os passos de um modo tão distinto como se fossem num corredor deserto. A emoção invadiu-o de tal modo que se confundiu com o terror – continuou imóvel, os lábios contraídos, o coração suspenso. Não, não podia se enganar mais, o cascalho rangia e podia até distinguir, como se a estivesse vendo, que a pessoa evitava um pequeno tufo de grama, fazendo volta para melhor se aproximar da escada. Eis que chegava justamente diante do pardieiro e se detinha, hesitando, ou quem sabe, escutando o silêncio, procurando se aproveitar do escuro. E de repente se punha a subir, devagar, como se não tivesse muita pressa, o primeiro degrau, o segundo, um rápido descanso no terceiro, o quarto... A angústia parecia estraçalhar a carne do seu coração – e de um golpe, como se dentro dele forças violentas reagissem contra a inércia, ergueu-se tontamente, deixando escapar um uivo de fera, um uivo de animal colhido e ferido de morte. Ainda um degrau, outro – e um rosto estranho ergueu uma candeia no quadro da janela. Diante do olhar alucinado de Bernardo, tudo se confundia: quem era, quem era aquele rosto desconhecido que o contemplava? Um inimigo? A voz habitual precipitou-o na realidade:

– O patrão está sentindo alguma coisa?

Fora mais uma ilusão, um jogo dos seus sentidos alterados. Contemplava Catarina imbecilizada: ergueu os punhos e soluçou:

– Nada, nada, nada... por quê?

O olhar curioso ardia junto ao débil pavio:

– Ouvi o grito.

Compreendeu que a criada examinava o seu roupão escuro, os pés descalços.

– Sonhei... nada de grave... – articulou com um esforço imenso.

A face odiosa não se afastava. Cresceu-lhe o receio de rolar desamparado, de bater com a cabeça na madeira dura da cama.

– A patroa mandou dizer que fosse lá urgentemente: o menino está passando mal...

– Mal? – e sua surpresa era sincera. – Mas não é possível!

E mais baixo, como se respondesse a uma voz interior:

– Além disso que me importa que ele passe mal?

Era isto, simplesmente isto: um recado de Cira... Sim, que lhe importava o menino? De noite, ele gritava como os cães. Cira, o filho, a velha Camila... Sombras, sombras.

De súbito, percebeu que o olhar de Catarina estava fixo no espelho – a criada sabia de tudo, quem era a pessoa que a tinha empurrado no escuro e saltado a janela. O espanto alargava desmesuradamente os seus olhos.

– O senhor! – exclamou quase duvidando.

Os seus olhares se encontraram. Bernardo precipitou-se, cobrindo o furto com o roupão escuro:

– Mas desapareça, que é que você ainda espera? Não posso ir, está ouvindo?

Como a cabeça continuasse imóvel, bateu a janela com força. Ouviu a criada escorregando pela escada abaixo, os passos ferindo precipitadamente o cascalho. Parado no meio do quarto, sentiu cair de golpe no seu peito a noção do tempo e do fato que o retinha ali. Voltou a abrir a janela aflito e, contemplando o céu carregado de nuvens escuras, suplicou para a escuridão inútil:

– Horas! Pelo amor de Deus, quantas horas são?

Devia ser bem tarde, o ar se tornava cada vez mais frio. A agitação de Bernardo derramava-se agora pelo corpo inteiro, como uma água dolorosa que rompesse suas bordas e se espalhasse rapidamente.

O vento subia inalterável. Só então a idéia de que Pedro poderia tê-lo ludibriado nasceu no fundo da sua alma. Bruscamente não teve mais nenhuma dúvida: ele não viria e nada se cumpriria ainda. Era forçoso arrastar novos dias, apalpando a realidade para sentir o contato da vida – era preciso, ainda uma vez, afogar na treva o seu desejo inútil – as horas esperavam-no prontas para se escoarem e uma expressão sombria, a dos dias pesadamente monótonos, cobria a face das coisas. Mover-se, agitar-se, rir, conversar com pessoas a quem odiava, ele que teria vontade de exclamar – "detesto esse movimento, essa vivacidade, essa inteligência sem razão... Não sei amar senão a indolência, a gula, a tepidez, o que não se cumpre..." Mas não compreenderiam que ele pudesse amar estas coisas e rir-se-iam ouvindo as suas palavras. Uma tristeza pesada desceu à sua alma. Seus movimentos torraram-se os de uma criança doente, perdera todo o calor e sentia-se fraco de novo – não fora, pois, mais do que uma ilusão da febre. Seus olhos se empanavam – sua vida lhe apareceu de repente tão vazia, sentiu com tal intensidade todas as coisas que tinha sofrido, que um soluço rebentou na sua garganta. Soprou a luz e sentou-se na borda da cama. Uma imagem voltou a obsedá-lo implacavelmente. Bernardo procurava fugir a essa visão, forçando angustiosamente a consciência de si mesmo, num penoso esforço para assenhorear-se do seu sofrimento e impor a resignação como se derramasse um bálsamo na chaga ardente. Mas o que lhe chegou de um só golpe, foi o sentido da própria imobilidade, do sono sobre as fontes da vida. No seu coração, os sentimentos estavam aniquilados; se procurasse o seu amor, não encontraria mais do que um sossego imenso, um trágico sossego de forças indomáveis que adormecem. Há momentos assim. Na alma que se eleva de repente – cada um tem o seu instante de grandeza – as cadeias se rompem e, no instante exato, nesse instante que demora ainda, não é o amor e nem o ódio, não são os tormentos passados e nem o travo das experiências amargas. Talvez o vento noturno fosse o culpado de tudo – o certo é que a criatura se debruçou sobre a rota dessa jornada inglória e sentiu que não havia significação nesses desencontros e nessas revelações cruéis. Não havia significação diante de uma paz que chegava tão repentinamente, destruindo, por um milagre de que ela própria duvidava, os laços de sangue que formavam o fundo da sua tragédia. É que, maior do que o desespero e as lutas de morte, – a tristeza de cada um sabe soprar no coração ferido, as cantigas que o acalmarão um instante... Bernardo não se enganava: mais tarde o sofrimento viria de novo, rejuvenescido pelo sono, duplicando as suas forças, impondo à fragilidade do ser, sua vontade de senhor implacável.

Naquela tranqüilidade, a visão voltou a persegui-lo. Sem forças, ele se entregou ao delírio. Via uma estranha figura de mulher, correndo levemente na sombra. Em torno do seu pescoço, um xale branco ondulava, encolhia-se, tornava a se abrir como uma leve asa de seda. Bernardo punha-se a persegui-la, mas não conseguia ver-lhe o rosto; a desconhecida corria com grande rapidez e a noite era escura. Já estava cansado e seus pés sangravam. Pensava que era um absurdo ter se aventurado descalço naquela corrida. Seu tormento maior era a certeza de que aquele caminho pedregoso era enorme, tão grande mesmo, que sua imaginação não podia atingir-lhe o fim. Como um pássaro branco, o xale palpitava diante dos seus olhos. E bruscamente ele reconheceu a estrada – era a mesma que levava à casa de Pedro – e como a mulher do xale tivesse parado, voltando-se vagarosa, arrastou-se como um felino e, apoderando-se da *écharpe* de seda, estrangulou-a com um grande suspiro de alívio. Sentia agora o coração repleto de uma desoladora alegria. Na estrada quieta, passos soavam rápidos. Mas não, não era na estrada, e sim no jardim... No jardim? Já não distinguia mais o sonho da realidade. No jardim? – aturdido, procurou o castiçal no escuro, sem conseguir encontrá-lo. Tinha a curiosa sensação de que havia uma mulher estrangulada no jardim. Passou as mãos pelo rosto febril, onde o suor escorria gota a gota. Não havia nenhuma mulher morta no jardim... Mas, Deus do céu, era bem certo que alguém pisava no cascalho! Pedro? E encostou-se à parede, sacudido por um grande temor. "Eu te esperava! Eu te esperava!", murmurou com voz surda. "Sabia que tu virias, porque isto me faria sofrer mais, ainda mais, depois de tudo!". Os passos, entretanto, subiam lentamente a escada. Bernardo ganhou a janela de um salto e inclinou-se no escuro, varado pelo desespero:

– Quem vem lá? – gritou para a treva.

O vulto que se movia no meio da escada parou, sem dar nenhuma resposta.

Ele sentiu a aflição rebentar na sua boca como uma golfada de sangue:

– Pelo amor de Deus, quem está aí?

Inclinava-se tanto que parecia se despenhar. Uma voz transtornada respondeu:

– Não tenha medo, sou eu.

E depois de uma pausa angustiada:

– Acenda a luz e abra a porta.

Era a voz de uma mulher. Não chegara bem a perceber o timbre, mas sentia que não lhe era desconhecida. Tateou de novo em busca do castiçal e acendeu a vela. A comoção subjugava os seus movimentos; tinha a pesada impressão de que longos minutos se escoavam nesse trabalho. A porta se abriu mansamente e Cira apareceu diante dele. O seu despeito foi tão grande que recuou até ao fundo do quarto, o rosto coberto por um intenso pavor.

– Compreendo que não me esperasse, – disse Cira, – mas Sérgio está passando mal.

Os seus olhos estavam circundados por uma linha escura. Falava com dificuldade, arrastando as palavras como se procurasse com esforço.

– Não – disse Bernardo – eu não a esperava.

E o silêncio caiu entre eles. Cira juntou as mãos num gesto que parecia implorar. Aliás, qualquer coisa de derradeiro e de desesperado estava impressa nas suas feições contraídas:

– É a última vez que lhe peço alguma coisa, Bernardo. Ele estava brincando descuidado, quando de repente... Mas escuta, venha, por favor, venha!

Ele a contemplava do fundo do seu caos. Todas aquelas palavras lhe soavam estranhamente ocas, sem nenhum sentido. Nem Sérgio, nem Cira, ninguém conseguia penetrar aquela massa de sofrimento.

– Não irei, – respondeu docemente – não posso ir.

Cira fixava-o sem uma palavra nos lábios. Os minutos passavam.

– Pela última vez, venha! – disse tão baixo que mal se ouvia.

O rosto perplexo do homem se contraiu dolorosamente. Apoiou-se à cama, de cabeça baixa; procurava dentro dele, avidamente, alguma coisa que despertasse a sua piedade ou o seu rancor. Nada, além daquele mundo informe.

– Não posso, Cira, é inútil insistir...

E, desalentadamente, deixando as mãos caírem ao longo das dobras do roupão:

– É superior às minhas forças, está ouvindo? Não me peça isto *hoje*, não me peça isto...

Cira aproximou-se e com a ponta dos dedos tocou-lhe o braço:

– Por quê?

Bernardo repeliu-a num movimento brusco. Durante algum tempo, a mulher contemplou-o, respirando com dificuldade, os olhos escuros dilatados pelo desespero. O vento se levantava em curtas rajadas e sacudia a janela. Cira rodou até à porta, exclamando:

– Mas, Deus do céu, estão todos contra mim? Todos?

Bernardo sentiu um arrepio correr-lhe pelo corpo e não respondeu.

Cira penetrou em casa arquejante, quase em delírio. Sérgio não estava doente – era uma mentira que tinha inventado para se salvar. Entretanto, Bernardo nem sequer dera importância ao fato. Mas não era isto que a transtornava. Nem ao menos era Camila, que já não se separava mais do copo de álcool, vivendo uma espécie de pesadelo constante, entre sonhos e gritos, confundindo a realidade e tremendo de febre. É que ela sentira naquela noite, de um modo indomável, o desejo de partir. O terror empolgava-a. Várias vezes se debruçara no caminho escuro, lembrando-se de que uma vez, tocando no braço de Madalena, dissera: "um dia eu me perderei por esse mundo". As grandes lufadas de vento traziam de longe o perfume de outros lugares. Reunira todas as suas forças para lutar ainda uma vez, afogando a lembrança que lhe chegava em ondas intermitentes, vagarosas, impulsivas, infinitamente cruéis. Com a janela cerrada, prestava atenção aos gritos de Camila, abandonada num estado de quase inconsciência. "Não apaguem a luz, tenho medo!" – gritava a doente continuanente, como se alguma coisa invisível a perseguisse. Uma lamparina ardia constantemente perto dela; e, apesar de tudo, continuava a ter visões e jogava as roupas para fora, pretextando que tinham bichos escondidos dentro. A criada afirmava que não existiam; ela respondia aos gritos que os tinha sentido no corpo e que estavam agora caminhando nas paredes. Era pior se não lhe dessem álcool – embriagada, dormia, sossegando um pouco. Nos poucos instantes de lucidez que ainda lhe restavam, cobria as pessoas de vitupérios, gritando ao mesmo tempo que de nada mais lhe servia a vida, estava farta, e que portanto ninguém tinha o direito de impedir-lhe a morte. Assim, recusava-se a alimentar a mínima parcela de interesse por quem quer que fosse. Aos poucos Cira fora compreendendo que nenhuma ligação a retinha. Os laços frágeis que em outros tempos as tinham unido, estavam rotos sem remédio. Fora cedendo, também ela desinteressada de salvar semelhante existência. Solitária, sem encontrar nenhuma significação na sua vida paralela às de Bernardo, Camila e Sérgio, encontrara a índole que era alimentada pelo seu sangue e que também Madalena herdara, uma fria indiferença por toda aquela gente que não tomava um lugar saliente no seu espírito, que permaneciam de fora como sombras, arrastando o cotidiano junto dela, sem que a esperança do mais leve contato os unisse por breves instantes que fossem. Agora, hora a hora, o velho sonho fora readquirindo forma, se alimentando cuidadosamente, como uma esperança descoberta repentinamente por um doente solitário: partir... partir para qualquer lugar, ganhar as grandes estradas vazias, avermelhadas por um sol que não se extinguiria nunca ou por um luar que encontrasse sempre um pouco de melancolia para dissolver nos lugares pobres. Veria os viajantes se perdendo entre as nuvens de pó no brusco recuo de uma curva abandonada, ou, nos pequenos cemitérios abertos das estações perdidas, as roseiras selvagens que suspendem para o céu os braços carregados de rosas. Ou então, como ela o imaginara minuto por minuto, cerrando os olhos, o verde e manso mar batido pelos ventos, onde uma vela escura descesse para o desconhecido com um vagar doentio. Enquanto isto, a voz rouca de Camila gritava do quarto abafado: "tenho medo, oh! não me deixem só, não apaguem a luz!" – tudo exclamava Cira com os dentes cerrados – estrada, aldeia ou oceano livre, menos aquela inércia que a devorava. Tudo, menos a morte naquela miséria. E continuava a sonhar.

Naquela noite, sentira que estava irremediavelmente perdida. Uma força qualquer obrigava-a a usar os derradeiros recursos que ainda a pudessem reter – o filho, a mãe, Bernardo. Ansiosamente, procurava sondar o seu coração: "pois você teria coragem de abandoná-lo, abandonar seu filho?". Correra a procurá-lo: – Sérgio! Sérgio! – e tomara-o raivosamente nos braços exclamando para si mesma: "é a sua carne! é a sua carne, infantil e doente!" – sem que isto encontrasse eco no seu coração. Olhara o pequeno dolorosamente: lábios, olhos, nariz, aquela mesma placidez desconfiada, tudo, tudo, era idêntico a Bernardo. Sem que procurasse analisar coisa alguma, compreendia que jamais poderia amá-lo. Ao mesmo tempo, sentia crescer o seu desamparo, a sua impotência. Pusera-se a sacudi-lo convulsamente, cedendo a uma idéia desesperada que a subjugara:

– Mas você tem febre, meu filho, você está doente, você sofre!

E como a criança, embaraçada e aflita, cerrasse as pálpebras sem nada responder, sentira uma alegria impiedosa:

– Meu Deus, o pequeno está mal, não vê, Catarina?

A criada, espantada com aquele desvario, dissera:

– Nada, patroa, ainda agora ele brincava... que é que pode ter esse menino?

Cira se erguera impetuosamente, como se a moça tivesse dito uma loucura:

– Você está doida, Catarina! Corra, vá depressa avisá-lo... o pequeno está mal, muito mal...

Catarina movia a cabeça, indecisa.

– Depressa! – gritara Cira. – Não me olhe mais desse modo, avise Bernardo!

Enquanto a criada saía, voltara a tomá-lo nos braços, fazendo um imenso esforço para não ouvir os gritos que despertavam na sua alma. Na quietude que se fizera, procurava ficar tranqüila, jogar bem o seu papel, vencer. Mas Sérgio não tinha nada – pusera-se a chorar, procurando fugir daquele abraço que o estrangulava. Abandonara-o. Decidida a lançar mão do último recurso que lhe restava, subiu a escada e foi bater na porta de Camila, ao mesmo tempo que começava a compreender que o seu desígnio era inabalável e que a sua fuga era uma coisa realizada.

Havia muitos dias que não visitava a mãe e a hesitação a invadia diante da porta; fechando os olhos, entregava-se de súbito a um amargo desânimo.

O quarto estava escuro. Ao fundo, junto à lamparina, estendia-se a doente, envolvida em grandes cobertas escuras. A luz amarela e fria dava ao seu rosto um tom macerado: parecia um rosto de massa modelado no sono, onde nem sequer os cílios se moviam. Cira sentiu que vinha perturbar cruelmente aquela harmoniosa e terrível serenidade – as mãos pendidas, ainda carregadas de jóias, roçavam levemente o chão.

– Mãe, – exclamou a meia-voz – mãe, você está melhor?

Ao mesmo tempo que um soluço se estrangulava na sua garganta. Tinha vencido a sombra e se achava no halo feito pela luz amarela, trêmula e desorientada. Como o rosto de massa permanecesse inalterável, deixou-se cair pesadamente de joelhos, distinguindo, num relance, a carne branca que se destacava da colcha azul, enquanto um arrepio de terror lhe subia pelo corpo. Imóvel, os lábios cerrados, contemplava a face mergulhada no silêncio.

– Mãe! – tornou a chamar em voz baixa. – Não está me ouvindo?

A mão se ergueu e no rosto impassível os cílios se moveram. As pupilas frias, quase sem brilho, encontraram o rosto da filha e, por um instante, refletiram a procura intensa da memória, o doloroso esforço do espírito amortecido na luta pelo reconhecimento – e Cira sentiu flamejar naquele fundo vazio, naquela névoa azulada que enchia o escuro das órbitas, uma ponta de loucura. Recuou o busto precipitadamente, sempre com o olhar fixo na filha, o braço contra o peito – e, no movimento, as jóias faiscaram. Agora, tendo se inclinado um pouco para a claridade, o rosto se transformara; círculos escuros em torno dos olhos adquiriam uma vida estranha e, nas faces maceradas, a velhice e o vício estampavam linhas decisivas e repelentes. Camila se agitou:

– Que é que você ainda quer?

Ainda? Ainda? A pergunta desceu amargamente ao coração de Cira. Sempre de joelhos, segurava uma das pontas da coberta, numa grande luta para reprimir a onda violenta de sensações que lhe chegavam – e de repente, precipitando-se num único grito, sacudiu-a com ambas as mãos:

– Mãe, oh! mãe, eu vou-me embora! Eu vou-me embora, está entendendo?

Um riso surdo contraiu o rosto de Camila. As órbitas vazias, onde por um momento a razão tinha brilhado, escureceram-se de novo. Cira compreendeu que tudo estava terminado: Camila jamais ouviria o que estava dizendo. Debruçou-se sobre a cama, soluçando.

A doente voltara a cair na sonolência; as mãos pendiam suavemente e a luz, caindo em cheio sobre as jóias, arrancava dos seus dedos relâmpagos azuis. Cira permanecia de bruços e ouvia no silêncio perfeito do quarto os seus próprios soluços. Mas, ainda uma vez, pensava em tentar qualquer coisa, procurando em si mesma elementos que a defendessem daquilo a que chamava "a sua loucura". A tranqüilidade foi descendo ao seu espírito: julgou distinguir as pancadas leves de um relógio, deixou-se invadir pelo sossego que adormecia todas as coisas. Reunia penosamente suas antigas impressões, revivendo a época em que Madalena ainda não se tinha casado, época em que ela deixava de ser menina e começava a perceber na vida um princípio estranho às fantasias que tinha alimentado. Mas ainda agora, sua recordação a traía e, em todos os fatos de que se lembrava, sentia um fundo hostil que reavivava o seu desejo de partir.

Via de novo a sala antiga, Camila sentada junto à costura, as pulseiras correndo no braço e, mais adiante, abandonada numa cadeira antiga cujos dourados o tempo destruíra quase completamente, a figura desanimada de Madalena, sonhando como decerto ela, Cira, também sonhava. No dia pesado de calor, não se ouvia nenhum ruído – uma calma cheia de tristeza e de langor enchia as horas. De quando em quando ouvia-se o zumbido de uma mosca que erguia vôo – depois tudo serenava, e do jardim subia o cheiro morno das rosas se desfolhando. Como era difícil atingir a tarde! – uma ou outra vez, rebentava na rua a risada de um garoto que ia tomar banho no córrego. Cira fechava os olhos e o sono amolentava os seus membros. Camila punha-se então a falar – e, debruçada sobre o leito, Cira conseguia ressuscitar com extraordinária vitalidade o seu rancor daquele instante, o seu fastio daqueles dias atolados na inércia, onde a voz da mãe soava de minuto a minuto, para descobrir um defeito ou maldizer de alguma coisa. Se bem que Cira se soubesse uma impulsiva, nunca pudera evitar as palavras ásperas e nesses momentos somente estas lhe vinham aos lábios, enquanto a voz sonora de Camila enchia a sala, provocando no seu sangue uma subversão repentina e violenta. Discutiam – ela se erguia do sono ainda atordoada – e quando a cólera de Camila chegava ao auge fazia um esforço sobre si mesma e, vencendo a indolência, corria para o quarto, batendo a porta. Sozinha, com o coração trêmulo, reconhecia que tinha procedido mal. Misturado à vergonha, lhe vinha intolerável sentimento de inferioridade e de arrependimento – ficava horas esquecidas na mesma posição, sem coragem para voltar à sala, sem coragem para regressar à vida, remoendo no espírito idéias confusas e desencontradas. Algumas vezes, a tarde apanhava-a naquelas crises e enquanto as cigarras começavam a chiar e os coqueiros erguiam as palmas ao vento que começava a soprar, sentia romper-lhe no peito o desejo indomável de partir, realizando como uma impossibilidade perfeita a sua permanência na família. E agora, ainda agora, esses sentimentos se encontravam – impossibilidade em permanecer, em aceitar a vida como a aceitavam aqueles seres vazios...

Cira tornou a segurar Camila:

– Mãe, mãe, escuta!

E tomando entre as mãos a cabeça envelhecida, esforçava-se para arrancá-la do sono. Os cabelos enrolados em massa se desmanchavam – então abandonou-a e sem olhar para coisa alguma, os olhos secos, saiu precipitadamente do quarto. No caminho, tomou um xale, enrolou-o no pescoço e, sem hesitar mais, ganhou a estrada. Dentro em pouco, perdia sua velha casa de vista.

IV

A estrada avançava na escuridão com uma palidez leitosa; uma ou outra rajada fustigava-a ao longo das cercas mal batidas e das árvores que se inclinavam pelas curvas. Apesar de ser relativamente cedo, a noite era extraordinariamente densa; uma ou outra casa que surgia no caminho mostrava pelas frinchas das janelas o brilho trêmulo das candeias recentemente acesas. Adiante, numa curva, uma nesga chegou a se abrir e uma voz aguda soprou: "Ester, o vento já passou?", e como o vento não tivesse passado e continuasse a levantar uma nuvem de folhas secas, rebentou no mesmo casebre uma risada nervosa, ao mesmo tempo que o ruído violento de uma janela batida.

Madalena imprimia a maior força possível à charrete – queria chegar em casa antes que a tempestade desabasse. As luzes surgiam aos grupos e desapareciam impetuosamente na escuridão – em breve a treva era absoluta e nos brejos chiavam os grilos e os sapos. Já não tinha tempo de analisar as suas emoções; como que uma ventania idêntica se desencadeara no seu espírito. Era verdade que tinha saído com a intenção de abandonar Pedro para sempre, mas, depois da revelação de Emanuela, percebia que tudo não estava ainda terminado: era a ela que competia jogar a última cartada...

Nesse instante soou um grito no meio da estrada – alguém fora violentamente raspado pela charrete. Madalena deteve o carro, percebendo que a pessoa tinha ido cair um pouco para trás e, amarrando as rédeas na cerca arruinada, saltou. Um vulto estava sentado no meio da estrada e gemia.

– Que foi? – perguntou aflita.

Uma voz de mulher deixou escapar uma praga. Aproximou-se ainda mais e, como a escuridão fosse absoluta, voltou ao carro para buscar a lanterna. Quando tornou a se aproximar, reparou que era uma mulher de meia-idade, evidentemente da classe mais ínfima possível. O seu rosto estava contraído por uma cólera violenta e os olhos, rodeados de círculos escuros, fuzilavam.

– Não ouviu os meus gritos? – indagou.

– Não, – respondeu Madalena serenamente – estava distraída e...

– Diabo! Que é que se pode pensar num tempo como este?

Madalena compreendeu de golpe que estava tratando com uma bêbeda.

A sua voz mudou bruscamente de tom:

– Mas afinal, feriu-se ou não? Estou com pressa...

A outra não respondeu prontamente. Os seus olhos agudos e ameaçadores fixaram o rosto de Madalena. Fez um movimento com a cabeça e duas grandes argolas de ouro, que trazia penduradas nas orelhas, brilharam.

– E o que tem isso? Também eu estava com pressa...

– Vai para a cidade?

– Não.

A situação começava a enervar Madalena. Ergueu-se com a lanterna nas mãos – o rosto da outra mergulhou na sombra.

– Preciso de ir-me embora...

A mulher agitou-se. Fez um esforço violento e segurou Madalena pelas pernas. A lanterna tremeu nas suas mãos e, por um momento, lutou para conservar o equilíbrio.

– Mas que é que você quer? – gritou.

– Minha esperta, a gente não se raspa assim depois de atirar os outros no chão, compreende? Agora você terá de me levar...

– Por que não me disse antes? Tão fácil!

A outra cuspiu uma praga. Ergueu-se por sua vez e apoiou-se acintosamente em Madalena. Nesse instante, ao erguer os braços, as suas pulseiras cintilaram à luz oscilante da lanterna. Madalena deixou escapar um grito, ao mesmo tempo que, com um violento empurrão, se libertava da outra. A mulher das jóias rodou até junto à cerca.

– Quem é você? – articulou Madalena com voz alterada.

Estupefata, a mulher não sabia o que dizer. Com os olhos estatelados, contemplava Madalena.

– *Mon Dieu!* – exclamou em francês. – Que energia é essa? Zangou-se porque eu me encostei?

E com muxoxo de desprezo:

– Cheia de luxos, minha gente...

Houve um instante de silêncio. Madalena parecia meditar.

– Não, não me zanguei – tornou. – Apóie-se de novo em mim e esforce-se para subir no carro...

Ainda espantada, a mulher deixou escapar com fúria:

– Não preciso não, sei subir...

De um salto achou-se no banco da charrete e segurou a lanterna:

– Vai apagá-la? – perguntou.

– Não, não, conserve-a no gancho – respondeu Madalena. – Não quero atropelar outras pessoas...

– Ninguém diz que sou uma velha – ia dizendo enquanto a charrete prosseguia aos solavancos – e mesmo mais feias do que eu existem pelo mundo... Muitas vezes, minha filha (ao longo do caminho, vencida pela noite ardente que incitava os corações à confidência, a mulher tinha se tornado de uma extrema ternura), quando estou sozinha nas alturas do meu quarto, pergunto a mim mesma se "ele" teria pensado nisto... Verdade é que, de um certo tempo em diante, nós mulheres desdenhamos da vida e dos homens... Ainda eu, que os tive às dúzias na minha mocidade! São todos iguais, o fundo é o mesmo... Nesses casos, minha filha, tudo depende da primeira cartada: quem lançou melhor lançado, é o dono da partida... Não acreditar nunca, desconfiar sempre... Não sou mais do que uma pobre viajante sem destino... desde muito que levo a minha vida assim... hoje aqui, amanhã ali, depois ao deus-dará, vivendo daquilo que aprendi na mocidade: a cantar e a ver o dinheiro acima das outras coisas... Você conhece decerto Josué, o Branco? Eu queria ir embora, ele me segurou no braço: "Fique, Angélica, que é que você vai ganhar neste mundo? Fique por aqui e terá sempre o seu caminho..." Fiquei. Foi a minha desgraça, filha. Sempre tive horror de gente doida – "ele" é um doido, um doido verdadeiro, sabe? Apareceu um dia no café e sentou-se soturnamente – pior do que um doido, é um homem triste. "Querido, que tem você?" (agora a voz da mulher tremia). "Nada, minha flor" – e os seus olhos desmentiam tudo, porque eram uns olhos doentios, agonizantes. "Você não bebe nada?" – e ao mesmo tempo passava as mãos pelos seus cabelos. Ele se inclinou como uma criança assustada: "Você então não tem medo de mim... não me despreza?" A casa estava cheia de gente, forasteiros que gostavam de tomar o seu trago. Perto de nós, um homem jogava dados. Fiquei olhando para ele. "Não" – respondi – "eu não o desprezo." Permaneceu em silêncio – as suas mãos tremiam. Naquela noite, bebemos muito. Minha amiga, quando se vai ficando velha, o coração também perde as forças: ele vinha todas as noites e dormia com a minha mão nas suas. Nunca lhe perguntei nada – eu sei que os homens não gostam que se lhes pergunte nada. Entretanto, uma noite, o homem deitado ao meu lado, julguei ouvir um leve ruído. Pensei que fossem ratos e me levantei a meio para acender a lamparina. Não ouvi mais nada – e então, como erguesse a luz mais alto, percebi que o meu amigo chorava. Senti uma dor aguda varar-me o coração. Chorava mansamente, o rosto escondido nos travesseiros. "Que foi?" – e nada de resposta. Então debrucei-me sobre ele, enquanto os meus cabelos se desprendiam e rolavam pelos seus ombros. "Filho, filho, que é isto? Então um homem chora assim à toa?" A luz continuava acesa. Ele ergueu a cabeça e os seus olhos ardiam mais do que a chama da lamparina. "Quem sou eu?" – murmurou com uma voz estranha, uma voz que era e não era a sua – "quem sou eu?" Fiquei estupefata, sem saber o que dissesse. Seria possível que tivesse enlouquecido? Procurei acalmá-lo: "Dorme, é bastante tarde e você está inquieto...". Apaguei a luz e ouvi os galos que cantavam longe. No escuro, parecia escutar o seu coração bater. "Olhe" – disse ele de repente – "eu não sou senão um miserável... Talvez que se eu tivesse coragem..." Imóvel, eu procurava, entretanto, os seus olhos. O que li naquele instante, encheu-me de terror. Saltei da cama e acendi a luz de novo. "Escuta" – disse – "se é para matar alguém...". Da cama, ele deixou escapar um grito. "Cale-se, que sabe você?". Os galos continuavam a cantar. Tive medo. Abaixei a lamparina até o seu rosto e vi que as suas pupilas estavam injetadas e que ele tremia de febre. "Homem não chora senão por mulher ou por sangue" – disse. E abaixando mais a luz, tanto que ele foi obrigado a cobrir o rosto com as mãos, exclamei, possuída de ódio: "De qualquer modo, o *affaire* não me interessa... Não quero negócios com a polícia e... (a voz da mulher tremia angustiosamente)... desde que eu estou na sua cama, não é por mim que você chora... Raspe-se!" Apesar de ser muito tarde, levantou-se humildemente – nem parecia um homem! – e tomando as suas roupas, respondeu: "Aceito porque eu sei que mereço tudo!...". Vestiu-se e saiu. Muitos dias se passaram – o que eu sofri, minha amiga, não se conta... Que é que o diabo de uma mulher aventureira como eu podia querer numa cidade pobre como esta? Ah! um coração de velho ferido de amor está mais próximo da morte do que um coração de moço... Apesar de tudo, eu o esperava todas as noites e me arrependia amargamente do que tinha dito... Desse modo correram justamente duas semanas. Finalmente ele apareceu e vinha ainda mais humilde. Trazia um presente para mim: "Toma, minha flor, eu não posso viver sem você... eu não posso viver sozinho...". Quis achar forças para desprezá-lo, mas já disse: eu era uma velha aventureira que tinha passado a vida a espreitar os viajantes ricos, sem nunca ter tido um companheiro amável... Não soube senão aumentar o meu amor: "Filho, está perdoado, mas onde andou você?". Levou-me para o quarto e, sentando-se na cama, disse: "Você tinha razão, era tudo por causa de uma mulher. Eu a amo tanto, que, se a possuísse, morreria. Minha flor, minha flor, tenho certeza de que morreria...". Senti-me mordida pelo rancor, pelo ciúme, pelo despeito: "Tem certeza de que você a ama tanto assim?". Olhou-me de um modo terrível: "É uma miséria, mas é a única coisa que sei fazer. Escuta" – atirou-se aos meus pés – "todas as noites vou rondar a sua casa... fico horas esquecidas contemplando as pedras do caminho e as árvores do jardim, pensando: ela hoje passou por aqui, ela hoje respirou este ar – ou então: quem sabe se por um descuido roçou nesta planta ou partiu um galho? – e fico roçando a pedra fria com os meus dedos febris". O meu amor era feito mais de piedade do que de amor mesmo. Procurei ficar serena e pensar que era meu filho quem falava. Mas... nem mesmo assim, minha filha... nem mesmo assim! Há uma semana precisamente, (há uma semana, está ouvindo?) o homem desvairou-se inteiramente. De febril que era, tornou-se alucinado. "Eu a posso possuir!" – gritava em sonho e gritava para mim quando estava acordado – "eu a posso possuir como qualquer mulher!". Jamais compreendi tão bem que o ódio se misturasse desse modo ao amor... Odiando e amando como uma cadela desprezada, tentei, através da sua alucinação, reconstituir a verdade. Assim, notei que ao mesmo tempo que a sua esperança se acendia, falava em ludíbrio, em farsa e em morte... E passo a passo, compreendi que aquela mulher, a que o enlouquecia desse modo, usava de um jogo. Resolvi acompanhá-lo uma noite destas: ontem, ele me disse que tudo se resolveria hoje. Guardei o presente que ele tinha me dado e fui esperar na sua porta... Demorou muito a sair – uma vez roçou-me e eu mal tive tempo de fugir... Afinal apareceu, ganhou a estrada, mas como a noite fosse muito escura, perdi-me... Mas a casa deve ser desse lado, saberei reconhecê-la, pois ouvi bastante detalhes a esse respeito... (Calou-se um instante – a charrete atingia a beira da cidade.) Mas de qualquer modo, sabe? – hei de atirar estas jóias na cara dela... são "dela", ele me disse... hei de atirar na cara dela e cuspir por cima...

A charrete estacou com um movimento violento. Desorientada, Madalena segurou a mulher pelos ombros:

– Mas, por Deus, por Deus, quem é esse homem?

Angélica deixou escapar um grito de terror e ergueu os braços – as jóias cintilaram num relâmpago.

– Parem! Parem! – gritou uma voz enrouquecida.

Ambas se voltaram precipitadamente. Bernardo estava diante delas.

Madalena desprendeu a lanterna do gancho e ergueu-a fora do carro, contemplando o homem que acabara de aparecer.

Estava com as roupas na mais absoluta desordem e o rosto congestionado pela emoção, arroxeado e duro. Evidentemente vinha de fazer uma longa caminhada – o suor brilhava na sua testa e os cabelos empastados caíam desalinhados pela testa molhada. Sobretudo, o que havia de extraordinário na sua pessoa eram os olhos, iluminados pelo desvario, correndo de um lado para outro, fixando-se ligeiramente nas duas mulheres, numa trágica vivacidade. Além disso, estava sujo de terra e com as mangas rasgadas – descobria-se ao primeiro lance que tinha corrido e raspado na cerca, rolando no chão. Ao contrário do que Madalena pensava, dirigiu-se imediatamente à mulher que vinha ao seu lado, num grito involuntário de angústia:

– Angélica, que veio você fazer aqui?

Ela se inclinara por sua vez e contemplava, à luz da lanterna, a face desorientada do amante:

– *Mon Dieu!* – tornou a exclamar em francês – é você mesmo, querido?

Desta vez sua fisionomia expressou a mais violenta cólera; gradativamente, as rugas forçavam os seus olhos quase a se fecharem mas, relaxando bruscamente, explodiu numa voz aguda:

– Mas que é isso, Angélica? Que faz você no alto dessa charrete? Desça, desça imediatamente.

Atemorizada, a mulher escorregou até o chão, e pousando a mão cheia de jóias no seu ombro, murmurou:

– Não está contente, querido? Vim conversando com essa moça...

Ergueu o braço e mais uma vez, violentamente, as jóias faiscaram.

– Deus do céu, – gritou Bernardo – que vai você fazer com essas jóias?

Então Madalena rompeu o silêncio, amargamente:

– Não se preocupe, Bernardo, sei que elas foram dadas em pagamento de uma dívida...

Sem compreender o que se passava, Angélica corria os olhos de Madalena para Bernardo, ao mesmo tempo que a dúvida e a cólera começavam a arder no seu coração. O diálogo, agora, tinha se estabelecido somente entre o homem e Madalena – cautelosamente a francesa recuara para a sombra e contemplava, com olhos ávidos e dilatados, a cena que se desenrolava.

Bernardo descera repentinamente do tom arrogante que usara para com ela ao da mais extrema humildade. Segurara no estribo da charrete e sua voz doce parecia implorar:

– Não foi minha culpa, sabe? Pedro as trouxe uma noite, sem que eu pedisse. Eu jamais lhe pedi qualquer coisa, dinheiro ou jóias...

Exausta de segurar a lanterna no alto, Madalena pousou-a na borda da charrete; a luz flamejava tranqüilamente.

– Escuta, Bernardo, – disse de repente – não me importa o que Pedro tenha feito... já não existe mais nada entre nós e eu não voltarei em casa senão para apanhar as minhas malas. As jóias são suas...

Um grito de alegria dilacerou-lhe o peito. Juntou as mãos freneticamente e exclamou:

– Eu sabia, eu sabia, Madalena, que vocês se separariam e não esperava senão isto. Ele mesmo me tinha dito, mas não se pode acreditar em todas as coisas, não é verdade?

Madalena sentiu a angústia tolher-lhe as palavras. Murmurou com esforço, entregue à sua decepção, sem medir a significação completa do que lhe dissera o homem:

– Ele lhe tinha dito? – ao mesmo tempo que a consciência de mais essa vilania crescia vagarosamente como se rompesse com esta última gota o dique de águas sujas que se vinha acumulando há tanto tempo.

– Disse – sussurrou o homem, num tom entre ardente e misterioso – e disse ainda...

O silêncio venceu sua emoção. Paralisadas, as três criaturas sentiam no rosto o hálito do abismo que se abria e compreendiam vagamente que aquele era um instante decisivo.

– Disse ainda... o quê? – perguntou Madalena com doçura.

Bernardo rompia com esforço o alheamento em que se submergia:

– Eu não sei se deva... eu não sei se deva! – exclamou aflitamente.

Nesse momento, Angélica deixou escapar uma risada ameaçadora. Avançou com os punhos fechados para Madalena, dizendo:

– Mas é a história que eu lhe contei, compreende? Apenas, eu não tomei as devidas cautelas...

– Como? – perguntou Madalena desorientada.

– Mas é dele que se trata! As jóias são as suas, a mulher é você!

A essa declaração, o silêncio pesou, brutal. Ouvia-se na lamparina, de um modo mais trágico, o pavio crepitar.

– É verdade? – tornou a perguntar Madalena.

Bernardo reunia as suas últimas forças. Constrangido, a mão sobre o peito, os punhos rasgados, quase ridículo, afirmou:

– É verdade, sim. Não sei o que ela disse... mas se foi que eu a espero há longos anos, desde aquele dia na escada, – lembra-se? – é verdade... Escuta, muitas vezes fui lhe ouvir o sono, encostado ao muro da sua casa... é terrível que um homem se embriague e vá escutar furtivamente o sono de uma mulher junto à parede da sua casa, não é? Eu fiz isso e fiz ainda muito mais... Quando voltava tropeçando nos caminhos, chorava e dizia: "eu não sou senão uma criatura ignóbil", mas sentia prazer em ser ignóbil e voltava no dia seguinte e repetia para mim as mesmas palavras no caminho: "ignóbil! ignóbil!" – e como ninguém pudesse escutar a minha voz, gritava a plenos pulmões e ria através das minhas lágrimas...

– Eu sei de tudo – murmurou Madalena rapidamente – e não quero ouvir mais nada...

Tinha segurado a lanterna e recuara até o fundo do carro. Um brilho rancoroso chispou nos olhos de Bernardo, enquanto sua respiração se tornava difícil e sem ritmo.

– Filhinha, – sussurrou com os dentes cerrados – é preciso que você escute tudo – hoje é um dia feliz da minha vida... e... oh! aqueles que são muito infelizes perdem a noção da felicidade – ela lhes aparece como qualquer coisa longínqua e intangível, um clima a que eles não se habituariam mais e que realizam então como uma existência opressa, diferente, estagnada... São corações que se habituaram ao vento das tempestades como esta... Não sabem ser felizes e quando o são se embriagam de uma vez.

Rompeu numa risada bravia e dolorosa. Depois, docemente, prosseguiu:

– Disse há pouco que existem criaturas que gostam de ser vis – não se espante, pelo amor de Deus –, mas a vileza é um sentimento como outro qualquer... como outro qualquer, está ouvindo? Ouve, minha rosa, eu cheguei a tentar comprar as criadas da sua casa, na febre de possuí-la...

– Também sei disso, – interrompeu Madalena rudemente – estive hoje em casa de Emanuela...

Bernardo deixou escapar um grito de surpresa. Trêmulo, ofuscado pela luz da lanterna que lhe batia em cheio no rosto, parecia hesitar:

– Será possível que a tivesse visto?

Avançando um passo, tocou levemente as mãos de Madalena com os dedos ardentes e indagou soturnamente:

– Ela lhe falou do subsolo... quero dizer, da história que "ele" inventou a respeito de uma luz no subsolo?

Madalena procurou se lembrar.

– Falou vagamente... Mas não compreendi nada... Que subsolo é esse? E de que luz se trata?

A voz de Bernardo tornou-se de uma docilidade infantil – havia mesmo no seu modo de se expressar um tom longínquo de sonho, uma ou outra leve nota de sofrimento:

– Eu o escutei muitas vezes falar nisso, é uma fantasia... É esquisito que um homem como aquele não viva senão de fantasias... Ele me atormentou pavorosamente com a história do xale, sabe?

Curvou-se sobre o estribo e soprou com o rosto junto à lanterna:

– Mas é uma felicidade, meu Deus, que eu não tenha coragem e que você não tenha xale! Eu tremia nesta estrada e esperava: o demônio há de me dar forças e ela há de passar aqui... Mas não é isto o que eu quero contar. Um dia, tínhamos bebido e estávamos no caminho escuro... Pensei que não passasse de uma brincadeira e me enganei. Depois cheguei a acreditar que essa luz existisse e tive medo... não podia mais dormir... Escuta, Madalena, o mais estranho de tudo isto é que...

"É um louco" – pensou Madalena. Entretanto, ajoelhou-se vivamente no fundo da charrete e perguntou aflita:

– Mas a luz... que é que significa a luz no subsolo?

Ele tinha se afastado e estava imóvel.

– É de uma simplicidade imbecil – creio mesmo que já o deve ter escutado algum dia... Ele quer dizer que existe uma realidade que não vive para nós senão de uma maneira incompleta... compreende o que estou dizendo? Assim como existem outras que não vivem absolutamente: permanecem dentro de uma existência de sombra, acusadas apenas como uma presença que recebe da nossa parte um reconhecimento insignificante e pueril... Assim estão sempre envolvidas em qualquer coisa longínqua, que sentimos sempre mas que não tocamos nunca... Estamos envolvidos pelas trevas mais densas – a realidade não é a realidade – premidos num subsolo, nós não a podemos ver senão de um modo arbitrário e confuso...

– E então? – perguntou Madalena inquieta.

– Nada mais... apenas...

E Bernardo curvou-se mais, soprando num jato ardente:

– Apenas existe realmente um mistério em tudo isto. Já disse que algumas vezes cheguei a acreditar nessa luz... pois bem: a pessoa que se evade desse subsolo, o que consegue romper esse mundo de trevas, é de qualquer modo uma criatura perdida... Houve um tempo em que eu cheguei a me esquecer de mim mesmo e passei a viver como se outra vida tivesse vindo habitar o meu corpo... quando olhava para as minhas mãos, eu as compreendia de um modo diferente... ou quando...

Hesitou um momento e gritou com voz terrível:

– Mas, Deus do céu, estou mentindo ainda, eu não passo de um vil mentiroso! Sabe? Só hoje essa luz apareceu para mim, Madalena, há poucos instantes, quando eu lhe disse: "ouve, minha rosa, eu cheguei a tentar comprar as criadas, na febre de possuí-la" – e, não há muito tempo... Pedro tinha me dito que o pior são as criaturas amedrontadas consigo mesmas e só hoje eu resolvi não ter mais medo e me evadir do subsolo em que estava encerrado... compreende? Foi então que me desconheci e fui procurar um espelho... queria ver se ainda era o mesmo...

Afastou-se um pouco. "Ele é feio, o rosto é sórdido, as mãos horríveis, mas os olhos são belos" – pensou de repente Madalena, ao descobrir a chama azul que os iluminava.

– Mas já não era mais a larva – prosseguiu com uma sinistra serenidade – o diabo tinha se apiedado de mim. Era um velho, um velho debochado e cínico, mas não era o mesmo! Compreendi isto de um golpe – e quando me vieram dizer que Sérgio estava doente, eu os enxotei porque me sentia forte, eu os enxotei como uns cães...

Seu desespero tornara-se frenético. Com a mão fechada, esmurrou impiedosamente o peito, enquanto os olhos flutuavam na loucura.

– Basta! – gritou Madalena. – A tempestade não tarda e estou farta dessas histórias...

Segurou a lanterna para pendurá-la no seu lugar – a chuva começava a cair, cerrada, rolando surdamente sobre a terra.

– Espera! – implorou Bernardo através do vento.

O carro ia se pôr em movimento, quando Angélica, de um salto, ganhou o estribo e enlaçou Madalena pela cintura:

– Você não se escapa assim, minha bela, agora terá de ouvir a minha história! – praguejou, esforçando-se para lhe tomar as rédeas.

Entretanto, sentindo que Bernardo lhe segurava as pernas e que a chuva, cada vez mais forte, começava a cegá-la, arrancou de um ímpeto as pulseiras e os anéis e jogou-os brutalmente à lama, abandonando o carro. Madalena não se voltou: chicoteou o burrinho e a charrete perdeu-se na escuridão.

Pálido, amedrontado pela cólera de Angélica, Bernardo contemplava as jóias que ainda brilhavam fracamente no chão escuro e, de súbito, num movimento mais forte do que ele mesmo, curvou-se para apanhá-las.

De um salto Angélica aproximou-se e, sem hesitar, pisou cruelmente a mão estendida, enquanto Bernardo, deixando escapar um urro de dor, perdia o equilíbrio e rolava na lama.

Agora que tudo tinha se acabado, agora que ele não ousara "avançar" até o fim, queria estar extremamente alegre. Era por isso que apertava o braço de Angélica e fazia todo o esforço possível para não escutar as surdas pancadas do seu coração. Por vezes, repetia em voz baixa, uma, várias vezes: "é preciso que eu esteja muito alegre, é preciso que eu aproveite a vida". Mas a noite o esmagava; sabia que o seu encontro com Madalena não podia terminar assim: alguma coisa terrível estava para acontecer.

Pouco adiante tremiam as luzes do café onde vivia Angélica. Detestava aquela casa, com as suas portas sujas, os seus vidros quebrados, os forasteiros que a enchiam. Sentia mesmo um invencível horror por Angélica. Mas era preciso estar contente. Parou repentinamente e, abandonando o braço da mulher, perguntou a si mesmo: e se eu não estiver contente e nenhuma dessas coisas me interessar mais? Como os seus dias eram vazios! Deve haver uma nova vida, deve existir uma outra coisa. Mas que nova vida? Que outra coisa? Teria vontade de exclamar para aquela pobre Angélica: "é preciso vencer os obstáculos que escondem a nova vida...".

Colou o rosto ao vidro do café e olhou. Homens bêbedos se espojavam sobre as mesas. Criaturas estranhas transitavam numa espécie de fumo. Então, como uma chaga que borbulhasse no seu coração, perguntou ainda: saberão eles que alguma coisa terrível está para acontecer? E voltando-se, lançou um olhar aterrorizado para o céu escuro. Tinha a impressão de que nuvens negras se romperiam de repente e cavalos de fogo se precipitariam sobre a terra inerte. Não era possível que depois de tudo as árvores continuassem florescendo em brotos novos e que os homens fossem sempre os mesmos. Empurrou a porta e, fazendo um gesto a Angélica, entraram.

Uma risada feriu o ar imóvel. Pesadamente a tranca caiu e os recém-chegados sentiram no rosto o bafo quente da taverna. O fumo dos cachimbos misturava-se entre as flores de papel; o álcool e o vinho azedo empestavam o ar.

Ainda no limiar, as mãos pousadas ostensivamente na cintura, Angélica sorria. Ao seu lado, rasgado e sujo, Bernardo esforçava-se, com a vista empanada pela chuva, para distinguir completamente as pessoas que estavam no café. Sentia-se atolado na mais completa miséria; para sair daquela lama ele sabia que necessitava de um esforço maior do que poderia fazer. Ao mesmo tempo resignava-se, encontrando uma volúpia perversa naquele desmantelo em que, pela primeira vez, mergulhava completamente o seu corpo cansado das vigílias e o seu espírito chagado pelas decepções. Saboreou pois, com amargo prazer, o espanto que sua entrada causava.

Entre as pessoas estava um velho, antigo freqüentador da casa, conhecido pela sua originalidade; atravessara a noite diante de um único copo de vinho, imóvel, fixando o mesmo lugar como se pensamentos confusos o atordoassem. Era João Epifânio, e ninguém sabia o lugar onde estava morando na cidade. Ao vê-lo, Bernardo sentiu-se tomado de riso e, se bem que coisa alguma na pessoa do velho explicasse o motivo daquele riso, era evidente que sua figura despertava uma nova sensação no recém-chegado:

– Por que te ris? – indagou João Epifânio com rancor.

Bernardo libertou-se de Angélica com um violento empurrão e rolou até a mesa do velho:

– Diga-me uma coisa, João Epifânio: não é verdade que você já foi soldado?

– É verdade, – respondeu o homem – eu já fui soldado.

Tinham colocado um copo de aguardente diante de Bernardo. Angélica contemplava-o de longe, mas sentindo-se nos seus domínios, bateu palmas:

– Música, música!

No fundo da casa existia um velho piano de cauda que tinha sido entregue ao dono do botequim em penhor de uma dívida. Havia também um perneta que tocava música de cor. Naquela noite, ele dormitava sobre a tampa do piano, quando os gritos de Angélica o despertaram.

– Que é, Angélica?

– Música!

Pôs-se a tocar uma velha mazurca, completamente fora de moda, movido pela própria inspiração, correndo os dedos de um modo tão leve que mal pareciam aflorar o dorso negro e branco das teclas. Algumas vezes mesmo, suas mãos se erguiam e ficavam suspensas como duas asas móveis sobre um vento invisível, enquanto que, por um milagre de audição, as notas continuavam a soar claramente no ambiente, uma por uma, como se caíssem de muito alto, abandonadas pelo mesmo vento que invadira a sala e erguera as mãos do artista.

Do lugar onde estava, Bernardo prestava agora atenção à música e distinguia no correr dos dedos finos um estremecimento sutil, uma emoção que perdurava ainda, como se aquela carne frágil tivesse trazido para o seu interior toda a pungente memória que a música evocava. Compreendia que eram mãos que sofriam e que, ao deslizarem pelo marfim gelado, ao permanecerem serenamente afastadas do piano, falavam numa linguagem única, que o fazia esquecer momentaneamente as suas próprias penas. Bruscamente, tudo terminou. O café estava em silêncio. Angélica suspirou:

– Que música triste...

Sobre o piano, o homem voltara a dormitar. Bernardo esvaziou o copo e, enchendo-o de novo, sorriu para João Epifânio:

– Gosto dessas coisas tristes... parece que tudo isso tem vida...

João Epifânio apenas ergueu as sobrancelhas.

– E? – perguntou.

Bernardo esvaziou ainda uma vez o seu copo e tornou a enchê-lo.

Começava a se sentir embriagado. Tinha pousado os grossos braços na mesa e se agitava para falar:

– João Epifânio, é incrível que os homens se odeiem, quando existem músicas como esta... Você tem o coração limpo, eu sei que você tem o coração limpo, mas...

O velho interrompeu-o acremente:

– Engana-se, eu não tenho o coração limpo, ninguém tem o coração puro de ódios...

Bernardo contemplava-o; diante daquelas barbas brancas e daquele ar venerável, sentia-se tomado pela incredulidade. Bebeu mais alguns goles e, movendo a cabeça, disse:

– Nesse caso, meu amigo, eu não sei como olhar os homens...

A idéia transportou-o e, golpeando a mesa com furor, continuou:

– Sim, é tremendo, meu amigo, não saber como olhar os homens! É tremendo não compreender os seus irmãos, aqueles que vivem no mesmo planeta, que são cegos como nós e sofrem pelas mesmas coisas... Por vezes, uma rajada de terror me faz recuar até o fundo de mim mesmo: tenho medo dessas criaturas e penso que sou um pobre animal perdido nessa planície de loucos...

– Mentira! – gritou o velho com extraordinária violência. – Você bem sabe que precisamos olhar os outros homens como inimigos... Bem sabe que precisamos nos defender deles e de nós mesmos, porque a morte se esconde em cada canto... Nós não somos senão lobos furiosos dispostos a devorar uns aos outros...

– Que história de lobos é essa aí? – interrompeu Angélica com uma risada. – João Epifânio, você é um velho mentiroso... Todos nós sabemos que em outros tempos seu filho lhe cortou uma orelha e desapareceu... Não é por isso que grita contra os lobos?

Tinha se sentado nos joelhos de Bernardo e bebia no mesmo copo do amante.

Bernardo moveu a cabeça devagar:

– Talvez no fundo não seja senão isso. Ter medo de si mesmo como de um inimigo, pois cada um de nós traz dentro de si um demônio...

João Epifânio tinha pousado a mão calosa no braço de Angélica:

– Escuta, menina, eu sou um velho e sei mais do que todos vocês... É verdade que meu filho me cortou uma orelha e desapareceu... mas não gosto de ouvir isso na boca de qualquer uma... Um dia me vingarei: haverá um tempo em que os pais torturados pelos próprios filhos verão os seus inimigos perderem até a própria fisionomia humana...

Bernardo pôs-se a rir, a cabeça inclinada para trás. João Epifânio saboreava a sua crueldade.

– Venha daí, – exclamou Angélica arrastando Bernardo – este velho está doido.

– Mais tarde, mais tarde, João Epifânio! – gritou Bernardo.

O velho ergueu os ombros. Levou o copo aos lábios e o vidro azul faiscou.

– Minha flor, – murmurou Bernardo – eu preciso de beber alguma coisa...

Angélica continuava a arrastá-lo:

– Venha por aqui, eu sei de um lugar...

Apertou-lhe o braço com mais força e, tomando uma pesada candeia que estava sobre uma das mesas, ganhou a escada. Sob os passos pesados, os degraus estalavam. Agora, do alto, o café parecia envolvido numa sombria tristeza. As chamas débeis das lamparinas vacilavam.

Ganharam dificultosamente o topo e se internaram num corredor escuro. No fundo da parede estava pendurada uma grande chave enferrujada.

– Segure um pouco a lanterna – disse Angélica.

E retirando a chave, desceu por outra escada menor, mais escura, feita em pedra; a umidade lhe dava um tom esverdeado e o ar saturado de mofo era frio e nauseabundo. Uma aranha dormia indolentemente na curva da parede.

Bernardo acompanhava-a sem hesitar: conhecia o caminho da adega, pois não era a primeira vez que vinha ali.

– Suspenda a luz mais alto... – exclamou Angélica.

Ele suspendeu-a o quanto pôde e continuaram a descida – a luz arrancava faíscas das pedras úmidas. Bruscamente estacaram diante de uma estreita porta de madeira, fechada com um grosso cadeado de ferro. Angélica introduziu a chave e abriu-a. O ar, saturado do cheiro de vinho e de mofo, golpeou-os no rosto. Entraram e, cerrando a porta, desceram por uma nova escada, até o fundo daquela espécie de poço. Era uma pequena adega, baixa, suja, repleta de velhas pipas que se amontoavam umas sobre as outras, garrafas cobertas de pó, cabazes suspensos do teto, garrafões bojudos. O chão era de uma cor indistinta, escuro de serragem e de poeira.

Angélica pousou a candeia no alto de uma barrica – na obscuridade, ruídos estranhos se faziam ouvir. Trêmulo de frio, Bernardo deixou-se cair sobre um caixote com um suspiro de alívio. Angélica apanhou uma caneca e colocou-a sob uma torneira de vinho – o líquido caiu sonoramente e, quando a vasilha se encheu, voltou-se para Bernardo. Continuava estendido, os olhos fechados.

– Está dormindo? – perguntou Angélica.

Não respondeu. A mulher pousou a vasilha no chão e sentou-se ao seu lado.

– Você dorme, filhinho? – tornou a perguntar com sua voz mais terna.

Sem abrir ainda os olhos, suspendeu a mão e segurou-a brutalmente.

– Não! – exclamou a mulher com voz alterada. – Toma o seu vinho e fica quieto...

Mas a mão apertava-a mais. Ergueu-se com um violento repelão, enquanto o homem abria os olhos.

– Por quê? – indagou ele.

As roupas da mulher estavam molhadas e rasgadas. Os ombros apareciam nus e a pele branca parecia mais forte na penumbra.

– Tenho medo disto aqui, sabe?

Pela primeira vez, Bernardo correu os olhos pelo lugar onde estava – grandes sombras se amontoavam atrás dos objetos –, lentamente, as gotas pingavam da pipa de que se servira Angélica. Um sorriso tranqüilo desenhou-se no seu rosto e, ao mesmo tempo, arrastando a mulher para junto de si, obrigou-a a deitar-se sobre um saco cheio de serragem. O terror tinha, entretanto, despertado o coração de Angélica. Deitada, os cabelos se lhe desprenderam e sentiu o frio arrepiar-lhe o corpo. A luz dava em cheio sobre a garganta nua. Bernardo sentia crescer na sua alma a impressão daquela carne branca que latejava. De repente, segurou-a pelo pescoço e apertou-a furiosamente, enquanto, com um grito de dor, ela procurava se evadir. Durante um minuto abafado e angustioso, a mulher debateu-se nas suas mãos, até que, conseguindo se libertar, permaneceu ofegante na sombra.

– Quieta, ouviu? – ameaçou Bernardo.

Ela não dizia nada, mas os seus olhos estavam cheios de lágrimas.

Bem se tinha admirado da docilidade com que ele a seguira até ali. Segurava com as mãos ardentes o pescoço magoado e procurava adivinhar o motivo daquele acesso de fúria.

Bernardo contemplava-a fixamente, mas seus olhos não exprimiam nenhum sentimento – frios, vagos, levemente infantis. Bruscamente tornou a segurá-la e como Angélica reagisse, soltou e pôs-se a chorar docemente. Agora, a angústia da mulher era maior ainda e ela sentia a dor trespassá-la até o fundo da carne.

– Toma, – murmurou, erguendo a caneca à altura do rosto molhado de lágrimas – bebe o seu vinho... você está agitado...

Ele empurrou a caneca e o líquido escuro derramou-se pelo chão, crescendo rapidamente numa grande mancha escura.

– Não... você não compreende?

Estendeu de novo as mãos, procurando a garganta da mulher. Angélica procurava fugir, mas, com um violento repelão, Bernardo obrigou-a a se deitar de novo, dizendo com os dentes cerrados:

– Eu não quero lhe fazer mal, está ouvindo?

Com o coração cerrado, o sangue girando vertiginosamente, cerrou os olhos, enquanto os dedos grossos do homem começavam a alisar-lhe o pescoço com ternura. Então, baixinho, disse:

– Eu sei que é uma tolice, isto que eu vou lhe perguntar...

– A mim? – e os seus olhos fixavam obstinadamente a carne nua.

– Sim, a você – redargüiu constrangida – é uma loucura... uma estupidez... mas que é que não se passa numa cabeça vazia?

Bernardo repetiu para si mesmo: "que é que não se passa numa cabeça vazia?" – encontrando na frase uma secreta semelhança com a que ouvira tempos antes a respeito de certo encarcerado, senhor de uma poderosa imaginação. Os seus pensamentos ganharam um ritmo acelerado, ao mesmo tempo que sentia subir um cheiro morno de sangue. "Se eu me abandonasse..." – pensou. E cerrou os olhos de manso.

– Está ouvindo, filhinho?

Era estranha aquela voz amedrontada no fundo silêncio; revia novamente as palpitações azuis que davam vida à carne exangue.

– Estou.

Então, Angélica inclinou indolentemente a cabeça para trás e dessa vez a luz flamejou em plena garganta, onde a carne se cava um pouco e a penugem sombreia os bordos suaves. Ele reparou que os cabelos flutuavam no vazio.

– Há muito que eu tinha vontade de lhe perguntar isto...

As palavras subindo causavam um movimento rápido na garganta – parecia que a água corria sob a pele. De repente seu ódio por aquela vida que se agitava junto dele foi tão violento, que deixou escapar um gemido abafado e escondeu o rosto nas mãos.

– Que foi? – indagou a mulher atemorizada.

– Não! Não! – respondeu surdamente – deste modo, não...

– Não quer que eu me deite? Você mesmo disse que não queria me fazer mal – sussurrou com uma provocante entonação na voz. Os ombros estavam nus até quase os seios.

– Não se deite assim – confirmou rapidamente, com o mesmo olhar gelado e vago.

Agora a febre se apossava dele e as têmporas latejavam. Ela inclinou-se e, pousando a mão na sua testa, soltou uma exclamação de surpresa:

– Mas, Deus do céu, você arde!

Bernardo tremia.

– Oh! acabe logo a sua história! – implorou.

– É uma tolice, meu bem...

O desgosto transformou-lhe instantaneamente o rosto pálido. Angélica fixava-o ainda nos olhos:

– É que às vezes, – prosseguiu devagar – nos momentos assim... compreende?

Ele sentiu que aquele olhar descia ao fundo da sua alma.

– Compreendo – replicou com voz amarga.

Angélica passou as mãos pelos cabelos e, recuando na sombra como um tigre que vai lançar o bote, perguntou quase sem voz:

– Você acredita em Deus?

O silêncio permaneceu sobre as suas palavras. Da pipa, o vinho caía gota a gota no solo empoeirado.

– Sabia que era isto – disse com um sorriso que dava ao seu rosto uma expressão de repulsa. – Mas por que é que você quer saber?

Angélica segurou o rosto do homem entre as suas mãos e notou sua palidez intensa.

– Não sei... os seus olhos... alguma coisa...

Bernardo levantou-se em silêncio. Um rato atravessou a adega de corrida. Olhou-a ainda uma vez, fixamente, com aquele mesmo olhar que não significava nada e, tomando o candeeiro, encaminhou-se devagar para a escada, arrastando a roupa em frangalhos.

O terror fulminou de um só golpe a mulher abandonada que procurou na treva consertar a roupa desarranjada.

– Onde vai você? – perguntou com uma voz que não era a dela.

Ele tinha se detido de costas e a mulher via o seu vulto imóvel, cercado pela luz amarela da lamparina. Voltou-se de repente e abaixou a luz, mergulhando o rosto no escuro.

– Não, – disse com uma espantosa serenidade – eu não acredito em Deus.

– Bem sabia que era verdade, – murmurou Angélica tremendo – bem sabia...

– Então? – e pôs-se a subir.

– Onde vai você? Não me abandone!

E mais baixo, num tom de confidência que estabelecia entre eles uma secreta cumplicidade:

– Não me abandone... eu também não acredito, mas...

Bernardo ergueu a luz e rompeu numa risada perversa. E num gesto de quem se atira espontaneamente na lama e sente subir o odor nauseabundo com um grito de prazer:

– Eu sei, Angélica, eu sempre soube... e compreendo tudo.

Angélica lançou-se sobre ele e alcançou-o à borda da escada, fremente e aterrorizada:

– Mas apesar de tudo... é estranho: se bem que eu não acredite, eu me ajoelho todas as noites para rezar. Parece que "alguém" me perdoará assim qualquer coisa que... qualquer jogo a que eu me prestasse, – está ouvindo? – e cuja máscara eu arrancasse então do rosto...

De um modo brusco, quase brutalmente:

– Somos parecidos, compreende? Ambos somos fracos.

Uma palidez extrema espalhou-se pelo rosto de Bernardo.

– Loucura! – exclamou. – Absoluta loucura! Quem foi que lhe disse isso?

– Eu sei – respondeu obstinadamente.

– Por que... não acredito? – indagou tremendo como se lançasse uma mentira.

Angélica lançou-lhe um olhar inflamado:

– Não... Mas você bem sabe, eu sei que você sabe, você sabe!

Naquele instante, Bernardo sentiu-se débil como um escravo. A necessidade de reagir se impunha violentamente, mas apesar de procurar avidamente suas forças, não podia deixar de reconhecer que algo dentro dele sangrava às palavras da mulher.

Angélica esperava ansiosamente a sua palavra – afinal, tênue como um sopro, ela se ergueu sob o teto escuro:

– Tolices... Mas, se você não acredita, por que é que reza então? É uma espécie de *jogo*?

Abaixou a cabeça e não respondeu. Como sentisse um arrepio subir-lhe o corpo, curvou-se e apanhou o xale que tinha deixado cair na escada, cobrindo com ele os ombros nus.

– Que é isso? – gritou Bernardo.

Angélica estremeceu, sem compreender direito.

– Um xale – respondeu hesitando.

Moveu a cabeça devagar:

– Mas você antes não estava com isso...

E pôs-se a subir, a luz erguida.

– Oh! não se vá embora! – gritou Angélica.

E como ele não se detivesse, correu e enlaçou-o pelas pernas. Furioso, Bernardo procurou se desvencilhar. A fealdade da mulher lhe aparecia naquele instante em toda a sua nitidez – a pele flácida do rosto tremia, amarelecida pelo medo. Os braços nus deixavam à mostra marcas fundas e queimaduras. A luta travou-se rápida e feroz e, como não quisesse ele abandonar a lamparina, rolou com a mulher até o fundo da adega. A luz apagou-se na queda e a treva tornou o lugar mais lúgubre ainda.

Um cheiro forte de vinho azedo subia e entontecia. A serragem espalhada no chão cheirava a umidade. Bernardo tentou se levantar.

– Deixe-me! – exclamou.

Os braços, entretanto, apertavam-no como tenazes e o cheiro de vinho fazia seu sangue girar com mais força. Petrificado pela angústia, as mãos apoiadas na parede molhada, sentiu o ódio garroteá-lo como a uma rês indefesa. Tateando aflitamente na escuridão, encontrou um dos garrafões bojudos, ergueu-o e, por duas vezes, golpeou a cabeça da mulher. Angélica soltou um grito abafado e, antes que pudesse fazer qualquer movimento, Bernardo tonteou e rompeu o vidro contra a parede. Ela se precipitou na direção da escada, mas o homem apanhou-a novamente e arrastou-a para o fundo.

– Não! Não! – implorou.

E como Bernardo continuasse a segurá-la, apanhou um dos cacos da garrafa e, erguendo-se como uma fúria, atirou-se sobre ele, arranhando-o, quase alucinada. De novo a luta cresceu em intensidade – com as mãos úmidas de sangue, ele avançava no ar, tentando torcer-lhe os pulsos. Angélica parecia ter enlouquecido, praguejando e rindo ao mesmo tempo. Bruscamente ela se sentiu estrangulada: as mãos de Bernardo tinham encontrado o xale e puxavam-no fortemente – a mulher perdia as forças, queria lutar ainda, batendo no ar os braços.

Bernardo tinha o rosto coberto de sangue: aquilo descia devagar, queimando como fogo, escorrendo pela sua boca.

Angélica cessava de se debater – Bernardo abandonou-a e ela foi cair sobre um saco de serragem, onde ficou imóvel. Agora, um silêncio terrível descera sobre a adega abandonada – vagarosamente, o vinho continuava a cair gota a gota da pipa; um rato estalava a madeira na sua corrida, enquanto o ruído monótono da torneira mal fechada continuava a tombar surdamente no chão empoeirado. Bernardo continuava imóvel, sem forças para fazer nenhum movimento. Os minutos passavam. Fez um esforço sobre si mesmo e arrastou-se para o vulto estendido. Tateando, procurou a testa da mulher, passando de leve as mãos pelo rosto molhado, numa carícia ingênua e maquinal. No silêncio, os ratos aumentavam a corrida, davam pequenos gritos – ele continuava a acariciar o rosto frio. Bruscamente retirou uma das mãos, cheirou-a – o odor de sangue deu-lhe náuseas. Devia haver sangue por todos os lados. Bernardo não conseguia ver coisa alguma e o sentia escorrendo sobre os seus olhos, sobre a sua boca, em fios lentos e ardentes. Como alguém que no meio de um sonho encontra inesperadamente a ponta de uma realidade longínqua, lembrou-se de Madalena e, completamente despertado do seu pesadelo, pôs-se a chorar convulsamente.

O vento morno rodopiava sobre o solo úmido as folhas arrancadas das árvores. João Epifânio, cambaleante, tinha deixado o café e dirigia-se para casa, quando, ao passar junto de uma janela, julgou ouvir uma voz. Amedrontado, deteve-se – e de novo, distintamente, ouviu que alguém perguntava "quem vem lá"? – num tom angustioso e distante. Aproximou-se um pouco e reparou que a janela dava para o sótão da casa onde existia o café.

– Quem vem lá? – tornou a gemer a voz atormentada.

– Sou eu – respondeu inquieto.

– Eu? – indagou a voz, desta vez escarninha.

– Sim, João Epifânio.

Houve um instante de silêncio. Mas de súbito a voz proferiu num grito de surpresa:

– João Epifânio! Você? Sou eu, Bernardo...

João Epifânio estremeceu. Murmurou de um modo quase imperceptível:

– Sabia... já tinha reconhecido a sua voz.

– Ouve, João Epifânio – exclamou a voz brutalmente, – ainda há pouco eu o deixei beber à vontade... desde o tempo da sua mulher que você não bebia assim...

– Verdade, – respondeu comovido – desde o tempo em que ela costurava... Era quando eu furtava uns níqueis...

– João Epifânio! João Epifânio! – gritou Bernardo impaciente – verdade que nós devemos olhar os homens como lobos?

João Epifânio contemplou com terror a janela fechada. A inquietação começava a torturá-lo.

– Mas, por que você não abre essa janela? Por que sua voz está trêmula e você fica escondido?

De novo houve uma pausa.

– Não posso, – exclamou o homem escondido – não posso...

Do lado de fora, João Epifânio parecia meditar. Gotas de chuva ainda chegavam no vento quente.

– Sim, é verdade, meu amigo, os homens devem ser olhados como lobos – eu sinto que eles estão constantemente dispostos a nos despedaçar...

Do outro lado, a voz tornou-se pesada e suplicante:

– Aproxime-se mais um pouco, João Epifânio, pelo amor de Deus, aproxime-se um pouco!

O homem tateou a parede úmida e com o coração confrangido colou o ouvido à velha veneziana.

– Estou aqui, meu amigo – soprou.

– Escuta, se eu lhe pedir uma coisa... em nome da bebida que lhe dei hoje...

– Peça, não é preciso invocar em nome da bebida...

– Seja... Se eu lhe pedir em nome da sua mulher morta...

– É grave? – sussurrou.

– É grave – respondeu de manso a voz do outro lado.

Ainda uma vez o silêncio pesou. O vento agitava as árvores tristemente.

– Fale, prometo – concordou afinal.

– Ouça, tenho aqui nas minhas mãos uma chave. Quando eu sair, você se esconderá para me deixar passar, está entendendo? – e depois entrará aqui e descerá ao fundo da adega...

– Mas que é que eu vou fazer na adega? – gemeu João Epifânio.

– Espera! – exclamou Bernardo dando uma pequena pancada na veneziana. – Você descerá e levará um pouco de água... No fundo encontrará uma mulher ferida... talvez desmaiada... você a trará para fora...

– Deus do céu! – murmurou João Epifânio.

– Que é que você está dizendo? Falou alguma coisa?

– Não, nada... continue...

– Que horas são, João Epifânio? – perguntou Bernardo inesperadamente.

– Meia-noite.

– A chuva já passou ou o céu ainda está escuro?

João Epifânio olhou o céu e as árvores que pareciam se alongar a uma tremenda altura.

– Não chove mais, porém o céu ainda está escuro.

– Mas escute, João Epifânio... se ela não estiver morta...

Do lado de fora, o velho tremia.

– ... se ela não estiver morta, você a beijará no rosto por mim e dirá que eu não a desprezo, está ouvindo?

– Estou.

– E que ela tinha dito a verdade: nós somos infinitamente fracos. E que – está compreendendo bem? – eu não tenho coragem de *ser*, eis tudo e este é o pior dos meus crimes...

– Eu o direi.

– Se ela estiver viva, não se esqueça de beijá-la na testa... Agora, afaste-se um pouco que eu vou lhe passar a chave...

João Epifânio afastou-se um pouco – uma pequena fresta se abriu e a mão de Bernardo estendeu-lhe a chave. O homem contemplou aquela mão e sufocou um grito de terror: estava arranhada e coberta de sangue. Tomou cautelosamente a chave e apertou-a contra o peito, enquanto a janela se fechava sem ruído. De novo, o silêncio caiu.

– João Epifânio, – disse Bernardo ainda uma vez – é isto o que eu lhe peço em nome da sua mulher.

– Eu o farei, pode estar tranqüilo.

– Diga-me, amigo, – e a voz de Bernardo agonizava – é verdade que haverá um tempo em que as pessoas e os objetos perderão a própria fisionomia?

– Sim, haverá esse tempo – respondeu João Epifânio surdamente.

– Obrigado, era a última coisa que eu queria saber. Agora, fique de costas para a janela e não se volte senão depois que eu estiver longe.

João Epifânio exclamou de repente:

– Escuta! Escuta! Você sabe, há criaturas que nunca pensaram em se matar – mas lá vem um dia em que o sol é belo – está ouvindo bem? – e as árvores estão cheias de folhas novas – então elas se trancam num sótão infecto e cortam as veias do pulso...

As árvores altas continuavam a se agitar – a noite quente pesava.

– Isto não quer dizer nada, – concluiu o homem com voz macia – é uma história que me ocorreu...

– Obrigado, – respondeu do outro lado a voz opressa – mas ela não está morta, eu sei que ela não está morta... João Epifânio! Você dirá...

O silêncio caiu de um golpe.

Com o rosto colado à parede, os olhos cerrados, João Epifânio esperava que o outro saltasse.

– Pronto? – indagou este.

– Pronto – respondeu.

Bernardo parecia hesitar. Mas João Epifânio ouviu que a janela se abria com um som rouco e ele saltava – escutou os passos que se afastavam. Depois, só o vento continuava lugubremente a sacudir as árvores. Vagarosamente abriu os olhos. A janela estava aberta, escura e cheirando a mofo como uma boca aberta. Assaltado pelo medo, João Epifânio apertou a chave contra o peito e, antes de penetrar na cavidade sombria, fez sinal-da-cruz repetidas vezes.

V

Pousou docemente a mão no trinco e sorriu: todos os acontecimentos daquela tarde lhe apareciam tão estranhos, que, agora, sozinha, custava a reconhecê-los, como se se apresentassem inesperadamente na sua forma natural, despidos de toda a fantasia que os cercara.

Não, – na realidade Madalena pensava que vinha de um sonho – tudo se anulava agora diante da porta que ainda era a porta da sua casa e onde ela ia penetrar, para viver simplesmente como tinha vivido todos os dias da sua vida... Nada se tinha alterado – o aspecto das coisas em torno era o mesmo. Vagarosamente voltou a olhar as aléias úmidas de chuva – a escuridão sepultava as grandes árvores e os girassóis ressecados espremiam-se dolorosamente sem nenhum encanto, com as ramas, pesadas de sono, roçando a lama fria da terra. Um sentimento absurdo de terror empolgou-a – sentiu completamente o quanto lhe era estranho aquele lugar, aquela mesma terra onde dias antes tinha se estendido nua. Moveu a cabeça, compreendendo que o mundo absurdo, que tinha repelido momentaneamente, voltara a se apossar de novo do seu ser. Alguma coisa imprevista se passava com ela. Não era um sentimento conhecido aquele que lhe tornava a própria casa estranha – não era sequer uma sensação efêmera e de ordem habitual, mas alguma coisa profunda que ia rompendo no seu espírito um sulco de sangue. O vago acabara de se colocar subitamente onde tantos sentimentos e tantas angústias tinham criado um clima comum – ansiosamente, a mão pousada ainda no trinco, Madalena sondava a profundeza dessa transformação.

Cada um de nós possui duas partes distintas – a que ama o sofrimento e a que repele violentamente esse mesmo sofrimento. Essas duas partes podem estar por muito tempo ou ainda constantemente em equilíbrio; são razões que se oferecem com o mesmo valor e transformam a vida do mesmo modo que a tormenta encrespa as ondas de um lago. Talvez chegue um dia, onde para sempre uma dessas partes se extinga. É como uma porta, largamente aberta para o tempo, que o vento, repentinamente mais forte, girou nos velhos gonzos e fechou para o resto da existência. Então, nenhuma força mais conseguirá abri-la, nenhuma imprecação, nenhum soluço, nenhuma promessa vã lançada com os lábios da agonia. O que se foi não volta mais – e agora o amor será eterno ou a solidão crescerá como as urzes nos campos que o sol inutiliza.

Madalena sentira que uma dessas partes do seu espírito mergulhara na sombra – e o seu espanto foi tão grande que ela se ergueu de ímpeto – "será possível? o que eu amava antes não era senão isso, esse vazio, esse nada que vinha se colocar no lugar de alguma coisa que recuava como um fantasma perseguido pelo tempo?" – e aquele grito varou o seu coração com tal força, que foi obrigada a se apoiar, a vista escura, as mãos trêmulas. Entretanto, ainda agora, procurava com angústia renovar o *charme* perdido dos fatos passados. Inutilidade dos gestos que já se realizaram e não se repetem... – ah! – o encanto da vida é o fulgor de um momento que se separa da massa pesada habitual e nos embriaga com o seu vinho e a sua luz particular. Reencontrá-lo é difícil... e as recordações não dormem...

Podia pesar, se quisesse, o valor de tudo aquilo que se fora – como sentia à sua presença, desencadear-se toda uma atmosfera ardente de paixões; agora, nesse instante breve, percebia ainda a beleza dos seus movimentos e todo o amargo prazer que era aquela inquietação arrancada do fundo da sua carne por um riso ou uma palavra sua...

Compreendia a que regiões profundas descia a sua miséria, sabendo que apesar de tudo nada podia fazer senão amá-lo, amá-lo ainda e sempre, se bem que esse amor se situasse na percepção constante do sofrimento que a sua individualidade lhe causava...

E tudo estava irremediavelmente morto. Madalena olhou ainda uma vez o jardim vazio, o longo céu carregado de nuvens escuras, e pesadas, e percebeu que estava só e que coisa alguma conseguiria romper essa solidão. Permaneceu assim durante algum tempo, investigando friamente a sua inquietação, com uma intensa consciência das suas forças, dos seus direitos. Empurrou a porta e entrou. Ainda sob a impressão da descoberta que viera de fazer em si própria, deteve-se um instante na sala escura, enquanto a porta aberta se movia ao vento e, de repente, como se uma decisão repentina a dominasse, correu para a escada e galgou-a rapidamente. Já no alto, lembrou-se da porta e, ouvindo um leve estalo na madeira do assoalho, estacou transida de terror, se bem que esse terror lhe aparecesse ao mesmo tempo como um sentimento pueril e injustificado. Mas, voltando bruscamente a cabeça para trás, julgou distinguir o rápido esquivamento de um vulto – uma sensação fugidia à flor da pele, uma sombra que desliza, um novo estalo no assoalho. "Quem está aí?" – indagou com voz opressa. Um pesado silêncio tinha se derramado de novo pela casa – escutou durante alguns minutos e, como nada mais ouvisse, julgou-se vítima de uma alucinação, caminhando diretamente para o seu quarto. Ao mesmo tempo, a impressão de uma pessoa presente foi tão forte, que o seu coração sobressaltado obrigou-a a se encostar por um momento na parede. Uma sinistra tranqüilidade reinava sobre a casa.

Madalena procurou então vencer a própria angústia e, voltando atrás, penetrou bruscamente no gabinte onde horas antes tinha deixado Pedro adormecido. O escuro era completo – as cortinas estavam cerradas e um calor sufocante dominava na sala. Vagamente, na sombra, julgou distinguir uma figura imóvel e, nesse mesmo instante, constatando que a proximidade de Pedro não lhe trazia mais a antiga alegria dolorosa, percebeu que, pelo contrário, sentia uma impressão de mal-estar e de alívio ao mesmo tempo, como se de si para si, murmurasse: "este homem, cuja presença me é penosa, nada mais significa para mim". Num impulso rápido, como vinha se movendo desde o princípio, correu para a janela e puxou os cordões da cortina – uma débil claridade, uma penumbra quase, diluiu-se docemente no escuro. Quando ela se voltou, a figura imóvel estava quase perceptível – era Pedro e parecia dormir ainda. Sem saber por que, sentiu uma imensa sensação de desgosto – chegou a sorrir levemente, diante do rosto pálido, quase espectral, que se abandonava ao sono. Forças desconhecidas agitavam agora os movimentos de Madalena – sentia crescer no seu espírito uma certeza inabalável, enquanto o alívio, percebido momentos antes, se avolumava de uma maneira considerável, ao ponto de um grito de vitória despedaçar-se subitamente na sua garganta. Continuava contemplando o homem adormecido e compreendia, como se um véu viesse se rompendo sobre o mistério dos seus atos passados, a razão por que, dias antes, percebera com tanta nitidez a transformação que sofrera aquele rosto. Não mais a beleza de linhas puras, a palidez que lhe dava um tom qualquer de imaterialidade – pelo contrário, uma expressão tormentosa e vulgar, uma claridade de face macerada pela doença, como esses velhos santos de cera que amarelecem nas sacristias abandonadas. De toda aquela fisionomia fechada no silêncio e na ignorância exterior partia uma irradiação antipática de egoísmo e de sarcasmo – nas narinas, que se moviam levemente, esse mesmo egoísmo marcava até à curva dos lábios um ricto duro e angustioso de alegria: odiava-o, odiava-o, tinha-o sempre odiado, desde o primeiro dia em que o conhecera! Nada se parece tanto nessas criaturas solitárias como o amor e o ódio; nada se confunde mais e nada se realiza de um modo tão puro como esses dois sentimentos.

Madalena também se iludira. Imóvel na sombra, o coração agitado, ia forçando o seu próprio reconhecimento: sabia, agora, por que minutos antes tinha percebido de um modo tão brusco a sua solidão e por que essa solidão lhe tinha aparecido como algo inalterável... Ela era um desses temperamentos votados à distância das alegrias e dos contatos humanos e que sonham com o calor dessas alegrias e desses contatos, justamente porque não podem respirar dentro deles.

Entretanto, o homem adormecido fez um movimento – a suave claridade resvalou sobre o seu rosto e ele abriu os olhos. Durante algum tempo permaneceu com as pupilas fixas em Madalena, como se divagasse ainda, semidominado pelo sono, semi-acordado, sem conseguir precisar a realidade nem aniquilar o sonho. A sua voz feriu o silêncio, constrangida e trêmula:

– Você estava aí há muito tempo?

Uma coisa estranha se passou – Madalena compreendeu instantaneamente que aquele sono era uma comédia e que, apesar de tudo, ele mentia ainda. Trêmula de raiva, sem conseguir descobrir de golpe o motivo da simulação, exclamou, sem responder à pergunta que lhe tinha sido feita:

– Deus do céu, é uma mentira!

Pedro não disse coisa alguma. Continuou deitado, os olhos abertos, o corpo ainda langue do tempo que estivera estendido. Madalena, inquieta, quis sondar na sua face o que ele pensava, mas percebeu que todo esforço nesse sentido seria inútil por causa da escuridão.

– Não existe uma luz por aqui? – perguntou.

Ainda dessa vez Pedro não respondeu. Nesse momento soou um grito de aflição, enquanto que no quarto de Madalena um móvel tombava. Pedro ergueu-se de um salto:

– Quem está aí? – perguntou com voz alterada.

Trêmula de medo, Madalena levantou os ombros:

– Não sei, quando entrei, pareceu que alguém me seguia.

– Alguém? Alguém? Neste caso a pessoa deve estar escondida – a não ser...

Caminhou no escuro e tocou Madalena com a mão.

– ... a não ser que Júlia tenha regressado. Disse que ia visitar os pais...

– Visitar os pais? – exclamou Madalena admirada.

– Sim, que tem isso? Mas não, – disse irritado – ela não voltaria, deve ser outra pessoa...

Madalena caminhou dois ou três passos e voltou-se com um movimento brusco:

– É absurdo, onde estão as luzes desta casa?

A voz de Pedro ainda estava alterada:

– Para que luzes? Podemos muito bem passar sem elas...

Foram tateando até o quarto e, antes de entrarem, Madalena tocou em Pedro e disse:

– Procure na mesinha do lado... Deve haver uma vela.

Com as mãos estendidas avançou no escuro e, encontrando a mesa, tirou a vela e acendeu-a. Um grito de espanto escapou dos lábios de Madalena. Uma criança pobremente vestida estava caída, provavelmente desmaiada no meio do quarto.

Pedro, entretanto, tinha se abaixado.

– Deve ter tropeçado no escuro e batido com a cabeça em algum móvel – disse.

Um tênue filete de sangue corria das suas têmporas. De repente, Pedro inclinou-se com uma curiosidade mais forte: tinha reconhecido a pequena intrusa.

– Veja quem é! – não pôde deixar de exclamar.

Madalena aproximou-se e reconheceu que era Raquel, a irmã de Emanuela. Estava com as roupas completamente molhadas e enlameadas. Do seu rosto parecia ter fugido todo o sangue.

– Que diabo teria vindo esta pequena fazer aqui?

Petrificada na mesma atitude, Madalena rememorava com incrível rapidez tudo o que Emanuela lhe dissera. Novamente, as palavras pesadas de angústia e de sofrimento soavam aos seus ouvidos e ela sentia o seu coração se confranger, esquecida da cena que se passava diante dela. A luz ia se fazendo dificilmente no seu pensamento – era um trabalho poderoso de penetração na massa escura daqueles últimos acontecimentos, onde tudo lhe parecera tão misterioso e onde, agora, a verdade ia aparecendo em completa limpidez.

Os seus olhos encontraram de novo a figura de Pedro, abaixado sobre a criança caída:

– Como tudo isto é sórdido! – exclamou.

Tomando a criança nos braços, Pedro contemplou-a com inquietação:

– Sórdido? É a segunda vez que você emprega uma expressão absurda junto de mim...

Madalena ergueu os ombros com desdém:

– Escuta, Pedro, não é necessário fingirmos mais. Estive hoje em casa de Emanuela...

E cedendo à indignação que se avolumava no seu espírito, ergueu as mãos num gesto de desespero:

– Mas, como você pôde... uma criança!

Pedro compreendeu, mas nenhum traço alterou a sua fisionomia. Aquela calma perfeita assemelhava-se a um princípio de morte.

– Oh! cale-se! – murmurou. – Você nem ao menos sabe o que deve dizer!

Madalena sentiu que já não podia dominar as suas palavras. Todas as coisas que tinham fermentado durante tanto tempo no seu peito, todas as tristezas, as amarguras e indecisões, o próprio ódio confundido com o amor, rebentaram num assomo irreprimível:

– Ouve, Pedro, é preciso que eu o diga: estou farta destas misérias. Não quero que você pense ter me escapado nenhum dos seus movimentos... saiba que há muito tempo eu o odeio.

– Mas...

– Escute primeiro, depois fale o que quiser... eu é que não posso mais guardar isto. Compreenda que estou me libertando destes laços odiosos e que esta é a minha despedida...

Calou-se, ofegante, mas como ele fizesse um gesto, continuou apressadamente:

– Sei de todas as coisas que se passaram nesta casa com Adélia. Uma noite eu a encontrei com aquele envelope nas mãos e acreditei que a inspiração fosse unicamente dela. Mas agora estou me lembrando do dia em que foi se despedir de mim: tinha qualquer coisa para me dizer e você impediu-a.

– É verdade, – exclamou Pedro numa voz cerrada e imperiosa, cortando as palavras de Madalena – o envelope tinha sido dado por mim. Eu não podia compreender que, odiando-a tanto, não pudesse realizar completamente o meu ódio.

– Compreendo: a minha morte não significava nada...

O homem não respondeu: seu olhar gelado parecia contemplá-la a uma enorme distância. Com um movimento brusco, abaixou-se e segurou de novo a criança que tinha abandonado.

Madalena não mais conseguia articular nenhum pensamento: ela era a presa inerte do ódio que a consumia.

– Não convém discutirmos agora, – volveu Pedro – é melhor que você traga uma toalha úmida e uma bebida qualquer para esta criança.

A serenidade tinha clareado de novo o rosto daquele homem – depois da sua confissão, a leve sombra que transformara o seu olhar tinha desaparecido. Aquela insensibilidade horrorizava

Madalena. Sem uma palavra, abriu maquinalmente uma das gavetas da cômoda e retirou de lá uma vela. Depois afastou-se devagar.

Sozinha na sala, enquanto derramava a bebida no copo, uma estranha idéia lhe ocorreu. Pensou em fugir, não se submeter àquilo que lhe aparecia como uma tolice, uma extravagância – mas, mais do que um desejo, era ordem imperiosa que sentia borbulhar no próprio sangue, um princípio terrível que a fazia desconhecer-se. Era exatamente essa a sua impressão: alguém estava movendo a sua vontade, os seus impulsos, as suas mãos. Foi até o pequeno armário e, de um esconderijo dissimulado atrás de outros objetos, retirou o envelope que tempos antes Pedro entregara à Adélia. Estava cheio de um pó escuro, cor de cinza.

Se bem que tremesse e um suor frio lhe escorresse pelas têmporas, o brilho seco dos olhos denunciava a sua resolução inabalável. Separou o cálice que serviria a Raquel e no resto da bebida derramou o conteúdo do envelope. No líquido amarelo, o pó se dissolveu rapidamente – Madalena reparou que a cor tinha adquirido um brilho mais ardente, que o amarelo se tornara mais escuro, quase turvo.

Um sorriso frio crispou-lhe os lábios.

– Pronto?

Colocou a bandeja sobre a cômoda.

– Pronto.

Pedro continuava com a criança entre os braços. Raquel tinha aberto os olhos e nas órbitas fundas flamejava uma luz azulada. Durante algum tempo contemplou as pessoas que a rodeavam, sem denotar que as reconhecesse. Devagar, voltou a cerrar as pálpebras.

Madalena reparou o profundo interesse de Pedro pela pequena machucada; o homem passava de leve as mãos pela sua testa e seguia com extraordinária atenção os seus movimentos.

– É curioso – disse. – Esta criatura escutava o que nós falávamos...

Sem ousar dizer uma palavra, temendo trair-se a cada minuto, Madalena esperava.

Apoiado pelo silêncio, Pedro continuou, como se estivesse falando consigo mesmo.

– Será possível que... esta ainda... qual o motivo que a teria levado a se esconder?

Raquel reabriu os olhos e suspirou. Madalena segurou o cálice e estendeu-o à menina:

– Toma, beba.

Recusou violentamente e ergueu-se, enquanto o rosto severo exprimia uma grande indignação:

– Preciso voltar.

– Para onde?

Ergueu a cabeça e uma sombra rápida obscureceu o seu olhar:

– Emanuela...

Um pressentimento dilacerou bruscamente o pensamento de Madalena. Reviu o olhar febril sob a luz vermelha do candeeiro.

– Aconteceu alguma coisa? – perguntou em voz baixa.

Raquel olhou alternadamente para Madalena e Pedro:

– Aconteceu. Emanuela está doente.

Instintivamente ela se voltou para Pedro: uma palidez extrema tinha tornado o seu rosto cor da cal. Sentiu o desejo de ser cruel até ao fundo:

– Como? – indagou outra vez.

Raquel tinha arrepios de frio e tremia:

– Não sei, ela grita e faz medo às pessoas. A velha Emília disse...

Madalena tinha se precipitado e lhe segurava as mãos:

– Disse o quê?

– ... que ela jamais ficará boa...

O silêncio pesou. Todos sabiam que Emanuela tinha enlouquecido.

O ambiente se alterava, invadido por estranhas correntes de ódio e de ameaça, e entre elas a criança indefesa.

– É por isso que você veio? – tornou Madalena.

Raquel sorriu quase imperceptivelmente:

– Foi por isso que eu vim.

Pedro tinha se inclinado e tocado com as mãos no braço da menina...

– Escuta...

Raquel deixou escapar um grito de terror e refugiou-se perto de Madalena. Podiam agora reparar nas suas pobres roupas rasgadas, a saia excessivamente comprida, o casaco alheio. Mesmo assim, a sua extraordinária beleza se erguia triunfante, apesar da angústia alterar sua expressão e os olhos liquefeitos arderem de medo.

– Não! Não! – exclamou – não quero que fique perto de mim!

Pedro contemplava-a constrangido, numa posição quase humilde. Ele mesmo se desconhecia e pensava inutilmente: "mas não é mais do que uma criança, não é mais do que uma criança!"

Madalena sorriu com amargura:

– Eu sei que ela está louca. Nós todos sabemos. Delira e conversa com as sombras, é isso... E o pior...

Como se respondesse à voz íntima do homem, repetiu tristemente:

– ... e o pior é que não passa de uma criança!

No desinteresse em que tinha ouvido as palavras pronunciadas por Madalena, esta última frase foi como um golpe vibrado na sua consciência. Sufocado pelo rancor, ele se apoiou na cômoda e gritou:

– É um absurdo isto! Que insinuação você deseja fazer?

Madalena fitou-o calmamente. Sem nenhuma ligação com o que se passava dentro daquele quarto, ouviu a chuva caindo e o vento sacudindo as janelas. Aos poucos, sentia-se dominado por um leve desejo de paz, um princípio de sonolência. A voz da mulher arrancou-o de novo àquela indiferença em que se mergulhava:

– Não, não é um absurdo. Se bem que a insinuação não exista, ela está presente em cada uma das palavras desta menina.

Ele perdia o controle e avançava com esforço sobre o que Madalena lhe dizia.

– Mas... eu? – indagou com um débil movimento.

– Sim, você – respondeu Madalena sem hesitar. – Ela tinha medo de se inclinar sobre a janela...

– Então? – gritou o homem.

– ... mas queria ouvir de novo a voz perdida da infância...

Pedro baixara a cabeça, sem responder coisa alguma. Depois de algum tempo, olhando furtivamente a figura de Madalena, sugeriu:

– Mas esta pequena precisa de voltar para casa. A charrete está aí?

Compreendeu a sua necessidade de fugir.

– Está.

E bruscamente, lançando um rápido olhar à garrafa abandonada, perguntou:

– Você sairá com essa chuva?

Ouviram a calha escorrendo pesadamente sob o temporal.

– Não chove mais, – disse lentamente – há muito que não chove mais.

– O tempo está frio... É melhor...

Apesar do esforço com que aquelas palavras tinham sido ditas, contemplou-a estupefato.

– Melhor? Por quê?

– Nada – e voltou-lhe as costas.

Pedro lançou-lhe um olhar indefinível e saiu.

O temporal cessara. Caminhava sem direção, pois um grande tumulto tinha se feito no seu espírito.

Da terra empapada pela chuva, subia um perfume intenso – as folhas, arqueadas pela água, cintilavam. A sombra era absoluta, mas no céu escuro, farrapos de nuvens descobriam vagarosamente estrelas solitárias. Todas as coisas pareciam despertar assim no meio da noite de um sono profundo; havia na figuração brutal das árvores imóveis e da terra úmida, algo de uma ressurreição tardia e cruel, um angustioso respirar de organismo liberto – os próprios arbustos secos e as flores despetaladas pela chuva erguiam-se vigorosamente sob o frio, incorporando às misteriosas relações da natureza os corpos secos e sem folhas ou as corolas amarfanhadas pelo vento.

Pedro caminhava sempre. Apesar de ter dito que ia procurar a charrete, seus passos se perdiam em caminhos diferentes e, mais áspera, a areia rangia nos seus pés. Subitamente, alguma coisa fê-lo estacar – prestou atenção por um minuto, como se a consciência suprimida pelos fatos que se vinham precipitando surgisse de novo, chamada pela proximidade de um perigo. Escutou, mas o silêncio era perfeito. Ergueu os ombros e continuou a caminhar; alguns passos adiante tornou a se deter e dessa vez ouviu nitidamente que um ramo estalava. Um arrepio correu-lhe pelo corpo – de novo o silêncio era absoluto – uma rosa desfolhou-se docemente no escuro. O terror que ia ganhando desapareceu e ele recomeçava a jornada quando reparou distintamente que por trás dos arbustos deslizava uma sombra. Já não tinha nenhuma dúvida: estava sendo seguido. Sem saber por que, lembrou-se de Emanuela. Ao mesmo tempo, pensou que corria perigo, pois não trazia nenhuma arma. Era difícil regressar – o máximo que podia fazer era apanhar a lanterna da charrete. Percebeu, à medida que apressava os passos, que a sombra se esgueirava com maior rapidez. Movido por um terror louco, pôs-se a correr, enquanto, paralelos aos seus, os passos do perseguidor estalavam na areia. Por rápido momento a dúvida assaltou-o: recuar? prosseguir? Em todo caso, o encontro era inevitável. Continuou a correr, sentindo no rosto o vento da noite.

A porta do barracão estava apenas cerrada. Entrou precipitadamente e, tropeçando na charrete, apanhou a lanterna e acendeu-a. A luz desenhou um círculo sobre o chão escuro. Além da porta, a treva marcava um território inexpugnável e ameaçador. Aturdido, Pedro voltava a refletir na imensa calma que se fizera. Agora que podia raciocinar, sentia um princípio de curiosidade nascer no seu coração. Avançou até a porta, ganhou o jardim escuro. Então na extrema quietude um ramo estalou e um arbusto se moveu. O desconhecido dava um sinal. As árvores altas, esguias, eram agitadas pelo sopro do vento e alguma coisa parecia zumbir onde a sombra era mais densa.

– Quem está aí? – perguntou Pedro em voz alta.

A pessoa não respondeu de pronto. Afinal, uma voz levemente sardônica disse simplesmente:

– Eu.

O zumbido continuava – parecia o vento agitando as folhas de encontro a alguma pedra.

O desespero começou a sangrar no coração de Pedro.

– Eu quem? Com que direito...

– Eu! Bernardo...

Um grande pássaro atravessou pesadamente a sombra. O ruído cessou.

– Que faz você aí? – indagou Pedro rispidamente.

– Esperava vê-lo.

– Então?

A sombra continuou imóvel. O desespero se converteu em angústia e o homem sentiu um estranho amargor espalhar-se na sua boca. Era necessário acabar com aquilo, positivamente era necessário. Era a única coisa que sentia palpitar no fundo da sua consciência; um incrível enervamento paralisava os seus gestos e a sua vontade.

– É a última vez que venho vê-lo – disse Bernardo na treva.

Aquelas palavras "é a última vez" soavam dolorosamente aos seus ouvidos. Murmurou inesperadamente para si mesmo: "sou um homem perdido" – e, estranhando aquela conclusão, voltou a perguntar numa grande aflição: "perdido por quê? por que é que estou perdido?"

– Por que você se esconde? *Não existe ninguém no jardim...*

– "Ela"? – perguntou a voz com amargura.

– Sim.

– Lembra-se? Era hoje a noite prometida.

– Eu sei. Mas nem tudo está terminado.

Um rugido de dor partiu da treva – era um grito tão espantoso que Pedro sentiu seu coração cerrar-se até à agonia.

– Não! Não! Tudo está terminado... e bem terminado!

Era terrível a expressão daquele desespero. Pedro procurava recuar:

– Por quê?

– Escuta, Pedro, só você me poderá dizer se é verdade que haverá um tempo onde as pessoas e os animais perderão até a própria fisionomia...

Agora, uma certa distância separava o homem e a sombra. Um, dois, três minutos se escoaram.

– Ouviu? – tornou a perguntar Bernardo, impaciente.

– Ouvi – respondeu penosamente. – É verdade que haverá esse tempo.

– Pedro, erga a luz e olhe!

Ergueu a luz devagar – os ramos se afastaram e uma aparição surgiu aos olhos de Pedro.

Bernardo tinha as roupas rasgadas e a cabeça e o rosto envoltos num pano sangrento. Apenas um dos olhos e os lábios apareciam naquela massa branca.

Um grito de espanto escapou-lhe dos lábios:

– Que foi?

Ouviu sua risada sombria:

– Para mim, veja, tudo está terminado. Uma mulher lançou-se sobre mim e rasgou as minhas faces com um caco de garrafa. Diga-me, Pedro, talvez eu não possa ver mais a luz do dia... Os meus olhos ardem e eu vejo mal.

Calou-se de súbito e, depois, segurando a cabeça sangrenta como se pesassem os seus ferimentos, prosseguiu:

– Sabe? Tenho pensado agora em todas as suas palavras, inútil esconder mais que elas têm vivido comigo noite e dia, devorando – este é bem o termo – devorando o meu espírito. Muitas vezes eu me atirava no chão e rugia de raiva, mas era em vão e eu continuava a sofrer. Nem sei mais que idéias inflamadas tenho tido... mas ouve: julgo que Deus é o senhor dos nossos olhos e... acaso não foi ele que nos encerrou nestas trevas?

– Vejo que você já não é o mesmo – exclamou Pedro com um riso sardônico. – Deus já vive como uma realidade nas suas palavras.

– Não, eu não acredito em Deus, mas acredito no demônio. Ele me ensinou que existiam trevas e que eu podia me libertar dessas trevas – eu tentei caminhar e *alguém* terá me tirado talvez a luz dos olhos...

– É verdade, Bernardo, que haverá o tempo que eu lhe disse. Mas não será agora: será quando o homem não amar senão a si mesmo, desdenhar os seus sofrimentos e não temer senão as suas próprias forças. Eu disse isto e os vi crescer no meu caminho como cogumelos. Eu os plantei com meu ódio e cresceram todos. Mas são fracos e voltarão à poeira de onde vieram.

Bernardo agitou-se e disse:

– Engana-se, Pedro. Eu sou o enviado para avisar que esse tempo é chegado.

Pedro recuou alguns passos, sempre com a luz erguida.

– Isso é uma farsa! – exclamou obstinadamente – você tem medo ainda e agora procura se ludibriar...

– Não, não é isso, não é isso – gemeu o ferido. – Ouve, eu podia me suicidar amanhã, existem homens que se suicidam de repente... mas eu não farei isto porque não tenho nenhum medo de viver.

– Mas afinal, por que...

Estacou no meio da frase, queimado por uma súbita vergonha. Sentiu vagamente que não podia, que não era um direito seu o de impedir a vinda daquele homem ao seu jardim. Ao mesmo tempo, a cólera estreitava rapidamente o seu coração.

– E a mulher? – perguntou brutalmente.

– ... não sei. Deixei-a numa adega, ensangüentada. Foi a história do xale que me perdeu. Estrangulei-a, como o homem da estrada, e depois utilizei-o...

Apontou para o pano ensangüentado que lhe enrolava a cabeça:

– Está vendo? É o mesmo...

Ficaram em silêncio, inquietos e receosos. Pedro começava a perceber que a situação era intolerável. Repentinamente desligado de todas as emoções do outro, não podia encontrar forças senão para detestar a sua debilidade. Sabia agora que não pode haver maior rancor do que o que uma criatura dedica ao seu semelhante em fraqueza. Nós perdoamos tudo, mas não perdoamos a nossa imagem na iniqüidade alheia.

– Por que é que você não acredita em Deus? – tornou com um gesto de impaciência. – É preciso que ao menos você creia nisso.

Bernardo, ante a frase inesperada, desceu rapidamente ao fundo dos sentimentos que agitavam o outro. Aquele desejo de afastá-lo da sua órbita como um empecilho, ele também o sentira na adega em relação à Angélica. Respondeu com amargura:

– É isto, Pedro. Eu sei que existem criaturas que sofrem... algumas mesmo conhecem o verdadeiro sabor do sofrimento... mas só aquele a quem foi dado provar o último dos sofrimentos sabe o desespero que é o sentimento constante da sua própria miséria!

O olhar de Pedro não abandonava o homem que falava diante dele.

De repente, sentiu de um modo extraordinariamente vivo o ar de vileza e de angústia que o impregnava. Teve a impressão de que aquele homem rasgado e sangrento, infinitamente pequeno na sua miséria e na sua dúvida, era uma visão que tinha rompido o solo escuro e brotado da lama como um pequeno ser infecto e desprezível. Então sentiu a alegria inundar-lhe as entranhas.

– Escuta isso – disse. – Numa noite dessas, lembrei-me da história de João da Silva. Estava escuro e frio – eu ia caminhando ao léu, entregue aos meus pensamentos e essa história chegou de golpe, sem nenhuma ligação. Pareceu-me então que você era uma criatura desconhecida – eu não conseguia realizar perfeitamente a sua personalidade, alguma coisa me fugia e tinha a impressão de que você era um ser inacabado, uma... como direi? – uma pequena larva – lembra-se? – que se arrastava sobre a própria miséria como sobre um charco de que não pudesse se libertar... Nunca experimentou no meio da noite o desconhecimento das pessoas que lhe são mais próximas?

Bernardo moveu a cabeça suavemente. A dor estava impressa em cada um dos seus gestos.

– Não, nunca experimentei isso. Eu sou um animal das trevas, um ser desconhecido e solitário, marcado por algum tremendo enigma a que eu mesmo desconheço, mas que segue os meus atos como a sombra das minhas mãos segue as minhas mãos.

Aproximou-se lentamente e não podendo mais reter os soluços, agarrou-se doidamente a Pedro, exclamando:

– Irmão, tenha piedade de mim, eu não sou senão um louco!

Pedro sentiu no rosto o hálito ardente e alcoolizado, ao mesmo tempo que o asco o perturbava. Esforçou-se para se libertar, mas as mãos feridas o seguravam como tenazes – o cheiro morno de sangue entontecia-o. Então, com a fala estrangulada, murmurou ao seu ouvido:

– Um louco? Você tem medo... ainda é medo... como no princípio...

– Medo?

– Medo da sua liberdade.

Desorientado, Bernardo abandonou-o. Pedro estalou num grande riso que lhe deformava inteiramente o rosto, arrancando-lhe a expressão sardônica de máscara, para agitá-la como a de um tigre prisioneiro.

Perdido, sentindo que o outro lhe escapava e que ele estava atirado na eterna dúvida e no medo de si mesmo, gritou:

– Pelo amor de Deus, pelo amor de alguma coisa! Diga, nós todos temos medo, você talvez mais do que os outros... Se não fosse isto, a vida seria um inferno!

– Imbecil, – exclamou Pedro – pensa que todos os homens são iguais? Existem...

Parou um instante, como se se recordasse de alguma coisa. Tinha pousado a luz no chão e ambos estavam com o rosto na sombra. Apesar disso, Bernardo reparou que Pedro tinha um aspecto terrível. O pavor desceu como uma mancha incendiada até o fundo do seu sangue.

– Bernardo! – gritou Pedro freneticamente. – Talvez você tenha razão: *ele* deve existir senão *eu não existiria também*, entendeu? Mas eu mostrarei que posso me erguer e me plantarei como uma clava no seu coração!

– Não, não compreendo.

Pousou as mãos agitadas pelo tremor nos ombros do outro:

– Que diz você? "Eu não creio em Deus, *mas creio no demônio*"...

– Se... nesse caso, perjuro! Blasfemo! – uivou Bernardo, compreendendo o que ele gritara.

Pedro segurou-o com tal força que ele chegou a se ajoelhar:

– Eu me erguerei como uma clava, está ouvindo? E farei o seu coração sangrar, porque creio que *ele* exista... enquanto você se perderá na dúvida até que o tempo transfigure a sua face na de um animal das sombras...

Largou-o subitamente. Bernardo rolou no chão e ficou imóvel, a cabeça enrolada nos trapos ensangüentados, junto ao brilho tênue da luz. Pedro fitou-o e Bernardo, erguendo a cabeça, percebeu o seu olhar alucinado e sentiu que o pranto lhe subia aos olhos.

Pedro afastou-se e pôs-se a correr em direção à casa, a candeia nas mãos.

– Aonde vai? – gritou Bernardo aflitamente.

Mas só obteve como resposta uma risada. Além, a porta do barracão se movia, tocada por um vento invisível. O medo apertava a sua alma como uma garra de ferro – um cheiro doce de rosas subia. Vencido, curvou a cabeça e fundiu o rosto ardente à lama fria.

Tinha atravessado rapidamente a casa em sombras e atingido o quarto onde deixara Madalena e Raquel. No seu transtorno não reparou imediatamente que a mulher parecia pronta para sair, acompanhada da pequena – entretanto, surpreendeu perfeitamente o seu olhar cheio de dúvida. Raquel, por sua vez, estava envolvida num capote comprido e o rosto vermelho parecia arder de febre. As pupilas dilatadas, indefiníveis, vagavam nas sombras do delírio.

– Aonde vai você? – perguntou bruscamente, reparando melhor nos seus trajes.

Madalena contemplava com espanto o seu aspecto desvairado. Que lhe teria acontecido?

– Não sei... Levar esta pequena.

– A estas horas?

E compreendeu que ela partia para sempre. Passou a mão pelos cabelos agitados, como quem desejasse afastar um pensamento mau ou esquecer alguma coisa dolorosa que o perseguisse. De um golpe, preferindo talvez a melhor solução, segurou a garrafa onde momentos antes Madalena tinha derramado o veneno. O cálice de Raquel estava vazio.

Encheu-o e ia levá-lo aos lábios, quando Madalena, cedendo à pressão da angústia que a invadia, deixou escapar um grito.

– Que foi? – perguntou, conservando entre os dedos o copo. E como ela não respondesse nada, os dentes desesperadamente cerrados, levou-o à altura dos lábios. Nesse momento sucedeu um fato extraordinário: qualquer coisa que nunca Madalena pôde saber se era um simples pressentimento ou a certeza absoluta, fê-lo estacar por um instante, como se estivesse tentando distinguir o odor da bebida – ao mesmo tempo que o seu olhar gelado e enigmático pousava em Madalena com uma inesperada fixidez. Mas isto não durou senão o espaço de um segundo. Imóvel, comprimindo no coração todo o rancor armazenado pelo tempo da convivência forçada – oh! esse ódio que se alimenta nos pequenos gestos e nas pequenas antipatias do cotidiano... – Madalena esperava. Sem hesitar mais, de um só gole, ingeriu a bebida. Destapou de novo a garrafa e encheu o copo, erguendo o líquido até aos olhos, antes de sorvê-la.

Agora era ela quem o fitava. Nenhum ruído se ouvia – como que as pessoas presentes, por uma espécie de extraordinária compreensão, contemplavam em si próprias o esfacelamento das últimas ligações, que o hábito tinha estabelecido. No silêncio, uma janela aberta, movida pelo vento, bateu alguns instantes. De novo tudo serenou. Sem uma palavra, sem um gesto para o desconhecido que estava na sua frente, Madalena voltou as costas e saiu levando Raquel pela mão.

Mas ao descer a escada, atingindo a larga sala de jantar, a fraqueza apoderou-se dela. Sentiu vagamente que tudo seria melhor se pudesse ser feliz naquele lugar. Voltou-se para olhar a velha escada de madeira que rangia sob o passo das pessoas. Comoveu-se à lembrança do seu próprio vulto descendo lentamente os degraus e lembrou-se ainda uma vez dos seus sonhos, dos seus ideais decepcionados, dos seus sofrimentos amargados dia a dia no silêncio. Foi tão forte a lembrança dos seus dias, tão nítida a impressão de todo esse passado, que julgou de novo ouvir a voz de Pedro, o riso triste de Maria. Como poderia ela esquecer as noites que passara esperando que o marido lhe dirigisse a palavra, imóvel na poltrona, fingindo que lia uma revista ou que bordava?

"Mas não é isto" – murmurou consigo mesma – "talvez eu não tenha sabido sofrer. O melhor sofrimento é aquele que encontra em si consciência para manter a renúncia de tudo e explorar a riqueza das suas silenciosas alegrias. E só quem sofre mais sabe onde existem essas forças – não é no amor que se cumpre nem no amor que se desespera, mas naquele que se cala e não vive senão para aproveitar a própria luz." E com esse pensamento lhe veio uma vaga inquietação e o sentimento obscuro de que tinha talvez cometido um erro ao derramar no álcool o conteúdo do envelope.

No silêncio, a janela aberta voltou a bater; depois a serenidade envolveu todas as coisas.

Ainda estava de pé e ingerira até a última gota; entretanto uma espécie de delírio tinha se apossado do seu pensamento e perdera até a noção do lugar onde estava.

Distante, a janela continuava a bater mas aquilo não lhe causava nenhuma impressão e, se bem que ouvisse o ruído, não o coordenava com a causa dele. Nenhum esforço fazia para escapar a esse letargo – as idéias que repontavam anulavam-se rapidamente – e não restava senão aquela zona tranqüila, quase ardente, sem nenhum sopro que a amenizasse e onde a janela aberta para o vento soava apenas, como uma tênue sombra da realidade. Não fora só a noção do lugar que perdera, mas igualmente a noção do tempo. Dir-se-ia que o seu corpo não pedia mais nenhum movimento – toda a idéia de vida tinha desaparecido do seu ser e a carne bruta regressava sem transição à massa sem cor e sem vibração de onde surgira. Nem sequer os seus olhos, onde tantas paixões tinham se aquecido, possuíam calor agora – eram somente dois olhos desmesuradamente abertos, dois olhos fixos e sanguinolentos que se esvaíam e se imobilizavam. As mãos pousadas sobre a mesa, uma segurando ainda o copo da bebida – as mãos, apenas tinham um pouco de calor e por elas o sangue ardente corria ainda e rápidos estremecimentos as sacudiam, como na passagem de uma corrente elétrica.

Que sensações e que pensamentos restavam naquele homem? A dor obrigou-o a despertar – uma pontada aguda varou-lhe o ventre – comprimiu-o com as mãos, enquanto uma expressão dolorosa alterava o seu rosto impassível. De repente, com um gesto brusco de criatura que rompe as malhas de um pesadelo, ergueu violentamente as mãos e derrubou longe a garrafa vazia e o copo. A dor voltara a lacerar-lhe as entranhas; o suor começava a brilhar na sua testa, a escorrer em fios lentos pelo rosto. De um modo mais intenso, na razão direta do próprio aniquilamento anterior, voltou-lhe a idéia do lugar e, de um modo torturante, a noção do tempo, enquanto que a boca amargava e a garganta seca reclamava um pouco de água. Um fato inesperado acabou de trazê-lo completamente à vida: a vela que Madalena descobrira acabara de se apagar. O cheiro forte do pavio se extinguindo ainda impregnava o ar. Pedro achou-se sozinho com a sua dor e compreendeu a necessidade de encontrar o ambiente livre, o céu puro. Tateando, foi até a escada e pôs-se a descer – subitamente, naqueles degraus que rangiam, lembrou-se de Adélia, do seu olhar desesperado e venenoso, implorando do canto algum favor obscuro. Entretanto a dor voltava tão forte que foi obrigado a se amparar ao corrimão. Lentos minutos se escoaram. A dor persistia e um zumbido enchia os seus ouvidos. Vagarosamente ia se afundando no estado de atonia inicial, até que o instinto soprou-lhe a consciência de que as suas pernas se relaxavam e de que ele estava tombando num abismo. O terror golpeou-lhe a nuca como nos campos a intuição do perigo desenfreia as bestas. Compreendeu que ardia em febre e, apoiando-se com todas as forças na madeira, deixou escapar um grito sobre-humano:

– Luzes! Luzes! Onde estão as luzes?

Mas seu grito perdeu-se inutilmente na escuridão. A lembrança do momento em que jogara as velas fora e acariciara o metal frio do revólver subiu-lhe ao pensamento com implacável nitidez. Era verdade que não tinha ousado realizar o que planejara, mas isso não significava a sua derrota. As suas pernas estavam trêmulas e as suas idéias se dispersaram de novo. A janela cessara de bater e o esquecimento desceu sobre as coisas. Acudiu-lhe o pensamento terrível de que a casa tinha se perdido no espaço – o mundo ficava além da sua agonia – não era ele senão um solitário que se entregava ao próprio desespero.

Ninguém pode compreender o que é a noção total do isolamento – compreende-se a reclusão quando se pode ainda ouvir a voz de alguém ou quando se tem a esperança de ouvir de novo algum riso – mas a compreensão de que a morte vem no abandono absoluto é alguma coisa que só conhecem os náufragos perdidos ou as plantas que nasceram num rochedo inacessível. Pedro a sentiu naquele instante – e do seu espanto, uma pergunta de intensa angústia se levantou.

– Será possível que eu esteja morrendo? Será possível que...

E ao perceber que o abismo se abria aos seus pés, que a dor agora descia como uma lança aguda retalhando sua carne revoltada, exclamou miseravelmente no escuro, comprimindo as mãos contra o peito:

– Mas eu estou morrendo! É verdade, eu estou morrendo!

Passava as mãos pelo rosto e se compreendia um desconhecido. Ar, ar, ainda uma vez, o ar puro que todos respiram... Continuou a descer pesadamente, ganhou a porta, abriu-a. As últimas rosas se desfolhavam na madrugada. Sorveu o perfume fundamente, num gesto maquinal, olhando as árvores que renasciam vagarosas sob o céu ainda escuro. Manhã... Como todas as coisas pareciam irrisórias diante desta única palavra: manhã! Continuou a caminhar, mas a escuridão empanou-lhe a vista, a lança aguda trespassou-o e, relaxando os membros, caiu de joelhos, a cabeça abatida. Não, não era a manhã – esse pensamento lutava impiedosamente com a sua razão – era noite ainda e os galos cantavam. Pensava em morrer com serenidade. Se a morte era aquilo, tudo se reduzia de maneira impressionante. Dormência nas pernas, certo calor nas pálpebras, cansaço – mas um controle absoluto sobre as suas faculdades, até mesmo uma visão aguda, um sentido maior do mundo que o cercava. Lembrava-se de uma idéia antiga a respeito do "momento" em que deveria morrer, momento que lhe seria anunciado de qualquer modo. Costumava se deter inesperadamente no meio das coisas e dizer: "ainda não é chegado o *tempo*". Sim, percebia que o "tempo" tinha chegado.

Nesse instante, uma voz repleta de tristeza exclamou entre as folhas:

– Não vereis mais, nunca mais, a luz do dia...

Aquilo não lhe causou nenhum efeito... Continuou na mesma posição, com o espírito invadido por uma repentina claridade. Nem mesmo a atroz melancolia daquela voz conseguiria penetrar o silêncio que se estabelecera em torno dele.

– Pedro! Pedro!

Bernardo tinha afastado as folhas e se ajoelhara ao seu lado.

– Você ainda está aí, Bernardo?

Ergueu as mãos, procurando, enquanto dizia:

– Estou, mas não o vejo direito. Tenho medo de sair, talvez já tenham descoberto a mulher na adega.

– Que mulher na adega?

Bernardo não respondeu. Aquela voz era de uma serenidade tão terrível que ele sentiu um arrepio percorrer-lhe o corpo.

– Bernardo, é verdade que estou morrendo?

Abaixou-se de súbito e, tocando com as mãos na face gelada, compreendeu tudo.

Pedro pôs-se a rir repentinamente, comprimindo o ventre com as mãos.

– De que você se ri? – perguntou o outro com rispidez.

– Nada – respondeu.

– É verdade que você está morrendo?

– É verdade, Bernardo.

Um rugido rompeu dos seus lábios:

– Pedro, está amanhecendo, eu vejo de novo. Foi uma vertigem o que eu tive. Lembra-se do que eu lhe disse há pouco? Que eu viveria porque a vida não me atemorizava? Misericórdia, era uma mentira ainda!

– Eu o sabia – murmurou Pedro.

– Era uma mentira, uma vil mentira. Pedro, é possível que eu me tranque num sótão e corte as veias do pulso quando o dia estiver alto. Mas talvez não faça nada disso e continue simplesmente a viver...

Pedro tinha se estendido no solo e arfava. Uma palidez oleosa brilhava nas suas faces.

Bernardo continuou:

– Eu o odiei mais do que você poderá saber... Durante muito tempo, está ouvindo? – faça um sinal com os olhos para mostrar que está ouvindo – pois bem, durante muito tempo o meu ódio seguiu-o como uma sombra... Ninguém melhor do que você poderá imaginar isso: eu o odiava porque éramos dois condenados!... Eu o olhava do meu lugar e o via sempre isolado, como se o mundo não lhe pertencesse... Acompanhei-o como um cão faminto, arrastado por uma força que eu mesmo não compreendia... Ouve? O meu ódio era sobretudo porque você sabia ser forte e eu... mas são tolices... todo o mundo sabe que eu jamais pude me soterrar com a minha miséria!

Uma grande serenidade tinha invadido o jardim úmido; as folhas pareciam mais novas à suave claridade nascente e um perfume vago, de flores velhas recendendo, errava pelo ar diluído numa poeira cor de cinza.

– Escuta, Pedro, – concluiu Bernardo – é a última vez que eu lhe peço alguma coisa: lembre-se de que se eu tivesse coragem rebentaria a cabeça ou me enforcaria na trave de uma porta. Diga – está ouvindo? – diga: a morte não é um tremendo castigo? Você não tem medo da morte?

Houve um instante de silêncio. Da penumbra, se erguiam os primeiros pássaros, como folhas escuras que rolassem das árvores. Tons de uma infinita doçura se misturavam no céu. Os galos cantavam.

Pedro fez um esforço para sorrir:

– Não... a morte para mim não é isso.

Sua voz saía com dificuldade. Bernardo estendeu-se de ventre contra a terra para ouvi-lo melhor e sentia as formigas subindo-lhe pelas mãos.

– Está percebendo? – continuou. – É a estagnação e o desinteresse... é tudo aquilo que vem contra o homem e procura reduzi-lo à simples condição de espectador... É necessário participar da vida e para isso é necessário lutar... Por vezes fracassamos... às vezes vencemos... mas, tolices, lembra-se do que você me disse antes sobre as palavras que lhe devoravam o espírito?

– Lembro-me.

– Pois a morte é assim também: ela é sutil e gosta de devorar silenciosamente as almas...

– Era o que eu pensava! Era o que eu pensava! – exclamou Bernardo com ardor. – Eu compreendo agora a história do condenado... aquele que estrangulou a mulher na estrada escura. Não é o xale que tinha importância, mas o segundo assassinato!

E num gesto brusco, quase brutal, beijou o outro com os lábios sangrentos.

De novo o silêncio caíra entre eles. No jardim que o vento noturno devastara, as pétalas voavam. Pedro parecia dormir e respirava ainda. Ao longe, o canto dos galos desmaiava. Permaneceram longo tempo sem fazer um movimento, alheados de tudo; no céu as nuvens se rompiam lentamente.

– Pedro, – tornou Bernardo, depois de meditar longamente o que ia dizer – estive conversando com um homem que se chama João Epifânio. É um homem instruído, um pobre soldado que leu certas coisas na sua vida. O filho fugiu, é um assassino, mas isto não tem importância. João Epifânio me disse que Deus está espalhado em cada ser que se move na terra.

Falava docemente, sem se importar que o outro ouvisse ou não. Arrancadas da sua vida, aquelas palavras eram dele e só a ele interessavam.

– Ele me disse, eu bem o ouvi, que o que nós sentimos, essa inquietação e essa angústia do sobrenatural, é o vago desejo da unidade, a nostalgia de um todo partido, a necessidade de Deus. Muitas vezes ouvi dizer que o amor se parece com a morte... e agora sou eu que lhe pergunto se você se lembra do que nós conversamos uma vez sobre o "coração devorado de paixões"? Pois bem, Pedro, o amor é esse mesmo desejo divino da unidade, é o desespero da carne que procura a sua parte perdida. Mas, segundo João Epifânio, a agregação não se fará senão no dia do Juízo Final, quando o Apocalipse soar e Deus visível reinar sobre a morte, transformando a fisionomia das coisas criadas. Assim, é o medo da morte que nos espera – vencida a morte, estaremos aguardando no seio de Deus.

Ele tinha se erguido e a luz do sol descia sobre a sua cabeça sangrenta e as suas roupas rasgadas. Olhou para Pedro e compreendeu que estava diante de um cadáver – uma fila de formigas começava a subir pelo seu corpo, algumas ajuntavam-se na cavidade escura da boca, atraídas pelo gosto do vinho.

– Talvez seja isto mesmo... – concluiu num sussurro. – Nós – quem sabe lá se existem muitos pela terra – somos parcelas de um outro todo e esperamos um outro dia que não será aquele em que Deus aparecer no coração dos homens.

O dia tinha invadido completamente o jardim. Bernardo olhou os muros altos e deixando-se cair de novo, com um gemido, estendeu-se mansamente ao lado do cadáver.

Apêndice

Cronologia

1912. Nasce a 14 de agosto, em Curvelo, Minas Gerais.

1914. A família Cardoso muda para Belo Horizonte, onde Lúcio faz seus primeiros estudos.

1923. A família Cardoso transfere-se para o Rio de Janeiro.

1924. Lúcio volta para Belo Horizonte, onde continua seus estudos.

1929. Regressa ao Rio de Janeiro. Primeiras tentativas literárias. Escreve a peça *Reduto dos deuses*, que não é publicada. Matricula-se no Instituto Superior de Preparatórios. Redige, com José Sanz, o jornal *A Bruxa*.

1930. Trabalha com Augusto Frederico Schmidt na Companhia Equitativa de Seguros. Ao mesmo tempo, passa a colaborar com a imprensa.

1932. Funda, com Santa Rosa, a *Sua Revista*.

1933. Mostra a Schmidt o romance *Maleita*. Trabalha na Companhia Metrópole, de seguros, fundada por Schmidt e Oscar Netto, tio de Lúcio.

1934. *Maleita* é publicado na Schmidt Editora. O livro é saudado pelos melhores escritores e críticos da época.

1935. Publicação de *Salgueiro* na Editora José Olympio.

1936. Ainda pela José Olympio, publica *A luz no subsolo.*

1938. Publicação da novela *Mãos vazias.*

1939. *Histórias da Lagoa Grande*, livro de contos infantis, é editado pela Editora Globo.

1940. Publicação de *O desconhecido.*

1941. Com o volume *Poesias*, estréia no gênero poético.

1943. *Dias perdidos*, romance com características autobiográficas, é publicado. No mesmo ano, a peça *O escravo* é encenada e ele também traduz *O livro de Job.*

1944. Publicação do volume *Novas poesias* e da novela *Inácio.*

1945. Encenada dois anos antes, a peça *O escravo* é editada.

1946. Publicação de *A professora Hilda* e *O anfiteatro.*

1947. No periódico *A Noite* começa a trabalhar profissionalmente como jornalista. Encenação das peças *O filho pródigo* e *A corda de prata.* Período de intenso trabalho como tradutor de livros como *Ana Karenina*, *Confissões de Moll Flanders*, *Orgulho e preconceito*, entre outros.

1949. Encenação da peça *O coração delator.* Trabalha no roteiro de *Almas adversas*, de Leo Marten, e começa as filmagens de *A mulher de longe*, que logo abandona.

1950. Encenação da peça *Angélica.*

1954. Publicação da novela *O enfeitiçado*, que dá continuidade a *Inácio* e à qual deveria se seguir *Baltazar*, novela inacabada.

1959. Primeira edição de *Crônica da casa assassinada*.

1961. Lançamento do volume *Diário I*.

1962. Sofre um derrame cerebral, que provoca paralisia parcial.

1965. Lúcio expõe suas pinturas na Galeria Goeldi, no Rio de Janeiro.

1966. Recebe o Prêmio Machado de Assis, concedido pela Academia Brasileira de Letras. Exposição de pintura de Lúcio no Automóvel Clube de Belo Horizonte e na Galeria Atrium em São Paulo.

1968. Morte de Lúcio em 24 de setembro.

Obras de Lúcio Cardoso

ROMANCES:

Maleita. Rio de Janeiro, Schmidt Ed., 1934.
Salgueiro. Rio de Janeiro, José Olympio, 1935.
A luz no subsolo. Rio de Janeiro, José Olympio, 1936.
Dias perdidos. Rio de Janeiro, José Olympio, 1943.
Crônica da casa assassinada. Rio de Janeiro, José Olympio, 1959.
O *viajante* (romance inacabado). Edição de Octávio de Faria. Rio de Janeiro, José Olympio, 1973.

NOVELAS:

*Mãos vazias**. Rio de Janeiro, José Olympio, 1938.
O *desconhecido*. Rio de Janeiro, José Olympio, 1940.
Inácio. Rio de Janeiro, Ed. Ocidente, 1944.
A professora Hilda. Rio de Janeiro, José Olympio, 1946.
Anfiteatro. Rio de Janeiro, Livraria Agir, 1946.
O *enfeitiçado*. Rio de Janeiro, José Olympio, 1954.

**Mãos vazias* e *O desconhecido* foram reunidas, juntamente com *A professora Hilda*, no volume *Três histórias de província*, Rio de Janeiro: Bloch, 1969.

POESIA:

Poesias. Rio de Janeiro, José Olympio, 1941.
Novas poesias. Rio de Janeiro, José Olympio, 1944.
Poemas inéditos. Rio de Janeiro, Nova Fronteira, 1982.
Três poetas brasileiros apaixonados por Fernando Pessoa (Cecília Meireles, Murilo Mendes, Lúcio Cardoso). Recife, Fundação Joaquim Nabuco/Ed. Massangana, 1985.

TEATRO

O escravo. Rio de Janeiro, Zélio Valverde Ed., 1945.

DIÁRIO:

Diário I. Rio de Janeiro, Elos, 1961.
Diário completo. Rio de Janeiro, José Olympio/INL, 1970.

TRADUÇÕES:

Morro do Salgueiro. Tradução espanhola de Benjamin de Garay. Buenos Aires, Ed. Claridad, 1939.
Chronique de la maison assassinée. Tradução francesa de Mario Carelli. Paris, Editions Métailié-Mazarine, 1985.
Inácio. Tradução francesa de Mario Carelli. Paris, Métailié, 1991.

ADAPTAÇÕES PARA O CINEMA:

Almas adversas, 1948
Longa-metragem
Direção: Leo Marten
Roteiro: Lúcio Cardoso.

A mulher de longe, 1949
Longa-metragem
História, roteiro e direção: Lúcio Cardoso.

Porto das Caixas, 1961
Longa-metragem
Roteiro e direção: Paulo César Saraceni
Baseado em uma história de Lúcio Cardoso.

O enfeitiçado, 1968
Curta-metragem inspirado na vida e obra de Lúcio Cardoso
Direção e roteiro: Luiz Carlos Lacerda.

A casa assassinada, 1971
Longa-metragem baseado em *Crônica da casa assassinada*
Roteiro e direção: Paulo César Saraceni.

Mão vazias, 1971
Longa-metragem baseado na novela homônima
Roteiro e direção: Luiz Carlos Lacerda.

O desconhecido, 1978
Longa-metragem baseado na novela homônima
Direção: Ruy Santos
Roteiro: Marcos K. Reis.

O viajante, 1999
Longa-metragem baseado no romance homônimo inacabado
Roteiro e direção: Paulo César Saraceni.

O texto deste livro foi composto em Sabon, desenho tipográfico de Jan Tschichold de 1964, baseado nos estudos de Claude Garamond e Jacques Sabon no século XVI, em corpo 10/13.5. Para títulos e destaques, foi utilizada a tipografia Frutiger, desenhada por Adrian Frutiger, em 1975.

A impressão se deu sobre papel Chamois fine Dunas 80g/m² pelo Sistema Cameron da Divisão Gráfica da Distribuidora Record.

PAPEL
CHAMOIS-FINE
alcalino